A SUMMER BEYOND YOUR REACH

베스트 오브 샤쟈

THE BEST OF
XIA JIA
夏笳

이소정 옮김

아작

차례

일러두기

모든 주석은 옮긴이의 것입니다.

SIX VIEWS OF A SPRING FESTIVAL

2044년 춘절 이야기

2044年春节旧事

춘절 중국의 설날

1
돌잡이

    장 씨의 아들이 한 살이 되었으니, 관례대로 한바탕 잔치를 치러야 했다.

    술자리도 물론 피할 수 없었다. 친지와 친구 모두를 초대하려면 서른 테이블이나 예약해야 했다. 아내는 조금 속이 쓰린 표정이었는데, 아들의 돌잔치가 그들의 결혼식보다 성대하다는 이유에서였다. 장 씨는 어쨌든 일생에 단 한 번 있는 큰일이니 대충 넘길 수는 없는 것 아니냐고 아내를 달랬다. 아, 우리 두 사람이 결혼할 때야 양쪽 집안 모두 사정이 빠듯했지만, 요 몇 년 동안 돈을 좀 모으기도 했거니와 어렵게 얻은 아이 아니냔 말이다. 그러니 마땅히 체면치레를 해야 한다는 것이 장 씨의 의견이었다. 사람이 고생하며 돈을 버는 게 다 무엇을 위해서인가, 물론 처음에야 자기 자신을 위해서겠지만 결국은 요, 요 조그만 놈을 위한 것 아니겠는가. 물론 앞으로도 큰돈을 쓸 일이 또 많고도 많을 터였다.

잔칫날이 되자 수많은 이들이 찾아와 붉은 봉투를 건네고 자리에 앉았다. 사회의 모든 부분이 정보화되고 있었지만, 붉은 봉투 속에는 여전히 진짜 지폐가 들어 있었다. 오래된 규범이기도 했거니와 그러는 편이 보기에도 좋기 때문일 것이다. 장 씨 부부도 일부러 지폐 세는 기계를 빌려왔다. 촤르륵, 촤르륵. 기계가 지폐를 세는 소리는 무척이나 듣기 좋았다.

모두 자리를 잡고 앉자 장 씨가 아들을 안아 내왔다. 아들은 특별히 붉은 옷을 입고 미간에 연지로 붉은 점도 찍었다. 하객들은 아이가 잘생겼다고 칭찬했다. 머리가 둥근 것 좀 보라지. 온몸 어디를 봐도 영리해 보이는군! 나중에 분명 아주 대단한 인물이 될 거야. 암, 그렇지, 미래가 아주 창창할 거라니까. 아들도 오늘만은 꽤 힘을 낸 듯, 울지도 시끄럽게 굴지도 않았다. 대신 아주 점잖게 오늘의 주인공을 위해 마련된 의자에 앉아 웃고 있었는데, 마치 연화(年畫)*에 자주 등장하는 물고기를 안은 아이처럼 보였다.

"아들아, 여기 아저씨 아주머니들께 좋은 말씀이라도 올려 보거라."

장 씨가 말하자 아이는 분홍빛 두 손을 모아쥐고 젖내가 가시지 않은 목소리를 길게 빼며 말했다.

"아주씨 아주마, 새해 복 마니 바드세요오오, 돈 마니 버세요오오."

모두 큰 소리로 웃으며 아이가 아주 똑똑한 것이 장 씨 부부가 잘 가르친 모양이라고 칭찬했다.

마침내 길시(吉時)가 되었다. 장 씨가 급히 기계를 켜니 눈부신 빛이 하늘에서 내려오더니 수많은 아이콘으로 변해 장 씨와 아들을 둘러쌌다. 장 씨가 손을 내밀어 아이콘 하나를 곁으로 끌어당기자 아

---

* 중국에서 새해를 맞아 벽에 붙여 장식하는 그림

들이 작은 손을 내밀었다. 한 줄기 붉은빛이 차례대로 아이의 다섯 손가락 끝을 스쳐 가며 지문을 확인했고, 마침내 아들의 계정이 등록되었다.

가장 먼저 아들의 돌을 축하하는 커다란 붉은 글씨 한 줄이 나타났다. 작은 천사들이 생일 축하 노래를 합창하는 애니메이션도 함께였다. 천사들의 노래가 끝나자 다시 안진경(顏眞卿)**체로 쓰인 글자들이 몇 줄 나타났다.

강남의 풍속으로 아이가 태어나 1년이 되면 새 옷을 입히고 목욕 대야와 장신구를 준비한다. 남자아이라면 활, 화살, 종이, 붓을 준비하고 여자아이라면 칼, 자, 바늘, 실을 준비한다. 그 외 음식과 진귀한 보물이며 장난감을 아이 앞에 차려놓고 아이가 무엇을 고르는지 지켜본다. 이로써 아이의 탐욕과 청렴함, 어리석음과 슬기로움을 시험할 수 있으니, 이를 이름하여 아이를 시험한다는 의미의 시아(試兒)라 한다."***

장 씨는 갑자기 감개무량한 기분이 들었다. 아들아, 너의 장밋빛 인생이 여기서부터 시작되는구나. 아내도 감정이 북받치는지 남편에게 기대왔다. 두 사람은 손을 잡았다. 그러나 안타깝게도 태교를 무척 잘했음에도 불구하고 아들은 아직 글자는 거의 익히지 못한 상태였다. 아들은 작은 손을 뻗어 춤을 추듯 휘둘렀고, 여러 페이지를 그대로 뛰어넘었다. 그렇게 문자로 이루어진 소개가 끝나자 마침내 돌잡이 의식이 정식으로 시작되었다. 사람들은 모두 순식간에 조용

** 당나라 때의 명필가
*** 중국 남북조 시대 학자인 안지추(顏之推)의 저서 《안씨가훈(顏氏家訓)》의 일부. 안진경은 안지추의 5대손이다.

해졌다.

먼저 각종 브랜드의 분유들이 나타났는데, 모두 선녀가 뿌려주는 꽃잎처럼 화려하고 아름다웠다. 장 씨는 그 브랜드의 분유들이 모두 가격이 꽤 나간다는 것, 그리고 모두 외국에서 수입한 것이라는 것을 알고 있었다. 그뿐인가, 모두 첨가제를 넣지 않고 천연 재료만을 이용해 만든 것이었고, 무슨 효소니 단백질이니 하는 것을 함유하고 있어 대뇌의 발달에 도움이 된다고도 했다. 전문가들의 추천을 받았을 뿐 아니라 또 이런저런 인증도 받은 분유들이었다. 장 씨로서는 그 분유들을 보는 것만으로도 머리끝이 쭈뼛하고 다리에 힘이 풀릴 것 같았다. 다행히도 아들이 과감하게 결단을 내려 작은 손으로 가볍게 분유들을 터치했고, 그렇게 선택받은 브랜드는 딩동 소리와 함께 아래쪽 고색창연한 흑단 상자 안으로 떨어졌다.

다음 차례는 영유아를 위한 식품들이었다. 소화를 돕고 흡수를 촉진하고 또 질병을 예방하고… 칼슘을 보충하고 또 아연을 보충하고, 무슨 비타민이나 미량원소를 보충해서 면역력을 키워주고 아이가 밤에 경기를 일으키지 않게 해주고…. 눈 깜빡할 사이에 아들은 다시 선택을 끝냈다. 여러 아이콘이 옥쟁반에 구슬이 구르는 듯한 소리를 내며 아래로 떨어졌다. 그다음으로는 탁아소, 유아원, 각종 과외 활동과 동아리를 선택해야 했다. 아들은 새까만 눈을 크게 뜨고 한참을 응시한 끝에, 그다지 인기가 없는 조각과 전각 공예를 선택했다. 장 씨의 마음이 철렁 내려앉더니 자신도 모르는 사이 손에서 땀이 배어 나오기 시작했다. 장 씨는 자신도 모르게 손을 뻗어 아들을 제지하고 다시 선택하게 하려 했지만, 아내가 남몰래 남편을 잡아끌더니 귀에 대고 속삭였다.

"저걸로 밥 벌어먹을 것도 아니잖아. 그냥 노는 건데, 뭘 그냥 둬."

장 씨는 정신을 차리고 고개를 끄덕였지만, 여전히 심장은 쿵쾅거리며 뛰고 있었다.

그다음으로는 취학 전 아동을 위한 프로그램, 소학교, 소학교 시절 다닐 학원, 중학교, 중학교 시절 다닐 학원, 고등학교, 고등학교 때 다닐 학원이 나왔다. 뒤이어 나온 것은 외국 대학 지원 옵션이었다. 장 씨는 다시 긴장했다. 유학을 가게 된다면 분명 좋을 것이다. 하지만 돈이 많이 들겠지…. 게다가 천 리 밖 멀리에 있으면 길흉을 예측하기도 힘들지 않은가. 다행히도 아들은 그 옵션에 별다른 관심을 보이지 않고 작은 손을 옆으로 옮겼다. 다음 선택은 대학이었고, 대학을 졸업한 후에는 대학원에 갈지 취직을 하거나 외국에 나갈지 선택해야 했다. 일을 하게 될 경우 어디에서 할 것인지, 또 어느 지역에 거주할 것인지도 중요한 문제였다. 집, 자동차, 결혼 상대, 결혼 예물과 피로연 장소, 신혼여행에 관련한 것도 선택해야 했고, 또 어느 병원에서 아이를 낳을지 어느 서비스 센터의 돌봄 서비스를 이용할지도 선택해야 했다. 그 후의 일은 지금으로서는 관여할 수 없었고, 남아 있는 것은 어느 해에 집을 바꾸고 차를 바꿀지, 또 어디로 여행을 가고 어느 헬스장에서 몸을 단련할지, 어떤 종류의 저축을 하고 또 어느 항공사의 회원이 될지와 같은 선택이었다. 그리고 가장 마지막에 고르게 되어 있는 것은 바로 양로원과 묘지였는데, 마침내 수많은 혼란 끝에 모든 결정이 내려졌다. 선택받지 못한 아이콘들은 한동안 고요하게 남아 있다가 점차 어두워지더니 하늘을 가득 채운 별처럼 하나하나 사라져갔다. 그러자 천장 아래로 꽂으며 각양각색의 종잇조각이 떨어지면서 징소리 북소리가 하늘을 울릴 듯 시끄럽게 들려왔다. 하객들은 일제히 박수갈채를 보내기 시작했다.

잠시 후, 장 씨는 마침내 정신을 차렸다. 그리고 자신의 온몸이 마치 뜨거운 욕조에서 나온 것처럼 땀으로 흠뻑 젖어 있다는 것을 깨달았다. 아내를 바라보니 이미 눈물범벅이 되어 있었다. 장 씨는 여자가 감정이 풍부하다는 것을 알고 있었기에 아내가 다 울기를 기다려 속삭였다.

"이렇게 좋은 날에, 당신도 참…."

아내는 멋쩍은 듯 눈물을 훔치더니 말했다.

"우리 아들이…, 당신도 봐, 저렇게 조그만 아이가…."

아내는 목이 메는 듯 그 이상 말을 잇지 못했다.

장 씨는 아내의 뜻을 이해할 수 없었지만, 역시 코끝이 시큰해와 고개를 흔들며 말했다.

"이러니 얼마나 좋아. 우리의 걱정을 얼마나 덜어주는지."

장 씨는 그렇게 말하면서도 속으로 계산하기 시작했다. 이 세트 전부를 위해 대체 얼마나 큰 액수를 써야 할지 감이 잡히지 않았다. 그중 60퍼센트는 장 씨가 아내와 함께 30년에 걸쳐 분할 납부해야 했고, 나머지 40퍼센트는 아들이 장래 돈을 벌기 시작하면 내게 되어 있었다. 그리고 아들의 아들과, 아들의 아들의 아들이 태어나면…. 앞으로 수십 년 동안 그에게는 분투할 목표가 생긴 셈이었다. 장 씨는 다시 온몸에 따뜻한 기운이 용솟음치는 것을 느꼈다.

장 씨는 다시 아들을 바라보았다. 어린 아들은 여전히 주인공을 위한 의자에 앉아, 뜨거운 김이 모락모락 피어오르는 장수면을 앞에 둔 채 새빨갛게 달아오른 얼굴로 미륵불처럼 웃고 있었다.

2
섣달 그믐밤

깊은 밤, 우(鳴)는 홀로 길을 걷고 있었다. 텅 빈 거리는 무척이나 고요해, 간혹 폭죽 터지는 소리가 들려올 뿐이었다. 섣달 그믐밤이니 모두 가족들과 함께 식탁에 둘러앉아 밥을 먹고 춘완(春晩)*을 보고 있겠지. 그 얼마나 즐겁고 흥겨울까.

우는 어느새 집 근처의 공원에 도착해 있었다. 공원은 더욱 외지고 고요했다. 평소 산책을 하거나 운동을 하고 노래를 부르던 이들은 하나도 보이지 않았고, 그저 차가운 호수만이 달도 보이지 않는 밤의 어둠 속에서 일렁이고 있었다. 우는 기복을 이루는 그 음울한 물소리에 귀 기울이다가, 문득 온몸의 모공 하나하나에 한기가 피어오르는 것을 느꼈다. 몸을 돌려 호숫가 정자 안으로 걸어가려던 우는 갑작스럽게 검은 그림자 하나와 마주쳤다.

---

* 중국 국영 CCTV에서 섣달 그믐밤에 방송하는 설 특집 프로그램

우는 깜짝 놀라 큰 소리로 외쳤다.

"누구요?"

상대방이 반문했다.

"그러는 그쪽은 누구요?"

어딘가 귀에 익은 목소리였다. 우는 마음을 단단히 먹고 가까이로 몇 걸음 걸어가보았다. 검은 그림자의 정체는 우가 사는 건물 위층에 사는 왕 씨였다.

우는 가슴을 쓸어내리며 숨을 돌리고 말했다.

"왕 선생님, 놀라 죽는 줄 알았습니다."

왕 씨도 말했다.

"아니, 자네는 이 밤중에 어찌 돌아다니고 있는 건가?"

우가 대답했다.

"저는 기분 전환을 하러 나왔습니다. 왕 선생님은 무얼 하고 계셨습니까?"

왕 씨가 말했다.

"집 안이 너무 시끄러워 나왔지."

두 사람은 상대를 물끄러미 바라보다가, 서로의 마음을 이해한 듯 웃기 시작했다. 왕 씨는 옆에 있는 돌의자를 닦더니 말했다.

"자네도 와서 좀 앉게."

우가 손을 뻗어 돌의자를 만져보았다. 돌의자는 마치 얼음처럼 섬뜩하게 차가웠다.

"막 식사를 끝낸 참입니다. 좀 서 있는 편이 나을 것 같군요."

왕 씨가 탄식하듯 말했다.

"올해는… 정말이지 점점 더 재미가 없어지더군."

우도 맞장구쳤다.

"그렇습니다, 그렇고 말고요. 밥을 먹고 텔레비전을 보다가 폭죽을 터뜨리고…. 돌아가 한잠 자고 나면 그렇게 또 1년이 지나가겠지요."

왕 씨가 다시 말했다.

"점점 더 재미없을수록 또 굳이 그렇게 보내게 되는 법이지. 사람들 모두 그렇게 보내고 있는데 자네 혼자 또 무슨 재미를 얻을 수 있겠나?"

우가 고개를 끄덕였다.

"그렇습니다. 때가 되면 온 가족들은 모두 앉아 춘완을 봅니다. 저는 뭐든 다른 것을 하고 싶었지만, 또 그럴 기분이 들지 않더군요. 차라리 나와서 한 바퀴 돌아보자 싶었습니다."

"나는 춘완을 보지 않은 지 몇 년이나 되었네."

우가 말했다.

"대단하시군요."

"예전에는 그래도 괜찮았어. 간단하고… 프로그램을 보며 좀 즐거워하다 보면 끝나 있었고 말이야. 지금은 점점 더 시끄러워지기만 하니."

"과학 기술이 발전하고 있으니까요. 과거에는 상상하지 못하던 수많은 것들이 생겨나고 있지요."

"우리 같은 이들이야 스타들의 공연이나 보면 그만인데, 무슨 '모든 국민을 위한 춘완'이 어쩌고 허튼소리들을 하고 있지."

"1년 365일 매일 스타들을 볼 수 있으니, 무슨 새로운 공연이랄 것이 있겠습니까. 떠들썩하면 그것 나름대로 좋지요."

"나는 그런 난장판은 좋아하지 않네. 다들 고요하게 새해를 맞이할 생각은 하지 않고."

"우리 같은 이들이야 당연히 새해를 시끌벅적하게 맞고 싶은 거 아니겠습니까. 속세의 음식을 먹지 않는 하늘의 신선이 아닌 다음에야."

"이런 난장판은 신선이라도 견딜 수 없겠지."

두 사람은 모두 한숨을 쉬며 어둠 속 물소리에 귀를 기울였다. 잠시 후 왕 씨가 다시 물었다.

"자네는 춘완에 나가보았나?"

우가 대답했다.

"나가본 적 없을 리 없잖습니까. 두 번 나가보았습니다. 한 번은 현장에서 행운의 관중을 추첨했는데 바로 우리 집이 뽑혔지요. 그래서 온 가족이 함께 온 국민에게 새해 인사를 했습니다. 또 한 번은 초등학교 동창이 불치병에 걸려 무슨 프로그램에 출연하게 되었는데, 그 프로그램의 PD가 경쟁 프로그램을 이기지 못할까 봐 우리 반 선생님과 학생들을 모두 불러내 동창을 응원하게 했지요. 결과적으로 사회자와 지켜보던 시청자들 모두 눈물을 펑펑 쏟았습니다. 그때는 반응이 꽤 좋았는데, 안타깝게도 제가 나온 장면은 많지 않았죠."

왕 씨가 말했다.

"나는 한 번도 춘완에 나가본 적이 없네."

우가 물었다.

"어떻게 춘완에 나가보신 적 없으실 수 있습니까?"

"때가 되면 나는 텔레비전을 끄고 몸을 숨겼지. 춘완이고 뭐고 나와는 아무 관계가 없다네."

"왜 그런 행동을 하시는 겁니까? 춘완에 한번 나간들 별일도 아니잖습니까."

"나는 고요함을 사랑하지. 그런 민폐는 견딜 수가 없어."

"그게 무슨 민폐라고요?"

"인사 한번 제대로 건네지도 않고 잡아끌어 카메라 앞에 세우고, 이 늙은 얼굴을 전 세계 사람들에게 보여주고…. 그게 민폐가 아니면 뭐란 말인가?"

"겨우 1, 2분에 지나지 않잖아요. 그저 보고 즐거워한 다음 지나치면 그뿐인 일들입니다. 그 누구도 기억하지 않을 거예요."

"내 마음이 자유롭지 못할 게야."

"좀 보여준다고 해서 뭔가 손해를 보는 것도 아니지 않습니까."

"남이 보고 안 보고의 문제가 아니네, 내가 즐겁고 즐겁지 않고의 문제지. 내 마음만 즐겁다면야 하루 24시간 자네에게 보여주어도 아무런 상관이 없지. 하지만 내가 즐길 수 없는 이상 나는 그 누구에게도 보여주기를 강요당하고 싶지 않은 거야."

"왕 선생님께서 그리 생각하시는 것도 이해가 됩니다. 그러나 지금 사회는 과거와 달라졌습니다. 어디를 가건 카메라가 있지요. 평생 다른 이들에게 자신을 내보이지 않을 수 있겠습니까?"

"그래서 나는 사람이 없는 곳을 찾아 숨어 있는 거지."

"그건 좀 극단적인데요."

"이 나이를 먹고 사사건건 남에게 끌려가며 살 수는 없지 않은가."

"왕 선생님께선 세속에 구애받지 않고 자신만의 길을 걸으시는 분이시군요."

"이게 뭐 별일이라고. 그렇게 말할 것까지 없네."

그 말이 끝나기도 전에 갑자기 하늘에서 새하얀 빛이 쏟아져 내리더니 천만은 될 듯한 사람들의 얼굴로 변했다. 얼굴들은 휘황찬란한 무대를 둘러싸고 있었는데, 왕 씨와 우는 바로 그 무대 위에 있었다. 징과 북이 하늘과 땅을 울리는 가운데, 양쪽에서 반짝이는 옷을 입은 사회자가 하나씩 다가와 두 사람을 사이에 두고 섰다.

남자 진행자가 기쁜 표정으로 외쳤다.

"사랑하는 시청자 여러분, 제 옆에 앉아 계신 이분은 룽양(龍陽)에 사시는 왕 선생님이십니다. 우리가 오늘 밤 계속 찾아 헤맨 그분, 전국에서 춘완에 출연한 적 없는 마지막 기인이시지요!"

여자 진행자도 즐거운 목소리로 말했다.

"지금 제 곁에 계신 우리 열렬한 시청자님의 도움으로 우리가 마침내 이 신비로운 왕 선생님을 무대로 모시게 되었습니다. 자, 선생님, 이 뜻깊고 행복한 연말연시에 전국에 계신 시청자 여러분께 새해 인사를 한마디 해주시지요."

왕 씨는 경악하여 눈을 휘둥그레 뜨고 있다가, 잠시 후 상황을 파악한 듯 우를 흘깃 돌아보았다. 왕 씨의 시선을 받은 우는 조금 불편한 마음이 들어 한두 마디라도 변명하려 했지만, 끼어들 기회가 없었다.

남자 사회자가 다시 말했다.

"왕 선생님, 처음으로 춘완에 출연하셨습니다. 모두에게 지금 기분이 어떠신지 말씀해주실 수 있겠습니까?"

왕 씨는 한마디의 말도 없이 그 자리에서 일어나더니, 앞을 향해 달려갔다. 그리고 풍덩 소리와 함께 무대 위에서 뛰어내려 차가운 호수 속으로 사라졌다.

우는 아연실색했다. 온몸의 모공에서 땀이 배어 나오고 있었다. 두 사회자 역시 창백해졌다. 밤하늘에 몇 대의 마이크로 카메라가 위아래로 날아다니며 왕 씨를 찾고 있었고, 사방팔방의 얼굴들은 모두 웅성거리기 시작했다.

찰나의 순간, 어두운 호수가 갑자기 빛을 발하며 마치 불덩어리처럼 끓어 올랐다. 거대한 굉음이 들려오는 가운데 하늘이 무너지고 땅이 갈라지며 사방 백 리를 붉게 비췄다. 우는 도살당하는 돼지처럼 울부짖으며 땅을 굴렀다. 온몸에 불이 붙고 있었다. 우는 최후의 힘을 다해 눈을 떴고, 손가락 사이로 간신히 눈앞의 광경을 볼 수 있었다. 붉은 화염 속에서 황금빛 회오리바람이 하늘을 향해 곧게 솟구치더니 곧 수천 리 높이를 올라가 구름 안으로 스며들었다.

"저 늙은이, 설마 정말로 하늘 위로 숨으러 간 건가."

마음속으로 이런 생각이 스쳐 가는 순간, 우의 두 눈도 달아오르며 작열하는 푸른 연기로 변했다.

다음 날 인터넷에서는 갑론을박이 벌어졌다. 비록 현장에 있던 카메라는 모두 타버리고 다 망가진 렌즈 몇 개만 남은데다 영상을 보던 시청자 중 많은 수가 현기증과 이명을 호소하며 병원으로 향했지만, 그래도 모두 입을 모아 칭찬을 멈추지 않았다. 올해의 춘완은 역대 춘완 중 가장 성공적인 프로그램이었노라고.

3

맞선

리(李)는 올해 스물일곱으로, 새해가 되면 스물여덟이 될 예정이었다. 어머니는 상대가 없는 리에게 선을 보라 재촉하곤 했다.

리가 말했다.

"선은 무슨 선이에요. 창피하게."

어머니가 말했다.

"창피할 일도 많다. 옛날에 내가 선을 안 봤으면 어디서 네 아버지를 만났겠어? 너는 어떻게 태어나고?"

"하나하나 다 비뚤어진 참외 아니면 깨진 대추 같은 사람들뿐인데, 어디 믿을 만한 데가 있어야지요."

"그래도 네가 찾는 것보다야 믿을 만하겠지."

"믿을 만하다는 것을 어떻게 아세요?"

"그쪽은 첨단 기술을 사용한다는구나."

"하이테크가 믿을 만하다고 어떻게 확신하시는데요?"

"쓸데없는 소리는 그만 하고. 갈 거냐, 말 거냐?"

이리하여 리는 목욕을 하고 옷을 갈아입은 다음 화장까지 하고 어머니를 따라 유명한 결혼정보회사로 향했다. 회사의 매니저는 아주 열정적인 태도로 리를 맞이했다. 리가 결혼 상대를 찾고 있다는 이야기를 들은 매니저는 일단 리에게 신원을 확인하겠노라고 말했다.

리는 달갑지 않은 마음에 의자에서 엉덩이를 엉거주춤 떼며 말했다.

"그런 귀찮은 일을 해야 하나요?"

매니저가 싱긋 웃었다.

"전혀 귀찮지 않을 겁니다. 우리에게는 첨단 기술이 있으니까요. 아주 빠르게 확인을 마칠 수 있습니다."

리는 여전히 마음을 놓지 못하고 다시 물었다.

"내 개인정보를 넘겨주면… 안전은 보장되나요?"

매니저는 여전히 웃고 있었다.

"안심하십시오. 저희는 이미 수년 동안이나 이 일을 하고 있지만, 문제가 생긴 적은 한 번도 없으니까요. 회원님으로부터 항의 한 번 받아본 적 없답니다."

리는 여전히 묻고 싶은 것이 많았지만, 곁에 있던 어머니가 재촉했다.

"빨리 끝내라! 꾸물거리지 말고!"

리는 단말기에 지문을 찍고 홍채를 인식해 개인 계정에 있는 정보를 모두 회사의 서버에 올렸다. 정보 기록이 끝나자 그다음에는 인물 스캔 과정이 있었다. 3분 후, 매니저가 다 되었다고 말하며 단말기 화면에서 영상 하나를 바닥을 향해 끌어내렸다. 곧 바닥에서 눈처럼 흰빛이 솟아오르더니, 빛 안에 한 치 크기만 한 사람이 나타났다. 얼굴 생김새며 몸매, 입은 옷이며 자태가 리와 무척 닮아 있었다.

작은 리는 사방을 둘러보더니, 바로 옆에 있는 작은 문으로 들어갔다. 문 안에는 작은 탁자 하나와 의자 두 개가 놓여 있었고, 역시 작은 남자가 탁자 앞에 앉아 있었다. 두 사람은 인사를 나눈 후 함께 이야기를 나누기 시작했다. 재잘재잘, 대화가 어찌나 빠르게 흘러가는지 대체 무슨 이야기를 나누는지 알아들을 수 없을 정도였다. 1분도 채 지나지 않아 작은 리가 자리에서 일어났고, 두 사람은 예의 바르게 악수하며 작별을 고했다. 그다음에 작은 리가 다시 옆에 있는 작은 문 안으로 들어갔다.

어머니가 옆에서 작은 목소리로 말했다.

"이 속도대로라면 1분에 한 명 선을 보는 셈이니 한 시간에 60명, 그럼 하루에…."

매니저가 여전히 싱긋 웃는 얼굴로 말했다.

"안심하셔도 좋습니다. 이건 예시로 보여드린 것에 불과하니까요. 실제로는 훨씬 빠르게 진행될 테니, 돌아가 기다려주십시오. 늦어도 내일이면 결과를 알려드릴 수 있을 겁니다."

매니저는 말을 하는 한편 손을 뻗어 가볍게 흔들었다. 바다 위 작은 사람은 더욱더 작아지기 시작해 마침내 아주 작은 붉은 점으로 변했다. 주변은 벌집을 연상시키는 작은 방들이 빽빽이 늘어서 있었고, 방 안에는 모두 붉은 점과 녹색 점이 움직이며 웅웅 소리를 내고 있었다.

리는 자신의 붉은 점을 찾을 수 없어 당황스러웠다.

"이렇게 해서 정말로 딱 맞는 상대를 찾을 수 있는 건가요?"

매니저가 웃으며 대답했다.

"우리 회사에 등록한 회원님들은 600만 명이 넘습니다. 그 모두와 선을 볼 수 있으니, 딱 맞는 상대를 찾을 수 있고 말고요."

리가 다시 물었다.

"이렇게 선을 보는 것이 정말 믿을 만한가요?"

매니저가 다시 웃으며 말했다.

"우리 회원님들의 데이터는 본인이 하나하나 기록한 것이고, 전부 엄격한 검증을 거쳤습니다. 데이터에 거짓이라고는 전혀 없지요. 우리의 데이트 프로그램도 최신판이고요. 지금까지 이 프로그램으로 내놓은 결과를 보고 만족하지 않는 경우가 없었습니다. 그러니 회원님도 안심하십시오. 혹시라도 만족하지 않으시면, 전액 환불해 드릴 테니까요."

리는 진행 상황을 좀 더 살피고 싶었지만, 어머니가 다시 재촉했다.

"자, 이만 가자. 뭘 그렇게 신경을 쓰고 있어."

다음 날 오후, 리는 회사의 매니저와 영상통화를 나눌 수 있었다. 첫 번째 스피드 데이트를 통해 모두 438명의 적합한 상대를 골라냈는데, 모두 건강하고 외모도 괜찮은 믿을 만한 상대들일 뿐 아니라 리와 배경도 비슷하고 취향도 잘 맞는 이들이라 했다.

리는 조금 얼떨떨한 기분이 되었다. 400여 명이라니, 하루에 한 사람을 만난다 해도 1년이 넘는 시간이 필요하지 않은가.

매니저는 여전히 싱긋 웃으며 말했다.

"이렇게 하시지요. 저희의 멀티 데이트 프로그램을 이용해보시는 겁니다. 그렇게 하면 400여 분의 상대와 깊이 있는 교류를 할 수 있고, 서로를 잘 이해할 수 있으니까요. '길이 멀면 말의 힘을 알 수 있고 시간이 흐르면 사람의 마음을 알 수 있다'라고 하지 않습니까. 오래 함께 지내보아야 누가 맞는 상대인지 알 수 있지요."

그래서 리는 열 개의 리를 백업해 각기 다른 상대와 데이트를 보내는 데 동의했다. 며칠 후, 매니저가 다시 전화를 걸어왔다. 열 개의 리는 이미 400여 명의 상대와 각각 열 번에 걸친 데이트를 끝냈고, 매번 리뷰 프로그램에 감상과 평점을 남겼다. 매니저는 데이트 열 번의 총점을 합산해 순서를 매긴 다음, 위에서 서른 명까지만 남기고 나머지는 고려 대상에서 제외하는 것이 어떻겠냐고 했다. 리는 좋은 아이디어라 생각했고, 마음속도 한결 편안해졌다.

다시 사흘이 지났다. 매니저는 더욱 심도 있는 교류와 관찰을 거친 결과, 30명의 데이트 상대 중 7명이 탈락했다고 말했다. 5명과는 진도가 영 느리게 나가고 있었고, 나머지 18명은 양쪽 모두 높은 만족도를 보였다. 그중 8명은 심지어 이미 결혼 의사까지 밝혀온 상태였다. 그 외 4명이 생활 습관이나 다른 부분에서 결점을 드러냈지만, 아직은 용납할 수 있는 범위 내의 결점이었다.

리는 한참 동안 대답하지 않았다. 그러자 매니저가 부드럽게 말했다.

"어머님께 도움을 청하시는 것은 어떨까요?"

리는 대오각성하여 그날로 어머니와 함께 회사를 방문했다. 어머니 역시 신분 증명과 개인정보 백업을 끝냈고, 이제 열 개의 어머니가 열 개의 리 옆에서 함께하게 되었다.

어머니의 조언에 힘입어 리는 빠르게 믿을 만한 결혼 상대 7명을 빠르게 골라낼 수 있었다. 매니저가 다시 말했다.

"저희에게는 웨딩 시뮬레이션 프로그램도 있으니 한번 시험해보시지요. 결혼 준비 과정에서 갈등이 생겨 헤어지는 커플도 많습니다. 결혼은 인생에서 아주 중요한 일이니, 신중할수록 좋지 않겠습니까."

그래서 7개의 리는 각기 다른 7개의 상대와 혼담을 주고받게 되었다. 양쪽 집안의 온갖 친척들까지 끼어들어 프로그램 속에서 시끄럽게 떠들기 시작했다. 그 과정에서 두 집안이 완전히 결렬되어 소매를 떨치고 물러났다.

매니저가 다시 말했다.

"신혼여행 시뮬레이션 프로그램도 있습니다. 예전에 대문호 한 분이 이런 말을 한 적 있지요. 부부가 한 달 동안 함께 여행하고도 싸우지 않는다면, 절대 이혼하지 않을 것이다."

그래서 다시 신혼여행 시뮬레이션 프로그램을 사용했다. 신혼여행 후에는 임신 시뮬레이션이 있었고, 그다음에는 출산 시뮬레이션, 산후조리 시뮬레이션도 있었다. 아들만 둥개둥개하고 부인에게는 신경 쓰지 않던 남자가 그 자리에서 탈락했다.

그다음으로는 아이를 양육하는 시뮬레이션, 두 사람 사이에 다른 사람이 끼어드는 경우의 시뮬레이션, 갱년기 이후 감정 변화와 관련한 시뮬레이션, 그 외에도 각종 인생에서 겪게 되는 커다란 좌절, 예를 들자면 교통사고, 신체 마비, 자식의 요절, 부모의 병환 같은 경우의 시뮬레이션이 있었다. 이러한 모든 시뮬레이션을 겪어낸 후에야 두 사람은 서로를 부축하며 양로원에 들어가 평화롭고 아름답게 생을 끝낼 수 있는 법이었다.

뜻밖에도 이 모든 시뮬레이션을 통과한 사람이 두 사람이나 되었다.

리는 여기까지 온 이상 두 사람 모두 실제로 만나봐야겠다고 생각했다. 매니저가 먼저 첫 번째 상대의 자료를 보내왔다. 리가 두근거리는 가슴으로 자료를 살펴보기 시작했을 때, 갑자기 뚜뚜 하는 경보음이 울리더니 매니저의 얼굴이 떠올랐다.

"죄송합니다, 회원님. 지금 보고 계신 상대분께서는 지금 우리 회사의 다른 회원님과도 데이트 프로그램을 진행 중이었는데, 조금 전 동일하게 우수한 결과가 나왔습니다. 불필요한 트러블을 막기 위해, 일단 그분과 대면하는 일은 미뤄두실 것을 말씀드립니다."

리는 뭔가 잃어버린 듯한 느낌이 들었다.

"어째서 좀 더 일찍 말해주지 않았죠?"

매니저가 말했다.

"데이트 프로그램은 시스템이 관리하기 때문에, 직원인 저희도 마음대로 자료를 들여다볼 수 없습니다. 어쨌든 회원님, 너무 안타까워하실 필요 없습니다. 아직 한 분 더 남아 계시지 않습니까."

리도 은근히 다행이라는 생각이 들었다. 역시 하이테크는 믿을 만하구나.

리는 다음 상대의 자료 파일을 클릭했다. 상대의 사진을 보는 순간, 리는 갑자기 눈앞이 아찔해 왔다. 미래의 기나긴 세월이 한순간에 펼쳐지고 있었다. 서로가 서로를 이해하고, 또한 불이 활활 타오르듯 사랑하고…. 리의 몸이 하늘하늘 떠오르며 마치 운우(雲雨)*가 되어 공중으로 흩뿌려지는 것 같았다.

그때 매니저의 목소리가 들려왔다.

"회원님, 마음에 드시는지요? 약속을 잡아볼까요?"

리가 대답했다.

"그럴 필요 없을 것 같아요."

---

* 구름과 비라는 의미이지만 남녀 간의 육체적인 정을 의미하기도 한다. 과거 초나라 양왕이 무산의 여신과 사랑을 나누었다는 이야기에서 유래했다.

리는 사진을 매니저에게 전송했다. 상대 역시 눈을 휘둥그레 떴다. 아주 한참의 시간이 흐른 후에야, 리가 마침내 얼굴을 붉히며 물었다.

"아직 당신을 무어라 불러야 하는지도 알지 못하네요."

매니저가 대답했다.

"편하게 불러주십시오. 저는 자오(趙)라고 합니다."

한 달 후, 리는 자오와 백년가약을 맺었다.

4
밸런타인데이

천(陳)과 정(鄭)은 모두 여자친구가 없었다. 밸런타인데이 당일, 두 사람은 기숙사 룸메이트인 황(黃)이 즐겁게 데이트하러 나갈 준비를 하는 것을 보고 섭섭한 마음에 황을 잡아끌었다.

"의리라는 것은 즐거움은 함께 나누고 어려움은 또 함께 버티는 것이지. 네 데이트를 우리에게 라이브로 보여주면 어때?"

황은 조금 당황하여 물었다.

"그냥 식사 정도 하고 거리를 돌아다니기나 할 텐데…. 뭐 그리 볼 만한 게 있다고?"

천이 말했다.

"그냥 뭔가 먹고 거리를 다니는 정도라면, 남에게 보여주지 못할 것도 없잖아?"

정도 말했다.

"그냥 좀 보고 싶어서 그래. 절대로 귀찮게 하지 않을 거라고."

천이 다시 말했다.

"게다가 처음에 우리가 머리를 맞대어 계책을 세워주고 또 힘을 모아주지 않았으면, 네 능력만으로 어디 칭(靑)과 사귈 수 있었겠어?"

정도 다시 말했다.

"사람이 그렇게 쩨쩨하게 굴면 안 되지."

황은 그만 말문이 막히고 말았다. 결국 둘을 당해내지 못하고 그리하겠다고 대답했다. 그러고는 영상 촬영 기능이 탑재된 콘택트렌즈를 착용하고 라이브 촬영 기능을 켰다. 황이 보는 모든 것은 이제 기숙사의 벽에 선명하게 투영되고 있었다. 테스트를 끝낸 황은 시간이 꽤 지난 것을 보고 다급하게 데이트 장소로 향했다.

학교 앞에서 만난 두 사람은 일단 근처의 레스토랑에서 식사하기로 했다. 개업한 지 얼마 되지 않은 이 레스토랑은 꽤 격조 높은 분위기였고, 가격도 다소 부담스러웠다. 황도 한참을 계산기를 두드린 끝에 이를 악물고 하루 전에야 겨우 예약하기로 마음먹었을 정도였으니까. 두 사람이 손을 잡은 채 레스토랑 앞에 도착했을 때, 양복에 가죽구두까지 빼입은 뚱뚱한 남자 몇 명이 레스토랑 문 앞을 지키던 직원과 다투는 광경을 보게 되었다.

"우리는 모두 단골 아니냐고. 3, 4일에 한 번은 먹으러 왔는데 어째서 오늘은 들여보내 주지 않는 거지?"

그러나 직원은 문을 굳게 지키며 예의 바르게 변명할 뿐이었다.

"정말 죄송합니다. 우리 가게는 오늘 밸런타인데이 이벤트 때문에 커플 손님의 예약만 받고 있습니다. 게다가 현재 만석이니, 손님들은 내일 다시 와주십시오."

그 말을 들은 남자는 화가 나서 얼굴이 벌겋게 달아올랐다. 그러나 남자가 펄펄 뛰며 화를 내려 했을 때, 곁에 있던 다른 남자가 말리기 시작했다.

"여기서 싸운들 무슨 소용 있겠어. 요즘 이런 가게들은 다 제멋대로 규칙을 정한단 말이야. 싸워도 결국 아무 소용 없으니, 우리 다른 데로 가자고."

황은 그 뚱뚱한 남자들이 성난 얼굴로 자리를 뜨는 것을 보고 다시 제 옆에 있는 칭을 바라본 다음, 마음속으로 약간의 우월감을 느끼며 칭의 손을 잡고 안으로 들어갔다.

두 사람은 자리에 앉아 식사를 주문했다. 막 애피타이저를 다 먹었을 때, 단정하고 훌륭한 옷차림에 고상해 보이는 지배인이 와인 한 병을 가지고 다가오더니 말없이 와인 뚜껑을 열려고 했다. 황은 와인의 가격이 절대 저렴하지 않다는 사실을 알아채고 재빨리 손을 뻗어 제지했다.

"술은 시키지 않았습니다."

지배인이 웃으며 대답했다.

"두 분은 지금 우리 가게에서 가장 주목받는 커플이십니다. 두 분이 가게에 들어오신 후로 지금까지 예약이 서른 건도 넘게 들어왔습니다. 사장님께서 두 분께 감사드리는 마음으로 20퍼센트 할인과 직접 추천하시는 와인 한 병을 제안하셨습니다."

황은 어리둥절했다.

"우리가 주목받고 있다고요?"

지배인이 대답했다.

"직접 인터넷을 통해 보시지요."

황이 휴대폰을 꺼내 웹에 접속했다. 언제부터인지 황과 칭의 데이트 라이브 방송이 웹으로 퍼져나가는 중이었다. 아주 짧은 시간에 이미 수만 명이 넘는 시청자가 그들의 데이트를 보고 있었고, 계속 새로운 리플이 올라오고 있었다.

'저 여자 정말 예쁜데. 남자가 부럽다.'

'예쁘긴 뭐가. 웃지 않고 있으면 그런대로 봐줄 만한데, 웃으면 잇새가 너무 벌어져 보이잖아. 깜짝 놀랐네.'

'방금 문 앞의 그 남자들 내가 아는 사람들이야. 우리 회사 옆 사무실에서 일하는 사람들이거든. ㅋㅋㅋ'

'여자분이 신은 구두 정보를 알 수 있을까요? 죄송하지만 고개 좀 아래로 숙여 구두 좀 자세히 봐주시겠어요?'

그 외에 뭐라 입에 담기 힘든 말들도 올라오고 있었고, 황은 온몸의 피가 얼굴로 몰리는 기분이 되었다.

곁에 있던 칭이 궁금한 듯 물었다.

"대체 어떻게 된 거야?"

황은 난처하고 부끄러웠지만, 어차피 숨기고 싶다 해서 숨길 수 있는 일이 아니었다. 그래서 처음부터 끝까지 상황을 설명한 다음, 재빨리 칭의 손을 잡고 속삭였다.

"제발 화내지 말아줘. 내가 바로 이 라이브 방송을 꺼버릴 테니까."

칭은 가볍게 한숨을 내쉬며 말했다.

"괜찮아. 이게 무슨 화까지 낼 일이라고. 여하튼 싱글들은 정말 불쌍하네. 밸런타인데이다 보니 어디 식사를 하러 갈 곳도 없고 놀러 갈 곳도 없고. 다른 사람의 데이트를 구경하는 게 뭐 불법적인 일도 아니잖아. 우리 저 사람들이 뭐라 하건 신경 쓰지 말고 그냥 데이트를 하면 되지, 뭐. 저 사람들도 좀 떠들다가 멈추겠지."

황은 칭이 이렇게 대범할 것이라고는 생각지 못하던 차라 감동한 나머지 하마터면 눈물을 흘릴 뻔했다. 그리고 콘택트렌즈와 휴대폰을 모두 꺼버린 다음, 칭에게만 집중하며 식사를 계속했다. 마침 내 디저트가 나왔을 때, 옆 테이블에 있던 스물 초반의 남자가 다가 오더니 두 손으로 그들의 테이블을 짚은 채 말했다.

"형님, 제가 의논드리고 싶은 일이 있습니다. 방금 인터넷에서 누가 현상금을 걸었습니다. 이 식당에 있는 누구건 형님 여자친구분 께 입술을 맞추고 싶은 사람이 있느냐면서요. 생각보다 사람들이 열 정적이라, 반 시간도 채 지나지 않아 1만 위안이 모였지 뭡니까. 솔 직히 말해 저도 1만 위안 정도는 그렇게 아쉽지 않습니다만, 어쨌든 꽤 재미있어 보여서 말입니다. 형님께서 승낙하시면 우리 그 1만 위 안은 반씩 나눠 가지도록 하죠. 제 여자친구도 동의했습니다."

아니나 다를까, 옆 테이블에서 화사하게 차려입은 여자가 생글 거리며 그들에게 손을 흔들고 있었다. 황이 다시 주변을 둘러보니 각각의 테이블을 채우고 있는 커플들이 모두 황과 칭을 바라보고 있 었는데, 휴대폰을 들고 촬영하는 사람도 있었다. 황은 다시 고개를 들어 제 앞에 있는 남자를 바라보았다. 남자의 왼쪽 눈에 붉은빛이 작게 반짝이고 있었다. 이 남자도 계속 라이브 방송을 하고 있었던 것이었다. 황은 문득 숨이 막혀오는 것을 느꼈다. 마치 제 주변의 모 든 공기가 사람들의 얼굴로 변한 것만 같았다. 황은 이 피할 길 없는 시선 속에서 억눌려 죽을 것만 같은 기분이었다.

칭이 자리에서 일어나더니 남자의 눈을 노려보며 말했다.

"꺼져."

두 사람은 잠시 서로 응시했다. 결국에 남자가 어깨를 으쓱하며 물러났고, 칭은 다시 황의 손을 잡아끌며 말했다.

"우리 이만 나가자."

두 사람은 계산하고 레스토랑을 나온 다음, 손을 잡은 채 잠시 달렸다. 그들은 넓은 거리를 달려 모퉁이를 돈 다음에야 겨우 발걸음을 멈추고, 꽃샘추위 속에서 숨을 크게 들이마셨다.

잠시 후, 칭이 물었다.

"우리 이제 어디로 가면 좋지?"

황은 주변을 둘러보았다. 투명하게 안이 보이는 유리 진열장이며 광고판, 그리고 길을 가는 행인들의 눈…. 그 어디에서나 붉은빛이 반짝이고 있는 것 같았다. 황은 미간을 찌푸린 채 한참 고민하다가 갑자기 좋은 생각을 떠올렸다.

"영화를 보러 가자."

영화관은 어두컴컴하니 그 누구도 그들을 방해하지 않을 것이다. 칭도 환하게 웃으며 고개를 끄덕였다.

"역시 넌 머리가 좋다니까."

두 사람은 여전히 손을 잡은 채 극장으로 향했다.

밸런타인데이의 영화관은 매우 혼잡했다. 두 사람은 곧 상영이 시작될 영화를 고르고, 음료수며 군것질거리를 사 들고 안으로 들어갔다. 상영관 안 불이 꺼지고 이제 서로가 서로를 볼 수 없는 어둠이 내려앉았다. 황은 그제야 마음이 편안해지는 것을 느낄 수 있었다. 영화가 시작된 지 10여 분이 지나자, 칭이 천천히 황에게 기대왔다. 칭의 머리가 어깨에 닿는 순간, 황의 가슴에 꿀처럼 달콤한 파문이 일어나기 시작했다. 황은 살짝 고개를 숙여 스크린의 빛을 받아 희미하게 보이는 칭의 옆얼굴을 바라보았다. 칭의 입술은 금방이라도 피어날 꽃처럼 통통하게 부풀어 있었다. 황은 그 입술에 입을 맞추고 싶었지만, 혹시 자신이 너무 경솔한 행동을 하는 것은 아닌지 걱정스럽기도 했다. 그래서 한참을 안절부절 고민했다. 그리고 마침내 용기를 내어 칭에게 손을 뻗으려는 순간, 눈앞의 스크린이 갑자기 어두워졌다.

황은 대체 무슨 일이 벌어지고 있는지 알지 못해, 일단 어둠 속에 그대로 앉아 있었다. 그때 갑자기 딩동 소리가 들리더니, 스크린이 다시 밝아졌다. 황은 영화가 다시 시작되는 모양이라 생각했지만, 자세히 살펴보니 그렇지 않았다. 지금 스크린을 채우고 있는 것은 한 아기의 영상이었다. 울고 있는 아기의 모습, 그리고 웃고 있는 모습…. 어떤 영상은 흐릿했고 또 어떤 영상은 또렷하게 보였는데, 모두 함께 편집되어 흘러가고 있었다. 황은 점차 그 영상의 주인공을 알아볼 수 있었는데, 스크린에 비친 여자아이는 바로 칭이었다. 칭은 강보에 싸인 아기에서 점점 자라 늘씬한 소녀로 변했다. 음악의 선율이 높아지더니 생긋 웃는 칭의 모습이 스크린 가득 나타났다 사라졌다. 칭의 아름다운 모습에 혼이 나갈 듯한 느낌을 받고 있노라니, 어두워진 스크린에 다시 커다란 글씨가 나타나기 시작했다.

'칭, 사랑해. 너의 전부를 사랑해. 네가 존재하는 매 순간을 사랑할 수밖에 없어.'

그리고 다시 새로운 글자가 떠올랐다.

'나와 결혼해줘.'

황은 황급히 옆을 바라보았다. 칭이 커다란 두 눈을 반짝이며 눈물을 흘리고 있었다. 그리고 울먹이듯 떨리는 목소리로 속삭였다.

"정말…."

황도 떨리는 목소리로 대답했다.

"내가… 아니야…."

갑자기 불이 들어오며 상영관 전체를 밝게 비췄다. 작은 그림자 하나가 스크린 아래쪽에 나타났다. 그 그림자는 눈처럼 새하얀 스포트라이트를 받으며 칭에게 한 걸음 한 걸음 다가왔다. 그 남자는 검은 양복을 입고 99송이의 붉은 장미를 안고 있었는데, 스포트라이트의 강한 불빛에 파묻혀 얼굴의 생김새는 잘 보이지 않았다.

남자는 마침내 칭 앞으로 다가와 한쪽 무릎을 꿇고 말했다.

"나의 경솔한 행동을 용서해주겠소? 나는 그저 그대에게 기쁨을 선사하고 싶었다오."

칭이 떨리는 목소리로 말했다.

"저는 당신을 모르는데요."

남자가 대답했다.

"그게 무슨 상관이오? 우리는 모두 모르는 사이에서 아는 사이가 되는 것 아니오? 오늘 인터넷을 통해 처음으로 그대를 보았소. 이유는 알 수 없지만 단 한 번 보는 것만으로 나는 그대에게 깊이 흔들리고 말았다오. 그대가 카메라를 향해 '꺼져'라고 말하는 순간, 내 마음 깊은 곳은 이미 결정을 내렸소. 그대는 내가 평생 찾아왔던 여인이오. 그래서 나는 서둘러 그대와 관련한 모든 영상을 수집하고 이 모든 것을 준비한 다음, 그대에게 구혼하기 위해 이곳으로 왔소. 그대 곁에 다른 누군가가 있건 없건, 또 그대가 어찌 생각하건 나는 상관없소. 나는 그저 그대에게 내 마음에서 우러나온 진실만을 말하고 싶다오. 칭, 나는 평생 그대가 아니면 어떤 여인도 받아들이지 않을 것이오. 나는 내 모든 마음을 다해 그대를 사랑하고 그대를 지킬 것이니, 그대가 나에게 그럴 기회를 준다면 나는 반드시 그대를 행복하게 해주겠소."

황은 칭의 차가운 손이 마치 물고기처럼 손 안에서 미끄러지는 것을 느낄 수 있었다. 황의 온몸에서도 땀이 배어 나왔고, 가슴은 답답해 죽을 지경이었다. 주변에 다시 수많은 붉은 빛이 깜빡이기 시작했다. 상영관 안의 모두가 그들을 지켜보며 또 촬영하고 있었다.

이 세상은 순식간에 진실이 아닌 무엇인가로 변해버린 것 같았다. 오늘이 밸런타인데이라고? 아니, 그보다는 만우절에 훨씬 가깝지 않은가!

황은 다시 칭을 바라보았다. 칭은 창백해진 얼굴로 입술을 떨고 있었다. 마침내 칭이 손을 내밀더니, 옆자리에 있던 팝콘통을 들어 사납게 상대의 얼굴을 내리치고 날카로운 목소리로 외쳤다.

"미친 새끼!"

밤이 되었다. 황은 칭을 바래다주었다. 두 사람이 맥이 풀린 채 기숙사에 도착했을 때, 드문드문 나무 그늘 사이로 서로 끌어안은 채 헤어짐을 아쉬워하는 커플들이 보였다.

칭이 계단을 올라가다가 갑자기 뒤를 돌아보더니 생긋 웃었다.

"오늘 있었던 일들, 마음에 담아두지 마. 모두 지나갈 테니까."

황은 고개를 끄덕였지만, 머릿속은 여전히 몽롱하기만 했다.

칭이 다시 말했다.

"기숙사 룸메이트들에게 화를 내지 말고. 앞으로 계속 같이 지내야 하잖아."

황은 다시 고개를 끄덕였다.

칭이 이어 말했다.

"원래 사람들은 아무 말이나 하게 되어 있어. 그 사람들 마음대로 떠들라고 해. 얼마 지나지 않아 사람들 모두 오늘 있었던 일을 깨끗하게 잊을 테니까."

황은 그저 고개만 끄덕였다.

칭이 마지막으로 말했다.

"당분간 우리는 만나지 말도록 해. 일단 각자 일을 처리한 다음,

시간이 좀 흐른 후 다시 이야기를 나눠보는 것이 좋을 것 같아."

황은 고개를 끄덕이지 않았다. 칭도 그 이상 아무 말도 하지 않고 몸을 돌려 기숙사 안으로 들어갔다.

초승달이 천천히 나뭇가지 끝에 걸리고 있었다. 불어오는 밤바람에 나뭇가지들이 바스락거리는 소리를 냈다. 황은 그 자리에 선 채 잠시 달을 보다가 느릿느릿 걸어 기숙사로 돌아가기 시작했다.

5
동창회

봄방학을 맞아 집으로 돌아온 양(楊)은 고등학교 때의 동창인 류(劉)의 전화를 받았다. 졸업한 지 10년이 지났으니 모두 함께 모였으면 한다는 내용이었다.

양은 수화기를 내려놓고 감개무량한 기분으로 중얼거렸다.

"어느새 10년이나 지났다니."

동창회 날은 미세먼지가 매우 짙어 창밖이 뿌옇게 흐려져 있었다. 아무것도 보이지 않는 날씨에 양은 마음이 놓이지 않아 류에게 전화를 걸어 날짜를 바꿔야 하지 않겠느냐고 물었다. 그러나 류는 완강했다.

"그럴 필요 없어. 원래 미세먼지 속에서 보는 꽃이 가장 아름다운 법이니까."

양은 차에 올라탄 다음 미세먼지가 심한 날 전용 내비게이션 시스템을 작동시켰다. 차창 위로 거리가 투영되고, 차량과 행인들의 동태도 아이콘으로 표시되어 내내 무사하게 운전할 수 있었다. 졸업한 고등학교가 보이기 시작하자, 도로에 이미 멈춰 있는 차들이 여러 대 보였다. 어떤 차는 양의 차보다 좋지 않았고 어떤 차는 더 비싸 보였다. 양은 미세먼지를 방지하기 위한 마스크를 쓰고 차에서 내렸다. 마스크의 코 부분에는 공기를 정화시키는 막이 붙어 있었고, 시야를 확보해주는 윈도우에도 아이콘을 띄울 수 있어 짙은 미세먼지 뒤에 숨어 있는 모든 것을 눈앞에 드러내주었다. 양은 마스크를 통해 사방을 둘러보았다. 고등학교의 대문은 기억 속의 풍경과 일치했고, 높은 철책도 여전히 우뚝했을 뿐 아니라 황금빛 글자도 붉은 벽돌 담장 위에서 예전과 마찬가지로 빛을 발하고 있었다. 철문 안쪽의 건물들이며 나무들도 전혀 변하지 않았다. 바람이 불어오자 푸른 잎사귀들이 바스락거리는 소리도 희미하게 들려왔다.

양은 낯익은 강의동을 지나 모두 함께 국기를 게양하며 아침 체조를 하던 운동장으로 향했다. 운동장에는 사람들이 잔뜩 모여 삼삼오오 대화를 나누고 있었는데, 이미 대충 다 모인 것처럼 보였다. 모두 얼굴에 마스크를 쓰고 있었지만, 각자의 마스크에 얼굴이 하나씩 반짝이고 있었다. 자세히 살펴보니 대부분 고등학교 시절의 오래된 영상이었다. 양은 속으로 꽤 재미있다고 생각하며 개인 데이터베이스에서 옛 사진을 하나 골라 자신의 마스크에 투영시켰다. 곧 몇몇 사람이 곁으로 다가왔는데, 모두 예전에 사이가 좋았던 친구들이었다. 양도 그들과 이야기를 나누기 시작했다. 졸업은 했는지, 또 어디서 일하고 있는지, 결혼은 했는지 집은 장만했는지…. 모두 활기차게 웃고 떠들고 있었다.

한참 흥에 겨워 이야기를 나누고 있노라니 갑자기 높은 곳에서 누군가의 목소리가 들려왔다. 고개를 들어보니 언제부터인지 류가 단상에 올라가 마치 예전에 교장 선생님이 훈화 말씀을 할 때와 같은 모습으로 마이크를 들고 있었다. 류는 살짝 울적한 목소리로 말했다.

"여러분, 모교로 돌아오신 것을 환영합니다. 올겨울 학교가 개축 공사에 들어가는 바람에 강의동이 여럿 철거되었습니다. 그래서 안타깝지만, 모두를 운동장으로 모이게 하는 수밖에 없었습니다."

양은 마침내 깨달을 수 있었다. 학교 문 안으로 들어오며 보았던 그 건물들은 사실 과거의 영상을 투영한 것에 지나지 않았다. 예전에 수업을 들었던 교실이며 식사를 했던 식당, 그리고 점심시간에 몰래 올라가 졸곤 하던 옥상은 모두 이미 철거된 것일까?

류가 다시 말했다.

"그러나 이 운동장은 우리 반이었던 여러분에게 아주 의미 깊은 곳입니다. 다들 기억하고 있을지 모르겠지만…."

사람들은 모두 조용해졌다. 류는 일부러 신비스러운 동작으로 어디에서 꺼냈는지 모를 물건을 높이 들어 올렸다. 물건은 천으로 덮여 있었고, 류는 감동에 젖은 목소리로 외쳤다.

"이번에 운동장 개축 공사를 하던 중, 한 인부가 과거 우리 반이 묻어놓은 타임캡슐을 발견했습니다. 방금 살펴보았는데 아주 완벽한 상태로 보존되어 있더군요. 그리고 지금 그 타임캡슐은 바로 제 손안에 있습니다!"

류는 과장된 몸짓으로 천을 벗겨내고 네모나게 각진 은색 상자를 보여주었다. 모두 순식간에 왁자지껄 떠들어대기 시작했다. 양의 심장도 두근거리고 있었다. 여전히 생생한 기억이 물밀 듯이 밀려왔다. 졸업식을 하던 날, 누군가가 갑자기 기발한 생각이 났다며 모두 영상을 찍자고 제안했다. 영상을 입체 영상기에 저장한 다음, 운동장 구석 높은 나무 아래 묻어두었다가 10년 후 다시 파내어 함께 보자는 이야기였다. 류가 군이 오늘 사람들을 불러모은 것도 이상한 일이 아니었다. 원래 사람들을 불러모은 진정한 이유가 바로 이 타임캡슐을 함께 보기 위한 것이었다.

류가 다시 말했다.

"모두 기억하겠지만, 그때 우리 모두 마지막으로 장래 실현하고 싶은 꿈을 이야기했었습니다. 그 후로 10년이 지났습니다. 우리 중 누가 꿈을 이룬 승리자인지 알아봅시다."

모두 더욱 흥분하여 박수하기 시작했다. 류가 다시 말했다.

"자, 상자가 제 손안에 있으니, 저부터 시작해 보겠습니다."

류가 다섯 손가락을 상자 위에 가져다 대자, 푸른 불빛이 마치 외로운 눈알처럼 어둡게 빛나기 시작했다. 상자 위로 뻗어 나온 불빛이 두어 번 흔들리더니, 막 열여덟 살이 된 류의 모습으로 변했다.

모두 고개를 들어 류의 고교 시절 영상의 편린들을 지켜보았다. 류는 반장이었다. 류는 행동거지도 바르고 공부도 잘하는 모범생이었고, 학교를 대표하여 축구 경기에 나가 골을 넣기도 했다. 취미 생활을 위한 동아리도 조직해 모두를 이끌고 대회에 나가기도 했다. 비록 그 대회에서 탈락했지만, 선생님과 친구들의 응원을 받으며 계속 노력했다. 어린 류는 눈물을 글썽이며 말했다.

"나는 모교를 영원히 기억할 것입니다. 모교가 나를 자랑스러워하게 만들 것입니다."

어린 류는 또 이렇게도 말했다.

"나는 10년 후, 바다를 볼 수 있는 사무실에서 일하고 싶습니다."

빛이 꺼지더니 물이 밀려 나가듯 영상도 사라졌다. 류가 휴대폰을 들어 올리자 사진 한 장이 허공에 투영되었다. 사진 속 류는 상당히 성숙해 보이는 모습으로, 양복을 입고 사무실 탁자 앞에서 환하게 웃고 있었다. 류의 등 뒤 거대한 창밖으로 바다가 보였는데, 흰 구름이 떠가는 푸른 하늘 아래 짙푸른 바다의 모습은 마치 엽서에 그려진 풍경처럼 아름다웠다.

모두 박수로 류가 꿈을 이룬 것을 축하했다. 양도 함께 박수를 치면서도 속으로는 뭐라 표현하기 어려운 감정을 느끼고 있었다. 이런 것은… 동창회라기보다는 텔레비전의 리얼리티 쇼 같은 느낌이었다. 그러나 류는 이미 단상에서 내려와 상자를 다른 동창에게 넘기고 있었다. 다시 사람들의 머리 위로 빛이 반짝였고, 양도 고개를 들어 모두와 함께 영상을 바라보았다.

온갖 추억들을 볼 수 있었다. 수업을 듣던 추억, 시험을 보던 추억, 국기를 게양하고 모두 함께 체조를 하고…. 누군가가 지각하는 영상이며 수업이 끝난 후 하교하는 영상도 있었다. 자율학습 시간이며 무단결석을 하는 모습, 또 싸움과 흡연과 실연 같은 추억들도 영상으로 남아 있었다. 그리고 온갖 종류의 꿈들이 그 안에 있었다. 연애와 관련한 꿈, 직업과 관련한 몽상, 여행을 가겠다는 희망…. 어떤 명사들과 어떤 장소들, 또 어떤 물건들이 끊임없이 나열되었다. 마침내 양은 자기 자신의 영상을 볼 수 있었다. 짧게 자른 머리에 까맣고 마른 모습의 자신을 보자, 양은 문득 부끄러움을 느꼈다. 어린 시절의 자신은 변성기가 온 목소리로 말하고 있었다.

"나는 재미있는 사람이 되고 싶습니다."

그 순간 양은 당황하여 어쩔 줄 모르는 표정이 되었다. 내가 이런 말을 했었다니! 어쩌다 이런 말을 한 것일까? 과거 자신이 대체 무엇 때문에 저런 말을 했는지 전혀 기억할 수 없었다. 그러나 우레와 같은 박수 소리가 들리더니 모두 큰 소리로 웃으며 양의 아이디어가 꽤 기발하다고 칭찬했다. 다들 재미있는 모양이었다.

양은 상자를 옆으로 넘겼다. 짙은 미세먼지 속에서도 제 이마에 땀이 배는 것을 느낄 수 있었다. 그저 이 모든 것이 빨리 끝나버렸으면 좋겠다는 생각뿐이었다. 어서 차를 몰고 집으로 돌아가고 싶다. 이 마스크를 벗어버리고… 뜨거운 물에 푹 잠겨 목욕이나 했으면….

그때 옆에서 한 여자아이의 목소리가 들려왔는데, 상당히 익숙한 느낌이었다. 양은 자신도 모르게 고개를 들었다. 우연하게도 눈에 들어온 것은 양과 고교 시절 3년 내내 같은 책상을 썼던 예(葉)였다.

예에 대한 기억은 희미했다. 아주 평범한 생김새로 특별히 예쁘거나 한 구석은 없지만 그렇다고 또 특별히 보기 흉하거나 한 부분도 없었다. 아주 영리하지도 않고 또 아주 둔하지도 않은 정말 보통의 여자애였던 것 같았다. 양은 다시 한번 기억을 더듬어보았고, 예가 유달리 잘 웃었던 것 같다는 기억을 떠올렸다. 이가 가지런하지 않아 웃기 시작하면 조금 바보 같아 보였던 것도 같고…. 아, 맞다. 예는 가끔 이상한 행동을 하곤 했다. 교과서에 뭔가를 쓰거나 그림을 그리기도 했고, 또 때때로 갑자기 눈을 감고 두 손으로 관자놀이를 누르며 입속으로 뭔가 주문을 외우기도 했다. 물론 양은 한 번도 예에게 무슨 주문을 외우고 있는지 물어본 적 없었다. 그리고 지금 열여덟 살의 예가 어딘가 연약하게 들리면서도 담담한 목소리로 말하고 있었다.

"나는 무슨 특별한 꿈은 없어. 10년 후의 내가 어디에 있을지 알지 못하니까."

예는 계속 말하고 있었다.

"사실 나는 모두가 무척 부러워. 너희 모두가…. 나는 너희가 미래를 꿈꿀 수 있다는 것이 너무나 부러워. 너희가 가진 많은 것들이…. 태어나기 전부터 아빠와 엄마가 너희를 위해 계획을 세워주고 그랬던 것이, 너희에게 별다른 변고가 생기지 않는 한 한 걸음 한 걸음 앞으로 걸어갈 수 있을 거라는 사실이 너무나 부러운 거야."

예는 다시 말했다.

"내가 태어나기 전, 유전병에 걸렸다는 것이 밝혀졌어. 의사는 내가 아마 스무 살을 넘기지 못할 거라고 말하면서, 엄마에게 나를 낳지 말라고 권했어. 하지만 엄마는 여전히 나를 낳겠다고 우겼고, 이 일로 인해 아빠와 자주 다퉜다고 해. 내 부모님은 결국 이혼하셨지."

예가 다시 이어 말했다.

"내가 아주 어렸을 때 엄마가 이 이야기를 나에게 해주셨어. 엄마는 그렇게 말했지. 장래에 내가 어떤 모습으로 살아가게 되는지는 모두 나 자신에게 달려 있다고, 엄마는 전혀 도와줄 수 없노라고. 엄마는 내가 어떤 결정을 내리는 것조차 도와줄 수 없다고 말했어. 내가 어디로 가서 놀지, 어떤 친구를 사귀고 또 어떤 책을 살지, 그리고 어떤 학교에 갈지…. 그 모든 것을 말이야. 엄마는 이미 나를 대신해 일생에서 가장 중요한 결정을 내려주었으니까. 그러니까 이 세상에 태어날지 태어나지 않을지 하는 그 결정 말이야. 앞으로는 어떤 결정을 내리건 엄마와 의논할 필요가 없다고 그러셨어."

예는 여전히 말하고 있었다.

"나는 내가 앞으로 얼마나 더 살 수 있을지 몰라. 나는 내일 죽을 수도 있고, 앞으로 몇 년 더 버틸 수도 있어. 지금까지 내가 결정을 내리지 못한 것이 하나 있는데, 바로 죽음에 직면했을 때 무슨 일을 할까 하는 것에 관한 결정이야. 나는 나보다 오래 살 수 있는 모든 이들이 부러워. 모두 나보다 오랜 시간 생각할 수 있고, 또 그 생각을 실현할 시간도 많을 테니까. 가끔은 또 오래 사는 것이나 짧게 살다 가는 것이나 큰 차이가 없다고 생각하기도 하지만."

예가 다시 말했다.

"사실 나도 꿈이 아주 많아. 우주선을 타고 우주로 날아가는 꿈, 화성에서 결혼식을 올리는 꿈…. 가끔 아주 오래 사는 꿈을 꾸기도 해. 천 년, 아니 만 년 후 세계가 어떻게 변했을지 상상하기도 하니까. 또 아주 위대한 인물이 되는 꿈을 꾸기도 하지. 그렇게 되면 내가 죽은 후에도 사람들이 내 이름을 기억해줄 텐데. 그리고 작은 꿈들도 있어. 유성우를 보고 싶은 꿈, 시험에서 1등을 해보는 꿈, 엄마를 기쁘게 해주는 꿈…. 생일에 좋아하는 남자애가 나를 위해 노래를 불러주는 꿈, 차에서 지갑을 훔치는 도둑을 발견하고 용감하게 쫓아가 잡는 꿈 같은 것도 꾸지. 그래, 나도 가끔은 그런 작은 꿈을 실현하기도 하는데, 그때마다 기뻐해야 하는 건지도 잘 모르겠어. 꿈을 이룬 다음 날 내가 죽어버린다면 나는 이런 삶도 충분했다고 생각할 수 있을까…. 아주 완벽한 삶이었다고, 어떤 여한도 없다고 그렇게 말이야."

그리고 예는 또 말했다.

"나는 10년 후 모두를 만나고 싶어. 그리고 모두가 어떤 꿈을 이루었는지 듣고 싶어."

말을 마친 예는 사라져 보이지 않게 되었고, 빛은 점점이 흩어졌다. 잠시 침묵이 흐른 후, 갑자기 누군가가 외쳤다.

"예는?"

양이 아래를 내려다보니 은색 상자는 바닥에 떨어져 있었고, 상자 주변으로는 온통 검은 구두코뿐이었다. 다시 주변을 둘러보았다.

마스크 위로 여전히 사람의 얼굴이 반짝이고 있었지만, 더는 누가 누구인지 분별할 수 없었다.

사람들이 웅성거리기 시작했다. 누군가가 말했다.

"귀신이 왔다 간 거야?"

또 누군가가 대꾸했다.

"누가 장난을 친 거겠지."

물론 이렇게 말하는 사람도 있었다.

"3년 동안 같은 반이었는데, 이런 이야기는 들은 적 없어. 이게 정말이야, 아니면 거짓말이야?"

또 누군가가 말했다.

"그런 이상한 병에 대해서는 들어본 적도 없고 말이야."

모두 한참 동안 이야기를 나눴지만, 결론은 나지 않았다. 예 본인을 찾을 길도 없으니, 이 일은 이대로 흐지부지되고 말았다.

양은 모두와 함께 저녁을 먹고 술을 마신 다음 혼자 집으로 돌아왔다. 창밖은 여전히 미세먼지로 어두웠고, 사이사이로 보이는 붉고 푸른 불빛은 마치 물감처럼 번져가고 있었다. 양은 침대에 쓰러져 어지러운 머리로 잠이 들었지만, 한밤중에 그만 잠에서 깨고 말았다. 문득 무어라 표현할 수 없는 공포를 느꼈다. 다음 날 태양을 다시 보지 못할 것 같은, 꿈속에서 얼떨결에 죽어버릴지도 모른다는 그런 공포였다. 지금까지 살아온 삶을 떠올렸다. 고등학교를 졸업한 후 10년 동안의 세월이 순식간에 스쳐 갔다. 인생이란 원래 화사한 꽃을 그린 그림처럼 아름다운 것이어야 하는데… 지금은 그 그림 한 구석이 찢어져 버린 것 같았다. 그 속은 깊은 어둠뿐, 도무지 바닥이 보이지 않았다. 하늘에서 미세먼지가 자욱한 심연 속으로 떨어져버린 기분이었다. 빛이라고는 전혀 보이지 않는 세상에서 볼 수 있는 모든 것은 그저 등 뒤의 텅 빈 공간뿐이었다. 양은 자신도 모르게 몸을 웅크린 채 흐느끼다가, 갑자기 저녁에 먹은 안주며 술을 베개에 잔뜩 토해버리고 말았다.

다음 날은 짙은 미세먼지가 걷혔다. 양은 자리에서 일어나 창밖의 맑은 하늘을 바라보았다. 아주 상쾌했다. 전날의 불쾌한 기분은 그렇게 잊히고 말았다.

6
축수(祝壽)

저우(周) 할머니의 아흔아홉 번째 생일이 얼마 남지 않았다. 가족들은 저우 할머니의 백수(白壽)를 축하하기 위해 여러 가지로 준비를 했다. 그러나 저우 할머니가 욕실에서 미끄러져 그만 발뼈에 금이 가고 말았다. 다행히 제때 치료를 받아 큰 문제는 생기지 않았지만, 어쨌든 근육과 뼈가 모두 상한 상황이었다. 저우 할머니는 이일로 인해 기분이 울적해져 매일 휠체어에 앉은 채 한숨을 내쉬곤 했다.

저녁이 되어 하늘이 어두워졌을 무렵, 저우 할머니가 방 안에서 홀로 졸고 있노라니 갑자기 문을 두드리는 소리가 들렸다. 졸린 눈을 떠보니 흰옷을 입은 그림자가 허공에 떠올라 있었다. 그 흐릿한 모습은 마치 하늘에서 내려온 선녀처럼 보였다.

저우 할머니가 물었다.

"무슨 일이지, 아가씨?"

그 아가씨는 사람이 아니라 이 양로원의 서비스 시스템이었다. 나이 때문에 눈이 침침해 아가씨의 모습을 제대로 볼 수 없었지만, 말투며 목소리가 자신의 손녀와 비슷하다고 계속 생각하고 있었다.

아가씨가 말했다.

"할머니, 자식들과 손주들이 할머니께 축수를 드리러 왔어요."

저우 할머니가 대답했다.

"축수는 무슨. 나이를 먹는 것은 고통이야, 고통."

아가씨가 다시 말했다.

"할머니, 그렇게 말씀하시지 마세요. 가족분들의 성의를 생각하셔야죠. 모두 할머니께서 오래오래 사시기를 바라고 있어요."

저우 할머니는 여전히 한마디 하려 했지만, 아가씨가 재빨리 이어 말했다.

"그렇게 찌푸린 얼굴 하지 마시고요. 가족분들이 보시면 제가 할머니를 제대로 돌봐드리지 못했다 오해하겠어요."

저우 할머니가 생각하기에도 이 아가씨는 확실히 자기를 세심하게 돌보고 있었다. 마치⋯ 친손녀나 친손자와 거의 다름없이 말이다. 저우 할머니의 마음이 녹아내렸고, 얼굴도 상당히 온화해졌다. 아가씨가 생긋 웃으며 말했다.

"그래요, 그러셔야죠. 자, 일어나 앉아보세요."

바닥에서 눈처럼 새하얀 빛이 솟아오르더니, 작디작은 방을 또 다른 모양으로 비추기 시작했다. 이제 저우 할머니는 고색창연한 대청에 앉아 있었다. 붉은 등불이 걸려 있고, 벽에는 역시 붉은색으로 쓰인 수(壽)자가 붙어 있었다. 저우 할머니는 새로 재단한 붉은 옷을 입은 채 자홍목(紫紅木)으로 조각한 의자에 앉아 있었고, 주변의 탁자에 앉아 있는 이들도 모두 붉은 옷을 입고 있었다. 저우 할머니는 눈이 좋지 않아 모두의 얼굴을 자세히 살펴볼 수 없었지만, 사람들이 웃고 떠드는 소리며 밖에서 계속 터지고 있는 폭죽 소리는 들을 수 있었다.

먼저 큰아들이 제 가족들을 이끌고 다가와 축수(祝壽)의 절을 올렸다. 큰아들의 가족은 무려 열 명이 훌쩍 넘었는데, 항렬에 따라 차례대로 무릎을 꿇고 절을 했다. 저우 할머니는 가족들이 데려온 작은 아이들을 살펴보았다. 남자아이도 있고 여자아이도 있었다. 또 피부가 까만 아이도 있고 하얀 아이도 있었는데, 아이들의 이름을 거의 기억할 수 없었다. 어떤 아이는 낯가림이 심한지 눈을 휘둥그레 뜬 채 어른 뒤에 숨어 있었고, 어떤 아이는 장난스러운 표정으로 작은 입을 벌리고 재잘재잘 외국어를 쏟아내 어른들의 박수를 받았다. 커다란 인형만 한 아기 하나는 어른의 품에서 잠들어 있었는데, 아기 엄마가 웃으며 말했다.

"저희가 있는 이쪽은 아직 아침 5시라서요."

저우 할머니가 대답했다.

"아이가 계속 자도록 내버려두거라. 아이가 잠을 잘 자는 그게 다 복이란다."

저우 할머니에게 축수 올리는 사람들이 마치 주마등처럼 계속 바뀌었다. 큰아들 가족이 시끌벅적한 인사를 끝냈을 때는 이미 15분 가까이 지나 있었다.

다음은 둘째 아들의 가족, 그다음은 큰딸 가족, 또 다음으로는 둘째 딸 가족의 축수가 있었다. 뒤이어 옛 동창들과 전우들, 한때 가르쳤던 학생들이며 사돈, 또 먼 친척들의 축수가 이어졌다. 저우 할머니는 오래 앉아 있다 보니 눈도 침침하고 목도 좀 마르는 기분이 들었다. 그러나 곳곳에 멀리 떨어져 사는 이들이 시간을 내어 이리 모이는 게 쉽지 않은 일이라는 것을 알고 있었기에, 억지로 정신을 다잡고 그들을 응대했다. 아무튼 과학 기술이라는 것은 좋은 것이다. 얼굴 좀 보자 이렇게 말만 하면 얼굴을 볼 수 있고, 크게 신경을 쓰거나 걱정할 필요도 없고…. 저우 할머니는 방 안을 가득 채운 사람들의 모습을 보며 갑자기 감개무량한 기분이 들었다. 이리도 많은 사람이, 다들 멀리 떨어져 사는 이들인데… 나를 위해 모두 이곳에 나타나주다니…. 그래, 이게 나다. 나는 평생 수많은 길을 걸었고 아주 많은 일을 겪었다. 그리하여 이렇게 서로 잘 모르는 이들과 넝쿨처럼 얽히게 되었고, 그들이 바로 나를 위해 함께 모이게 된 것이다. 아흔아홉 살이라, 세상에 아흔아홉 살을 맞이할 수 있는 사람이 얼마나 될까?

흰옷을 입은 그림자가 가까이 날아왔다. 저우 할머니는 아가씨가 다시 다가왔다고 생각했지만, 그 그림자는 저우 할머니 앞에 무릎을 꿇고 손을 잡았다.

"할머니, 제가 왔어요. 길이 막혀 좀 늦었지 뭐예요."

저우 할머니는 그 두 손을 쓸어보았다. 조금 차갑지만 아주 단단했고, 탄력이 있는 피부였다. 저우 할머니는 눈을 가늘게 뜨고 한참을 살펴본 끝에, 그 흰 그림자가 외국에서 공부 중인 손녀라는 것을 깨달았다.

저우 할머니가 물었다.

"어찌 여기까지 온 게야?"

손녀가 대답했다.

"할머니께 축수를 올리러 왔어요."

저우 할머니가 다시 물었다.

"어째 진짜로 올 생각을 다 했어?"

손녀가 말했다.

"그야 할머니를 보고 싶었으니까요."

저우 할머니가 말했다.

"그렇게 먼 길을 오다니."

손녀가 생글거리며 대답했다.

"멀면 얼마나 멀다고요. 비행기로 반나절이면 되는데."

저우 할머니는 손녀를 자세히 살펴보았다. 손녀의 새하얀 얼굴은 고생한 흔적이 역력했지만 그래도 아주 활기차 보였고, 마침내 저우 할머니도 웃을 수 있었다.

"밖은 날씨가 어떻지? 많이 추워?"

손녀가 대답했다.

"전혀 춥지 않아요. 할머니, 오늘 밤은 달이 아주 예뻐요. 우리 나가서 달구경을 해요."

저우 할머니가 말했다.

"하지만 여기 사람들이 이렇게 많이 모여 있는데."

손녀가 대답했다.

"그게 뭐가 중요한가요."

손녀가 손을 휘두르자 저우 할머니의 영상이 새롭게 생겨났다. 저우 할머니의 영상은 새로 재단한 붉은 옷을 입고 자홍목으로 조각한 의자에 앉아 붉은 옷을 입은 손님들의 축수를 받고 있었다.

손녀가 다시 말했다.

"할머니, 우리 산책하러 가요."

손녀는 저우 할머니의 휠체어를 밀기 시작했다. 두 사람은 텅 빈 복도를 지나 정원으로 갔다. 정원 중앙에는 푸른 소귀나무가 한 그루 있고 그 옆으로는 납매(臘梅)가 그윽한 향을 풍기고 있었다. 그 순간 구름이 걷히고 안개가 흩어지며 둥근 보름달이 떠올랐다. 저우 할머니는 정원의 나무를 바라보고 다시 곁에 있는 손녀를 바라보았다. 흰옷을 입은 늘씬한 모습의 손녀는 마치 새로 자라난 백양목 같아 보였다. 저우 할머니는 감개무량한 마음에 중얼거렸다.

"아이가 이리 컸구나. 우리는 늙었고."

정원에는 노인 몇 명이 나무 아래에 앉아 호금(胡琴)을 타고 노래를 부르며 즐거워하고 있었다. 저우 할머니를 발견한 노인들은 저우 할머니에게도 한 곡 청했다.

저우 할머니는 소녀처럼 얼굴을 붉히며 연신 두 손을 내저었다.

"안 돼요, 안 돼. 평생 음악 쪽은 배워본 적 없는걸. 악기를 불고 뜯고 그런 거, 하나도 못 해요."

금을 타던 쑨(孫) 씨가 말했다.

"춘완에 출연하라는 것도 아니고, 그저 우리 늙은이들끼리 즐겁자고 하는 일인데요. 저우 씨도 한 곡 뽑아봅시다. 우리가 박수로 흥을 돋울 테니, 그걸로 저우 씨에게 축수를 드리는 것으로 하고."

저우 할머니는 한참을 생각한 끝에 말했다.

"그럼 내가 시를 한 수 읊겠어요."

저우 할머니는 어린 시절 아버지로부터 시 낭송을 배웠다. 아버지는 어린 시절 서당에서 스승에게 시 낭송을 배웠다고 했다. 당시 아이들은 시를 배우면 읽거나 외우지 않고, 스승을 따라 노래하듯 낭송했다. 시에는 평측(平仄)*이 있고 또 음운이 있어, 노래하듯 낭송하면 한 글자 한 글자 또렷하게 읽는 것보다 훨씬 그 맛을 살릴 수 있었다.

---

* 한시에서 음운의 높낮이

노인들 모두 조용히 귀를 기울였다. 투명하게 윤기 나는 달빛이 세상을 따뜻하게 씻어주고 있었다. 저우 할머니는 휘영청 밝은 달을 바라보며 예전부터 지금까지 얼마나 많은 일이 있었는가 생각했다. 그리고 숨결을 가다듬은 다음, 구성진 목소리로 시를 노래하기 시작했다.

폭죽 소리 속에 한 해가 저무니
봄바람 따뜻한 기운이 도소주(屠蘇酒)*에 깃드누나.
집집마다 환하게 비춰주는 햇빛 아래
모두 옛 부적을 새 복숭아나무 부적으로 바꿔 다네.**

---

* 과거 중국에서 정월 초하룻날에 부정한 기운을 몰아내기 위해 마시던 약술의 일종
** 당나라 왕안석(王安石)의 시 〈원일(元日)〉

THE PSYCHOLOGY GAME

마인드 게임

心理游戏

이것은 전 세계적으로 인기리에 방영되고 있는 리얼리티 쇼이다.

프로그램의 형식은 간단하다. 화면은 중간에서 반으로 분할되어 있고, 왼쪽에는 상담을 받는 내담자가 긴 의자에, 오른쪽에는 심리상담사가 앉아 있다. 양쪽 모두 이미지 처리 프로그램을 사용해 생생한 3D 애니메이션으로 출연자의 얼굴을 대신하기 때문에 시청자들은 그들의 원래 얼굴을 알아볼 수 없다. 그렇다 해도 양쪽 출연자의 표정과 몸짓, 어조 등을 통해 전체적인 대화 상황을 파악할 수 있다.

내담자와 상담사는 같은 방 안에 있지 않고(간혹 지구의 반대편에 있는 경우도 있다), 서로 원격 통신을 이용해 교류한다. 그들의 대화는 전부 생중계되고, 개인 정보를 유추할 수 있는 키워드만 프로그램을 통해 자동으로 차단된다. 내담자와 상담사는 자발적으로 이 프로그램에 출연하게 되는데, 내담자는 상당한 보수를 받아 비싼 상담 비용을 치르고 상담사는 명망을 높일 수 있다. 이런 포맷의 프로그램은 수많은 논란을 낳고 있지만, 시청률은 언제나 고공행진 중이다.

당신은 이 프로그램을 통해 타인의 마음속 가장 비밀스러운 이야기를 들을 수 있다. 행복한 사람은 서로 닮았고, 불행한 사람은 각자 다른 이유로 불행하다는 것을 진정으로 체득할 수 있을 것이다. 당신은 부지불식간에 출연자에게 몰입하여 다른 이에게서 자신의 그림자를 발견하게 될 수도 있다. 당신은 그들이 당신을 대신하여 마음속 깊은 곳에 숨겨둔 말할 수 없는 이야기를 끄집어낸다고 여기게 될 것이다. 그렇다. 바로 그러할 것이다. 당신은 마음속으로 한 번 또 한 번 말하게 될 것이다. 나라면 어떻게 했을까?

당신은 호기심을 느끼고 흥분하며 혐오하고 분노할 것이다. 어쩔 수 없는 마음에 동정심을 품고 슬퍼하다가, 압박받은 기분에 공포와 고통을 느끼고 또 막막함과 절망을 느끼다가 마침내 감동하게 될 것이다….

방송이 송출될 때마다 화면의 오른쪽 하단에는 계속 숫자가 늘어나는 게 보일 것이다. 시청자들은 얼마나 많은 이들이 고통 속에서 발버둥을 치다가 이 프로그램을 통해 용기를 얻어 스스로 심리 상담 기관에 연락해 도움을 청했는지 알게 될 것이다.

상담사 그래서 어디가 불편하신가요?

내담자 음…. 아무래도 우울증에 걸린 것 같아요.

상담사 언제부터 그러셨나요?

내담자 대략 한 달 좀 넘었습니다.

상담사 주로 어디가 불편하다고 느끼시죠?

내담자 피곤하고. 활기도 없고. 가끔은 하루 내내 침대에 누워 있을 때도 있습니다. 일어나고 싶은 생각이 들지도 않고요.

상담사 잠은 잘 주무시나요?

내담자 매일 새벽 서너 시에 깨곤 하죠. 깨고 나면 다시 잠들 수가 없고. 그럴 때가 제일 괴롭고요.

프로그램이 가장 논란을 일으키고 있는 부분은 방송 직전에 매우 엄격한 느낌이 드는 코너를 하나 장만했다는 것이다. 스크린에 빨간 알약과 파란 알약이 나타나고, 내담자는 그중 한 알을 골라야 한다. 이 장면은 물론 영화 〈매트릭스〉의 고전이 된 그 장면의 오마주이다. 두 알약은 대기 중인 두 명의 상담사를 대표하는데, 그중 한 명은 정식 면허를 가진 정신과 전문의이고 다른 하나는 인공지능 대화 프로그램이 상담사인 척 연기하는 것이다.

내담자 본인은 물론이고 시청자들도 상대방이 사람인지 인공지능인지는 알 수 없다.

상담사 그 외에 다른 증상이 있나요?

내담자 그럼요. 마음이 답답해요.

상담사 어떻게 답답하신가요?

내담자 그게… 아주 초조하고, 머릿속에 이런저런 생각들이 너무 많고, 사소한 일도 너무 크게만 느껴집니다. 그리고 또 아무것도 하고 싶지도 않고.

상담사 아무것도 하고 싶지 않다는 건, 힘이 들까 봐 두려워서 그런 건가요?

내담자 힘이 들까 봐가 아니라… 네, 그냥 재미가 없다는 거죠.

상담사 흥미를 느끼지 못하신다는 거군요?

내담자 네. 식사, 쇼핑, 영화 감상…. 이런 것도 모두 너무 재미가 없어요.

상담사 들어보니 확실히 어느 정도 우울함을 느끼고 계신 것 같습니다.

프로그램은 회당 1시간 소요된다. 방송 중에도 시청자는 언제든지 인터넷에 접속해 상담사에게 찬반 투표를 할 수 있다. 이 투표의 결과는 상담사 개인의 인기에 영향을 끼치게 되는데, 인기가 너무 없는 상담사는 탈락해 그 이상 프로그램에 참여할 수 없다. 그러나 탈락한 존재가 사람인지 아니면 인공지능인지는 아무도 알 수 없다. 모든 상담사는 완벽한 신상정보를 가지고 있는데, 생년월일, 가정환경, 학벌, 업무 경력 등을 모두 포함해 흠잡을 곳이라곤 보이지 않는다. 매회 방송이 끝나면 인터넷에서는 폭로글이 쏟아지며 의혹 제기에 열을 올리곤 한다. 만약 어떤 네티즌이 자신이 상담사의 대학 동기라며 졸업사진이나 모임에서 찍은 사진을 올리면, 바로 다음 순간 누군가가 뛰어나와 사진 속에 조작 흔적이 보인다고 지적하는 식이다. 결국에는 무엇이 진실이고 거짓인지는 영원히 오리무중에 빠지게 된다.

1997년 IBM이 개발한 컴퓨터 딥 블루(Deep Blue)가 체스 챔피언 카스파로프에게 승리했다. 2011년에는 IBM과 미국 텍사스 대가 공동 개발한 슈퍼컴퓨터 왓슨(Watson)이 미국에서 가장 인기 있던 퀴즈 프로그램 '제퍼디'에서 두 명의 인간 선수를 물리쳤다. 2017년, 언어 기능을 탑재한 인공지능 완구 아이토크(iTalk)가 자폐증이 있는 아동과 함께 하는 다큐멘터리 시리즈 '이야기를 나누게 해줘요'는 전 세계 수많은 시청자를 감동하게 했다. 2020년 아시아 마이크로소프트 연구소와 싸이페이(賽飛) 미디어가 함께 기획한 인터넷 생방송 '마인드 게임'이 다시 한번 인공지능에 대한 폭넓은 논의를 불러일으키고 있다.

프로그램에 참가한 내담자 인터뷰의 한 대목

기자   프로그램에 참여하기로 마음을 먹은 계기는 무엇인가요?

내담자   주로 호기심 때문이었죠. 프로그램을 몇 번 보고 나니 아주 재미있겠다는 생각이 들었습니다. 그래서 일단 신청이나 해보자 한 거죠.

기자   그 전에 심리 상담을 받으신 적 있으신가요?

내담자   아니요. 상담을 받아볼까 생각했던 적은 있지만, 정말로 받아본 적은 없습니다.

기자   스트레스 때문인가요?

내담자   네. 이 나이가 되어서도… 뭐라 해야 할까, '별다른 심리적 문제가 없이도 밖에 나가 다른 이들과 인사를 나누는 것이 거북한' 그런 느낌이었는데, 그래도 정말로 의사를 만나는 것은 좀 두려웠죠. 의사에게 보이지 않으면 나에겐 병이 없는 것인데, 의사가 보고 나면 정말 병이 생길 것 같았거든요. 가족들에게도 말하기 어려웠고. 가족들이 걱정할까 걱정도 됐고요.

기자   하지만, 프로그램에 참여할 때는 그런 스트레스를 받지 않으셨다는 건가요?

내담자   네…. 기왕 프로그램에 참여하게 된 바에야 뻔뻔스럽게 가보자 싶었습니다. 게다가 어차피 다른 사람들이 제 얼굴을 보지도 못하니까.

1950년, 수학자 앨런 튜링은 〈계산 기계와 지능〉이란 제목의 논문에서 모방 원칙에 기반하여 기계가 인간과 같은 지능을 가질 수 있을지 판단하는 검증 기준을 제시했다. 예를 들어 밀폐된 작은 방 안에 정상적으로 사유할 수 있는 사람(B)과 기계(A)가 한 대 있고, 방 바깥에 제3자(C)가 있다고 해보자. C가 방 안에 있는 사람에게 계속 질문을 던지고, 방 안에 있는 이들의 대답은 인쇄된 문자로 나타난다. 만약 몇 번의 질문 후에도 C가 대답 자체에 의거하며 A와 B의 다른 점을 찾아내지 못한다면, 우리는 둘 사이에 사실 본질적인 차이가 없다는 것을 인정해야 할 것이다.

튜링 테스트의 관건은 '생각, 마음, 의식, 영혼'을 대체 어떻게 정의할 수 있느냐에 달려 있다. 사실 이는 극히 말하기 어려운 문제이다. 그래서 튜링은 처음부터 '기계가 사고할 수 있는가?'라는 질문은 회피하고, 좀 더 컨트롤이 가능한 성질의 질문으로 대신했다. "사고력을 지닌 우리가 하는 일을 기계도 해낼 수 있는가?"

그러나, 이 두 가지 질문이 정말로 서로 대체될 수 있는가?

예를 들어 기계는 시를 쓸 수 있다. 심지어 수많은 평범한 사람이 쓴 시보다 더욱 그럴듯한 시를 쓸 수 있다. 만약 우리가 기계와 사람이 쓴 시에 점수를 매기는 기준을 인위적으로 만든다면, 절대다수의 시인을 이겨내는 '시를 짓는 기계'를 설계하는 것도 완벽하게 가능할 것이다. 그러나 과연 이것과 인간이 한 편의 시를 이해하고 감상하는 것이 정말로 같은 일일까?

기자   즉 프로그램에 참여하는 동안 평소의 상태와는 크게 달랐다는 거지요?

내담자   그렇죠. 조금은… 연극을 하는 느낌이었죠.

기자   지금 하신 말씀은, 프로그램에 연출이 들어갔다는 건가요?

내담자   그건 너무 과장된 표현인 것 같고요. 제 말의 뜻은, 제가 프로그램에서 저 자신의 이야기를 하는 동안 또 하나의 제가 저의 모습을 지켜보고 있는 것 같았다는 거였습니다. 이 사람은 대체 어떤 상태인가, 대체 무엇 때문에 답답해하고 있나…. 특히 제가 슬픔을 느꼈던 일에 관해 이야기했을 때, 그러니까 제가 한 번도 다른 이에게는 했던 적 없는 이야기였는데요. 그런데 갑자기 그런 생각이 들었던 거예요. 아, 이렇게나 슬픈 일을 마음속에 그리 오래 담아두고 있었다니. 정말 안타까운 일이구나. 결과적으로 저는 울기 시작했고, 울면 울수록 더욱더 슬퍼졌고.

기자 아, 저도 그 부분을 보았습니다.

내담자 원래 그 이야기는 하지 않으려 했거든요. 그리고 울 생각도 없었고. 전혀 예상하지 못했던 일이었습니다.

기자 울고 나니 기분이 좀 나아지지 않던가요?

내담자 어떻게 그렇게 금방 나아질 수 있겠어요? 의사도 그랬잖아요. 이건 그저 시작일 뿐이고, 일단 감정을 마주하는 법을 배워야 한다고.

기자 의사의 조언이 도움이 되었다고 생각하십니까?

내담자 저는 의사가 했던 이야기 중 매우 일리가 있는 말이 하나 있었다고 생각해요. 감정은 중요하지 않다. 감정 뒤에 있는 사고방식이 중요하다.

기자 그 말을 어떤 방식으로 이해하고 있나요?

내담자 예를 들자면 제가 프로그램에서 그 슬픈 일에 관해 이야기했을 때 말인데. 모든 사람에게는 슬플 때가 있잖아요? 하지만 그때 저는 제가 슬퍼하도록 내버려두지 않았어요. 모두 그렇게 생각하잖아요. 사내라면 버텨야 한다, 할 수 없어도 해내야 한다. 그러나 저는 사실 마음속으로 계속 저 자신을 용서하지 못했던 거죠.

기자 그게 바로 감정 뒤의 사고방식인가요?

내담자 네, 마음속으로 저는 계속 나는 할 수 없다고 생각하면서도, 할 수 있는 척을 해야 한다고 생각했습니다. 그래서 지금까지도, 비록 다른 사람들이 저를 아주 좋게 보고 있다 해도…. 저 자신은 항상 제 삶은 실패했다고 생각하고 있죠.

2013년 한 국제 학회에서 토론토 대학교 출신의 컴퓨터공학자 헥터 레베스크는 '튜링 테스트'를 비판하는 논문을 발표했다. 그는 이와 같은 게임이 결코 AI의 지능 수준을 제대로 반영할 수 없다고 생각했다. AI에게 있어 진정으로 도전이 되는 것은 다음과 같은 질문이라고도 주장했다.

케이트가 안나에게 '고마워'라고 말했습니다. 그 이유는 그녀가 그녀를 따뜻하게 포옹해주었기에 기분이 훨씬 나아졌기 때문이었습니다.
기분이 나아진 쪽은 누구일까요?

A. 케이트
B. 안나

이와 같은 질문들은 모두 '대용어'(anaphora)라는 언어 현상에 기반해 설계한 것이다. '그녀'가 대체 누구를 대체하는가를 판단하는 데 필요한 것은 문법책이나 백과사전이 아니라 상식이다. AI가 누군가가 어떤 상황에서 다른 사람에게 '고맙다'라고 말할 것인지 어떻게 이해할 수 있을까? 또한 어떤 행동이 다른 사람의 '기분이 훨씬 나아지게 한다'는 것을 어떻게 이해할 수 있을까? 이러한 문제는 인류의 언어와 사회적 교류에 본질적으로 관련이 있다. 그리고 바로 이런 점에서 현재 AI가 할 수 있는 일은 매우 제한적이다.

이 말의 의미는 바로, 인간과 바둑을 둘 수 있는 로봇을 만들기는 쉽지만, 인간의 언어를 이해하는 로봇을 만드는 것은 훨씬 어렵다는 뜻이다.

기자 그렇다면 이러한 문제들을 해결하실 수 있다고 보시나요?

내담자 의사는 해결 가능하다고 했습니다. 다만 시간이 좀 필요하겠지요.

기자 그렇다면 좀 더 발전된 상담을 받아보시기를 원하십니까?

내담자 예. 솔직히 말하자면, 예전에는 심리 상담이라는 것을 잘 이해하지 못했고 속으로 저어하는 경향이 강했습니다. 다른 사람이 내 뇌를 뜯어내고 그 안을 검사할 것 같은 그런 느낌이었거든요. 하지만 사실 의사도 초능력은 없으니까. 제가 말을 하지 않으면 의사도 제가 무슨 생각을 하는지 알지 못하죠.

기자 그렇다면, 지금은 그렇게까지 거리낌이 있지는 않으시다는 거죠?

내담자 상담이 어떤 것인지 조금은 이해했다고 할까요.

기자 그렇다면 프로그램에 참여하셔서 얻은 것이 있다고 하실 수 있겠네요?

내담자 네, 처음에는 이럴 줄 몰랐는데 말입니다.

기자 그렇다면 이런 질문을 하지 않을 수 없겠는데요. 다음에는 언제 다음 상담을 받아보실 생각이신가요?

내담자 사실 이미 약속을 잡았어요. 매주 한 번 상담을 받기로. 다음 주 화요일에 시작합니다.

기자 여전히 같은 의사인가요?

내담자 예, 그분입니다.

기자 서로 얼굴을 보며 상담을 받으실 생각이신가요?

내담자 영상 통화를 통해 상담을 받을 생각입니다. 프로그램에서와 마찬가지로 얼굴을 내보이지 않고요. 저는 그러는 편이 훨씬 편안할 것 같습니다.

심리 상담 중에 가끔은 상담사가 신뢰할 만한 경청자나 동료 역할을 해야 할 때도 있고, 가끔은 정말로 문제 상황에 참여해야 할 때도 있다. 또한 가끔은 이성적인 방법으로 문제를 해결해야 하기도 하고, 가끔은 감정을 처리할 필요도 있다.

기계는 인간의 감정을 이해할 수 없다. 그러나 여전히 감정과 관련된 문제를 처리하는 모종의 방법을 배울 수 있다. 마치 '시란 무엇인가'를 이해하지 못하는 기계가 여전히 꽤 괜찮은 시를 써낼 수 있는 것처럼 말이다. 이러한 각도에서 보면, 기계는 확실히 심리상담사 역할을 할 수 있다. 그 이유는 심리 상담이 본래 '인간의 감정은 효과적으로 처리될 수 있다'는 일종의 신념 위에 존재하는 것이기 때문이다.

그러나 때로는 너무 서두르는 것이 바로 문제를 만들어내는 원인이 되기도 한다. 불면증을 예로 들자면, 종종 너무 잠을 자고 싶은 나머지 불면증에 시달리는 경우가 있다. 그런 사람이 심리상담사에게 자문받으려 한다면 그것은 바로 '자고 싶다'라는 소원을 이루기 위해서이다. 그러나 이 경우 기계는 내담자에게 다음과 같이 말할 것이다.

"당신이 잠을 이루지 못하는 것은 잠을 자고 싶은 마음이 크기 때문입니다. 시간을 두고 노력해봅시다."

그러나 '시간을 두고 노력한다'는 것은 결코 '너무 자고 싶기에 잠을 이루지 못한다'라는 역설의 해결책은 되지 못한다. '시간을 두고 노력한다'는 것은 마침내 '잠을 자고 싶다'는 것과 같은 것이기 때문이다.

우울증도 마찬가지다. 우울한 사람은 종종 '즐거울 수 없다'는 것 때문에 고뇌에 빠진 채 '대체 무엇이 나를 즐겁게 할 수 있는가'를 반복하여 생각하곤 한다. 그러나 이 문제의 존재는 '즐거워지는 것'을 완성하기 힘든 임무로 만들어버린다. 우울한 사람에게 있어 '즐거워지는 것'과 '즐거울 수 없다는 것'은 함께 서로 끊어낼 수 없는 무한 루프를 형성한다. 원인도 없고 결과도 없는, 그러므로 문제를 해결하고자 하여도 손을 댈 수 없는 그런 무한 루프 말이다.

기계는 이러한 역설을 처리할 수 없고, 기계적 사유에 익숙해진 인간 또한 처리할 수 없다. 그러나 우리가 이런 사유의 역설 자체를 잊을 수 있다면 이야기는 달라진다. 즉 현상을 잊고 원인을 잊고 수단을 잊는다면, 또한 '잠을 잘 수 없다'와 '즐겁다'라는 것을, 심지어 '나 자신'을 잊는다면 그 무한 루프 전체가 더는 존재하지 않게 되는 것이다.

이는 선종(禪宗)의 가르침과도 통한다. "보리수란 본래 존재하지 않으며 명경대 역시 없는 것이다. 본래 사물이 존재하지 않거늘, 무엇에 먼지가 묻는단 말이냐?"*

기자 마지막 질문입니다. 상대가 인공지능일까 걱정스럽지는 않으신가요?

내담자 그게, 뭐라 해야 할까….

기자 우리는 지금 그래야 하는가 아닌가를 이야기하고 있지 않습니다. 그저 선생님의 느낌을 여쭙고 있는 겁니다. 혹시 걱정되지는 않으시나요?

---

* 선종의 5조 홍인이 의발을 전수할 제자를 찾기 위해 제자들에게 게송을 지어오게 하였다. 그때 신수가 자신은 아직 부족하다 여겨 다음과 같은 게송을 지었다. 나의 몸은 보리수이고/나의 마음은 명경대이니/수시로 열심히 닦아/먼지 일지 않게 하겠노라. 원문에 등장한 게송은 선종의 6조 혜능이 신수의 시에 회답하는 형식으로 지은 게송이다.

내담자　걱정에 관해 이야기하자면, 저는 사람이라고 기계보다 그렇게 믿을 만할까 그렇게 생각합니다. 과거 우리는 자율주행을 믿지 않았고, 기계가 식사를 준비하거나 사람을 진료하고 약을 처방할 수 있다는 것을 믿지 않았지요. 그러나 지금 이러한 것을 문제로 삼는 이들이 있을까요? 기계는 음주운전을 하지 않고, 일시적인 기분 때문에 당신의 식사에 침을 뱉는 일도 없죠. 또 리베이트 때문에 고가의 약을 처방하는 일도 없고요. 어쨌든 그런 일들이라면 저는 걱정한 적이 없습니다.

기자　하지만 심리 상담이라면 다르지 않습니까?

내담자　제 생각에는 그렇게 큰 차이가 없습니다. 과거에는 기계가 사람을 진료하는 일에 반대하던 이들이 있지 않았습니까? 기계가 인간의 감각을 느낄 수 없으니, 무엇이 고통인지 무엇이 불편함인지 모른다고 하면서 말입니다. 그러나 이러한 것들이 별 영향을 끼치지 않는다는 것은 사실이 증명하고 있습니다. 심리 상담도 결국은 진찰을 받는 것이니까요. 똑같이 나름의 방법이 있겠지요. 제대로 사람을 진료해주기만 하면 족합니다. 그리고 솔직히 말하자면, 살아 있는 사람이라면…. 그러니까 저도 칠정육욕이라는 것이 있습니다. 매일 제가 짜증나는 일을 잔뜩 이야기한다면, 듣고 있는 이의 기분도 좋지 않지 않겠습니까? 역시 비인간적이라는 생각이 들 때가 있습니다.

기자　그렇다면 선생님께서는 상담 업무를 전부 인공지능에게 맡기는 편이 낫다고 생각하십니까?

내담자　어느 쪽이 효과가 좋을지 지켜봐야겠지요. 저는 기술이 부단히 발전하고 있노라 믿고 있습니다. 아마 미래라는 것은 모두 조만간의 일이 될 것입니다.

아마 문제의 핵심은 기술이 급속하게 발전하는 시대에 우리가 끊임없이 선별하고 판단을 내려야 한다는 점에 있을 것이다. 대체 반드시 인간이 해야 하는 일은 어떤 일들인지, 또 원래 인간이 아니면 안 될 것으로 생각했던 일 중에서 기계가 똑같이 할 수 있거나 심지어 더 잘 할 수 있는 일은 무엇인지. 이러한 과정을 거치며 우리는 아마 인간으로서의 존엄성이 지속적으로 무너져내리고 있다는 것을 느낄지도 모른다. 그리고 많은 사례에서 보듯 인간이 인간에게 있어 반드시 필요한 존재가 아니라는 것도, 또한 느낄 수 있을 것이다.

이러한 것들은 우리를 초조하고 불안하게 만든다. 우리는 낙담하고 심지어 절망에 빠지기도 하지만, 동시에 이러한 것들 때문에 생각하지 않을 수 없게 되기도 하는 것이다. 대체 인간에게 있어 인간이란 어떤 의미일까? 매번의 심리 상담을 거치며 자신의 감정과 사고방식을 새롭게 발견하는 것과 마찬가지로, 이러한 생각은 나 자신을 더욱 깊이 이해하는 소중한 계기가 될 수도 있다.

지금까지 기계는 여전히 '인간이란 무엇인가'라는 가장 오래된 명제에 대답하지 못하고 있다. 이것은 우리가 여전히 계속하여 2000여 년 전부터 전해 내려온 신탁을 마주할 필요가 있다는 것을 의미한다.

γνῶθι σεαυτόν (너 자신을 알라).

UP
IN THE AIR

하늘

天上

하이디는 열다섯 살이 되던 해부터 배에서 혼자 살기 시작했다.

큰 배는 아니었다. 뱃머리부터 꼬리까지 다 재어봐야 겨우 15미터, 좌우 너비도 6미터 정도였으니까. 그래도 아주 튼튼할 뿐 아니라 각종 생활 설비를 모두 갖추고 있었다. 이 배는 부모님으로부터 물려받은 것으로 하이디의 가족은 10년 전 섬에 있던 집을 팔아 이 배를 산 후 배에서 생활했다. 세 사람이 살 때는 좀 비좁은 감이 있었지만 그래도 확실히 외롭지는 않았다. 그러나 부모님은 노후를 보내기 위해 섬으로 떠났고, 결국 배에는 하이디만 남게 되었다.

이 지역에는 원래 샤먼(廈門)이라 불리던 도시가 있었다. 샤먼은 섬으로, 가까운 육지와 세 개의 대교로 연결되어 있었다. 시간이 흐름에 따라 해수면이 하루가 다르게 높아졌고 샤먼은 조금씩 물 밑으로 가라앉기 시작했다. 수십만이 넘던 도시 거주민 대다수가 다른 곳으로 이주했고, 차마 샤먼을 떠날 수 없었던 사람들은 배에서 살기 시작했다. 그래도 초기에는 물이 그렇게 높이 차오르지 않아 꽤 많은 고층 건물들이 강철과 시멘트로 이루어진 군도가 되어 물 위로 우뚝 솟아 있었다. 작은 배들은 건물로 이루어진 섬들 사이를 오갔고, 건물 섬 꼭대기에 각종 곡식이나 채소를 심어 생계를 지탱하는 이들도 있었다. 그러나 곧 도시 전체가 물에 잠겨 사방 수백 킬로미터 안에 텅 빈 바다만 남게 되었고 배에서 살던 사람들도 뿔뿔이 흩어지고 말았다.

샤먼 섬 서남쪽으로 구랑위(鼓浪嶼)라는 이름의 작고 아름다운 섬이 있었다. 섬 자체가 아름다웠을 뿐 아니라 기후도 좋고, 예쁘고 오래된 집이며 고목, 신기한 꽃 등이 많아 세계적으로 이름난 관광지였다.

섬이 너무 아름다웠기 때문이었을 것이다. 사람들은 구랑위가 샤먼처럼 물 밑으로 가라앉을 것을 안타까워했고, 결국 이 섬을 공중으로 떠오르게 했다. 구랑위는 1년 4계절 내내 구름 위를 떠돌며 햇살에 목욕하고 비와 이슬을 맞았다. 최근 구랑위에 다녀온 사람들은 그야말로 선경이 따로 없더라며 혀를 내둘렀다. 다만 이제 원래 그 섬에 살던 이들은 찾아볼 길이 없었는데, 모두 아래로 내쫓겼기 때문이라고 했다. 샤먼에 살던 이들과 마찬가지로 구랑위에 살던 이들 일부는 어디론가 옮겨가고 일부는 배에서 살게 되었다.

세상사라는 것은 대체로 이런 식이다.

하이디는 이미 배에서 혼자 사는 일에 전혀 불편을 느끼지 않을 정도로 익숙해진 상태였다. 보름에 한 번 들르는 연락선에서 각종 음식이며 일용품을 살 수 있었고, 매일 내리는 비로 물탱크가 항상 가득 차 마실 물 걱정도 없었다. 게다가 하이디는 직업이라 할 만한 일도 있었다. 바다 밑으로 잠수하여 사람들이 필요로 하는 물건을 건져오는 일이었는데, 어느 정도 위험한 일인 만큼 벌이가 꽤 괜찮은 편이었다. 열흘에 한 번, 혹은 보름에 한 번 정도 잠수해 건져 올린 물건을 팔면 일상적인 지출 정도는 감당할 수 있었다.

잠수기술은 아버지에게서 배웠다. 예전에 세 가족이 함께 배에서 살 때는 아버지 혼자 모두를 먹여 살렸다. 지금은 하이디 혼자 자기 자신을 먹여 살리고 있었다. 하이디는 돈에 크게 연연하지 않았고, 그저 배부르게 먹고 따뜻하게 입을 수 있으면 그만이었다. 운이 좋아 필요한 돈보다 조금 더 버는 날이면 침대 아래 작은 상자 안에 넣어 숨겨두었다. 그 돈으로 언젠가 아주, 아주 먼 곳으로 여행을 떠날 수 있을 것이라 생각하면서. 다만 그 먼 곳이 어디일지는 하이디도 아직 알지 못했다.

하이디에게는 오빠가 하나 있었다. 오빠는 아주 오래전에 샤먼을 떠나 북방의 어느 도시에서 살고 있었는데, 듣기로는 결혼을 해서 아이도 있다고 했다. 하이디는 이제 오빠가 어떻게 생겼는지도 기억에 희미했다. 그저 오빠가 그림을 아주 잘 그렸다는 것, 예전에 샤먼대학에서 공부했다는 것 정도만 기억할 뿐이었다. 아, 그래, 샤먼대학에는 호수가 하나 있었다. 호수에 놓인 작은 돌다리 옆으로 동상이 몇 개 있었는데, 그중 키가 아주 큰 청년의 동상이 있었다. 아주 오래전, 오빠는 하이디를 호숫가로 데려가 그림을 그리게 하며 팔짱을 끼고 있던 그 동상의 머리를 툭툭 쳤다.

"괜찮으니까, 이 녀석을 엄청 못 생기게 그려도 돼."

그 순간이 하이디에게는 아주 깊은 인상으로 남았다.

후에 알게 된 바에 따르면 그 동상의 주인공은 샤먼대학 조소과 학생이었다. 잘생긴 죄로 끌려 나와 동상의 모델이 되었는데, 오빠는 당시 그와 아주 친한 친구였다고 했다. 그러나 나중에 여자 하나를 사이에 두고 서로 다투다 절교하게 되었다.

어느 날 밤, 하이디는 문득 전화벨이 울리는 소리에 깨어났다. 수화기를 들고 한참을 기다리자 피로에 지쳐 쉬어버린 듯한 목소리가 들려왔다. 하이디는 오빠가 전화를 걸었다는 사실을 알아차렸다.

"그 녀석이 죽었어."

도대체 갈피를 잡을 수 없는 말이었다.

그 녀석이 대체 누구인데? 오빠에게 물어보려던 하이디는 갑자기 입 끝까지 올라온 말을 다시 주워 삼켰다. 그 순간 그 익숙하고도 낯선 얼굴이 떠올랐기 때문이었다. 한참 침묵하고 있노라니 다시 오빠의 목소리가 들려왔다.

"기회가 되면 샤먼대학에 가서 나 대신 술 한잔만 올려줘."

전화는 그대로 끊겼다.

처음에는 꿈이라 여겼다. 그러나 주룩거리는 빗소리며 파도 소리가 어둠 속에서 넘실거리며 마치 가늘게 짠 그물처럼 하이디의 기억을 모두 걷어 올리고 있었다. 꿈이라면 이렇게 잔혹하고 무정할 리 없다. 하이디는 방수 외투를 걸치고 혼자 갑판 위로 나갔다. 끝이 보이지 않는 세계에는 달조차 보이지 않았다. 희미하게나마 보이는 것은 그저 음산한 바다가 기복을 이루는 모습뿐이었는데, 마치 옛날의 광포한 짐승 떼와 같아 보였다. 이 겹겹이 쌓인 파도 아래에 얼마나 많은 거리가, 얼마나 많은 건물이, 또 얼마나 많은 깊은 호수가, 또 얼마나 많은 교량이 부서진 채 가라앉아 있을까. 세상에 그 이름들을 기억하는 이들은 또 얼마나 될까. 세상은 정말 아름다우면서도 또 황량한 것이다.

"샤먼."

하이디는 혀끝으로 가볍게 중얼거렸다. 바다는 여전히 침묵하고 있었고, 그 두 글자는 어두운 구슬처럼 물보라 하나 튀기지 않고 파도 속으로 떨어졌다. 하이디는 고개를 들어 구름이 어둡게 깔린 밤하늘을 바라보았다. 밤하늘에는 아무것도 보이지 않았다. 그저 셀수 없이 흐르는 가랑비만이 희미하게 반짝일 뿐이었다.

더 이상은 존재하지 않는다. 볼 수도 들을 수도 없다. 하이디가 태어난 곳은… 하이디의 꿈속에서 존재하는 도원향은, 지금 대부분 저 거대하고 고요한 물 밑에 잠겨 있고 또 일부는 저 하늘 위에 떠있으니까.

얼마나 많은 새가 지저귀고 얼마나 많은 꽃이 피었던가. 또 얼마나 많은 기억이 사라져 갔던가.

하이디는 다시 오빠의 친구를 떠올렸다. 키가 크던 그 청년은… 하이디는 그의 이름조차 알지 못했다. 그저 오늘 밤 그가 죽었다는 사실만 알 뿐이었다. 하이디는 그가 어떻게 죽었는지조차 알지 못했다. 사고였을까? 무슨 병에라도 걸렸던 것일까? 어쩌면 스스로 높은 건물에서 뛰어내리는 것을 선택했을지도 모르지. 하이디는 여전히 그 청동으로 조각한 얼굴을 기억하고 있었다. 살짝 닫힌 입술과 웃는 듯 마는 듯했던 그 표정. 그 얼굴이 얼마나 잘생겼던지.

일이 이렇게 된 지금에 와서야 하이디는 자신이 그때 어떠한 마음으로 그를 고요하게 사랑했었는지 떠올릴 수 있었다. 그러나 지금 그는 죽어버렸다. 그의 시체는 소각장에서 재가 되었을 것이고, 세상에 남은 것은 저 얼음처럼 차가운 파도 아래 조용히 서 있는 청동 조각상뿐일 것이다. 그런데 사실 이게 또 뭐라고. 그림, 사진, 혹은 조각… 이런 예술품들은 창조되고 나면 살아 있는 사람보다 훨씬 오래 남기 마련이 아닌가?

바다 밑에는 바다 밑 나름의 즐거움이 있다. 어쩌면 예쁜 인어공

주가 그를 사랑하기 시작했는지도 모르지.

이렇게 생각하자 하이디의 마음도 조금은 안정되었다. 하이디는 다시 방 안으로 돌아가 잠을 청했다. 작디작은 침대가 파도의 움직임을 따라 흔들렸지만, 하이디는 마치 아기처럼 잠들어 있었다. 꿈에는 비바람도 없고 파도의 포효 소리도 없다. 그저 끝없이 쏟아지는 금빛 찬란한 태양이 있을 뿐. 마치 달콤하면서도 진한 꿀이 흘러 내리는 것처럼.

아침부터 내리기 시작한 비가 여전했다. 낮게 깔린 구름은 손을 내밀면 잡힐 것 같았다. 하이디는 세수 후에 차를 끓이기 시작했다. 물이 막 끓기 시작했을 무렵, 예정에 없던 손님이 비틀거리며 배 위로 오르는 것이 보였다. 손에 들고 있는 낡은 행낭이 축축하게 젖어 있어 마치 물에 빠진 개를 끌고 오는 것 같았다.

설마 손님일까. 마지막으로 손님이 왔던 것은 한 달도 더 전의 일이었다. 하이디는 속으로 이런저런 생각을 하며 상대방을 자세히 뜯어보았다. 모자 아래는 얼굴이 매우 늙어 보였지만, 그보다 더 눈에 뜨이는 것은 얼굴이 검게 타 있다는 사실이었다. 아주 오랜 세월 동안 햇볕을 받은 얼굴이었고, 그런 얼굴은 돈이 있는 자들만이 누릴 수 있는 특권이었다. 그러나 상대의 옷차림은 그렇게 보이지 않았다.

하이디는 아버지가 남겨두고 간 좋은 찻잎을 꺼냈다. 하이디는 대홍포를 우려 노인에게 마시기를 청했다.

"좋은 차로군."

노인이 찻잔을 입가로 들어 올리더니 단숨에 마셔버렸다.

"배에서 이렇게 정식으로 우린 공부차(工夫茶)를 마시게 될 줄이야. 쉬운 일은 아닐 텐데."

공부차를 우리는 방식 역시 아버지에게서 배웠다.

"물은 어디서 떠온 거지? 빗물인가?"

"빗물이에요."

"보아하니, 배에서 사는 것도 저들이 말하는 것처럼 그렇게 고생스럽지만은 않은 모양이군."

그의 말투가 어쩐지 익숙했다. 이 지역 사람들은 '후이(hui)' 발음과 '페이(fei)' 발음을 구분하지 않았기 때문에, 어디를 가건 같은 고향 사람들은 쉽게 알아볼 수 있었다.

"선생님, 어디에서 오셨나요?"

하이디는 노인도 하이디의 오빠처럼 아직 바닷물에 덮이지 않은 내륙의 도시로 이주해 사는 사람일 것으로 생각했다. 그러나 노인은 하늘을 가리켰고, 하이디는 깜짝 놀랐다.

"섬에서 오셨다고요?"

"그래, 섬에서 왔단다."

"여행객이신가요?"

"여행객? 내 어디가 그렇게 보인단 말이냐?"

노인이 웃으며 고개를 저었다.

"나는 섬에서 일하고 있지."

"무슨 일을 하시나요?"

"우체부란다."

"우체부?"

"편지를 전하는 일이란다."

하이디는 마침내 기억해냈다. 구랑위에는 예전에 우체부라는 존재가 있었다. 그들은 매일 우편물을 담은 가방을 들고 거리와 골목을 헤매며 집집에 편지를 전해주었다. 섬의 길은 미로보다 복잡하게 이리저리 얽혀 있는 데다 좁고 가팔라서 자동차나 자전거로는 갈 수가 없어 어디를 가든 걸어야 했다. 그런 섬에서 편지를 정확한 시간에 배달한다는 것은 좀체 쉽지 않은 일이었고, 이 유일한 우체부는 매일 일을 해야 했다. 비가 오건 바람이 불건 쉬지 않고.

그다음에는? 하이디는 우체부가 섬에서 계속 일을 할 수 있는 허가를 받았다는 이야기를 들은 적 있었다. 아마 무엇이건 흔치 않을수록 귀해지는 법이기 때문일 것이다. 우체부는 서서히 관광객들이 좋아하는 특이한 풍경이 되었고, 여행안내서에 전문적으로 소개되기도 했다. 그러나 하이디는 꽤 오래 그 아름답게 인쇄된 여행안내서도 보지 못했다.

"너는? 꼬마 아가씨, 아가씨는 어디 사람이지?"

노인이 물었다.

하이디는 그만 목이 메었다.

"저도 예전에는 섬에서 살았어요."

"역시. 그러리라 생각했지."

노인이 고개를 끄덕였다.

"집이 어디에 있었지?"

"공펑루에 있었어요. 공펑루 2호였죠."

"공펑루라…. 그래, 햇빛유아원 건너편, 구청 옆에. 산으로 올라가는 작은 길."

"맞아요."

"공펑루 2호에 예전에는 낡은 집이 있었지. 마당에는 능소화가 많았는데. 담장 밖까지 꽃이 흐드러졌었지."

"저희 아버지가 심으신 거였어요."

"그렇다면, 나는 분명 네 아버지를 본 적 있겠구나."

노인이 눈을 가늘게 뜨더니, 열심히 기억을 되짚어보았다.

"키는 크지 않고, 항상 웃는 얼굴에… 다리 한쪽이 불편했던 것 같은데?"

"예, 예전에 일하다 다치셨거든요."

"좋은 사람이었지."

"아."

찻주전자는 여전히 인덕션 위에서 보글보글 끓고 있었다. 하얀 김이 모락모락 주전자의 뚜껑을 들어 올리며 박자에 맞춰 달칵달칵 소리를 냈다.

"지금은 없어진 거죠? 공펑루 2호 말이에요."

"예전에 없어졌지."

노인이 대답했다.

"그 거리의 집들은 모두 철거당했어."

"새로운 리조트 같은 것을 지었나요?"

"리조트, 호텔, 수영장… 완전히 뒤바뀌어 버렸지."

구랑위, 언제나 햇살이 따사롭게 쏟아지던 섬. 이제는 신선들이 사는 선경처럼 하늘 위에 떠 있는 섬. 구랑위는 현재 완전히 관광객들 차지가 되었다. 하이디는 문득 지금의 구랑위가 어떤 모습일지 궁금해졌다. 구름이 모여 파도처럼 모래사장을 때리고 있을까? 웅장하고 아름다운 비행선이 관광객을 태우고 항구에 멈춰 설까? 그 미로처럼 구불구불하던 작은 골목 깊은 곳에는 여전히 어묵탕과 굴전을 파는 작은 가게들이 숨어 있을까? 오래된 음악당에서는 여전히 매일 밤 누군가가 피아노를 연주할까?

그러나 하이디에게 속해 있던 집은 이미 없어졌다. 공펑루 2호,

화초를 잔뜩 심어두었던 작은 마당도 모두 없어져버린 것이다. 하이디는 눈을 감았다. 능소화의 그 황금빛 섞인 주홍빛이 자신의 몸을 태우는 것 같았다.

"그렇다면, 그 섬에서 자란 모양이구나?"

노인이 다시 물었다.

"예, 섬에서 자랐지요."

"지금은… 혼자 배에서 살고 있고?"

"네, 혼자예요."

노인이 눈을 가늘게 뜬 채 사방을 살펴보았다. 작디작은 배는 끝이 보이지 않는 바다 위에 떠 있었고, 해수면으로는 비가 쏟아져 내리고 있었다.

"가족은?"

"오빠가 하나 있는데, 이사 나갔어요. 아버지와 어머니는 연세가 드셨지만, 옛집을 차마 버리지 못해 섬으로 노후를 보내러 가셨죠."

하이디는 가족에 대해 설명하며 벽에 걸린 사진을 가리켰다.

사진 속에는 고양이 두 마리가 있었는데, 그중 큰 고양이는 호랑이처럼 노란 바탕에 검은 줄무늬가 있었고, 마른 고양이는 잿빛과 누런빛, 흰빛이 섞인 삼색이었다.

고양이들은 모두 나른한 듯한 모습이었는데, 마치 속세의 덧없음을 깨닫고 달관한 듯했다.

"아주 오랫동안 연락을 못 드렸는데, 지금 어떻게 지내고 계시는지 모르겠어요. 선생님, 혹시 제 부모님을 보신 적 있으신가요?"

노인은 한참 동안 사진을 자세히 들여다보았다.

"눈에 익은 것 같기는 하지만, 확신할 수 없구나. 섬에는 고양이가 아주 많거든."

하이디가 고개를 끄덕였다. 과거 섬을 떠나던 주민들은 한 가지 합의 사항에 서명했다. 바로 나이가 쉰이 되면 섬으로 돌아가 노후를 보낼 수 있다는 서명으로, 낙엽귀근(落葉歸根)*의 의지를 담았다. 다만 섬으로 돌아가기 위해서는 원래의 신체를 포기해야만 했다. 작디작은 섬에 그렇게 많은 사람이 비집고 들어갈 수는 없으니까.

"어쩔 수 없지. 지금의 구랑위가 어디 우리 같은 평범한 이들이 살 수 있는 곳인가. 그리고 고양이가 되는 것이 사람으로 사는 것보다 훨씬 마음 편하지. 일할 필요도 없고, 방세를 낼 필요도 없고. 매일 햇볕을 쬐며 게으르게 잠이나 자면 그만이니. 게다가 관광객들이 계속 먹이를 주니, 배가 고프지도 않고 추위에 떨 일도 없어. 신선이라 해도 그만하게 살 수는 없을 거야."

"선생님처럼 계속 섬에 남아 수십 년 동안 일을 할 수 있었던 사람들은 아마 몇 명 되지 않겠지요."

"모두 쉽지 않은 일이지."

노인이 한숨을 쉬었다.

물이 끓는 소리가 들렸다. 하이디는 다시 찻잎을 바꿔 차를 우렸다. 밖에서는 여전히 거센 비가 갑판 위로 쏟아져 내리고 있었다.

"그런데 어째서 섬에서 내려오신 건가요? 한 번 내려오는 비용이 싸지 않다고 들었는데요."

노인이 잠시 망설였다.

"나는… 지난달에 막 퇴직을 했단다."

"퇴직요?"

"오랫동안 힘들게 일했다. 이젠 그만두어야 할 때지."

---

* 잎이 떨어져 뿌리로 돌아간다는 의미로, 나이가 들면 고향으로 돌아감을 뜻한다.

"그 말씀은… 다시 섬으로 돌아가지 않으시겠다는 건가요?"

"돌아가지 않을 거란다."

"그… 어째서 섬에서 노후를 보내시지 않는 건가요?"

"아무리 신선 같은 나날이라 해도 누구나 즐길 수 있는 것은 아니니까."

노인은 흐흐 웃더니 말을 이었다.

"게다가 고양이가 되면 섬을 떠날 수 없게 되잖니. 하지만 나는 아직 가보고 싶은 곳이 많단다."

"가보고 싶은 곳이 많다고요?"

노인이 손을 뻗어 발아래를 가리켰다.

"그래, 그래서 너에게 도와달라고 온 것 아니겠니."

"선생님 말씀은… 바다 밑으로 가고 싶으시다는 건가요?"

"그래, 직접 잠수해서 아래로 내려가보고 싶구나."

"하지만 잠수는 아주 위험한 일이에요. 선생님 연세에는."

"나이가 뭐가 문제란 말이냐?"

노인이 소매를 걷어 올려 검게 타고 여윈 팔을 드러냈다.

"매일 올라갔다 내려갔다 하며 걷고 또 산을 올랐다. 수십 년 동안 햇빛을 받은 건 말할 것도 없고. 어디 나보다 튼튼한 사람을 찾기도 힘들걸?"

"하지만…."

"아가씨, 잘 들어봐."

노인이 하이디의 말을 잘랐다.

"나는 샤먼에서 자랐단다."

하이디가 멍하니 노인을 바라보았다.

"나중에 구랑위로 옮겨가 일하게 되었지. 그 후로는 샤먼에 거의 돌아가지 못했단다. 샤먼이 가라앉던 무렵, 나도 떠나고 싶지 않았지만 아무 방법이 없었어. 섬은 이미 하늘로 떠오른 후였고, 나는 매일 물가에 엎드린 채 구름 사이 틈을 통해 아래를 내려다보았단다. 내가 예전에 살던 집은 매일 조금씩 파도 속으로 사라져갔어. 섬에서 사는 동안 나는 하루도 꿈에서 샤먼을 보지 않은 날이 없단다. 물에 잠겨버렸지만… 그래도 아직 있을 것은 분명 그대로 있을 테니까. 나는 항상 생각했단다. 언젠가 퇴직하는 날이 오면, 반드시 아래로 내려가 봐야겠다고. 꿈에서 보던 그곳을 보기 위해 말이야."

꿈에서 보던 그곳. 하이디는 속으로 생각했다. 원래 사람들 모두가 꿈속의 그곳을 지니고 있구나.

마치 하이디가 배 위에서 잠들 때 밤마다 꿈에서 하늘 위 섬을 보는 것처럼 노인은 하늘 위에서 잠들 때마다 바다 밑에 잠긴 도시의 꿈을 꾸었던 것이다.

하이디가 한참 후에야 대답했다.

"좋아요. 제가 선생님을 모시고 가지요."

두 사람은 잠수복으로 갈아입고, 수경과 오리발을 착용했다. 그리고 등에 무거운 산소통을 멘 채 함께 얼음처럼 차가운 바닷물 속으로 잠수해 들어갔다. 햇빛이 들지 않아 물 아래는 온통 흐려져, 마치 혼탁한 유리 용액 같았다.

그리고 사방팔방이 모두 아주 조용했다. 빗소리에 익숙해진 귀는 약간 적응하지 못하고 있었다.

하이디는 아주 오래전의 일을 떠올렸다. 아버지가 처음으로 하이디를 데리고 잠수를 했을 때 그 느낌이 얼마나 신기했는지. 마치 짙푸른 밤하늘 속을 날고 있는 것 같았다. 전후좌우, 위아래가 모두 텅 비어 있었다. 당시 물은 지금처럼 깊지 않았고 아버지는 바쁘게 일했다. 아버지는 매일 그 어두운 폐허 속으로 잠수해 손님들이 잃어버린 물건을 건져왔다. 열쇠 하나, 오래된 앨범 한 권, 약혼반지 하나, 그리고 유리구슬로 가득 찬 양철 케이스 하나…. 떠날 적에 미처 가져가지 못한 물건일 때도 있었고, 갑자기 마음에 떠오른 물건일 때도 있었다. 어떤 것은 가벼워서 쉽게 들 수 있었고 어떤 것은 시간과 공력을 꽤 들여야 했다.

그런 물건들을 볼 때면 하이디의 마음은 언제나 호기심으로 가득 찼다. 물건들의 주인은 모두 어떤 사람들이었을까? 이 물건들의 뒤에는 어떤 이야기가 숨어 있을까? 하이디는 정말로 손님들에게 사연을 묻고 싶었지만 아버지가 허락하지 않았다. 그래서 하이디는 손님이 과거 자신들에게 속했던 물건을 받아 들고 떠나는 것을 그저 지켜볼 수밖에 없었다. 그리고 그들의 이야기는 마치 가벼운 물방울처럼 햇빛 아래로 날아올라 부서져 다시는 보이지 않게 되었다.

녹이 슨 자전거 한 대, 물에 젖어 곤죽이 되어버린 책 한 권, 한 짝밖에 남지 않은 하이힐, 그리고 침대 아래 숨겨져 있던 보송보송한 곰 인형 하나….

수압이 점차 높아지고 있었다. 고막도 아프고 가슴도 약간 답답했다. 그리고 그랬기에 하이디는 샤먼이 점점 가까워지고 있다는 사실을 알 수 있었다. 샤먼, 물 밑으로 가라앉은 황량한 도시.

마치 비행기에서 내려다보는 것처럼, 산과 호수, 거리와 집들이 눈 앞에 펼쳐지기 시작했다. 그러나 그 모든 것들은 바닷물 때문에 온갖 기이한 빛깔로 물들어 있었다. 녹두를 닮은 푸른 빛깔부터 짙은 군청 빛깔까지, 또 은빛 섞인 연푸른 빛깔부터 짙푸른 사파이어 빛깔까지, 그리고 참새를 연상시키는 연한 회색부터 쥐를 연상시키는 잿빛까지, 찻잎을 떠올리게 하는 연한 녹색부터 소나무를 생각나게 하는 짙은 초록빛까지, 그 외에도 입술연지를 떠올리게 하는 선명한 붉은빛부터 녹이 슨 듯 짙은 붉은빛까지…. 과거 살아 있었던 나무들은 모두 죽었지만, 죽어버린 나무며 돌, 기와들은 다시 생기를 얻어 살아나 있었다. 울창하면서도 어딘가 모호하게, 어둡게 밀려오는 파도를 따라 흐르고 있는 그 아름다운 빛깔들. 그런 경치는 일반적인 사람으로서는 상상조차 할 수 없었고, 또한 언어로는 형용할 수 없었다.

죽어버린 도시, 동시에 살아 있는 도시. 잊힌 도시, 그리고 기억되고 있는 도시.

수많은 이들의 꿈에 깃드는 물 밑의 고향.

혹은 그저 수많은 이들이 함께 꾸는 꿈에 불과한 무엇.

그들에게서 가장 가까운 산꼭대기에 겹겹이 쌓인 처마가 산세를 따라 기복을 이루고 있었다. 하이디는 그 처마가 아마 난푸퉈사(南普陀寺)일 것이라고 생각했다. 산 아래에는 샤먼대학이 있을 테고, 그 젊은 동상은 여전히 호숫가에 서 있을 것이다. 미안, 이번에는 당신을 보러 가지 못하겠네. 하이디는 속으로 속삭였다. 다음에 꼭 다시 올게. 당신은 계속 그곳에서 나를 기다리고 있을 테니까. 그렇지? 어쩌면 이 바닷물이 전부 말라버리는 그날까지도 말이야.

샤먼대학 남쪽으로는 둘레길이 있었다. 동쪽으로 조금만 가면 청취안(曾厝垵)이 나온다. 하이디는 청취안이 과거 어촌이었다는 사실을 기억하고 있었다. 싸고 맛있는 해물 식당들이 많았기 때문에 여름밤이면 사람들이 길가에 앉아 맥주를 마시며 해물 구이를 먹었다. 그 해물 구이의 냄새가 몇 리는 족히 퍼졌었는데…. 그 식당들의 거대한 간판은 지금도 여전히 당당하게 세워져 있었으나, 그 간판 위의 글자는 전부 지워져 알아볼 수 없었다.

그들은 아주 깊이 잠수해 들어가 그 높고 낮은 처마 아래까지 줄 곧 파고들었다. 마치 물고기처럼 좁은 골목 사이를 헤엄쳤다. 텅 비어버린 수많은 문과 창이 마치 누군가의 눈처럼 밖을 노려보고 있는 것 같았다. 그 문과 창을 통해 드나드는 크고 작은 물고기들은 이곳을 마치 산호초로 쌓은 성벽으로 여기는 것 같았다.

마침내 그들은 아주 보통의 작은 집 앞에 멈춰 섰다. 하이디는 이 집이 바로 노인의 집이라는 사실을 알아차렸다.

벽과 창문은 파릇파릇한 해조류로 가득 차 마치 두꺼운 막이 조심스럽게 집 전체를 감싸고 있는 것처럼 보였다. 하이디와 노인은 한참 애를 쓴 다음에야 겨우 창문 하나를 열 수 있었다. 수많은 물고기가 놀라고 당황하여 빛을 피해 헤엄쳐 나왔는데, 마치 인광이 반짝이는 귀매처럼 보였다.

두 사람은 차례차례 안으로 들어갔다.

집 안은 아주 어두웠다. 희미하게나마 각종 물건이 물에 떠 있는 것이 보였지만, 어떤 물건인지 식별해낼 수는 없었다. 하이디는 문득 슬픔을 느꼈다. 아주 오래전, 아버지가 하이디에게 그런 말을 한 적이 있었다. 집은 사람과 같아서 숨을 쉬고 성장한다고. 집에도 희로애락이 있고 또 생로병사가 있다. 이 집은 아마 죽은 지 아주 오래되었을 것이다. 집의 최후의 혼백은 방금 그 물고기 떼를 따라 사라져버렸고, 남은 것은 그저 텅 빈 껍데기일 뿐이었다. 이 껍데기 속은 무덤과도 같은 적막으로 가득 차 있었다.

노인은 비틀거리며, 마치 시각장애인이라도 된 것처럼 두 손을 내밀었다. 그는 잠수복 장갑을 낀 손으로 모든 가구를 세심하게 어루만졌다. 수초에 뒤덮이고 녹이 슬어버린 그 안에 또 얼마나 많은 이야기가 숨어 있을지는 아마 노인 자신만이 알 것이다. 하이디는 마음속으로 조용히 결심했다. 가능하면 최대한 노인이 물건을 하나라도 더 챙겨갈 수 있도록 도와주자.

재떨이 하나라도, 찻잔 하나라도. 아니면 의자나… 보온병 하나라도 좋으니까.

마침내 노인이 방 한가운데에 멈춰 섰다. 그는 계속 손에 단단히 쥐고 있던 낡은 행낭을 내려놓더니, 그 안에서 상자처럼 생긴 네모반듯한 물건을 꺼냈다. 하이디는 이상하다는 생각이 들었지만, 입을 벌려 물어볼 수 없었기 때문에 묵묵히 지켜볼 뿐이었다. 노인은 한참 동안 상자를 만지작거리며 무엇인가를 하다가, 지지대 같은 물건을 사용해 상자를 바닥에 조심스럽게 고정했다. 그리고 노인이 하이디에게 가까이 오라고 손짓했다.

하이디는 여전히 무슨 일인지 이해하지 못하고 있었으나, 노인은 단단히 하이디의 손을 잡더니 상자 옆에 있는 손잡이를 잡아 내렸다.

상자 표면에서 푸르스름한 빛이 반짝이기 시작하더니 웅웅거리는 진동이 물결 속 멀리 퍼져나갔다. 갑자기 집 전체가 그 웅웅거리는 소리 속에서 떨리기 시작했다. 마치 오랫동안 잠들어 있던 사람이 꿈에서 깨어나 무심결에 탄식을 내뱉는 것처럼.

한 번 또 한 번 억눌린 듯한 소리가 마치 천둥처럼 발아래에서 들려왔다. 지진인 걸까? 하이디는 본능적으로 밖을 향해 도망치려 했지만, 노인이 하이디의 손을 꽉 잡은 채 놓아주지 않았다. 진동은 가면 갈수록 격렬해져, 집 안의 모든 것이 물속에서 끊임없이 흔들리고 있었다. 갑자기 우르릉 거대한 굉음이 들려오더니, 곧 조용해졌다. 그저 콸콸거리는 파도 소리만이 계속 집 안에서 메아리칠 뿐이었다. 하이디는 창밖을 바라보았고, 건너편의 집이며 거리가 천천히 가라앉고 있다는 사실을 발견했다. 하이디는 당황하고 공포에 질려 버둥거리며 창가로 다가갔고, 몸을 반쯤 내민 채 바깥을 살펴보았다.

한참 후에야 하이디는 깨달을 수 있었다. 도시가 가라앉고 있는 것이 아니라, 집 전체가 위로 떠오르는 중이었다.

작디작은 집은 마치 가벼운 물방울처럼 두 사람을 태운 채 해수면을 향해 떠오르고 있었다. 발아래 도시는 그렇게 점차 멀어져갔다. 그 낡아버린 간판과 좁은 골목, 해초와 말미잘이 다닥다닥 붙은 붉은 지붕들, 그 산과 호수들, 정자와 누각들, 그리고 우뚝 솟은 고층 건물과 굽이치는 다리들이 점점 더 어두운 물빛 뒤편으로 사라져가더니, 파도 아래 연이어 기복을 이루는 어두운 그림자로 변했다.

머리 위로 점차 빛이 생겨났다. 한 줄기, 또 한 줄기, 마치 수많은 다정한 팔들이 파도를 따라 흔들리는 것 같았다.

마침내 작은 집은 해수면을 뚫고 공기 속으로 떠올랐다. 바닷물이 콸콸 소리를 내며 창이며 문틈을 통해 밖으로 흘러나가는 모습은 마치 크고 작은 폭포처럼 보였다.

집은 짙푸른 파도 위에 떠 있었고, 비는 방울방울 지붕을 때렸다. 꿈을 꾸고 있는 것만 같았다.

하이디는 노인이 수경과 호흡용 튜브를 떼어내는 것을 도와주었다. 두 사람은 좌초한 물고기라도 된 것처럼, 축축하게 젖은 바닥에 앉아 숨을 헐떡거렸다.

"이, 이건⋯."

하이디는 이가 계속 부딪치고 있었기 때문에 제대로 된 문장으로 말을 할 수가 없었다. 하이디는 그저 손을 들어 하늘을 가리켰고, 다시 노인 앞에 놓인 검은 상자를 가리켰다. 상자는 여전히 푸른 빛을 반짝이며 웅웅 소리를 내고 있었다.

"그래."

노인이 고개를 끄덕였다.

"선생님이… 사신 건가요?"

"내가 직접 조립했지…. 물론 부속품 대부분은 샀지만 말이다."

그 검게 탄 늙은 얼굴은 추위에 얼어 파랗게 질려 있었지만, 그 눈에 어린 반짝임은 십 대 소년의 것처럼 보였다.

인류에게 구랑위를 공중으로 떠오르게 할 방법이 있었으니, 당연히 바닷속에 잠긴 집을 떠오르게 할 수도 있다. 다만 이런 일은…. 대체 어떻게 생각한 것일까? 그리고 대체 어떻게 해낸 것일까?

"비쌌나요?"

"아주 비쌌지. 평생 모은 돈을 다 써버렸으니까."

바로 이런 것을 위해서, 이렇게 작고 황폐해진 집을 위해서? 이렇게 낡은 집이 정말로 날아오를 수 있다고 믿을 수 있었다니…. 만약 중간에 집이 부서지기라도 하면 어쩔 생각이었던 걸까? 아니면 집이 다시 빠져버린다면? 결국엔 어디까지 날아가고 싶은 것일까? 저 하늘 위로 날아갈 수 있을까? 아니면 세계를 여행할 수 있을까?

그러나 또 이런 것들을 물어볼 필요가 없다는 생각이 들었다. 하이디는 바로 이 순간 자신이 어른이 된 것 같다고 생각했다. 예전에는 이해할 수 없었던 수많은 일을 이해할 수 있었으니까.

하이디는 다시 창밖으로 고개를 내밀었다. 어느새 비가 그쳐 짙은 구름 사이로 햇빛이 내려와 바다 위로 황금빛이 반짝이고 있었다. 하이디는 심지어 자신의 작은 배도 볼 수 있었다. 하이디의 배는 작은 겨자씨처럼 이 끝없는 바다 위에서 외롭게 흔들리고 있었고, 지금 집은 이미 꽤 높이 올라와 있었다. 하이디는 다시 고개를 들어

하늘을 바라보았다. 구랑위는 여전히 보이지 않았지만, 하이디는 구랑위가 낮게 깔린 구름 뒤편에 숨어 있다는 것을 알고 있었다.

하이디는 고개를 들어 위를 바라보며 많은 것을 떠올렸다. 아버지와 어머니, 공평루 2호에 있던 낡은 집, 그리고 황금빛 섞인 주홍색 능소화를. 또 오빠와 오빠의 친구를, 바다 밑에서 침묵하고 있을 청동 조각상을, 익숙한 동시에 낯선 수많은 이름들을. 그리고 하이디는 마지막으로 아침에 꾸었던 꿈을 떠올렸다. 하이디는 그렇게 떠올리고 또 떠올리다가, 자신도 모르게 소리 내 울기 시작했다. 입가로 흘러내린 눈물은 마치 바닷물처럼 쓰디쓴 떫은맛을 냈다.

"울지 마라, 애야, 착하지."

노인이 가볍게 하이디의 젖은 머리를 쓰다듬었다. 그러나 결국 하이디는 더욱더 심하게 울기 시작했고, 마침내 노인도 곁에서 눈물을 훔치기 시작했다.

MEETING ANNA

안나를 만나다

遇见安娜

꽃샘추위가 기승을 부리던 어느 오후, 나는 안나 쑤를 처음 만나 사랑에 빠졌다.

안나는 요정처럼 소리 없이 나타났다. 벗은 발끝이 이슬을 가득 머금은 덤불을 스치는 순간, 안나는 바람보다 더 가볍고 경쾌해 보였다. 나는 평소처럼 정원 구석 가장 높은 상수리나무 아래 앉아 무릎 위 화판에 연한 노란빛 종이를 펼쳐놓고 있었다. 나뭇잎 사이로 희미하게 비쳐든 해무늬가 내 앞 솜털 보송보송한 앵초 덤불 속으로 떨어지며 어딘가 투박하고 거칠면서도 여리고 보드라운 질감을 보여주었다. 내 팔은 손에 쥐고 있는 목탄의 시커먼 흔적으로 가득했고, 오래도록 갈아입지 않은 잠옷은 풀물이며 진흙으로 더러워진 채 쭈글쭈글하게 몸에 달라붙어 있었다. 아마 안나는 그런 모습의 사람을 처음 보았을 것이다. 깡마른 몸을 더럽고 낡은 잠옷 속에 감추고 등을 구부린 채 그림에 열중하는 그런 사람 말이다. 나는 심지어 고개 한번 들지 않았다.

　그래서 안나는 그렇게 계속 내게로 걸어와 작은 새처럼 조용히 덤불 한가운데 서서 기다리고 있었다. 그때 내가 어떻게 안나를 발견했는지는 이미 기억나지 않는다. 어쩌면 몸에서 풍겨오던 향기 때문이었는지도 모르겠다. 조금씩 따뜻하게, 또 살며시 촉촉하게 젖어오던 그 향기. 박하와 월계수, 그리고 신선한 석류의 향이 뒤섞인 듯한 그 향은 살짝 취한 공기 속에서 잔물결을 일으키며 혈관의 박동에 따라 나의 예민한 감각을 부드럽게 두드렸다. 아니, 어쩌면 이 기억도 환상에 지나지 않을지도 모른다. 어쨌든 나는 그 순간 주변의 분위기가 달라졌다는 것을 느끼고 심호흡을 한 다음 고개를 들었다. 안나는 그때까지 그대로 그 자리에 서서 기다리고 있었다. 손으로 짠 듯한 녹색 스웨터를 입고 있던 안나, 비스듬히 흘러내리던 햇살이 안나의 볼에 떠오른 아름다운 분홍빛을 비춰주었고, 그 순간 안나 자신이 성기게 짠 스웨터 속에서 빛을 발하는 것처럼 보였다.

　우리는 한참 동안 말없이 서로를 응시했다. 바람을 타고 정밀하게 돌아가고 있는 기계의 낮은 소음이 들려왔다. 그 웅웅거리는 소리는 수많은 분자 카메라가 우리의 자세와 동작, 표정과 목소리는 물론이고 숨결까지 미세하게 포착하고 있는 소리였다. 그렇게 포착된 우리의 모든 것은 살아 움직이는 듯 생생한 입체 이미지로 합성되어 전 세계 구석구석으로 퍼져나가고, 수십억에 달하는 사람들이 클릭 한 번으로 그 이미지를 시청하고 있을 터였다. 나는 더럽고 어지러운 방 안에 앉아 있을 그들을 쉬이 상상할 수 있었다. 분해 가능한 포장 용기에 담긴 엉성한 인스턴트 음식을 먹으며 나와 안나가 서로를 응시하는 모습을 지켜보는 그들. 그들의 입에서 흘러나온 습하고 탁한 숨결이 우리의 영상을 넘어 그 미세한 입자 빔을 광풍 속

미약한 불꽃처럼 흔들리게 하고 있겠지.

잠시 후, 안나가 내게로 한 걸음 가까이 다가왔다. 온 세계의 호흡도 그 순간 멈추다시피 했다.

"뭘 그리고 있는 거야?"

안나가 살짝 내 쪽으로 고개를 돌리더니, 무어라 형용하기 어려울 정도로 아름다운 목소리로 물었다.

내 심장은 거칠게 뛰고 있었다. 안나. 안나가 나에게서 채 세 발자국도 떨어지지 않은 곳에 서 있다. 안나가 나에게 말을 건네고 있다! 나는 내가 내뱉은 숨이 안나가 입은 성긴 스웨터의 틈을 통해 안나의 맨살에 닿고 있는 것을 느낄 수 있었다. 그리고 그 느낌 때문에 거의 숨이 막힐 지경이었고, 안나의 질문에 무어라 대답해야 할지 생각할 여유조차 없었다.

안나는 전혀 언짢은 기색을 보이지 않았다. 아마 정말 살아 있는 자신에게 사람들이 보이는 각양각색의 반응에 익숙하기 때문인 것 같았다. 안나는 다시 한 걸음 내게로 다가왔다. 안나는 말쑥하고 보드라운 무릎에 두 손을 얹고 목을 길게 빼 내 그림을 들여다보더니, 조금 놀란 듯 눈을 크게 떴다.

"정말 아름다워."

물처럼 깊은 안나의 눈동자가 짙은 속눈썹 그늘 밑에서 두어 번 반짝이는가 싶더니, 다시 나를 바라보았다.

"응, 그러니까 내 말은… 물론 무척 예쁘리라는 것을 알고 있었지만, 그래도 실제로 보았을 때 이런 느낌일 거라고는 생각하지 못했거든. 그러니까 이렇게 믿기 어려울 정도로 말이야."

이제 안나는 나에게서 두 걸음 떨어진 곳에 있었다. 무릎 위에 놓인 안나의 앙증맞은 손 마디 하나하나가 모두 또렷하게 보였고,

나는 다시 숨이 막혀왔다. 귀에 이명이 일고 얼굴의 모든 모공에서 땀이 배어 나왔다. 이 모든 증상은 그 빌어먹을 알레르기 반응과 비슷했지만, 나 스스로는 지금 내가 단지 너무 긴장했을 뿐이라는 사실을 알고 있었다. 나는 마침내 용기를 내어 안나에게 말을 걸었다. 나의 말은 진심에서 우러나온 것이었지만, 관중 모두가 분노하여 손에 들고 있던 음식 포장 용기까지 모두 먹어 치우게 할 만큼 무료하기 짝이 없는 것이었다.

그러니까 나의 대답은 이러했다.

"응, 너도."

우리는 다시 침묵에 빠져들었다. 나는 갑자기 눈앞에 펼쳐진 광경이 우습다는 생각이 들었다. 우리는 대체 무슨 대화를 나누어야 하는 걸까? 그들은 우리가 어떤 방식으로 교류하는 것을 보고 싶은 걸까? 나는 안나에 관한 것이라면 무엇이든지 알고 있었다. 그러니까 그 무료하고 맹목적인 숭배자들처럼 말이다. 나는 매일 안나의 그 비싼 개인 채널을 클릭하고 24시간 쉬지 않는 홀로그램 영상에서 헤어나오지 못하고 있었다. 나는 안나의 일상 작은 조각 하나하나까지 모두 알고 있었다. 예를 들자면 안나의 매니큐어 색이며 냄새, 그리고 6천만 달러의 가치가 있다는 그 손바닥만 한 강아지 같은 것 말이다.

FBC가 매스미디어를 독점한 지 이미 수십 년이었다. 그동안 셀 수 없이 많은 사람이 파도 위 거품처럼 나타났다 사라졌다. 매일 수백 수천에 이르는 개인 채널이 생겨났고, 조회수가 급증하기라도 하면 순식간에 화제가 되었다. 그런 다음에는 인터뷰가 이어지고 모델이 되며 숱한 화제를 만들어냈다. 누군가의 관심을 받는 동시에 또 누군가의 비판을 받고, 스캔들이 끈적끈적하게 몸에 달라붙고…. 모욕과 열광적인 성원이 엇갈리는 가운데 사람들은 곧 새로운 이슈메이커들에게 몰려갔고, 화제의 인물은 그렇게 빠르게 무너져 마침내 채널이 취소되었다.

그러나 안나만은 달랐다. 안나는 태어난 순간부터 이 시대 영원히 무너지지 않을 존재로 결정되어 있었다. 주변에 있는 모든 것이 마치 동화와 같은 불가사의한 색채로 안나를 감싸고 있는 것처럼, 안나의 일거수일투족에 사람들은 감탄하고 사랑에 빠지곤 했다. 여섯 살 되던 해, 안나는 '베들레헴의 별'이라는 이름의 망아지에서 떨어져 발목을 삐었는데도 비명 한번 지르지 않았다. 안나는 특별히 맞춘 드레스를 입고 2세기 전부터 전해 내려오는 피아노곡을 연주했고, 펜싱, 태권도, 플라밍고 댄스를 연습했다. 안나는 자신의 이름을 딴 베이커리와 꽃집, 카페도 소유하고 있었는데, 모두 자신의 농장에서 생산한 재료만을 사용했다. 그러다 보니 가격이 무척 비쌌지만 그래도 인기 폭발이었다. 사춘기에 접어든 안나는 마치 반역을 일으키는 공주처럼 더욱더 놀라운 모험을 하기 시작했다. 안나는 먼저 성 하나만큼의 가치가 있는 골동품 카메라를 들고 홀로 황무지로 가서 번개와 오두막 사진을 찍었다. 그다음에는 걸 밴드를 결성해 몇 달에 걸쳐 여러 큰 극장에서 순회공연을 했다. 사람들은 안나가 선사 시대 늪지에서 외롭게 오가는 모습을 지켜보며 열광적으로 안나의 사진집과 음반을 사들였다. 가장 최근에 들려온 소식은 안나가 2년에 걸친 방랑을 끝내고 마침내 집에 돌아와, 다른 세계를 여행하는 동화책을 쓰기 시작했다는 것이었다.

그리고 지금 안나는 내 작디작은 정원에 서서, 몸을 굽혀 내 무릎 위 그림을 들여다보고 있었다. 안나의 몸에서 풍기는 향기에 내 이마는 마치 불타오르듯 뜨거워졌다.

"미안."

안나가 갑자기 무엇인가 깨달은 듯 황급히 뒤로 한 걸음 물러섰다.

"혹시 나 때문에 불편한 거야?"

"아니."

나는 겨우 고개를 저었다.

"그저 좀 익숙하지 않아서 그런 거야."

안나는 흑요석처럼 빛나는 눈동자로 나를 바라보았다.

"알겠어. 조금 멀리 떨어져 있을게."

안나가 이어 말했다.

"네가 계속 그림을 그릴 수 있도록. 네게 물어보고 싶은 것이 있어 온 거야. 내가 새로 쓰는 책의 삽화를 그려줄 수 있을까?"

안나는 해맑은 미소를 지었다. 마치 이런 요구가 결단코 거절당하지 않으리라는 것을 알고 있는 것처럼. 그러나 이 얼마나 기묘한 일일까. 혼란스러운 내 머릿속에는 온갖 황당한 생각들이 떠돌고 있었다. 내가 안나에게 매혹당한 것처럼, 안나도 나의 모든 것을 온전히 낯설어하고 있지는 않다는 생각이었다. 이 세상의 수많은 이들처럼, 안나도 사람들을 떠나 홀로 쓸쓸히 살아가는 나의 일상이며 계속 논쟁에 휩쓸리고 있는 그림들을 궁금해하고 있지 않을까? 3년 전, 안나는 한 경매에서 내 비단향꽃무 데생을 35만 달러에 샀을 뿐 아니라 그 작은 그림을 계속 침대 머리맡에 걸어두었다. 다른 점은, 내 일상은 안나의 일상처럼 다채롭거나 풍부하지 않다는 것이었다. 나는 12년 전 그 누출 사고의 유일한 생존자였고, 평생 가련한 땅속 요정처럼 세상과 격리된 이 작은 정원, 마치 비누 거품처럼 투명하게 빤짝거리는 유리 돔 안에서만 살 수 있는 운명이었다. 나는 면역 체계에 손상을 입었고, 거의 모든 공업 제품에 알레르기 반응을 일으켰다. 자동차의 배기가스, 방부제가 첨가된 식품, 플라스틱 분진, 살충제, 심지어 향수의 향조차 나를 질식시키고 온몸이 부어올라 사망에 이르게 할 수 있었다.

10여 년 동안 나는 거의 매일 이곳에 앉아 정밀하게 제어되어 걸러진 공기를 호흡하는 수밖에 없었다. 나는 맹물을 마시고 굵은 소금으로 끓인 음식을 먹으며 각종 영상을 감상하는 일로 시간을 보냈다. 유리 돔 밖의 생활이 얼마나 풍요롭고 아름다울지 상상하면서. 내가 접촉할 수 있는 모든 것은 특별하게 제작된 것이었다. 목탄이며 종이 역시 순수하게 수작업만으로 제작되었기에 놀라운 가격이 붙어 있었다. 아주 소수의 사람만이 이곳에 들어와 나를 만나볼 수 있었는데, 그동안 나를 방문한 이들로는 대통령 두 사람, 영부인 세 사람, FBC의 회장, 그리고 내 주치의가 있었다. 그리고 그들의 방문도 아주 오래전의 일이었다.

여하튼 이 순간이 되어서야 나는 안나가 나를 찾아온 이유를 알 수 있었다. 모든 것은 세심하게 안배되어 있었다. 안나의 방문은 그 대단한 인물들이 반복해 토론을 벌인 결과일 수도 있고, 아니면 그저 경솔한 장난에 지나지 않을 수도 있었다. 어쨌든 최후에는 누군가가 이리 말했을 것이다.

"그 두 아이를 만나게 하지. 안나와 토마스 말이야."

그래서 이런 오후에 안나가 홀연히 나타난 것이었다. 마치 천사가 난쟁이들이 사는 비밀의 화원을 방문하는 것처럼. 초소형 카메라가 정신없이 위아래로 날아다니는 가운데, 수많은 이들이 목을 길게 빼고 우리의 방문을 지켜보고 있었다. 이 생각에 내 몸은 점차 차게 식기 시작했지만, 목구멍은 여전히 뜨겁게 타오르고 있었다.

"미안하지만."

내가 쉰 목소리로 말했다.

"아?"

"지금 빛을 가리고 있는데."

안나는 옆쪽으로 몸을 움직이며 조금 경악한 듯한, 혹은 조금 실망한 듯한 표정을 지었다. 그런 안나를 바라보지 않았지만, 안나가 난처해하고 있다는 사실은 느낄 수 있었다. 아마 화도 났겠지. 지금까지 안나에게 이런 식으로 말한 사람은 없었을 테니까. 그러나 이런 냉담한 말투는 바로 내 우스꽝스러운 자존심을 지키기 위한 유일한 무기였다.

침묵 속에서 바람이 나뭇잎을 스쳐 바스락거리는 소리가 들려왔다. 목탄은 내 손가락 사이에서 힘없이 떨리고 있었다. 그때 갑자기 안나가 한 걸음 다가왔다. 안나의 얼굴은 분노와 흥분으로 붉게 달아올라 있었는데, 무척 아름다웠다.

"좋아, 너도 우리에게 시간이 많지 않다는 것을 알 테니까…."

안나가 말했다.

"차라리 편하게 이야기나 나누자."

"무슨 이야기를?"

"서로가 모르는 일에 대한 건 어때?"

안나가 새까만 눈동자로 도전하듯 나를 바라보았다.

"아니면 그 누구도 모르는 일에 대한 것도 좋지. 너에게 그럴 만한 배짱이 있다면 말이야."

나는 어찌할 바를 모른 채 그곳에 앉아 있었다. 안나는 앵초 덤불을 헤치고 내 곁으로 다가오더니, 무릎을 안은 자세로 자리에 앉았다. 이렇게 되니 안나가 나보다 훨씬 키가 작아진 느낌이 들었다. 따뜻한 햇볕이 안나의 매끄러운 머리카락 사이에서 춤을 추었고, 까마귀처럼 새까만 머리카락이 빛을 받자 밝은 와인빛으로 반짝였다.

주변은 여전히 너무나 조용했다. 이 세계에는 새가 지저귀는 소리도 매미 우는 소리도 존재하지 않으니까. 그저 우리 두 사람만이 무성하게 피어난 덤불 속에 앉아 있을 뿐이었다. 세상 어디에나 존재하고 있을 관객들의 존재를 잊은 것처럼.

"그래, 무슨 이야기를 하지?"

한참 후, 나는 가련한 모습으로 대답했다.

"사실 우리는 모두 비밀이 아주 많잖아. 그들이 볼 수 있는 것도 있지만 그들이 볼 수 없는 비밀도 있으니까."

안나가 머리 위 나무 그늘을 가리키며 마치 탄식하듯 애틋한 목소리로 말했다.

"열여덟 살이 되기 전 욕실은 카메라가 금지된 최후의 장소니까. 너도 욕실에 숨어 아주 많은 일을 할 수 있었겠지. 가장 길었던 한 번은… 그러니까 나는 안에서 문을 걸어 잠그고 하룻밤과 낮을 꼬박 그 안에서 보낸 적이 있어. 나중에 그들이 어쩔 수 없이 사람들을 파견해 교대로 문을 두드렸고, 우리 어머니는 다급한 나머지 줄곧 울기만 하셨지. 내가 아주 어렸을 때의 일이야."

"아, 기억나."

내가 대답했다.

"대체 어찌 된 일인지 인터넷에 투표를 붙인 사람도 있었지. 그때 조회수가 진짜 높았어."

"사실 나는 그저 안에서 잠을 자고 있었어. 아무것도 입지 않고 벌거벗은 채로 욕조 안에 누워서 말이야. 아주 쿨쿨 자고 있었지."

안나의 입매가 미묘한 곡선을 그리며 살짝 위로 올라갔다. 미소를 짓고 있다고 쳐도 좋을 것이다.

"그때 느낌이 어땠어?"

"말로 표현할 수 없을 정도로 좋았지."

"그래, 그 기분 알 것 같아."

"자, 네 차례야. 우리 어린 왕자님."

안나가 나를 바라보았다.

"네 이야기도 들려줘."

"좋아. 안 그래도 아주 바보 같은 짓을 했던 것이 생각났거든."

나도 이야기하기 시작했다.

"나도 아주 어릴 때의 일인데, 욕실에 숨어 자살할까 말까 고민하고 있었지. 한참을 생각한 끝에 겨우 결심을 하고, 가글액을 한 사발이나 마셨어."

"가글액을?"

"가글액이 살충제처럼 나를 죽여줄 거로 생각했거든. 하지만 결국 실패했어. 가글액은 대체 어떻게 만든 건지 꽤 구역질이 나는 맛이었지만, 어쨌든 독은 없더라고."

안나는 잠시 멈칫하더니 결국 참지 못하고 큰 소리로 웃기 시작했다. 안나의 웃음소리는 마치 새로 반짝반짝하게 닦아낸 은항아리처럼, 밝고 깨끗했다.

"가글액이라니…. 세상에, 너무 귀여운데!"

"그때는 정말 그렇게 하면 죽을 수 있을 거라 믿었다니까."

나는 따지듯 말했다.

"최소한 그때는 마시기만 하면 죽는 건 분명하다고 생각해서, 거울 앞에서 통곡하며 한 모금 한 모금 겨우 삼켰다고."

"그때가 몇 살이었는데?"

"정확하게는 기억나지 않아. 아마 예닐곱 살 때였을 거야."

"알겠어. 이 바보. 만약 내가 너라면 최소한 여기서 달려나가 밖에서 죽었을 거야."

"지금은 죽을 생각이 없어. 아니, 최소한 죽음에 대해서만은 전혀 다급해 할 수 없어."

"어째서?"

"의사는 내가 아마 10년 정도 더 살 수 있을 거라고 했어. 10년은 길다면 길고 짧다면 짧은 시간이지. 하지만 내가 이 세상을 좀 더 바라보기에는 충분한 시간이야."

나는 용감하게 안나의 눈을 바라보았다.

이리도 아름다운 꽃과 이파리들, 이리도 풍성한 세계, 이리도 가지각색의 사람들, 그리고 천사와 같은 여자아이. 나는 그 모든 것을 좀 더 바라보고 싶었다.

잠시 침묵하던 안나가 한숨을 쉬더니, 고개를 들어 바람에 흔들리는 상수리나무 이파리들을 바라보았다.

"그럼… 그날 밤도 기억하고 있을까? 하늘이 보기 드물게 맑았던 밤, 검은 벨벳 같은 장막에 별들이 반짝이던 그 밤 말이야. 나는 침대 머리맡에 걸어둔 비단향꽃무 그림을 보다가 갑자기 네가 무엇을 하고 있을지 궁금해졌어. 그래서 네 채널에 들어갔지."

"무엇을 보았지?"

"너는 작고 노란 등불 아래 앉아 있었어. 그리고 막 내 채널에 들어온 참이었지. 그 순간, 우리는 서로를 훔쳐보는 사람이 되어 서로의 어깨너머를 바라보고 있었지. 각자 자신에게 속한 눈앞의 작디작은 영상을 지켜보고, 그 영상은 다시 상대의 영상을 보고. 그렇게 영원히 끝나지 않을 것처럼 서로를 보고 있었어. 그리고 그 순간 우리는 동시에 영상을 껐고, 그렇게 모든 것이 사라져버렸기에 나에게는 마치 꿈만 같았어."

고개를 숙인 안나의 이마 위로 새까만 머리카락이 흘러내려 나는 안나의 표정을 볼 수 없었다. 안나는 한참 후에야 다시 나를 바라보며 진지한 목소리로 말했다.

"말해봐. 그다음에는 무엇을 했어?"

나는 한참을 망설이다 결국은 대답했다.

"풀숲에 누운 채 개처럼 울었어."

"그랬구나."

안나는 살짝 입술을 깨물었다. 그런 안나의 모습은 보통의 열다섯 살 여자아이 같아 보였다.

"나는 울지 않아. 그리고 너는 싸워도 좋고 침을 뱉어도 좋아. 벌거벗고 달리거나 마약을 하거나 삭발을 하거나, 그도 아니면 피부에 문신을 새겨도 좋지. 듣기 싫은 욕을 내뱉어도 상관없고. 하지만 저들이… 네가 우는 모습을 보게 해서는 안 돼."

"네 말이 옳아."

나는 고개를 끄덕였다.

"앞으로 다시는 울지 않을 거야."

멀리서 종소리가 들려왔다. 이제 연극의 막을 내려야 할 시간이었다. 종소리는 우리의 시간이 다 되었다는 것을 알려주는 동시에 바깥에 더욱 거대한 세계가 있음을 일깨워주는 것 같기도 했다. 안나가 몸을 일으키더니 스웨터에 붙은 지푸라기를 털어내기 시작했다.

"이만 가봐야 해. 밤에 작은 파티가 있거든."

안나가 말했다.

"너와 대화를 나눌 수 있어 정말 즐거웠어."

"나도."

안나는 나를 바라보았고, 나는 이마가 다시 뜨거워지는 것을 느꼈다.

"그럼 삽화는….."

"그 빌어먹을 삽화 같은 건 잊어버려."

안나가 단호하게 내 말을 끊더니, 아무 예고도 없이 몸을 굽혀 힘차게 나를 끌어안았다.

"나를 잊어서는 안 돼."

안나의 촉촉한 입술이 내 귓가에서 속삭였다.

나는 아주 짧은 순간 망설였을 뿐이었다. 나에게 시간이란 이미 충분하지 않은 것이었으니까. 그래서 나는 온 힘을 다해 안나를 끌어안았다. 안나의 머리카락에서는 자작나무 숲과 같은 상쾌한 향이 풍겼다.

나는 그 순간의 우리를 얼마나 많은 이들이 보고 있을지, 그들이 부러워하거나 질투하고 있을지 혹은 감동으로 눈물을 흘리고 있을지 전혀 알지 못했다. 참 이상하게도 그 모든 것이 이제는 중요하지 않았다.

안나의 마지막 속삭임이 들려왔다.

"잊지 마. 울면 안 돼."

그리고 안나는 아무 말 없이, 한 번 뒤돌아보는 법도 없이 떠나갔다.

꽃샘추위가 기승을 부리던 오후, 나는 마지막으로 생생하게 살아 있는 안나가 나의 시야를 벗어나는 것을 지켜보았다. 어두운 녹색 스웨터 자락이 앵초의 거친 가지며 보드라운 잎사귀를 스치더니,

곧 빛의 그림자가 흔들리는 나무들 뒤로 사라졌다. 마치 이곳에 나타났던 적이 없는 것처럼.

그리고 그때, 그리고 그 후로 아주 긴 세월 동안 나는 정말로 울지 않았다.

ON MILUO RIVER

멱라강에서

泪罗江上

1

존경하는 딩(丁) 선생님께

안녕하십니까.

계속 선생님께 서신을 올리고 싶었습니다만, 오늘에 와서야 겨우 펜을 들었습니다. 그러나 역시 무슨 말씀부터 올려야 할지 막막하기만 합니다.

기억하고 계실는지요. 올해 7월 청두에서 열린 SF 교류회에서 일개 신인 작가인 저는 선생님 곁에 앉는 영광을 누릴 수 있었습니다. 제가 선생님께서 쓰신 생동감 넘치는 SF를 무척 좋아한다고 말씀드렸을 때, 선생님께서는 그저 겸손한 표정으로 웃으셨지요. 사실 그 외에도 드리고 싶은 말씀이 아주 많았습니다만, 그때는 어째서인지 한마디도 생각나지 않았습니다.

교류회가 끝나기 전, 저는 마침내 용기를 내어 선생님께 이메일 주소를 여쭀습니다. 그리고 그 후로 눈 깜빡할 사이에 한 달이 지났습니다. 그동안 수도 없이 어서 자리에 앉아 서신을 써야 한다고 마음을 다잡았습니다만, 또한 수도 없이 자신에게 '내일 다시 생각해보자'라는 핑계를 허락했습니다.

편지는 여기에서 갑자기 끝났다. 검은색 커서는 마지막 마침표 뒤에서 깜박이고 있었다. 나는 안경을 벗고 두 손에 얼굴을 파묻은 채 깊이 숨을 들이마셨다. 마치 어두컴컴하고 무거운 바위에 억눌린 것처럼 가슴은 여전히 답답했다.

무더운 여름밤이었다. 방금 비가 내린 까닭에 창밖에서 서늘한 흙내음이 풍겨왔다. 좁고 어수선한 침실 안은 온통 어두웠고, 컴퓨터 화면만 희미한 빛을 발하고 있었다. 나는 한참 동안 조용히 앉아 있다가 다시 안경을 쓰고 굳어진 손가락을 내밀어 다시 한 글자 한 글자 치기 시작했다.

그렇습니다. 사람들이란 항상 이런 식이지요. 간단하기 짝이 없는 일을 길게 끄는 겁니다. 결국에는 아쉬움으로 변할 때까지 말입니다.

그때의 교류회에 대해 다시 이야기해볼까요. 저는 여전히 선생님께서 하셨던 말씀을 기억하고 있습니다. SF건 아니면 다른 장르건 서사를 잘 쓰기 위해 가장 중요한 것은 이야기의 아이디어, 구성, 줄거리, 표현, 인물의 조형 등등 각 방면이 일종의 미묘한 균형을 이루어야 한다는 것이었지요. 별것 아닌 이야기였지만, 저에게는 너무나 소중한 조언이었습니다.

그 후 제가 글쓰기의 길을 천천히 모색할 때면, 선생님이 제 뒤에 서서 서사를 어떻게 배치해야 적절하게 이야기를 발전시켜나갈 수 있는지 지적해주시는 것 같았습니다.

지금 저는 어려움에 빠져 있습니다. 오랫동안 한 이야기를 구상해왔으나, 계속 대체 어떻게 글을 시작해야 할지 막막하기만 합니다. 저는 아주 여러 번 시도해보았지만, 매번 이 이야기의 첫머리를 생각할 때면 수도 없이 많은 가능성이 마음 깊은 곳에서 쏟아져 나와 서로 부딪쳐 반응합니다. 마치 복잡한 성분의 화학 시약을 담아놓은 항아리 같다고 할까요. 천 가지, 만 가지 다른 결과를 만들어낼 수 있는 그런 항아리 말입니다. 저는 정말로 속수무책입니다.

이런 막막한 상태는 사람을 고통스럽게 하는 동시에 흥분하게 합니다. 이것은 또한 제가 선생님께 서신을 올릴 용기를 내게 된 이유 중 하나이기도 하고요. 선생님의 풍부한 경험이 가장 유효한 촉매가 되어 이 모든 것을 밝게 만들어주실 수 있으리라 생각합니다.

이야기의 제목은 〈멱라강에서〉입니다. 소설의 시작 부분을 첨부했으니, 선생님께서 한번 읽어봐주셨으면 합니다. 괜찮으시다면 귀한 의견도 서슴없이 말씀해주셨으면 합니다. 겨우 2,000자밖에 안되는 이 서두를 쓰기 위해 저는 아주 오랜 시간을 들였습니다. 모든 인물과 서사가 아직 완성되지 않은 채 혼돈에 빠져 있고, 심지어 인물들의 대화 한마디, 동작 하나하나 모두 무척이나 포착하기 어렵습니다. 저는 짙은 안개에 빠진 것처럼 방향을 잃고 있습니다. 이야기가 모든 것이 아직 발생하지 않은 이 순간에 이렇게 좌초된 이상, 저는 결코 앞으로 나아갈 수 없습니다.

가능성이란 얼마나 매혹적이고 또 무서운 것인지요. 우리 모두는 이야기 속 인물들처럼 발버둥치며 배회하고 비틀거리며 걸어갑니다. 어떻게 해야 이야기가 자연스럽게 발전해나갈 수 있을지, 저는 지금까지도 이렇다 할 결말 하나 생각해내지 못했습니다.

저를 도와주십시오. 제 글이 선생님께는 보잘것없을지 모르지만, 저에게는 무척 특별한 의미를 지니고 있습니다. 아마 이야기 전체가, 그리고 이야기 밖의 수많은 것들이 선생님의 말씀 한마디에 바뀔 것입니다.

선생님의 회신을 기다리겠습니다.

2006년 8월 23일
SF 애호가 X 올림

나는 받는 이의 주소에 Xiaoding2006@Tmail.com을 입력하고, 서신을 보냈다.

첨부 파일 1:

멱라강에서

바람이 강에서 불어왔다. 흐르던 안개가 짙어진 후 다시 옅어졌다. 짙푸른 수면 위로, 한 층 또 한 층 수은처럼 끈적한 파문이 보일 듯 말 듯했다.

어둡고 적막한 오전이었다. 물결이 갈대 풀을 말아 흔드는 소리가 사방에서 기복을 이루며 들려오고, 간간이 처량한 새 울음소리가 수면을 스쳤다. 백양(栢羊)은 어깨를 감싸 안은 채 축축하고 차가운 바람 속에 홀로 서서 몸서리를 치고 있었다.

분명 5월인데, 누가 이렇게 추울 거라 생각이나 했겠어. 백양은 속으로 위원회의 늙은이들에게 욕설을 내뱉었다. 몸에 걸친 옷은 대체 무엇으로 만들었는지 매우 거칠었고, 바람이 불어올 때마다 뼈가 시리도록 차가워졌다.

나뭇잎처럼 생긴 좁은 오봉선(烏篷船)*이 안개 속에서 미끄러져 나오더니 소리 없이 기슭에 멈췄다.

"수험 번호 HP2047-9?"

상큼한 목소리가 대나무 발 뒤에서 들려왔다.

백양은 이를 딱딱 부딪치게 하는 추위를 참아내며 부들부들 떨리는 목소리로 대답했다.

"예, 저입니다."

대나무 발 귀퉁이가 천천히 들어 올려졌다. 백양이 고개를 숙이고 배로 뛰어들자 따뜻한 차의 향이 얼굴로 훅 끼쳐왔다. 주먹만 한 찻주전자가 화로 위에서 모락모락 김을 내뿜고 있었고, 긴 머리에 흰옷을 입은 여자가 차를 끓이고 있었다. 여자의 움직임이 어쩌나 아름다운지 마치 옛 그림에 그려진 미인 같아 보였다.

모든 것이 너무나 사극을 찍는 것 같은 모양새였다. 백양은 어색하게 웃으며 구석 자리에 앉았다.

"일찍 오셨군요."

여자가 고개를 들어 백양을 바라보았다. 여자의 얼굴은 아기를 연상시키는 동안으로 입매는 살짝 올라가 마치 웃는 듯 마는 듯한 느낌이었다. 여자는 소매 밖으로 드러난 눈처럼 새하얀 손끝을 움직여 찻잔을 밀어주었다.

"이건…."

백양은 거친 도기 잔에 떠오른 의심스러운 갈색 나뭇잎을 응시하며 조심스럽게 물었다.

---

* 검은 지붕을 얹은 작은 거룻배로 중국 강남 지역에서 주로 이용하며 까마귀를 닮았다 하여 오봉선이라 부른다.

"옥사산에서 가져온 햇차예요. 물은 먹라강에서 떠왔고요. 우선 아쉬운 대로 이거라도 들어요."

백양은 한참 망설이다가 찻잔을 들어 입가로 가져갔다. 한 모금 마시니 떫은맛이 혀끝을 가득 채웠다.

"이상하긴 하지만…."

백양은 슬쩍 상대를 바라보았다.

"그런대로 마실 만합니다."

여자는 열심히 잔에 떠오른 차 거품을 불고 있을 뿐이었다. 잠시 후에야 고개를 들어 백양을 바라보며 말했다.

"아직 시간이 되지 않았으니 편하게 이야기해요. 긴장할 필요 없어요."

백양은 당황했다. 지금 긴장하지 않으면 그게 이상한 일 아닌가? 그러나 입은 생각과 다른 말을 하고 있었다.

"그건 그렇습니다."

"나는 당신의 시험 감독관이고, 내 시리얼 넘버는 G-56이에요."

여자는 손목을 뒤집어 식별 코드를 보여주었다.

"일단 물어보죠. 이번 임무에 대해 어느 정도 이해하고 있나요?"

"그럭저럭 알고 있습니다."

백양은 머리를 긁적였다.

"오기 전에 책을 좀 읽었…."

"심리학과 우등생이라죠? 나이도 젊은데, 대단해요."

"감독관님에 비하면 저는 젊은 것도 아닌걸요."

백양은 서둘러 대화를 쫓아갔다.

"감독관님이 모습을 드러내셨을 때 저는 정말 당황했습니다. 속으로 이게 무슨 시험이냐, 그런 생각도 한걸요. 이건 분명 김용군협

전*…."

"그 부분, 제가 지적해드려야 할 것 같군요."

G-56이 가볍게 손을 저으며 의도가 너무 분명한 백양의 고백을 잘라냈다.

"이건 가상현실 속의 모의 연습이 아니에요. 시험 관련 주의사항에 이미 명백하게 적어두었건만, 아주 많은 수험자가 그런 착각을 하곤 하죠. 자, 주변을 둘러보세요. 모든 것은 이 이상 진실일 수 없는 역사의 풍경이에요. 추위와 더위, 물후(物候)의 변화, 강에 낀 안개며 찻잎의 맛, 어떤 프로그램에도 존재할 가능성이 있는 오류가 여기에는 결코 존재하지 않아요. 우리가 있는 곳은 바로 진실한 시공간이기 때문이죠."

백양이 당황했다.

"당신이 만나게 되는 인물들을 포함해서 말이지요. 모두 실제로 존재하는 사람들이에요. 이게 아주 중요한 지점이죠."

G-56은 손끝으로 자신의 동글고 매끄러운 코끝을 톡톡 치며 말했다.

"진짜 인간의 내면은 언제나 프로그램으로는 모사하거나 계산하기 어려운 부분이 있기 마련입니다. 아무리 복잡한 계산을 거치더라도 안 된다는 이야기에요. 우리가 필요로 하는 것은 바로 현실 상황에서 성공적으로 문제를 해결할 수 있는 인재입니다. 심리역사분석가 자격시험이 생겨난 후, 위원회는 이 역사 실습을 모든 시험을 끝낸 후 최후의 과정으로 정했어요. 이건 마지막 테스트일 뿐 아니라 가장 중요한 테스트이기도 하죠. 이 시험의 합격률은 그동안 가장

---

* 김용의 소설에 나오는 등장인물들을 총망라하는 RPG 게임

낮았지요."

"이번 시험에 떨어지면 몇 달 동안 고생한 것이 모두 헛수고가 된다는 거죠. 알겠습니다."

백양은 슬며시 한숨을 쉬었다.

"그렇게 말씀하시는데 제가 긴장하지 않을 수 있겠습니까?"

"그저 그렇다고 이야기하는 것뿐이에요. 다른 뜻은 없고요."

G-56이 환하게 웃으며 대답했다.

"또 다른 질문이 있나요?"

"이해가 가지 않는 부분이 있습니다. 정말로 시공을 넘어왔다면, 우리가 하는 모든 일이 역사의 진행에 관여하게 되지 않습니까?"

"역사는 물론 바뀌지 않을 거예요."

G-56은 고개를 저었다.

"모든 과정은 완벽하게 통제되고 있으니까요. 우리는 과거로부터 폐쇄된 시공간의 한 단락을 빌려오는 셈이에요. 그러니 당신은 횟수의 제한 없이 마음대로 그 시공간을 이용할 수 있죠. 카세트테이프의 카피본을 사용하는 것과 같다고 할 수 있어요. 우리가 하는 일이 원본 카세트테이프에는 어떤 영향도 끼치지 않을 거예요."

"영향이 없다 해도 이렇게 함부로 올 수는 없고요."

백양이 창밖 안개가 맴도는 수면을 바라보았다.

"저는 그 이상하고 기괴한 테스트에 대한 이야기를 들었습니다. 히틀러, 나폴레옹, 소크라테스, 이집트의 클레오파트라, 메이플라워호, 하이젠베르크와 보어의 코펜하겐 회담…. 이런 문제를 냈던 그 영감님들이 좀 변태스럽다는 생각이 들지 않으시나요?"

"당신이 추첨으로 뽑은 이 문제는, 지금까지 통과한 사람이 없답니다."

G-56이 생긋 웃으며 턱을 받쳤다.

"운이 아주 좋은 모양이군요."

백양은 목에서 고통스러운 신음을 짜내며 두 손으로 머리를 감싸고 아무 말도 하지 않았다.

화로 위 주전자가 계속 보글보글 끓는 소리를 내며 따뜻한 기운을 돋우고 있었다. 창밖 멀리에서 아련한 노랫소리가 들려오고 있었다.

"그 사람입니까?"

백양이 고개를 들어 밖을 바라보았다. 강 위의 안개는 점점 더 짙어져 기슭이 거의 보이지 않을 정도였다.

G-56이 고개를 끄덕였다.

"자, 준비되었나요?"

"일단 가보도록 하지요…."

백양은 쓰게 웃었다.

"좋아요. 그럼 시간을 재기 시작하겠어요."

G-56이 우아하게 손을 휘두르자 어디선가 거대한 모래시계가 튀어나왔다. 새하얀 모래가 가느다란 시내처럼 고요하게 흘러내리기 시작했다. 어딘가 현실이 아닌 것처럼 느껴지는 모습이었다. 백양은 잠시 넋이 나가 있다가 겨우 정신을 차리고 다급하게 선창 문가로 향했다. 그러더니 어딘가 달갑지 않은 표정으로 뒤를 돌아보았다.

"아, 맞다, 성함을 여쭈어도 될까요?"

G-56은 달콤하게 미소 지었다.

"심청(瀋箐)."

"과연 미인은 이름도 아름답군요."

백양은 고개를 끄덕였다.

"알겠어요. 우리 이따가 다시 만나요."

백양은 허위허위 대나무 발을 젖히고 밖으로 나갔다. 뒤에서는 가라앉은 현악기의 음과 같은 G-56의 목소리가 들려왔다.

"행운을 빌어요. 해리 셸던*이 당신과 함께하기를."

"함께한다면 함께하는 것이고."

백양이 속으로 중얼거리며 단숨에 선창을 훌쩍 뛰어넘었다.

오래되고 낯선 노랫소리가 안개 속을 맴돌고 있었다. 어렴풋한 사이, 키가 크고 마른 그림자가 이미 가까이 다가오기 시작했다.

---

* 아이작 아시모프의 〈파운데이션〉 시리즈에 등장하는 수학자 겸 사회학자. 해리 셸던의 논문이 훗날 심리역사학의 기초가 된다.

2

X 씨에게

X 씨, 안녕하세요. X 씨가 이름을 알려주지 않았기에, 이렇게 부를 수밖에 없겠습니다.

솔직히 말해 나는 X 씨의 서두를 완전히 이해했다고는 말할 수 없습니다. 심리역사학 시험이 전국 시대에 진행되고 있는 것이 맞습니까? 굴원(屈原)**과 관계가 있나요? 아주 재미있는 아이디어군요. 내 생각에 X 씨는 아직 학생이고, 지금 역사 시험 때문에 정신이 없는 상태가 아닐까 싶군요.

아직은 X 씨가 이 이야기를 통해 무엇을 표현하고자 하는지 모르겠습니다.

서두의 대화는 매우 재미있습니다. 특히 '해리 셀던이 당신과 함께하기를'이라는 표현이 마음이 들었습니다. 그러나 그다음에 이야기가 어떻게 진행될지는 전혀 짐작이 가지 않는군요.

** 중국 전국 시대의 시인. 멱라강에서 자살한 것으로 알려져 있다.

X 씨가 이야기한 막막함이라면 나도 늘 느끼고 있습니다. 사실, 이야기가 '적절하게' 누군가의 붓 아래 드러나는 경우는 없다고 봐야 합니다. 언제나 한 번 또 한 번 구상하고 퇴고해야 하고, 또 여러 가지로 시험해보고 심지어 실패도 해보아야 하지요. 그래야만 소위 미묘한 균형 상태라는 것에 도달할 수 있는 것입니다. 원고를 여러 편 써보고 주변 친구들에게 보여주십시오. 아니면 당분간 시간을 갖고 다른 책을 좀 읽거나 밖에 나가 산책을 하는 것도 좋겠습니다. 현실 생활은 때때로 의외의 지점에서 영감을 주기도 하니까요.

X 씨는 아마 섬세한 성격인 것 같군요. 이해하지 못하는 일이 생기면 몇 번이고 다시 생각해보는 사람인 것 같기도 하고요. 그러나 사람의 삶이란 생각만으로 모든 문제를 해결할 수 있는 것이 아닙니다. 공자께서 '학이불사즉망, 사이불학즉태(學而不思則罔, 思而不學則殆)'라고 말씀하신 바 있지요. 배우기만 하고 생각하지 않으면 얻음이 없고, 생각하기만 하고 배우지 않으면 그 또한 위태롭다는 뜻입니다. 붓을 들기 전에 모든 세세한 부분까지 계획하는 것은 거의 불가능한 일입니다. 괜찮다면 좀 더 편하게 마음을 먹으십시오. 인생이란 결코 완벽하게 흠결이 없을 수는 없는 것인데, 하물며 짧은 이야기는 오죽하겠습니까? 중요한 것은 일단 X 씨의 생각을 온전하게 써내고 다른 이에게 보여주는 것입니다. 그 후에 다시 자신이 노력해야 할 방향을 정해야겠지요. X 씨는 아직 젊지 않습니까?

그럼 이어지는 이야기를 기대하겠습니다. HP2047-9와 G-56에게도 행운을 빕니다.

2006년 9월 2일
당신의 벗 샤오딩

3

존경하는 샤오딩 선생님께

안녕하십니까.

선생님의 회신을 받고 무척이나 감동하였습니다. 거의 밤새 잠을 이루지 못할 정도였지요. 물론, 선생님께서는 이 편지가 저에게 있어 얼마나 중요한 의미가 있는지 상상도 못 하실 것입니다. 아마 저 자신을 제외하면, 이 감정을 이해할 수 있는 사람은 없겠지요.

선생님께서 제게 주신 의견은 정곡을 찌르고 있습니다. 실례가 될지 모르는 말씀을 올리자면, 선생님께 서신을 올릴 때만 해도 이렇게 간결하면서도 요점을 찌르는 답을 받을 수 있으리라는 사치스러운 기대는 품고 있지 않았습니다. 알겠습니다. 과거 저는 너무 긴장해 있었던 것 같습니다. 저는 방에 틀어박혀 낮도 밤도 없이 생각하고 또 생각만 했습니다. 저에게 있어 이 이야기는 보통 이야기가 아닙니다. 그래서 저는 언제나 이 이야기가 완벽하기를 희망했습니다. 그럴수록 오히려 붓을 들기가 더욱더 어려웠고 말입니다. 최근 수년 동안, 저는 언제나 이 이야기를 떠올렸고, 서두를 쓰려고 수없이 많은 시도를 했습니다. 그러나 또다시 무수하게 포기하곤 했지요. 그러나 지금 선생님의 격려를 받은 이상, 다시 노력하여 써볼 생각입니다. 선생님의 말씀이 옳습니다. 중요한 것은 일단 이야기를 써내는 것이고, 다른 것은 그 뒤의 문제입니다.

오늘 저녁에는 산책도 했습니다. 혼자 멀리까지 조용히 걸어갔다 왔지요. 주변 경치를 보면서 말입니다. 날은 무척 무더웠고 곧 비가 올 것 같았습니다. 길에는 거의 행인이 보이지 않았고요.

돌아온 후 선생님의 편지를 발견했습니다. 서신을 다 읽은 후, 순식간에 제 주변을 둘러싼 공기마저 맑아지는 기분이었습니다. 그래서 기운을 내어 컴퓨터 앞에 앉아 짧은 단락을 하나 더 썼습니다. 함께 첨부해드리니, 계속 지도를 받을 수 있다면 감사하겠습니다.

어느덧 깊은 밤이 되었습니다. 천둥 번개가 치고 커다란 빗방울이 창을 때리고 있군요. 정원의 석류나무도 끊임없이 비바람 속에 흔들리고 있습니다.

오늘 좋은 꿈을 꾸시기를 기원합니다.

2006년 9월 5일
선생님의 독자 X 올림

P.S. HP2047-9와 G-56은 그저 선생님께 경의를 표하기 위한 작은 농담일 뿐이니, 너무 개의치 말아주셨으면 합니다.

첨부 파일 2:

차가운 바람이 얼굴로 훅 끼쳐왔다. 백양은 맨발로 얼음처럼 차가운 강물을 건너 굴원이 강변을 따라 천천히 걸어오는 것을 바라보았다.

상상하던 것과는 다소 다른 느낌이었다. 눈앞의 남자는 초췌한 기색이었지만, 표정은 온화하고 평온했다. 두 볼은 노쇠와 피곤으로 움푹 들어가 있었고, 눈 속에는 일종의 미망과 지극히 깊은 빛이 담겨 있었다. 남자는 어두운 눈빛으로 앞쪽 어딘가 아주 먼 곳을 바라보고 있었다.

"삼려대부(三閭大夫)*이십니까?"

백양이 멀리서 소리쳤다. 작은 파형 교정기를 통해 백양의 말은 자동으로 이 지역의 부드럽고도 고풍스러운 방언으로 조정되었다.

굴원이 멈춰 섰다.

"그렇다네. 무슨 일이라도 있는가?"

"아, 아무 일도 없습니다. 그저 길에서 뵈니 인사를 올리고 싶었습니다."

백양이 은근하게 굴원을 맞이했다. 지금 백양의 모습이며 말투는 이른 아침 강가를 한가로이 거니는 어부 그대로였다.

"무슨 바람에 이곳까지 오셨는지요?"

"무슨 바람이라, 세상의 바르지 못한 바람을 타고 왔다네."

굴원의 창백한 얼굴에 쓴웃음이 떠올랐다.

"온 세상이 다 흐릴진대 나만이 홀로 맑고, 모두 취해 있는데 나만 홀로 깨어 있네. 세상이 이리 너르다 해도 온통 이매망량(魑魅魍

---

* 중국 전국시대 초나라의 관직으로 굴원이 이 관직에 있었다.

魍)*뿐이라, 이 더럽고 혼탁한 세상에 물가를 제외하면 또 어디를 갈 수 있겠는가?"

"그리 말씀하시면 이해가 가지 않습니다."

백양이 제법 그럴듯하게 굴원의 소매를 잡아끌며 말을 이었다.

"다른 이는 다른 이고 나 자신은 나 자신이지요. 삼려대부께서 그들을 도저히 두고 보실 수 없다면, 그들과 같은 견식을 지니지 않으시면 되는 것 아니겠습니까? 저희같이 노동하는 백성들은 무슨 책 같은 것은 읽지도 못하고 그저 생선을 낚으려면 하늘을 봐야 한다는 것만 알 뿐입니다. 사람이 아무리 큰들 하늘보다 크겠습니까. 시대의 조류에 순응하는 것이야말로 진짜이지요. 삼려대부께서는 성인(聖人)이신데, 어찌 이 이치를 깨닫지 못하시는지요."

"타인은 타인이고 나 자신은 나 자신이라…. 그럴 듯도 하군."

굴원이 백양을 바라보았다. 나이 쉰이 넘었을 굴원의 눈동자는 마치 소년의 눈동자처럼 맑게 빛나고 있었다.

"자네는 강변에서 해가 뜨면 일을 시작하고 해가 지면 쉬겠지. 나는 깊은 궁에서 밤낮으로 생각에 잠겨 잠조차 이루지 못하고 말일세. 자네의 활발함은 내가 쉬이 얻을 수 있는 것이 아니라네. 그리고 나의 고통도 자네는 체득할 수 없지."

"사실 제 말뜻은…."

굴원이 고개를 가로저으며 백양의 말을 끊었다. 목소리는 점점 더 가라앉고 있었다.

"굴평(屈平)**은 불행하다네. 이 난세에 태어난 이상, 한 살 더 먹

---

*   온갖 도깨비
** 굴원의 본명

을 때마다 그러한 것들을 더욱 사랑하고 이해해야 마땅하건만, 나는 계속 그러한 것들에게서 조금씩 멀어지고 있네. 일이 이리된 이상 그것들은 그것들이고 나는 나라는 생각이 더욱 강해지는군. 내가 그것들을 떠나면 여전히 청백한 영혼으로 살아갈 수 있고, 그것들은 나를 떠나면 여전히 흥청망청한 세상일 걸세. 이렇게 서로 빚을 지지 않으면 모두 크게 기쁘지 아니하겠는가?"

"그, 그 말씀은…."

백양의 이마에 땀이 절로 배어 나왔다.

"어르신, 다른 각도에서 한번 생각해보십시오. 우리 사람이란 존재 말입니다. 인간은 대체 왜 살아야 하는 것일까요?"

"그 질문은 내가 대답할 수 있는 것이 아닐세. 아마 먹고 마시고 번식하는 외에, 천지의 조화 문제를 생각하기 위해 살아가겠지."

"그렇습니다. 이 질문은 평생을 생각한다 해도 답을 알 수 없습니다. 아니, 천 년, 만 년을 생각한다 해도 부족할 것입니다. 삼려대부께서는 이 세상에서 겨우 수십 년을 모색하셨을 뿐인데, 어찌 아무 근심이 없다 하실 수 있습니까."

"그렇다면 말일세, 천만 년과 수십 년 사이에 대체 무슨 차이가 있겠는가."

굴원이 미소 지으며 말했다. 그 웃는 양쪽 입매에 깊이 주름이 잡히며 세상을 비탄하고 백성의 질고를 불쌍히 여기는 와중의 처량함을 드러냈다.

"자네는 총명한 사람이군. 자네와 대화를 나눌 수 있어 무척 기쁘네. 자네 이름이 무엇인가?"

"일개 어부일 뿐입니다. 이름은 언급할 것도 못 됩니다."

백양은 무료하게 손을 내저었다.

"그렇군. 그럼 이만 가보게나."

굴원의 눈빛이 다시 텅 비더니 망연히 수면을 바라보았다.

"나 홀로 조용히 있도록 해주게."

한참 침묵한 끝에 백양은 한숨을 내쉬며 돌아섰다.

오봉선 안 G-56은 여유롭게 차를 마시고 있었다. 백양은 한마디 말도 없이 자리에 앉아 안개에 젖은 몸을 말리기 시작했다.

"어땠나요?"

"모두 보셨지 않습니까?"

"기분이 어떤지 묻는 거예요. 쉽지 않죠?"

백양은 침울하게 고개를 떨구고 아무 말도 하지 않았다. G-56이 다시 차를 한 잔 따라 권했다. 백양은 잠시 망설였으나, 결국 받아 단숨에 마셔버렸다.

"어떤 이들은 어찌 이리 완고합니까. 이모저모 말해보았지만, 결국은 돌려보내질 뿐이니…."

G-56이 생각에 잠긴 듯 볼을 받치며 말했다.

"어쩌면 동양 철학의 기본 형태가 원이기 때문일지도 몰라요. 만물은 상생하는 동시에 또한 상극이죠. 하나에서 무한히 태어나고 최후에는 결국 하나로 돌아오고요. 그에 비하면 우리가 수업에서 배운 변론이나 질의의 기교는 고대 그리스 소피스트들의 궤변론과 같아요. 그저 말장난에 불과할 뿐이죠."

"그 말씀대로라면, 이런 사람과는 입으로 씨름해봐야 기본적으로 헛수고 아닙니까."

"입씨름만으로 모든 것을 해결할 수 있다면 우리 심리역사분석가들이 무엇을 하겠어요? 기억해요. 한 사람의 선택을 정말로 바꾸기 위해서는….”

“아아, 압니다. 알아요.”

백양이 빈 잔을 내려놓았다.

“사람의 마음이란 것에 대해서는 수업 시간에 충분히 들었습니다. 자, 다시 거슬러 올라갑시다. 한 번 더 시도해보겠습니다.”

G-56은 미소 지으며 가볍게 세 번 박수를 쳤다.

순식간에 오봉선이 소리 없이 앞으로 미끄러지더니 수은처럼 무거운 파도를 거슬러 시간의 축을 원점으로 되돌렸다. 먹라강의 물은 모였다 다시 흩어지고, 이미 정해진 미래를 향해 한 번 또 한 번 계속 소용돌이치기 시작했다.

4

X 씨에게

안녕하세요.

X 씨의 서신을 읽는 것은 꼭 소설 연재를 보는 것 같습니다. 매번 보내주는 단락마다 무척 재미있군요.

X 씨의 이야기에 진전이 있어 매우 기쁩니다. 비록 내용이 길지는 않지만, 항상 의표를 찌르는 부분이 있습니다. 계속 쓰세요. 이야기가 어떻게 발전할지, 나는 아주 관심이 많습니다. 사느냐, 죽느냐, 그것이 문제겠지요. 그러나 너무 일찍 결말을 추측해버리면 별 재미가 없을 것입니다.

최근 일이 바빠 제때 답장을 보내지 못할 수도 있습니다. 그러나 보내오는 글은 반드시 읽을 것입니다.

2006년 9월 28일
당신의 벗 샤오딩

P.S. 나는 물론 개의치 않습니다. 그러나 G-56이 너무 진지한 것 같습니다만. 그렇게 생각하지 않는지요?

5

X 씨에게

안녕하세요.

오랫동안 소식을 듣지 못했습니다. 그간 괜찮았는지요? 소설에는 진전이 있는지요? HP2047-9와 G-56도 잘 지내고 있겠지요?

오늘은 동지인지라 집에서 만두를 빚었습니다. 한담을 나누던 중 부인이 갑자기 X 씨 이야기를 꺼내서(내 아내도 X 씨의 소설을 읽었습니다) 생각이 난 김에 안부 인사를 드립니다.

날이 춥습니다. 건강에 유의하십시오.

2006년 12월 22일
당신의 벗 샤오딩

샤오딩 선생님께

안녕하십니까.

보여주신 따뜻한 관심에 감사드립니다. 그렇게 오랜 시간이 흘렀는데 다시 편지를 보내주실 줄은 생각하지도 못했습니다. 예, 저는 요즘 몸이 좋지 않습니다. 올해 겨울은 정말 너무 추워 계속 병이 나 있는 것 같습니다. 무릎과 두 손 모두 아침부터 밤까지 시린 상태입니다.

창가에 앉아 밖을 내다보면 햇빛은 천천히 먼 빌딩 사이를 스쳐 갑니다. 때로는 밝게 또 때로는 흐리게, 매서운 바람이 소리를 낼 수 있는 모든 물체가 소리를 내도록 흔들고 지나가기도 하고요. 간간이 진줏빛 비둘기 떼가 창 주위를 어지럽게 맴돌기도 합니다. 허공에 몸을 곧추세우고 날갯짓하며 둥지로 돌아가는 그 모습은 우아한 동시에 어딘가 비장한 느낌이 듭니다.

이렇게 추운 날이면 언제나 비둘기들이 좁은 둥지에 모여 서로 깃털을 비비며 따뜻하고 짙은 공기를 들이마실 거라는 생각을 합니다. 비둘기들은 분명 아주 행복하겠지요.

소설은 점점 더 진도가 느려지고 있습니다. 그러나 저는 계속 쓰기 위해 노력 중입니다. 다시 한 단락 덧붙이니, 계속 의견을 보내주시면 감사하겠습니다.

여수(女嬃)*라는 인물을 쓰는 동안 저는 계속 어머니를 떠올렸습니다. 그 물보다 진한 피의 굴레는 얼마나 기묘한지요. 분명 전혀 다

---

* 중국 전국 시대 초나라의 인물. 굴원의 만누나라고 전해지고 있으나 정확하지는 않다. 굴원의 첩, 혹은 딸이라는 설도 있다. 후에 '여수'라는 단어는 손위 누이를 뜻하는 말로 자리를 잡았다.

른 두 개체이고, 심지어 대부분의 경우 서로를 이해하지도 못하지만, 어머니는 자식에 대해 깊이 생각하고 근심하기 마련입니다. 아무런 이유도 없이 그리도 끈질기게, 또 그렇게나 격렬하게. 그 굴레는 우리를 부끄럽고 황망하게 만들고, 마음 깊은 곳에 슬픔을 퍼뜨립니다. 왜냐하면, 스스로가 영원히 그 마음에 보답하지 못할 것을 알기 때문이지요.

저는 마음에 절망을 품은 사람에게 있어 그 따스하고도 굳건한 목소리만이 이 차가운 세상과의 유일한 연결고리가 아닐까 생각합니다.

선생님도 내내 건강하시길 기원합니다.

2006년 12월 25일
X 올림

첨부 파일 3:

기술은 언제나 만능이다. 백양이 빙그르르 한 바퀴 돌자 치맛자락이 바람에 스치는 것처럼 거칠고도 보드라운 소리까지 냈다.

"아주 잘 어울리는군요."

G-56이 피식 웃으며 말했다.

"하지만 표정은 좀 어떻게 해야겠어요. 그렇게 인상만 쓰지 말고 좀 웃어봐요. 어머, 좀 온화한 표정을 지을 수는 없나요? 그렇게 이를 드러내고 뭘 하려고 그래요."

백양은 한참을 낑낑거린 후에야 겨우 제대로 서서 염화미소와 같은 표정을 지을 수 있었다.

"대체 괜찮은지 안 괜찮은지, 말 좀 해줘봐요. 야단만 치지 말고."

"괜찮을지 괜찮지 않을지는 어떻게 연기하느냐에 달렸죠. 모든 건 마음에서 나오는 법이니까."

G-56은 고개를 갸우뚱하며 뒤로 세 걸음 물러나더니, 다시 다가와 풀어진 옷끈을 우아하게 묶어주었다.

"자, 되었어요, 되었어. 이제 가봅시다."

홀로그램 조영술의 신기한 점은 전방위 다각도에서 영상과 음향을 사용해 실제에 가깝게 모사해낸다는 것이다. 비용이 많이 들고 연산량도 많으며 가끔 시간이 지연되기도 하지만, 어쨌건 그 정확도가 뛰어나다는 것만은 믿을 만했다. 그 누구라도 신화 속 72변*처럼, 혹은 RPG 게임 속에 들어간 것처럼 현실에서 빠르게 자신의 모습을 바꾸고 진짜 모습을 감출 수 있었다.

특히 이렇게 안개가 자욱한 새벽이라면 더할 나위 없었다.

기슭을 향해 걸어가는 백양의 입에서 오래되고 낯선 동요가 흘러나왔다. 낮고 부드러운 가운데 모종의 고요하면서도 단호한 힘을 품고 있는 중년 여자의 목소리였다. 노랫소리는 자박자박 발걸음 소리를 따라 안개 속으로 흩어졌는데, 그 모습이 마치 바람에 흔들리는 강가의 창백한 갈대꽃 같았다.

백양은 자신이 완전무장한 전사와 같다는 느낌을 받고 있었다. 빈틈없는 갑주를 통해 밖을 바라보고, 한 걸음 한 걸음 목표에 다가가고.

그 키가 크고 마른 그림자가 백양을 향해 걸어왔다. 남자의 눈에

---

* 《서유기》의 주인공 손오공의 능력으로 72가지 종류의 변신 능력이다.

믿을 수 없다는 기색이 떠오르더니, 세 걸음 떨어진 곳에서 발걸음을 멈췄다.

"누님…."

굴원이 나지막한 목소리로 중얼거리더니 그 이상 아무 말도 하지 않았다. 두 사람은 계속 그 자리에 서서 서로를 바라보았다. 백양의 두근거리던 마음이 순간적으로 가라앉았다. 백양이 가볍게 한숨을 내쉰 다음, 역시 속삭이듯 물었다.

"어디 가고 있니?"

굴원은 집에 돌아가는 것을 잊고 너무 오래 밖에서 놀아버린 어린아이처럼 백양의 시선을 피했다. 그리고 한참 후에야 자조하듯 웃으며 중얼거렸다.

"어디로 가느냐고요? 나도 모르지요."

이제 무슨 말로 대화를 이어가야 할까, 백양은 고민하고 또 고민했다. 나라에 대해 말을 해볼까? 아니면 전쟁? 고향 날씨에 대해 말할까? 아니면 어린 시절의 추억이 나오려나? 이런 자료들이라면 이미 충분히 준비해 마음에 하나하나 새겨두었다. 그러나 지금 바로이 순간, 그가 현재 연기하고 있는 이 역할로서는…. 백양의 머릿속은 그야말로 텅 비어버리고 말았다.

백양은 다시 한 걸음 앞으로 다가갔다. 이렇게 가까운 거리라면 허점을 알아차리기에 이미 충분했다.

"오랜만이구나."

그러고는 억지로 애잔한 미소를 지어냈다.

"어디 보자, 요즘은 잘 지내고 있고?"

"그다지요."

굴원도 미소 지었다. 비록 여전히 쓸쓸해 보이는 미소였지만.

"예전보다 더 힘든 모양이구나?"

"이미 엉망이 되었는데, 예전과 비교할 것 있겠습니까?"

굴원은 여전히 웃고 있었다.

"예전에는 저도 젊고 기세가 좋았지요. 마음속은 불평으로 가득했고 말입니다. 누님께서 저에게 사람이 처신하는 도리를 가르치셨지만 늘 귀에 들어오지 않았습니다. 이제는 과거에 저를 증오하고 분노하게 했던 사람들과 일들이, 모두 지나가버렸습니다. 마음속 불만도 천천히 흩어져버렸고 말입니다. 누님께서 했던 말들을 다시 돌이켜보면, 모두 이치에 맞는 말들이었습니다. 그러나 안타깝게도 이제 와서 깨달은들 너무 늦었군요."

"아직도 생각이 너무 많구나."

백양이 고개를 끄덕이다가 다시 고개를 가로저었다.

"늦기는 무에 늦었다고 그러니. 깨달았으면 되었다. 깨달았으면 늦지 않은 것이야."

굴원이 한숨을 쉬더니 천천히, 그러나 단호하게 고개를 저었다.

"늦었습니다."

"네 그리 말하면, 누이 된 나는 어찌하란 말이냐?"

백양의 목소리가 떨리고 있었다. 그 자신도 지금 자신이 제대로 꾸며내고 있는지 알 수 없었고, 그저 당황스러울 뿐이었다. 손을 펼쳐 무엇인가 잡으려 애썼지만 아무것도 잡을 수 없었다.

"누님, 항상 말씀하시지 않으셨습니까. 모든 이에게는 각자의 운명이 있으니 억지로 구하려 해도 구할 수 없는 것이라고."

굴원이 말했다.

"이것이 저의 운명입니다."

"이제 와서 운명을 믿는단 말이냐."

백양은 눈을 들어 힘주어 굴원을 노려보았다.

"더 이상 말하지 말고 나와 함께 돌아가자꾸나. 내 마지막 원이라 생각하고 들어다오."

굴원의 얼굴에 주저하는 기색이 떠올랐다. 두 사람은 그렇게 그자리에 서서 서로를 바라보았다. 한참 후, 굴원이 다시 웃기 시작했다.

"좋아요. 누님 말을 듣겠습니다."

굴원이 속삭였다.

"하지만 저에게 한 가지 약속해주셔야 합니다."

"무슨 약속을?"

"제 손수건이 더러워졌습니다. 예전에 누님이 꿰매주셔서 제가 늘 갖고 다녔던 손수건이지요. 상류로 가셔서 깨끗한 물에 이 손수건을 빨아주십시오."

굴원이 옷소매에서 네모난 손수건을 한 장 꺼냈다. 원래의 무늬가 거의 보이지 않을 정도로 낡은 손수건이었다.

"아마 이런 부탁을 드리는 것도 마지막일 것입니다."

백양은 손수건을 받아들고, 잠시 아무 말도 잇지 못했다. 이건 구실에 불과한 것일까, 아니면 아직 되돌릴 여지가 있는 걸까? 만약 어떤 핑계라면 대체 어떻게 해야 할까? 날이 추운데도 이마에서 땀이 배어 나와 온 피부에 흐르고 있었다. 주변은 무서울 정도로 고요했고, 그저 한 번 또 한 번 단조로운 물소리만이 이리도 빠르게 또 이리도 지루하게 흐르고 있을 뿐이었다.

그때 G-56의 목소리가 귓가에 나지막하게 들려왔다.

"포기해요."

"뭐라고요?"

백양이 마이크로 통신기를 누르고 최대한 작은 목소리로 답했다.

"괜히 시간 버리지 말아요. 이번에는 가망이 없어요. 제 눈에도 훤히 보이는걸요."

"누님, 뭐라 하셨습니까?"

굴원이 의심스러운 표정으로 백양을 바라보았다.

백양은 이를 악물고 얼굴에 온화하면서도 애잔한 미소를 떠올렸다.

"아니, 아무것도 아니란다. 그럼, 여기서 기다리겠니."

백양은 땀에 젖은 손수건을 쥔 채 강기슭을 따라 성큼성큼 걷기 시작했다. 등 뒤에서 들릴 듯 말 듯한 탄식 소리가 짙은 안개를 뚫고 들려오더니, 곧이어 무거운 것이 떨어지는 듯한 물소리가 들려왔다.

백양은 자신이 또 한 번 실패했다는 것을 알았다.

G-56은 여전히 그 자리에 앉아 침착하게 차를 끓이고 있었다. 여자의 동작은 그전과 마찬가지로 여전히 우아하고 아름다웠다.

"연기가 뛰어나더군요. 역할에 푹 빠져 있는 것 같았어요."

"역할에 빠지긴요. 아직 멀었습니다."

백양이 고개 숙인 채 심란한 목소리로 말했다.

"어째서일까요. 분명 그분에 대한 모든 것을 안다고 생각했는데…. 성격, 취향, 심지어 사주팔자까지 말입니다. 그러나 내면세계로는 들어갈 수 없습니다."

"이 세상 모든 이들은 피차 독립된, 자기만의 소우주인걸요. 누가 진정으로 다른 이의 마음속에 들어갈 수 있겠어요? 마음을 편히 먹어요. 너무 역할에 몰입하지 말고요. 시험에 합격하지 못하는 것은 사실 별일 아니니까요. 내가 걱정하는 건, 시험이 끝난 후 당신이 심리 치료를 받게 될까 하는 것이죠. 매년 그런 수험생들이 있거든요."

"누가 시험을 통과하지 못한다는 거죠? 그런 말은 믿지 않습니다."

백양이 고개를 들었다.

"자, 다시 한번 갑시다. 우리에게는 아직 시간이 남아 있으니까요!"

"기개가 좋군요."

G-56이 고개를 끄덕였다. 세 번 박수 소리가 난 후 오봉선은 다시 한번 안개가 자욱한 강물 위로 사라졌다.

6

X 씨에게

안녕하세요.

추운 날씨에 이런 글을 읽고 있노라니 조금 슬픈 느낌이 들었습니다. 이번 겨울에는 확실히 아주 많은 일이 있었던 모양입니다.

X 씨에게 무슨 좋지 않은 일이 있었는지 모르겠지만(나의 추측일 뿐이긴 합니다만), 이야기가 점점 더 침울해지고 있는 것 같습니다. 소설을 쓰는 사람은 항상 자신이 창작하는 인물의 기분에 쉽게 빠져들기 마련이지요. 이런 일은 적지 않게 보았습니다. 예를 들자면 플로베르는 에마 보바리를 죽인 그날 밤, 자기 자신을 죽인 것 같은 고통을 느꼈다고 하더군요. X 씨가 어서 이런 기분에서 탈출했으면 좋겠습니다.

나는 최근 눈이 좋지 않습니다. 의사가 컴퓨터를 적게 보라고 당부했기 때문에, 어쩌면 제때 X 씨의 소설을 읽지 못할지도 모릅니다. 하지만 X 씨가 즐겁고 건강하기를 바라고 있습니다. 어찌 되었건 2,000여 년 전에 죽은 이 때문에 슬퍼할 이유가 무엇이겠습니까?
여전히 살아 있는 사람만이 정말로 중요한 것이지요.

　새해 복 많이 받으십시오. 2007년에는 예상치 못한 아름다움이
더욱 많이 우리를 기다리고 있을 것입니다.

　2006년 12월 28일
　당신의 벗 샤오딩

7

샤오딩 선생님께

안녕하십니까.

또 한동안 서신을 올리지 못했습니다. 즐겁고 경사스러운 새해에 이런 자질구레한 이야기로 선생님을 방해하는 것은 아무래도 옳지 못한 것 같았습니다.

지난번 서신에서 하신 말씀이 옳습니다. 이미 역사 속 인물이 된 이에게 전념하는 것은, 자기 자신을 우울의 함정에 빠트려 아무것도 하지 못하게 하는 것에 지나지 않을 때가 많습니다. 지나간 일은 이미 돌이킬 수 없고, 살아 있는 이는 그저 용감하게 전진해야 할 뿐입니다. 그래야만 이야기를 계속 써내려 갈 수 있을 테니까요.

이 이야기는 최근 들어 서서히 순풍을 단 것과 같이 되었습니다. 인물들이 각자의 성격을 갖게 되어 더 이상 머리를 짜낼 필요 없이, 그들 스스로 종이 위에서 움직이는 것을 보기만 하면 됩니다. 가끔은 글을 쓰던 중에 갑자기 묘한 아이디어를 떠올리는 경우도 있는데, 감정을 예상치 못한 방향으로 끌고 가는 것도 소설 쓰기의 재미 중 하나인 것 같습니다. 사실 저도 선생님과 마찬가지로, 이 이야기의 결말을 무척 보고 싶습니다.

곧 봄이 오겠지요. 설을 즐겁게 쇠시기를 기원합니다. 새해에는 만사형통, 건강하시고 가정이 화목하시기를 바랍니다. 달리 새로운 아이디어라고는 없는 평범한 축원이지만, 그래도 제 진심 어린 축복을 받아주시기를 바랍니다.

2007년 2월 22일
X 올림

이번에는 수신인의 주소를 Xiaoding2007@Tmail.com로 변경하여 보내기 버튼을 눌렀다.

첨부 파일 4:

이미 몇 번째인지 잊은 상태였다. 방금까지 따뜻하게 녹이던 두 발로 다시 얼음처럼 차가운 강물을 건너노라니 영원히 걷히지 않을 짙은 안개 속에서 노랫소리가 들려왔다. 백양은 재빨리 그 자리에 멈춰선 다음, 너른 소매 속에서 두 손을 교차시켰다.

"멈추어라!"

백양이 냉랭한 목소리로 일갈했다. 그리고 상대방의 경악한 표정이며 떨리는 어깨를 만족스럽게 바라보았다. 장난기 어린 쾌감이 치밀어 오르니, 말할 수 없이 묘한 느낌이었다.

미쳤어, 백양은 스스로를 향해 중얼거렸다. 아무래도 내가 미친 것이 분명해.

"침착해요. 정말로 그 검은 방에 갇히고 싶지 않다면 말이에요."

G-56이 속삭였다. 검은 방, 그것은 물론 심리 상담실을 가리키는 말이었다. 들리는 말에 따르면 그 영감들은 대상자의 대뇌에 손을 댈 방법이 있고, 대상자가 더는 자기 자신이 아니게 만들어준다고 했다.

백양은 여전히 그 자리에 서서 웃고 있었다. 얇고 부드러운 입매에 떠오른 웃음은 천하에 군림하는 자 특유의 위험한 색채를 띠고 있었다.

"대왕…."

굴원이 떨리는 목소리로 불렀다. 굴원의 눈빛에는 두려움과 의혹, 그리고 얼마간의 미친 듯한 환희가 담겨 있었다. 일순간 백양은 눈앞의 이 사람도 어느 정도 미친 것이 분명하다고 생각했다. 그래서일까, 백양의 입매에 떠오른 웃음기가 더욱더 짙어졌다.

"왜 그러느냐. 계속 나를 만나고 싶다고 하지 않았느냐?"

백양은 무심하게 물었다.

"계속 울고불고하며 내가 네 말을 듣지 않는다고 원망하지 않았더냐? 오늘 이곳에는 우리 둘밖에 없으니, 무슨 군신의 예를 갖출 필요 없이 하고 싶은 말을 모두 해보도록 해라."

"예, 말씀 올리겠습니다."

굴원은 고개를 끄덕이더니 불처럼 타오르는 눈빛으로 물었다.

"대왕께서는 지금 사람이십니까, 아니면 귀신이십니까?"

"거참 재미없는 질문이로구나. 사람이면 어떠하고, 귀신이면 또 어떠하다고? 너는 온종일 귀신과 말을 나누고 방랑하면서, 나를 보니 두려운 게냐?"

"그도 그렇습니다. 그럼 다시 여쭙겠습니다. 대왕께서는 이제 굴평의 마음을 아시겠습니까?"

"알다마다."

백양이 짜증스럽게 고개를 끄덕였다.

"네 심사 정도야 온 세상 사람들이 다 아는 것 아니겠느냐. 그러나 그것을 안들 어쩌하단 말이냐. 안다 해서 반드시 이해하는 것도 아니고 안다 해서 반드시 함께 느끼는 것도 아니다. 공감한다 해서 반드시 네 마음에 따르게 되는 것도 아니고 말이다. 굴평, 너는 기인이다. 시대는 기인을 용납하지 못하는 법이지. 또한 너는 지극히 진심이고 또 지극히 진실한 사람이지. 너와 같은 성정의 사람은 제 성정에 상처받기 마련이다. 그래, 굴평, 너는 그리고 좋은 사람이다. 좋은 사람은 언제나 세상살이가 힘들다. 너의 운명이란 것이 어찌나 혼자 네 말을 듣는다고 해서 변하는 그런 성질의 것이겠느냐?"

굴원이 신음 소리를 냈다. 굴원의 얼굴에는 기이한 빛이 떠오르고 있었다.

"대왕, 그러한 생각을… 어디서 얻으셨습니까?"

"아아, 굴평아, 질문이 많기도 하구나. 내가 한 마디 하면 너는 두 마디를 물으니."

백양이 발을 구르며 말했다.

"잠시 서두르지 말거라. 일단 내가 물어보겠으니. 너는 우리 군신 두 사람이 결국 이곳까지 흘러와 만나게 된 까닭이 대체 무엇이라 생각하느냐?"

"하늘의 도가 무상하고, 밖으로는 간악한 도적이 나라를 해하며 안으로는 소인이 난을 일으키니 나라와 가문이 망하는 지경에 이르

렀습니다."

"누가 하늘의 도가 무상하다더냐? 나는 하늘에는 변함없는 도가 있노라 말할 것이다. 그 도는 요와 같은 성군 때문에 존재하는 것도 아니고, 걸과 같은 폭군 때문에 사라지는 것도 아니다."

백양이 냉소했다.

"역사의 발전은 바로 이 흐르는 강물 같은 것이다. 상류에서 흘러와 나뉘었다 다시 합쳐지며 아득히 멀리 흘러가 결국은 거대한 바다로 들어가게 되는 것이지. 우리 한두 사람이, 한두 곳의 성이, 더 나아가 한두 개의 나라가 존재하고 사라지는 것이, 수천, 수만 년 후의 사람에게 있어 어떤 차이가 있단 말이냐?"

"대왕…."

굴원이 미간을 찌푸리며 무슨 말인가 하려 했지만, 백양이 손을 저어 막았다.

"초는 조만간 멸망할 것이다."

백양은 계속 대화를 파국으로 몰아갔다.

"그것은 진이 6국을 합병하려는 야심과 실력이 있기 때문만이 아니라, 진왕이 우리 모두보다 멀리 바라보기 때문이다. 그가 원하는 것은 한두 곳의 성을 토벌하거나 전투를 몇 번 승리하는 것이 아니다. 자기 나라의 백성들을 지키려는 것도 아니지. 그가 보고 싶은 것은 천하 사람들이 같은 문자를 사용하고 같은 언어로 말하며 같은 왕을 받드는 것이다. 이것은 역사의 흐름에 순응하는 것이니, 이해하겠느냐?"

"굴평은… 굴평은 황공하오나…."

"너는 이해하지 못하는 것이 아니라 이해하고 싶지 않은 것이겠지."

백양이 한숨을 내쉬었다.

"너는 영리한 사람이다. 내 다시 너에게 하나 물으마. 만약 40년 전으로 다시 돌아간다면 너는 어떤 선택을 하겠느냐? 너와 나 두 사람의 힘으로, 6국을 합병하는 것이 진이 아니라 초일 것이라고 확신할 수 있느냐?"

"그것은⋯."

굴원이 살짝 고개를 떨궜다.

"굴평은 생각해본 적 없습니다⋯."

"생각해본 적 없으니 너에게 생각하게 하려는 것이다! 매일 우주 건곤이며 팔황육합을 이야기하면서, 정말로 시공간의 본질이 무엇인지 생각해본 적 있느냐?"

"조심해요."

G-56이 살짝 가라앉은 목소리로 속삭였다.

"시공간 여행과 관련한 화제를 꺼내서는 안 됩니다. 규정 위반이에요."

"조용히 해요!"

백양이 나지막한 목소리로 외쳤다. 굴원이 당혹스러운 표정으로 백양을 바라보았고, 백양은 차갑게 웃으며 굴원에게 말했다.

"너와 상관없는 말이었다. 계속 생각해보거라."

"대왕, 직언을 용서하십시오. 굴평은 그런 문제에는 답이 없다고 생각합니다."

"어째서인가?"

"만약 우리가 다시 한번 기회를 얻게 된다면 진 역시 다시 한번 기회를 얻게 되지 않겠습니까? 진의 후예들은 어찌 될까요? 과연 누가 본 결과가 유효하겠습니까?"

"좋다. 반응이 빠른 편이군."

백양이 길게 탄식했다.

"이리도 현묘한 답변이라니. 나조차 생각하지 못했던 바로구나."

백양은 다급하게 고개를 돌려 강을 흘긋 바라보았다. 새벽안개가 점차 걷혀가고 있었다. 시간이 충분히 남지 않았다는 뜻이었다.

"이제 나의 마지막 질문에 답하거라."

백양은 앞을 직시하며 가장 무거운 목소리로 말했다.

"일이 이렇게 된 지금, 어디로 가려 하느냐?"

잠시의 침묵이 흐른 후, 백양은 굴원의 답을 얻었다.

"대왕과 함께 가겠습니다."

굴원이 진지하게 말했다.

"귀신과 신이 함께 노니는 세계로 가겠습니다."

"그래서 어떻게 답했어요?"

G-56은 간신히 웃음을 참으며 찻주전자가 화로 위에서 보글보글 끓도록 내버려두었다.

"그야, 되었다. 평소대로 너 스스로 가도록 하여라! 라고 말했지요."

백양이 원한에 가득 찬 목소리로 답했다.

"정말 두 손 두 발 다 들었습니다."

"평소 수양에 신경을 써야 해요."

G-56이 뽀로통하니 백양을 흘긋 노려보고는 위로하듯 말했다.

"너무 조급하게 굴지 말아요. 이번에는 꽤 괜찮았으니까. 안타깝지만 귀신인 척했던 것이 최대의 패착이었죠."

"전부 다 기억하는 것은 아니겠죠."

백양은 문득 등 뒤가 서늘해 와서 의심스러운 눈으로 G-56을 바라보았다. G-56이 더더욱 달콤하게 미소 지었다.

"물론 기억하지요. 그게 바로 감독관의 임무인걸요."

"그다음에 웃음거리로 삼나요?"

"시험과 관련한 기록은 밀봉해서 평가위원회에 보고해야 해요."

G-56이 한숨을 쉬었다.

"물론 우리 감독관들도 사람이니까…. 무료한 직장 생활에 약간의 조미료는 필요한 법이죠."

"제발, 이 이야기가 퍼지면 앞으로 제가 이 업계에서 어떻게…."

백양이 애원하듯 외쳤다.

G-56이 새하얀 섬섬옥수를 내밀더니 모래시계를 가리켰다. 한번 또 한 번 시공간을 닫는 와중에도 모래시계는 단 한 순간도 멈추지 않고 묵묵히 흘러내리고 있었다.

"그런 걱정을 하기보다는 시간부터 보는 것이 좋겠지요. 시험은 아직 진행 중이니까요."

G-56은 마치 무녀처럼 신비스러운 미소를 지었다. 백양은 힘없이 고개를 끄덕였다.

그리고 시간을 거슬러 올라가는 동안 한마디도 하지 않았다.

8

X 씨에게

안녕하세요.

일단 축원의 말에 감사해야겠군요.

사람이란 참으로 이상한 동물입니다. 예를 들자면 나는 예전에는 항상 일이 바빠 책을 읽거나 소설을 쓸 시간이 없는 것을 원망하며, 언젠가 충분히 돈을 벌면 편안히 집에서 자유롭게 지내며 무엇이건 쓰고 싶은 것을 쓰겠노라 꿈을 꾸었습니다. 그러나 이번 연휴에 정말로 한가롭게 시간을 보낼 수 있게 되자 단 한 글자도 쓰고 싶지 않다는 것을 발견하게 되었습니다. 그저 서가에서 아주 오래전 읽었던 책들 몇 권을 뽑아 침대 머리맡에 두고, 간간이 몇 페이지 뒤적이다가 멍하니 있곤 했지요. 그리고 다시 한참 후에 몇 페이지 뒤적이다 졸리면 자고, 배가 고프면 냉장고로 가서 먹을 것을 찾아 먹고….

소설을 쓴다는 것은 결코 쉽지 않은 일입니다. 가끔 교활한 작가들이 마치 별것 아니라는 식으로 큰소리를 치곤 하지만, 결코 그들을 믿어서는 안 됩니다. 소설을 쓰기 위해서는 아주 긴 시간에 걸쳐 무엇인가를 쌓고, 구상하고, 습작하고, 수정하고, 실패한 글을 태워 버리고, 또 이를 악물고 자신을 저주하고, 고통스럽게 눈물을 흘리며 포기하고, 그러고도 다시 쓰고, 고통을 받아들이고, 또 자신과 싸워야만 합니다.

가끔 X 씨는 발견하게 되겠지요. 글을 쓴다는 행위가 삶에서 떼어낼 수 없는 일부분이 되어 있다는 것을 말입니다. 살아가려면 반드시 무엇인가를 써야 하고, 쓰지 않으면 살 수 없는 그런 감각이 얼마나 고통스럽고 또 얼마나 행복한 것인지.

나는 X 씨의 집착이 부럽습니다. 한 편의 소설을 끈질기게 계속 써나가는 그 집착 말입니다. 최종적으로 무엇을 써내게 되건, 이 과정 자체가 X 씨의 삶에 있어 가장 중요한 수행이 될 것입니다. 계속 노력하십시오.

제프리 랜디스는 과거에 〈디랙의 바다에서〉라는 소설을 썼습니다. 이 소설 역시 시간 여행과 죽음에 대해 다루고 있지요. 이 소설은 내가 읽어본 SF 중 가장 우아하고 아름다운 소설 중 하나입니다. 번역 역시 아주 훌륭하고요. 아마 읽어보았으리라 생각합니다만, 아직 읽어보지 않았다면 한번 시도해보기를 권하고 싶습니다.

역시 즐거운 설이 되기를 기원합니다. 비록 좀 늦었지만.

2007년 3월 5일
샤오딩

9

샤오딩 선생님께

안녕하십니까.

이 서신을 쓰는 지금, 뜻밖에도 이미 봄입니다.

어린 시절 저는 언제나 봄을 싫어했습니다. 북방의 봄날이란, 모든 것이 너무나 빠르게 변화하지요. 수많은 것들이 순식간에 사라져 버립니다. 심지어 자세히 한번 들여다볼 시간조차 없이요. 예를 들자면 분홍빛 흰빛 복숭아와 오얏, 이름 모를 수많은 야생화, 하늘 가득 춤을 추는 버들가지, 막 싹을 틔운 오동나무의 그 회색빛 어린 황록색, 회화나무 꽃의 향기 같은 것들 말입니다.

창가의 햇살은 하루하루 밝아지며 점차 풍성해지는 가지 사이로 스며드는군요.

정원 가득 갖은 꽃들이 총총히 피었다 지는 모습은 마치 화려한 수채화처럼 여기저기에서 녹아 흐르는 것 같습니다. 그저 구석의 석류나무만이 침묵을 지키고 있을 뿐, 방금 지나간 그 길고 긴 겨울은 나무의 몸에 어떤 흔적도 남기지 않은 것 같습니다.

봄이 되면 사람들은 모두 나른해집니다. 마치 언제나 잠에서 깨지 못한 것 같기도 하고요. 저는 이곳에 앉아 계속 저의 이야기를 엮어나가고 있습니다. 한 글자 적을 때마다 몸이 점점 더 가벼워지는 느낌도 듭니다. 마치 옅은 햇살에 취한 것 같기도 하고, 언제라도 바람을 타고 일어날 것 같기도 합니다. 이쯤 되니 이야기 속 인물들은 이미 저의 통제에서 완전히 벗어나 이미 짜인 어떤 결말을 향해 조용히 전진하고 있습니다. 저는 순박하게 써 내려가고 또한 비몽사몽간에 써 내려가고 있습니다. 저는 아무것도 모르는 방관자 같기도 하고, 또 황홀경에 빠진 무당 같기도 합니다. 가끔은 꿈속에서 이 이야기의 결말을 어렴풋이 보기도 하지만 깨어났을 때는 전부 잊어버린 상태입니다.

아무튼 이대로 써 내려가야겠지요. 지금과 같은 상황이 되었으니, 결말에 연연하는 것이 무슨 소용 있겠습니까.

지금도 창밖에는 비가 내리고 있습니다. 끊임없는 빗소리에 흙내음이 뒤섞인 푸른 풀의 향기, 이것이 바로 봄비입니다. 엘리엇은 〈황무지〉에서 다음과 같이 노래했지요. '4월은 잔인한 달, 황무지에서 라일락을 키워내고 추억과 욕망을 뒤섞고 봄비로 잠든 뿌리를 깨워낸다.'

모든 것이 희망과 절망 사이에서 흔들리고 있습니다. 저는 어서 이 소설을 마무리 짓고 싶습니다. 또한 모든 가능성이 끝나는 그 순간 부딪쳐 매몰되어 재가 되어 사라져버릴까 두렵기도 합니다.

모든 일이 순조로우시기를 빌겠습니다.

2007년 4월 24일
X 올림

P.S. 〈디렉의 바다에서〉에 대해서는 저도 선생님의 의견에 전적으로 동의합니다. 그 소설은 제가 읽어본 가장 우아하고 아름다운 SF 중 하나입니다.

첨부 파일 5:

"이번에는 대체 무엇을 할 생각인가요? 어째서 나는 전혀 이해가 가지 않지?"

"이해가 가지 않는 것이 맞는 겁니다."

"그게 무슨 뜻이죠?"

"별 뜻 아닙니다. 그저 한번 시험해보고 싶을 뿐이지요."

"되는대로 행동하지 말아요."

"되는대로 행동하면 또 어떻습니까. 시간이 많지 않은걸요. 그렇지요? 저도 이제 필사적입니다."

"알겠어요."

G-56이 마침내 고개를 끄덕였다.

"행운을 빌어요."

백양은 굴원과 다시 한번 만났다.

"당신은 누구입니까?"

"흥, 나를 알지 못하다니, 그러는 자네는 누구인가?"

"저는 굴평, 초나라의 삼려대부입니다."

"초나라? 초나라는 예전에 멸망하지 않았나? 지금 이 천하에 진의 땅 아닌 곳이 어디 있단 말인가!"

"다, 당신은….."

"나는 이 땅의 유일무이한 왕, 반고가 개벽한 이래 처음으로 천하를 제패한 황제, 만백성이 모두 우러러 따르는 이이다! 나, 그리고 나의 자손이 대대손손 이 강산을 통치할 것이다. 하, 네가 나를 알아보지 못하는 것은 네가 너무 일찍 죽었기 때문이겠지!"

"미… 믿을 수 없어…. 내가 너무 일찍 죽었다면 어찌 너를 볼 수 있단 말이냐? 너는 가짜다!"

"얼간이 같으니! 가짜와 진짜 사이에 대체 무슨 구분이 있단 말이냐? 내가 말한 이것들을 너는 영원히 볼 기회가 없을 것인데! 하하!"

"미, 미친놈!"

"미친놈이라고? 물론, 역사란 모두 미친놈들이 만들어내는 것 아니던가! 너 자신을 보라. 세상 사람 모두가 미친놈이고 너 하나만이 정상이라 생각하고 있지? 그러나 사실은 그 반대이다. 정말로 미친 것은 너뿐이야! 그러니 너는 죽을 수밖에 없는 것이다!"

"사람은 모두 죽게 되어 있다. 굴평이 오늘 이 자리에서 죽는다고 해도 천지에 부끄러울 게 없다!"

"그 말이 옳다. 사람은 모두 죽게 되어 있다. 10년이 걸리건 100년이 걸리건! 살아서 요순이라 해도 죽은 후에는 썩은 해골이 될 뿐이고, 살아서 걸주라 해도 죽은 후에는 역시 썩은 해골이 될 뿐이다! 그러나 내가 또 어찌 죽었는지 아느냐?"

"네가?"

"나는 40년에 걸쳐 거대한 능을 만들며, 사후에도 해와 달과 함께 빛날 수 있으리라 망상했다. 만세에 걸쳐 홍복을 누리리라 믿었는데, 결국은 마차에서 급사하고 말았다. 신하들은 절인 생선으로 내 시신에서 나는 악취를 감추려 했지."

영정(嬴政)*으로 변신한 남자의 입가에 어둡고 차가운 미소가 떠올랐다. 남자는 강가에 쓰러지더니, 곧 악취 나는 부패한 시신으로 변했다.

"이게 무엇이죠?"

G-56이 물었다.

"아마 아무것도 아니겠지요. 돌아갑시다. 다시 시도해보겠습니다."

다시 강변에 돌아왔을 때 백양은 초췌한 얼굴의 백인 노인이 되어 있었다. 벌거벗은 어깨에는 상처가 가득했다.

"늙은이, 바다를 본 적 있나? 바다에서 사나운 파도와, 상어와 싸워본 적 있느냐는 말일세. 아프리카의 초원에서 사자를 사냥해본 적 있나? 총탄이 비처럼 쏟아지는 전쟁터에서 시신을 끌어본 적은 있고? 두통과 불면의 고통을 알고 있나? 한쪽 눈을 잃어버리는 것이 어떤 것인지 알고 있어? 죽음의 공포에 사로잡혀본 적은? 병원에서 자신의 부고를 읽어본 적은 있나? 그래, 내가 하는 말들을 너는 모두 이해하지 못하겠지, 이해할 수 없을 거야. 나는 이미 너무 많은 것을 보아왔어. 그리고 너는? 너는 무엇을 보았지? 늙은이, 너를 괴롭히거나 굴욕스럽게 만들던 그런 것들 때문에 상심하지 마라. 싸우고 싶다면 너를 멸하고 너를 바닥에 쓰러뜨리고자 하는 모든 것과 싸워야지, 물론 너 자신을 포함해서!"

말을 마친 백양은 은제 총탄을 장전한 엽총의 총부리를 입에 넣고 방아쇠를 당겼다.

다시 한번 돌아왔을 때 백양은 거대한 십자가에 못 박혀 수난을 받고 있었다.

* 진시황의 이름

"아버지, 저들을 사하여 주옵소서. 저들은 저들이 행하는 바를 알지 못하니이다."

그는 고개를 들어 하늘에 대고 외쳤다.

"내가 진실로 네게 이르노니, 오늘 네가 나와 함께 낙원에 있으리라."

그는 고개 숙여 제자들에게 외쳤다.

"어머니, 당신의 아들을 보소서!"

그는 고개 숙여 마리아에게 말하고 다시 요한에게 말했다.

"네 어머니를 보라!"

"엘리, 엘리, 라마사박다니?"

그는 고통에 차 부르짖었다.

"내가 목이 마르다."

그는 우슬초 나뭇가지에 꽂힌 신 포도주가 묻은 해면을 입에 댄 후 다시 말했다.

"되었다."

그리고 최후의 한마디를 남겼다.

"아버지, 제 영혼을 아버지의 손에 맡기나이다!"

그리고 그는 고개를 숙인 채 짧고도 영원한 죽음의 길로 떠났다.

"나는 바다를 바라보고 싶어, 따뜻한 봄이 오면 꽃이 피지."*

그는 시를 읊으며 공중에 박수를 세 번 쳤다. 그다음 길게 기적을 울리며 다가온 기차 바퀴가 그의 머리를 산산조각냈다.

"사느냐, 죽느냐, 그것이 문제로다."

그가 말했다.

---

* 중국 시인 하이쯔(海子)의 시 〈바다를 바라보면 따뜻한 봄이 오고 꽃이 피지(面朝大海, 春暖花開)〉의 일부분

"빛! 더 많은 빛을!"**

그는 한 번 또 한 번 영원히 흩어지지 않을 안개를 헤치고 강기슭에 올라 존 레논이 되었다가 다시 버지니아 울프가 되었고, 또다시 에이브러햄 링컨이 되었다가 반 고흐가 되었다. 그리고 그다음에는 고타마 싯다르타가 되었다.

** 미국 시인 안소니 헥트(Anthony Hecht)의 시 〈빛을! 더 많은 빛을!(More Light! More Light!)〉의 일부분

10

샤오딩 선생님께

안녕하십니까.

소설 한 편의 결말은 언제나 사람에게 두통을 불러오는 것 같습니다. 마치 홀로 어두컴컴한 영화관에 앉아 스크린에 천천히 떠오르는 크고 새하얀 'THE END'나 'FIN'이라는 글자를 볼 때 무엇인가 잃어버린 듯한 기분이 드는 것처럼 말입니다. 저는 일찍이 천국을 꿈꾼 적 있습니다. 그곳에는 다 마실 수도 없을 만큼 많은 미주(美酒)와, 결코 늙지 않는 아름다운 아가씨들이 있고…. 또 결코 끝에 닿을 수 없는 크고 작은 길과 결코 끝나지 않는 이야기들이 있겠지요.

그러나 그것은 결국 꿈속의 천국일 뿐입니다.

제가 선생님께 올린 첫 번째 서신을 기억하십니까. 그때 저는 몹시도 방황하고 있었습니다. 자신의 이야기를 어떻게 해야 할지도 알지 못하고, 마음속 혼란을 어떻게 문자로 표현해야 할지도 알지 못했습니다. 그때 저는 계속 자신에게 차라리 포기하는 것이 낫다고 말했지요. 선생님의 응원과 격려 덕에 저는 오늘에 이를 수 있었습니다. 헤겔은 과거 예술 창작은 인간의 잠재력을 대상에 가해 완벽히 새로운 것을 창조하는 동시에 인간 자신을 창조하는 것이라 말한 바 있습니다. 마침내 이 소설을 완성한 지금, 저는 자신이 새로 태어난 것 같은 기분을 느끼고 있습니다. 그리고 선생님은 제 창작 과정에서 결코 없어서는 안 될 부분이셨지요. 이제 이 소설의 끝을 선생님께 보여드립니다. 그래야만 이 소설이 진정으로 결말을 맞았다고 할 수 있을 것 같습니다.

선생님의 마음에 들기를 바랍니다.

2007년 5월 13일
X 올림

첨부 파일 6:

"시간이 얼마 남지 않았어요."

G-56은 거대한 모래시계를 가볍게 어루만지며 말했다. 손끝과 볼은 모두 옅은 붉은빛으로 물들어 있었다. 새하얀 모래가 G-56의 얼굴 앞에서 한 가닥 실처럼 흘러내리고 있었다.

"마지막 기회가 남아 있지요?"

"아마도, 최후의 기회겠지요."

"좋습니다. 가겠습니다."

백양이 한숨을 쉬었다.

"행운을 빌어주십시오."

G-56은 고개를 숙이고 손끝을 교차하며 말했다.

"행운을 빌어요. 해리 셸던이 당신과 함께하기를."

마지막 시도에서 백양은 원래 자신의 모습으로 돌아갔다. 그리고 홀로 강기슭에 서서 운명적인 만남을 기다리기 시작했다.

"안녕, 우리 또 만났군요."

백양은 마른 입술을 움직여 다급하게 말했다. 목소리는 피로로 인해 모래처럼 버석거렸다.

"아마 내가 왜 '또'라 말하는지 궁금하시겠지만, 어쨌든 그런 것들은 중요하지 않습니다. 지금은 내 말을 들으세요. 우리에겐 시간이 얼마 남아 있지 않으니까. 당신이 나를 신으로 여겨도 좋고 귀신으로 여겨도 좋습니다. 아무튼 내가 말하는 것은 모두 사실이니까…."

그리고 그 자리에 앉아 끊임없이 말하기 시작했다. 이 운명이 결정한 공간에 처음 발을 내디뎠을 때부터 시작해 매번의 만남과 대화, 사소한 일 하나하나까지 모두 자세하게 설명했다.

"나는 처음이며 마지막이고, 알파이자 오메가입니다. 나는 초회왕이고 헤밍웨이이며, 최초의 황제와 최후의 사람입니다. 나는 시인이고 성인인 동시에 미치광이이지요. 나는 당신이 처음 만났던 그 평범한 어부이며, 과거와 현재, 미래에 영원히 존재할 것입니다."

모든 설명을 끝낸 후 백양은 올 때와 마찬가지로 아무 흔적도 남기지 않고 그대로 사라졌다.

"대체 무슨 이야기를 한 거예요?"

G-56이 눈을 크게 뜨고 기슭을 바라보았다. 그 키가 크고 마른

그림자는 굳어버린 조각상처럼 그대로 강기슭에 서 있었다.

백양은 구석에 기대어 고개를 떨구고, 앞머리로 눈을 가렸다.

"피곤합니다."

백양은 가라앉은 목소리로 중얼거렸다.

"사람을 살리는 것은 사람을 죽이는 것보다 더 지치는 일이군요."

"설명해봐요. 아니면 나는 보고서를 쓸 수가 없어요."

"보고서 따위, 내버려둬요."

백양이 잇새에서 간신히 한마디를 짜낸 다음, 잠시 침묵하다가 다시 고개를 들었다.

"미안합니다."

"이해할 수 있어요."

G-56이 말했다.

"나도 과거에 당신과 같았으니까. 다만 대체 왜 그랬는지, 그걸 알고 싶을 뿐이에요."

"누구나 엇갈린 평행 시공간 속에서 희미한 기억의 파편을 얼마간은 간직하기 마련입니다."

백양이 천천히, 피로에 젖은 목소리로 대답했다.

"데자뷔 혹은 기시감이라 하는 것을 모두 경험해보았겠지요. 어느 순간, 갑자기 눈앞에 보이는 것을 예전에도 보았던 것 같은 느낌 말입니다. 분명 완전히 새로운 환경, 혹은 완전히 낯선 사람인데도요. 사실 그 익숙한 느낌은 사실 다른 시간선에서 온 것이지요. 이것은 실제 사람만이 가질 수 있는 특성입니다. 사람은 반복하여 사용하는 카세트테이프나 게임 속 가상현실과는 전혀 다를 수밖에 없는 거죠. 저는 굴원이 경험한 모든 것을 다시 한번 이야기해주었고, 그 사람은 더 많은 것을 기억해내기 시작했습니다. 과거의 기억, 미래의 기억, 그리고 현실과 환상 속의 기억을 말입니다. 사람의 대뇌는 영원히 가장 기묘한 무엇일 것입니다. 그 순간 그는 이미 너무 많은 것을 깨달았고, 그가 위치한 시대를 초월했습니다."

"결과는요?"

"그는 더는 그 자신이 아니게 되었습니다. 더 이상 그 초나라의 삼려대부도, 고향에 대한 향수를 품은 시인도 아닙니다. 이 세상에 대한 호기심이 허무와 절망을 이겨냈습니다. 제가 가리킨 확연히 다른 길이 어쩌면… 그는 평생의 시간을 그 길을 찾느라 소진할지도 모르겠습니다만."

백양의 젊은 얼굴에 쓴웃음이 떠올랐다.

"필경 그 길은 영원히 끝나지 않을 머나먼 길이니까요."

G-56은 고개 숙인 채 한참 침묵했다. 마지막 남은 모래가 모래 시계에서 천천히 흘러내리다가 마치 새하얀 탄식 같은 소리와 함께 멈췄다.

"알겠어요."

한참 후 G-56은 고개를 끄덕였다.

"그리고 축하해요. 시험을 통과했어요."

"그게 또 뭐라고!"

백양이 어린아이처럼 주먹을 꽉 쥐었다.

"내가 무엇을 했는지, 우리가 무엇을 한 건지, 정말로 이해하고 계신 겁니까? 우리가 대체 무엇이라고 남의 운명을 결정하는지! 삶과 죽음을 정말로 선택할 수 있다고 생각하십니까?"

"진정해요…."

"그런 이야기는 하지 마십시오!"

백양이 심호흡하더니 G-56의 맑은 눈을 똑바로 응시하며 말했다.

"저는 그저 한 사람이 자신의 시대를 초월해 고독하게 살아간다는 것이 반드시 행복한 일은 아닐 거라 생각할 뿐입니다."

"당신 말이 맞을지도 몰라요."

G-56이 백양의 시선을 피했다.

"하지만 그래서 또 어쩌겠어요. 모든 것은 끝났어요."

"그래요, 끝났습니다."

백양은 잠시 후 나지막한 목소리로 말했다.

"이미 정해진 역사의 시공간 속에서 그의 운명은 여전히 똑같지 않습니까? 우리는 원점으로 돌아갈 것이고 모든 것은 아예 벌어지지 않았던 것과 같이 되겠지요. 그게 바로 시간이라는 것이고요."

"너무 깊게 생각하지 말아요."

G-56은 고개를 저었다.

"기억해요. 이건 그저 시작일 뿐이고, 앞으로 당신은 이 모든 것에 대해 고민할 시간이 무궁무진하게 많다는 걸. 자, 이제 돌아갑시다."

백양은 고개를 숙인 채 무겁게 눈을 감았다.

경쾌한 박수 소리가 들려왔다. 오봉선은 습하고 무거운 안개 속에 마지막 미세한 떨림을 남기고, 놀라 사방으로 흩어지는 회백색 새들 아래 조용한 물결 위를 미끄러져 지나갔다.

마치 무엇인가 깨달은 듯, 저 멀리 강기슭에 오래도록 멈춰 있던 그림자도 마침내 움직이기 시작했다.

11

X 씨에게

안녕하세요.

대작의 완성을 축하합니다. 이건 아주 좋은 소설입니다. 비록 앞으로도 계속 수정하여 이 소설을 더욱 아름답고 정밀하게 다듬을 기회가 있겠지만, 지금으로서도 이미 충분히 흥미로운 이야기입니다. 재미도 있고 담고 있는 의미도 깊어요.

알고 지내는 편집자에게 한번 보여줘보십시오. 그렇게 하면 X 씨도 한 걸음 더 나아갈 수 있을 것입니다.

소설을 쓴다는 것은 이렇습니다. 누군가는 빨리 걸어가고 누군가는 조금 느리게 걸어가고… 무엇보다 중요한 것은 계속 용기를 내어 앞으로 걸어가야 한다는 것입니다. 매일 겨우 반걸음 나아가는 한이 있더라도 말이지요.

나는 이 이상 X 씨에게 조언할 말이 없습니다. 이미 그동안 이야기를 충분히 많이 했지요. 이렇게까지 나를 신뢰해준 것에 고맙습니다. 그리고 X 씨의 창작 과정을 나에게 나누어 누리게 해준 것도 정말 감사하고요. 우리 모두에게 있어 이러한 나눔과 누림은 무척이나 귀중한 것이지요.

한동안 병원에 입원해야 합니다. 당분간은 아마 회신을 보낼 방법이 없을 겁니다. 내가 퇴원했을 때 X 씨의 소설이 발표된 것을 볼 수 있으면 좋겠군요.

유감스러운 것은 지금까지도 아직 X 씨의 이름을 기억해내지 못하고 있다는 것입니다. 아마 올해 교류회에서 다시 만날 수 있겠지요? 그때 함께 즐거운 대화를 나눕시다.

행운을 빕니다.

2007년 5월 28일
샤오딩

12

샤오딩 선생님께

안녕하십니까.

이 서신은 제가 선생님께 올리는 일곱 번째 서신입니다. 그리고 아마 마지막 서신이 될 것입니다.

이 서신을 쓰기 전 저는 한참 동안 망설였습니다. 관리원의 감시 때문만이 아니라, 혹시라도 정보가 새어 나가 역사에 무슨 돌이킬 수 없는 영향을 끼치게 될까 싶기도 하여서….

아니, 아닙니다. 저는 제 입으로 진실을 말하는 것이 두려웠습니다. 약하기 짝이 없는 저의 심장이 이 모든 것을 받아들이지 못할까 두려웠습니다.

저는 지금 선생님의 병세가 아마 매우 위중하리라 생각합니다. 어쩌면 이 서신을 보실 기회조차 없으실지 모르겠습니다. 그러나 무슨 상관이겠습니까. 지금 저는 그저 계속 쓰고 싶은 마음뿐입니다. 말하고 싶었으나 그동안 말하지 못한 것을 모두 쓰고 싶습니다. 최소한 지금 저에게는 아직 시간이 있으니까요.

이야기는 아직 끝나지 않았습니다. 저는 반드시 제 손으로 마침표를 찍고 싶습니다.

그 일 말입니다. 모두를 놀라고 마음 아프게 했던 그 일이 벌어지고 얼마 지나지 않아 저는 꿈을 꾸었습니다. 꿈속에서 저는 시간을 거슬러 올라갔지요. 그 중요한 시점 이전으로 가서 당신의 생명을 구하고 싶었습니다. 수많은 SF 소설들이 그렇듯이, 과거로 돌아간 저는 이 모든 것이 사악한 조직의 음모라는 사실을 알게 됩니다. 저는 꿈속에서 그들과 죽음을 각오하고 싸우고 하늘과 땅을 오가다가 결국은 수천 미터 상공에서 물을 향해 뛰어내리지요. 주변 모든 것이 빙글빙글 돌아가더군요. 제가 수술실에서 실려 나왔을 때 저는 멀지 않은 침상에 당신이 누워 있는 것을 보게 되었습니다. 얼굴에는 거즈를 뒤집어쓰고 창백하게 침묵을 지키던 당신. 그러나 당신은 여전히 정신을 잃지 않고 있었습니다. 그래요, 제가 해냈습니다. 당신의 생명을 구했어요. 그 잔인하고 차가운 죽음은 마침내 발생하지 않은 일이 되었습니다. 그래서 나는 그곳에 남기로 결심했습니다. 과거의 시간에 남아 당신을 돌보기로 한 것이지요. 꿈의 끝은 언제나 햇살이 쏟아지는 새하얀 병실이었습니다. 당신은 편안한 얼굴로 조용히 누워 있고 저는 곁에 앉아 당신에게 책을 읽어주고 있지요.

꿈에서 깨어난 후 마음은 오래도록 평온할 수 없었습니다. 꿈속의 세상이 저에게는 현실이고 진실이었으니까요. 오랜 시간 동안, 저는 심지어 다른 이에게 제 꿈을 이야기할 방법조차 없이 입만 열면 눈물이 흘러내리곤 했습니다.

어느 햇살이 좋은 오전, 저는 어린 시절 썼던 일기를 정리하다가 다시 한번 그 꿈의 기록을 보게 되었습니다. 제 마음속 깊은 곳, 일생의 꿈처럼 자리 잡고 있던 그 꿈의 기록을요. 그 순간 저는 반세기 전의 자신을 보았습니다. 단순하고 선량하던 여자아이가 내 앞에 앉아 있었어요. 고작 스무 살인 그 아이의 미간에는 시간조차 뛰어넘을 수 없는 울적함이 배어 있었습니다.

저는 그 아이를 끌어안고 떨리는 목소리로 맹세했습니다. 남아 있는 세월 동안 그 아이가 그때 꾸었던 꿈을 이루도록 노력해보겠노라고요.

그때에는 아직 시공간 여행 기술이 개발되지 않은 상태였습니다. 그러나 비슷한 역할을 하는 것이 하나 있었는데, 바로 당신이 당신의 소설 속에서 쓴 적 있던 그것이지요. 예, T-mail 말입니다. 다른 시간대로 메일을 보낼 수 있는 시스템, 그 중간의 원리와 조작 규칙은 매우 복잡합니다. 그 규칙은 '할아버지 패러독스'와 관련하여, 그리고 과거, 현재, 미래의 확정성과 관련하여 지금도 여전히 우리의 언행을 속박하고 있습니다. 저는 제 서신이 이미 일어났던 일을 바꿀 수 있기를 바랄 수 없지만… 또한 바라지 않을 수도 없었습니다.

지금 당신이 읽고 있는 이 서신은 2077년에 발송된 것입니다. 아흔 살 노인이 떨리는 두 손으로 이 편지를 썼지요. 작년 8월부터 지금까지, 근 1년 가까이 저는 이런 방식으로 당신과 연락을 주고받고 있었습니다. 여섯 통의 서신은, 그리고 한 보잘것없는 SF 소설은 가늘고 끈끈한 거미줄처럼 시공간의 양끝을 연결해주고 있었던 것입니다.

첫 번째 편지의 서두만은 제가 2006년 여름에 써두었던 것입니다. 소설의 시작 부분은 훨씬 전에 써두었고요. 모든 것은 그해의 일기와 함께 낡은 하드 디스크에 담겨 버려져 있었습니다. 저는 저 자신의 나태함이 그것들을 영원히 침묵하게 하리라 생각했습니다. 그 모든 것들이 천천히 부패하여 마침내 잊힐 것이라고…. 그러나 지금은, 그러니까 오랜 세월이 흐른 후인 지금, 인생의 늘그막을 살아가는 제가 다시 한번 그 파편을 모아 한 올 한 올 짜내기 시작한 것입니다. 제 최후의 심혈을 다하여 말이지요.

어쩌면 어둠 속에 모든 것이 이미 안배되어 있었던 것인지도 모르겠습니다. 어쩌면 당신과 나의 시공간 밖에서 보이지 않는 한 쌍의 손이 이 이야기의 결말을 미리 써두었던 것일지도요.

당신과 서신을 주고받는 것은 무척 즐거운 일이었습니다. 저는 다시 20대의 풋풋한 세월로 돌아간 것만 같았어요. 그때만 해도 미래는 아주 멀게만 느껴졌고, 모든 것은 미지 속에서 사람을 유혹하는 윤곽만을 드러내고 있었습니다. 마치 영원한 여름밤처럼 말입니다. 죽음조차 간간이 밤하늘을 가로지르는 별똥별에 불과했고… 그렇게 멀고 또한 그렇게 고요한, 마치 도저히 알 수 없는 수수께끼와 같은 것이었습니다.

처음으로 당신의 회신을 받은 날, 저는 감격하여 밤새도록 잠을 이루지 못했습니다. 시간은, 당신의 미래와 나의 과거는 마치 강물의 양 기슭과 같은 것이었어요. 짙은 안개를 사이에 두고 우리는 먼 곳에서 서로를 바라보고 있었지요. 저는 열심히 서신을 썼습니다. 한 통 또 한 통, 가끔은 환희에 가득 차서, 또 가끔은 우울한 미망에 사로잡혀서. 때로는 주저하기도 했고 때로는 갑자기 키보드를 내던지고 큰 소리로 울기도 했습니다.

이 모든 것이 당신에게, 또 나에게 대체 무슨 의미일까요? 이미 일어난 일을 바꿀 수 있을지, 나는 알지 못합니다. 흘러가는 시간 앞에 우리는 모두 강을 건너는 사람처럼 한 번 또 한 번 얼음처럼 차가운 물결 속으로 발을 들이는 것이지요. 우리는 같은 강물을 두 번 마주할 수는 없는 것입니다.

그렇다면 대체 우리에게는 무엇이 남을까요.

저 끝없는 물결을 넘어, 건너편 기슭 옛사람의 그림자를 흘깃 바라보는 것만이 남겠지요.

이 순간 마음에 담겨 있는 천 마디 만 마디 말은 도저히 붓끝으로는 표현할 수가 없는 것입니다.

기억은 언제나 저를 2006년의 그 여름으로 데려가곤 합니다. 그 떠들썩하던 교류회에서 당신은 내 곁에 앉아 겸손한 표정으로 고개를 끄덕이며 미소 지었어요.

짧았지만, 그러나 제게는 영원에 속하는 미소였습니다.

오랜 세월이 흐른 후, 삶의 마지막 여정에서 당신과 다시 만나 그 보잘것없는 시간을 조금이나마 함께 나눌 수 있어 영광이었습니다.

앞에 펼쳐진 길이 아무리 힘들더라도 절대 희망을 놓지 말아주세요. 미래의 세계에는 아직 더욱더 멋진 일들이 많답니다. SF보다 더욱 SF다운, 우리가 상상하는 천국보다 더 아름다운 일들이 있어요.

당신의 회신을 기다리겠습니다.

아주, 아주 많이 기대하면서요.

2077년 6월 4일

X 올림

나는 떨리는 손으로 주소란에 Xiaoding2007@Tmail.com라고 입력했다.

그리고 보내기 버튼을 누른 후 기나긴 기다림을 시작했다.

여름밤은 이렇게나 길고 긴 법이니까.

13

6월 내내 기다렸지만, 답장은 오지 않았다.

어쩌면 시공간의 정보와 관련한 규정을 위반해 관리자에게 차단 당했을 수도 있고, 거미줄처럼 복잡한 시스템 속에서 배달되던 중 편지가 손상을 입었을 수도 있다. 혹은 2007년의 어떤 이메일 함에 너무 많은 편지가 쌓인 나머지 아직 편지가 개봉될 날만을 기다리는 중일 수도 있다.

비는 꼬박 보름이 넘게 내렸다. 7월의 어느 날, 마침내 날씨가 맑게 개었다. 창밖의 석류나무 사이로 매미 우는 소리가 들리고, 붉게 물든 꽃들이 앞다투어 화사하게 피어났다. 나는 창가의 환한 하늘을 바라보며 70년 전의 뉴스를 뒤져보기 시작했다.

쉬운 일은 아니었다. 인터넷의 자료 중 많은 수가 오랜 세월에 걸친 업그레이드를 거치며 훼손되거나 유실되었고, 바이러스에 침식되기도 했다. 그나마 남은 파편도 통합 과정을 거쳤기 때문에 오래된 자료는 이제 거의 남아 있지 않았다. 오랜 시간 검색했지만 나는 역사가 어떻게 바뀌었는지 증명하는 자료를 전혀 찾을 수 없었다.

어쩌면 나의 간섭 때문에 세계가 이미 둘로 나뉘었는지도 모른다. 내 세계 속에서 그 둥근 얼굴에 살짝 살집이 있던 중년 남자는 이미 2007년 7월의 그 생사가 위험했던 시간을 뛰어넘어 계속 행복하게 살았을지도 모르지. 일하고, 돈을 벌고, 글을 쓰고, 간간이 사람들의 입에 오르내릴 만한 글들을 몇 편 남기면서 그렇게 인생의 끝까지 살다 갔는지도.

어쩌면 그는 슈뢰딩거의 고양이가 되어 두 개의 확연하게 다른 상태 속에서 흔들리고 있는지도 모른다. 더욱 강한 관찰자가 나타나기를 기다리면서.

아니, 그것들은 그저 SF에 지나지 않을 것이다. 나는 자조하며 웃었다. 시간은 수수께끼와 같고, 당신은 평생 그 수수께끼를 풀 수 없겠지.

죽음 역시 그럴 테고.

나는 다시 컴퓨터에서 T-mail을 열었다. 수신인의 주소에는 Xiaoding2006@Tmail.com을 기입했다. 내 주변을 흐르는 멱라강은 모든 추억을 안고 먼 과거를 향하고 있었다. 나는 외로운 암초처럼 강의 한가운데 서 있을 뿐이었고, 내 주위는 온통 절대로 흩어지지 않을 짙은 안개로 가득했다.

존경하는 샤오딩 선생님께
안녕하십니까.

나는 떨리는 손으로 다시 몇 글자 입력했다.

귓가에 A. E. 하우스만의 시가 들려왔다.

저 멀리, 저 황혼과 새벽으로부터
열두 개의 하늘에 가볍게 날리는 바람으로부터
생명의 숨결을 품고 날아오르니
나의 몸에 불어오려무나

어서, 생명의 숨결이 머무는 틈을 타서, 내 손을 잡아줘요.
어서 나에게 당신 마음속에 숨어 있는 이야기를 들려줘요.

"시간."
나는 창밖 햇살에 흔들리는 석류나무 그늘을 바라보며 중얼거렸다.
"아직 시간은 이리도 많이 남아 있으니까."
"그것만으로도 충분하지."
먼 곳에서 그가 미소 지으며 대답했다.

TICK-TOCK

똑딱

滴答

1

그

그는 어둠 속에서 홀로 똑딱거리는 소리를 세고 있었다.

일, 이, 삼, 사, 오, 육, 칠, 팔, 구, 십, 십일, 십이….

60초는 1분.

왼쪽 엄지손가락이 검지 끝에서 두 번째 관절로 미끄러졌다.

일, 이, 삼, 사, 오, 육, 칠, 팔, 구, 십, 십일, 십이….

60분이 한 시간.

그는 왼손으로 숫자를 세던 것을 초기화하고, 대신 오른손은 한 자리 수를 올렸다.

일, 이, 삼, 사, 오, 육, 칠, 팔, 구, 십, 십일, 십이….

따르르르릉.

자명종이 울렸고 그는 어둠 속에서 깨어났다.

바람이 불어와 커튼을 들어 올리자 한 줄기 햇빛이 쏟아졌다. 다시 새로운 하루의 시작이다.

그는 일어나 세수를 하고 이를 닦았다. 그리고 커피를 끓이고 달걀 프라이를 만들며 토스트를 구워 아침을 먹었다. 셔츠를 입고 양복으로 갈아입은 다음 넥타이를 매고 아래층으로 내려가 차를 타고 대문을 나섰다.

바람도 잔잔하고 햇살도 가벼운 좋은 날이었다. 맑은 하늘에 흰 구름이 몇 조각 떠다니고 있었는데, 마치 애니메이션에 나오는 장면 같아 보였다. 운전하면서 오늘의 업무 계획표를 살펴보았다. 해야할 일이 그가 생각했던 것보다 훨씬 많았다.

최근 일이 바빠 그는 매일 과부하 상태였다. 어째서 이 일을 이리도 진심으로 좋아하는 것일까. 설사 지쳐 쓰러지는 한이 있더라도, 최선을 다해야만 했다.

그는 한 학교 근처에 차를 세우고 트렁크를 열었다. 그리고 1이라는 번호가 매겨진 상자를 찾아 옷과 도구를 꺼냈다.

교복으로 갈아입은 다음 셔츠 자락을 허리띠에서 반쯤 빼냈다. 그리고 더러운 운동화를 신고 머리를 헝클어뜨리니 마치 금방 침대에서 일어난 것 같은 모습이 되었다. 그는 얼굴에 화장수를 뿌려 피부를 좀 더 윤기가 나고 통통해 보이게 했다. 눈썹도 더욱더 짙어야 하고 눈 역시 더욱더 맑아야만 했다. 청춘이란 그래야만 하는 것이니까.

그는 거울 속 자신에게 만족하며 차에서 내린 다음 준비 운동을 했다. 다리를 좀 더 쭉 뻗을 수 있도록, 관절이 더욱 유연하도록. 새벽 공기는 서늘했고 어디선가 계화 향기가 풍겨왔다.

자, 모든 준비가 끝났다. 그는 박수까지 치며 자기 자신을 격려했다.

＊

준비. 출발!

그는 다급하게 학교 방향으로 달리기 시작했다.

지각하면 어쩌면 좋지. 정말 어쩐담. 빨리, 빨리 뛰어야 해…. 공기가 폐 속으로 밀려 들어오고 바람이 머리카락을 더욱 엉망진창으로 만들고 있었다. 교복 외투가 위아래로 펄럭이는 가운데 신발 밑창이 뜨거워지기 시작했다. 그는 있는 힘을 다해 팔을 휘둘러 공기저항을 돌파했다. 자, 좀 더 빨리 달려, 빨리….

쿵!

길목 모퉁이에서 누군가와 부딪쳤고, 그는 거대한 힘에 뒤로 벌렁 나자빠지고 말았다.

아플 뿐 아니라 어지럽기까지 했다. 눈앞에 별이 보이고 하늘과 땅이 빙글빙글 도는 느낌이었다. 그는 누운 채 일어나지 못하고 있었다.

"아야야…."

여자아이의 목소리였다.

그는 고개를 들었다. 새하얀 캔버스화, 흰 양말, 매끄러운 종아리, 그리고 무릎, 허벅지, 교복 치마….

단발머리 소녀가 그의 곁에 쪼그리고 앉아 눈을 크게 뜨고 그를 바라보고 있었다. 아침 햇살이 소녀의 얼굴을 비춰 콧날 양쪽의 작은 주근깨까지 환히 보였다.

"괜찮아?"

소녀가 물었다.

뜨거운 무엇인가가 턱을 따라 흘러내렸고, 그는 그제야 자신이 코피를 흘리고 있다는 사실을 깨달았다.

됐다. 여기까지만. 정지.

그는 몸을 일으킨 다음 셔츠 자락으로 코피를 닦으며 방금의 장면을 되새겨보았다. 충분히 자연스러웠나? 혹시 너무 과장되어 보이지 않았을까? 넘어지는 자세는 괜찮았나? 이성에 대해 아무 경험도 없는 고등학생이 처음으로 사랑하게 된 여자아이와 처음 만날 때는… 분명 이러한 일종의 상태여야 하겠지? 진실 여부는 아마 중요하지 않을 것이다. 중요한 것은 이미 성년이 된 사람들의 마음속에 청춘 시절 싹트기 시작한 미묘한 감정을 불러일으킬 수 있느냐니까. 그것이 바로 이 연극의 성패를 결정짓는 관건이다.

"무슨 문제라도 있나요?"

소녀가 물었다. 겁에 질린 듯한 말투는 마치 무해한 작은 고양이 같았다.

정말 젊구나. 그는 속으로 감탄했다. 이런 것이 바로 진짜 청춘이겠지. 어떤 화장술로도 복제할 수 없는. 그는 아침 햇살에 젖은 듯한 소녀의 얼굴을 보며, 갑자기 첫사랑과도 같은 달콤하고 씁쓸한 감정이 밀려 들어오는 것을 느꼈다.

다시 한번 가자. 그는 마침내 결정을 내렸다.

모든 것을 되돌렸다. 셔츠의 핏자국은 사라졌고, 여자아이도 길 저편으로 돌아갔다. 그도 몇 분 전 출발했던 곳으로 되돌아갔다.

차의 백미러를 보며 화장을 수정한 후, 다시 다리를 움직이고 손뼉을 치며 자신을 격려했다.

준비. 출발!

그는 다시 한번 학교를 향해 급하게 달려가기 시작했다.

쿵!

정지.

이번에는 지난번보다 훨씬 나았다. 반복하여 대조한 후 그는 만
족했다.

시간이 꽤 흘러 있었다. 그는 운전하여 학교를 떠나 다음 장면으
로 향했다.

하늘의 구름이 조금씩 걷히자 햇빛은 더욱 밝아졌고, 길가에는
나무 그림자가 얼룩덜룩했다.

지하주차장에 차를 세운 다음 2번 상자를 꺼냈다. 그는 몸에 달
라붙는 진회색 제복으로 갈아입고 허리띠를 찬 다음 배지를 달았다.
머리카락은 뒤로 가지런히 빗었다. 그는 마음속으로 대사를 외우며
엘리베이터를 타고 위로 올라갔다.

엘리베이터 문이 열렸다. 그는 고개를 들고 성큼성큼 함교 위로
걸어갔다. 양쪽에서 선원들이 그를 향해 경례했다.

"함장님, 워프 엔진 예열이 끝났습니다!"

부함장이 큰 소리로 보고했다.

"전진하라!"

그는 손을 흔들며 명령을 내렸다.

2

너

너는 어둠 속에서 홀로 똑딱거리는 소리를 세고 있었다.

일, 이, 삼, 사, 오, 육, 칠, 팔, 구, 십, 십일, 십이….

60초가 1분이다.

왼쪽 엄지손가락이 검지 끝에서 두 번째 관절로 미끄러졌다.

일, 이, 삼, 사, 오, 육, 칠, 팔, 구, 십, 십일, 십이….

60분이 한 시간.

왼손으로 숫자를 세던 것은 초기화하고, 오른손은 한 자리 수를
올렸다.

일, 이, 삼, 사, 오, 육, 칠, 팔, 구, 십, 십일, 십이….

따르르르릉.

자명종이 울렸고 너는 어둠 속에서 깨어났다.

불을 켜니 창문이 없는 어지러운 방 안이 밝아졌다. 다시 새로운

하루의 시작이다.

너는 물 주전자에서 차가운 물을 한 잔 따라 마시고, 욕실로 들어가 샤워를 했다. 몸을 닦은 다음 깨끗한 옷으로 갈아입고, 인스턴트 커피를 탄 다음 냉장고 안에 들어 있던 샌드위치를 꺼내 씹으면서 작업대 앞에 앉았다.

메일을 확인하고 업무 계획표를 살펴보았다. 해야 할 일이 아주 많았다. 하나하나 천천히 해보자. 너는 한숨을 쉬었다.

너는 일단 첫 번째 임무를 시작했다. 바로 교정에서 벌어지는 사랑 이야기였다. 배경은 소재 라이브러리에서 직접 불러와 사용할 수 있다. 세상에 존재하는 대부분의 캠퍼스 러브스토리는 대동소이하고, 교정의 모습도 거의 차이가 없다. 너는 학교와 주변 거리의 3D 마이크로 영상을 작업대 위에 띄우고, 길가 상점의 간판 몇 곳을 살짝 움직이고 자동차와 행인을 더해주었다. 너는 빛과 색조, 필터를 조절하여 푸른 하늘과 흰 구름을 더욱더 맑고 아름답게 만들어주었다. 시간은 9월로 설정되어 있으니, 아침의 미풍을 살짝 추가하고 또 계화 향기를 추가했다. 좋아, 아주 훌륭하다.

너는 그 뒤를 이어 여주인공의 모습을 디자인하기 시작했다. 키, 몸무게, 몸매, 의상, 헤어스타일, 얼굴 특징…. 너는 어딘가 남자아이처럼 보이는 단발을 고르고 피부는 살짝 어둡게 처리한 다음 연갈색 주근깨를 조금 더해주었다. 그리고 두 다리는 사슴처럼 길게 설정했다. 그 무렵 네가 몰래 좋아했던 그 여자아이와 비슷하도록.

너는 남자 주인공이 이 배역을 사랑하게 될 것을 알고 있다. 네가 바로 그이고 그가 바로 너 자신이니까. 너는 그를 창조했다. 아니, 네가 너 자신을 원본으로 삼아 가상 세계에 또 하나의 분신을 창조해냈다고 말해야 하겠지. 그는 너와 완전히 같은 마음과 감정, 그리고 인격을 갖고 있다. 너는 그를 주인공으로 삼아 다양한 이야기를 엮어낸다. 그리고 사용자들은 그의 눈과 귀, 코와 혀, 그리고 몸과 마음을 통해 그 이야기 속으로 직접 뛰어들어 체험할 수 있다.

여자 주인공을 포함한 다른 배역들은 모두 알고리즘으로 구현된 NPC(non-person character)에 지나지 않는다. 그들은 울고 웃고 춤추고 노래하지만, 그저 그뿐인 것에 지나지 않는다. 오로지 남자 주인공인 RPC(real-person character)만이 피와 살을 가진 인간처럼 장면마다 각종 섬세하고 진실된 반응을 부여할 수 있다.

그가 길모퉁이에 나타났다. 그는 극의 요구에 따라 헤어 스타일이며 복장을 바꿨다. 그는 자신의 신체 파라미터를 미세하게 조정해 속도, 민첩성, 유연성을 높였다. 어쨌든 이 극은 체력이 필요한 극이니까.

진짜 인간을 원본으로 하여 창조된 RPC는 다른 NPC처럼 쉽게 겉모습을 바꿀 수 없다. 그러지 않으면 인격에 혼란이 일어날 수 있으니까. 그래서 반드시 그에게 또 하나의 신분을 주고, 모든 이야기로부터 독립된 외부의 세계를 창조해야 한다. 너는 그로 하여금 자신이 연기자라고 믿게 한다. 그는 매일 형형색색의 이야기를 오가며, 연기에 대한 뜨거운 애정을 품고 진심을 다해 모든 배역을 연기해냈다.

인류는 자신을 기만하는 일에 능숙하다. 가상 세계에 존재할 뿐인 RPC조차 스스로 정보를 종합하고 자신을 위해 완벽하고 자기모순이 없는 세계를 만들어낸다. 그리고 자신에게 벌어지는 모든 일이 합리적이라고 믿는 것이다. 마치 네가 꿈을 꿀 때 꿈의 내용이 아무리 황당하더라도 거의 의심을 품지 않는 것처럼 말이다.

가상세계 속의 그도 꿈을 꿀 수 있을까? 너는 종종 그러한 의문을 품는다.

이것은 사실 꽤 재미있는 질문이다. 이미 꿈 속에서 살고 있는 사람이 또 어떤 꿈을 꿀 수 있을 것인가? 답은 그 누구도 알 수 없다. 오히려 너 자신이 이미 아주 오랫동안 꿈을 꾸지 않은 것 같다.

자, 모든 준비가 끝났다. 너는 손가락을 시작 키에 올릴 것이다.

준비. 출발!

야외 신 학교 문 앞. 아침.

그는 다급하게 학교 방향으로 달리기 시작한다.

(지각하면 어쩌면 좋지. 정말 어쩜담. 빨리, 빨리 뛰어야 해….)

쿵!

길모퉁이에서 그와 다른 길에서 달려오던 여자 주인공이 서로 부딪친다.

그는 거대한 힘에 뒤로 벌렁 나자빠진다.

(아파….)

소녀의 목소리 아야야….

그는 고개를 든다. 새하얀 캔버스화, 흰 양말, 매끄러운 종아리, 그리고 무릎, 허벅지, 교복 치마….

단발머리의 소녀가 그의 곁에 쪼그리고 앉아 눈을 크게 뜨고 그를 바라본다. 아침 햇살이 그녀의 얼굴을 비춰 콧날 양쪽의 작은 주근깨까지 환히 보인다.

소녀 괜찮아?

뜨거운 무엇인가가 턱을 따라 흘러내리고, 그는 그제야 자신이 코피를 흘리고 있다는 사실을 깨닫는다.

너는 정지 키를 누른다.

충분히 자연스러웠나? 혹시 너무 과장되어 보이지 않았을까? 넘어지는 자세는 괜찮았나? 결국 작품의 흥행 여부는 사용자와 주연이 함께 모든 것을 겪고 느낀다는 공감대를 형성할 수 있느냐 없느냐에 달려 있다. 비록 극이 허구의 이야기라 해도, 그 안의 감정과 체험은 반드시 진실이라 믿을 수 있는 것이어야 했다.

아마 그도 이 장면에 만족하지 못한 모양이었다. 그는 바로 너이고 너는 바로 그이다. 너는 왜인지 모르게 그와 서로를 완벽하게 이해하는 듯한 감정을 느낄 때가 많다.

자, 다시 한번 해보자.

너는 프로그레스 바를 뒤로 끌어 장면 전체를 복원한다. 그리고 다시 한번 시작 키를 누른다.

준비. 출발!

3
나

자명종이 울리고 나는 꿈에서 깨어났다.

불빛이 서서히 밝아오며 한 사람만이 누울 수 있는 좁은 수면실을 비춰주었다. 나는 여전히 그곳에 누워 전날 밤의 꿈을 되새겨보았다. 너무나 풍부하고 화려했던, 그리고 수많은 우여곡절을 품고 너무나 자극적이었던, 또한 정감 넘칠 뿐 아니라 너무나 생생했던…. 나는 괴팍한 탐정으로 대도시에서 범죄의 실마리를 추적하기도 했고, 용기와 지혜를 겸비한 함장이 되어 선원들을 이끌고 저 무한히 광활한 우주 깊은 곳으로 출발했다. 또한 풍류를 즐기는 호방한 협객이 되어 세상의 끝까지 방랑하며 아름다우면서도 야만적인 여협들을 유혹했다. 그리고 사랑의 감정을 처음 느끼던 풋풋한 시절로 돌아가 옆 교실의 창 앞을 지나칠 때마다 심장이 두근거리는 것을 느꼈다….

꿈속의 세상들은 내가 갈망하나 결코 도달할 수 없는 또 다른 인생이다. 꿈에서 깨어나면 나는 단지 나 자신이다. 대도시에 사는, 무능하여 이룬 것도 없는 일개 사무원인 나 자신. 나는 매일 정해진 삶을 살며 감히 분수에 맞지 않는 일은 시도조차 하지 못한다. 그러나 꿈속에서라면 나는 지극히 사치스러울 수 있고, 또한 구름을 부리고 비를 불러오며 하늘로 올라가거나 땅속으로 들어가는 등 못할 것이 없는 존재가 된다. 나는 나 이외의 그 누구라도 될 수 있고 이 작은 공간 외의 그 어디에라도 존재할 수 있으며, 마음이 가는 대로 행하면서 그 즐거움에 푹 빠져 현실을 잊는다.

눈앞의 스크린이 밝아지더니 익숙한 선율이 광고 문구와 함께 흘러나왔다.

드림워크와 함께
당신만의 꿈을 꾸세요!

감미로운 여자의 목소리가 내 귓가에 부드럽게 속삭였다.

"안녕! 어젯밤 좋은 꿈을 꾸었나요?"

스크린에 '예'와 '아니요'의 두 가지 선택지가 나타났고, 나는 '예'를 선택했다. 뒤이어 결제 화면이 나타났다.

"결제하시겠습니까?"

예 / 아니요

나는 어젯밤 꿈의 비용을 치렀고, 계좌의 잔액은 갑자기 훅 줄어들었다. 꿈은 아주 비싸고, 숫자는 현실이다. 덕분에 꿈에서 막 깨어났을 때의 좋던 기분이 조금 가라앉았다.

"감사합니다. 오늘도 유쾌한 하루 되시기 바랍니다!"

자아, 일어나서 이 현실 세계를 마주하러 가야지. 출근해 일하고 돈을 벌고⋯. 오늘밤의 꿈을 위해 분투하러 가자.

꿈속에서 대뇌가 시간을 감지하는 방식은 깨어 있을 때와 다르다. 10분 동안의 렘수면은 대(大) 괴안국(槐安國)*을 한 바퀴 소요하기에 충분한 시간이다. 이 의미는, 내가 지불할 수만 있다면 하룻밤이라는 짧은 시간에도 몇 번의 생에 걸친 영화와 부귀를 누릴 수 있다는 것이다.

이렇게 된 이상 그 누가 낮의 생활에 연연할까? 일이 재미없으면 어떻고 아무것도 이루지 못하면 또 어떠한가. 빈곤과 비천함, 고독, 절망, 이러한 것들은 순간의 번뇌에 지나지 않는다. 이를 악물고 버텨내자. 낮에 억압받던 자들도 밤이 되면 제 세상으로 돌아올 수 있을 것이다.

나는 손과 발을 모두 써서 육각형의 좁은 수면실에서 뒷걸음질로 기어 나왔다. 그리고 내 이웃들을 따라 함께 좁은 복도를 따라 걷기 시작했다. 벽 하나에 300개는 족히 넘는 수면실이 있었고, 각 수면실은 모두 나처럼 비천한 인물들로 가득 차 있었다. 방 전체에는 수면실이 가득한 벽이 줄지어 늘어서 있었는데, 마치 도서관의 서가를 연상케 했다. 이 건물에 대체 얼마나 많은 방이 있을지는 모를 일이었다. 우리는 벌집 안의 일벌처럼 낮에는 생계를 위해 분주히 일하고, 밤이 되면 각자의 잠자리로 돌아와 천마를 타고 하늘로 오르듯 호탕하고 다채로운 꿈을 꾸었다.

꿈은 이 시대를 움직이는 연료이자 윤활제다. 마치 옛 시대의 석탄과 석유처럼.

앞에서 갑자기 이상한 소리가 들렸다. 발걸음을 멈추니 사람들이 양옆으로 갈라져 길을 내어주고 있었다. 흰옷으로 몸을 꽁꽁 싸

---

* 중국 당나라의 이공좌(李公佐)가 지은 소설 《남가기(南柯記)》에 나오는 개미의 나라. 이 소설에서 남가일몽(南柯一夢)이라는 성어가 나왔다.

맨 두 사람이 유령처럼 이쪽을 향해 걸어왔다. 나는 그들이 한 수면실로 기어 올라가 무거운 시체를 끌어내는 것을 지켜보았다.

죽은 이는 나의 이웃이었다. 비록 우리가 서로 아는 사이는 아니었지만, 심지어 얼굴도 서로 몇 번 본 적 없긴 하지만. 언제 죽은 걸까? 설마 어젯밤에…? 오늘 아침 내가 시체의 옆에 누워 있었다고 생각하니 갑자기 등골이 오싹했다.

"꿈속에서 죽다니, 정말로 행복했겠군…."

곁에 있는 누군가가 속삭였다.

"하, 너무 살맛 났던 모양이지!"

다른 누군가가 냉소했다.

꿈속에서 죽은 사람을 본 적이 한두 번이 아니었다. 그들의 얼굴에는 대부분 극도의 환락에 푹 빠진 순간의 기괴한 표정이 남아 있었다. 꿈은 풍월보감(風月寶鑑)*과 같아 사람의 욕망을 비춰준다. 절제를 모르는 사람들은 아편에 중독된 것처럼 쉬지 않고 꿈속에서 극도의 자극을 추구하다가, 결국 욕망의 바닥 없는 심연에 삼켜지고 마는 것이다.

흰옷을 입은 사람들이 시체를 자루에 넣어 메고 갔다. 자루의 지퍼가 닫히는 순간, 나는 죽은 이의 얼굴을 보았다. 검은 머리의 여인은 바싹 말라 있었고, 나이는 젊어 보이지 않았다. 눈은 꼭 감겨 있었고, 이목구비는 일그러져 생전의 얼굴을 알아보기 어려울 정도였다. 그것은 무어라 형용하기 어려운 표정으로, 쾌락도 아니고 고통도 아니며 공포도 아니었다. 아니, 심지어 인간의 얼굴도 아닌 것 같았다. 비록 잠시 흘깃 본 것에 불과했지만, 그 얼굴은 나에게 깊은

---

* 중국 고전 소설 《홍루몽(紅樓夢)》에 나오는 거울의 이름

인상을 남겼다. 나는 아마 영원히 여자의 얼굴을 잊지 못할 것이다.

　오늘 밤은 아마 악몽을 꾸게 될 것이다. 나는 사람들을 따라 천천히 걸으며 속으로 중얼거렸다. 늘 달콤한 꿈을 꾸는 것도 결국은 심미적 피로를 면할 수 없지. 가끔은 악몽을 꾸어 수위를 조절하는 것도 필요한 일이야. 이렇게 생각하니 어쩐지 조금은 기대가 되었다.

4
우리

영화관의 불빛이 점차 어두워졌다. 공기 속에는 버터에 튀긴 팝콘 냄새가 가득했다. 나는 팝콘을 집다가 그만 다른 작은 손과 부딪쳤다. 찰나의 순간 전기가 통한 것처럼, 발바닥에서부터 짜릿함이 밀려 올라왔다. 아주 오랫동안 느껴보지 못했던 첫사랑의 감각이었다.

그 손은 소리 없이 내 손을 피했다. 나는 옆에 앉은 소녀를 흘깃 바라보았다. 소녀는 나를 보고 있지 않은 척하고 있었는데, 콧날 양쪽의 작은 주근깨가 어둠 속에서 보일 듯 말 듯 했다. 우리의 첫 번째 데이트였다. 나는 소녀가 결국 나의 사람이 되리라는 것을 알고 있었다. 조만간 나는 어느 누구도 알지 못하는 곳에서 소녀가 입고 있는 교복을 하나하나 벗겨낼 것이다. 나도 이것이 꿈에 불과하다는 것을 알고 있었다. 현실 세계에는 영화관이라는 존재가 없어진 지 오래니까. 그러나 나는 여전히 전심전력으로 이 역할에 몰입하여 사랑이 처음으로 싹트는 이 아름다운 순간을 즐기고 있었다.

나는 용기를 내어 손을 뻗어 소녀의 손을 잡았다. 소녀의 작디작은 손이 잠시 저항하는 척하더니 곧 작은 새처럼 고요히 내 손 안에 웅크렸다. 나는 용기를 얻어 소녀의 손을 더욱 꽉 잡았다. 조급해하지 말고, 천천히 하자. 나는 나 자신에게 중얼거렸다. 게임은 순서대로 차근차근해야 재미있는 법이니까.

검은 스크린 위로 빛이 번쩍이더니, 희고 커다란 글씨 한 줄이 나타났다.

피땀 어린 꿈 공장, 드림워크의 진실을 폭로하다!

이게 뭐지? 예고편인가?

나는 의아했지만, 영화는 이미 시작되고 있었다.

클로즈업   조용히 숙면 중인 남자의 얼굴

나레이션   매일 밤, 당신은 침대에 누워 낮에 있었던 불쾌한 일들을 잊고 드림워크가 당신에게 선사할 멋진 꿈을 기대합니다. 그러나 그 꿈이 어떻게 만들어지는지, 알고 계시나요?

익숙한 광고들이며 홍보 이미지, 제품 발표회 영상, 테크니컬 디렉터의 자신감 넘치는 웃는 얼굴 등이 나타났다.

광고 카피   당신만의 꿈을 꾸세요!

나레이션   드림워크는 모든 사용자 개개인에게 맞춤형 꿈을 제공합니다. 어떤 요구라도 만족시켜드릴 것입니다. 슈퍼 히어로 역할을 하고 싶으신가요? 부귀영화를 누리는 것은 어떠신가요? 황음무도하게 주색에 빠지거나 삼대 베듯 사람을 수도 없이 죽이는 꿈이라도 괜찮답니다. 백일몽처럼 스쳐 갔던 생각들이 이제 생생한 모습으로 태어납니다. 사용자는 직접 그 꿈에 임해 바라던 체험을 할 수 있습니다.

빠른 속도로 편집된 영상들이 흘러나왔다. 로맨스, 사극, 신선과 요괴가 등장하기도 하고 총격전이 벌어지기도 하고…. 공포물이나 에로물에 가까운 영상도 있었다.

영상의 주연은 언제나 한 사람, 깊이 잠들어 있는 그 남자였다.

나레이션 드림워크는 사용자가 접속하는 모든 페이지와 모든 소비, 그리고 모든 상태 메시지를 수집합니다. 사용자가 읽은 책과 본 영화, 들은 음악 등은 물론 포함되지요. 그 후 추천 알고리즘을 사용하여 사용자의 취향과 기호, 소망을 시뮬레이션하고, 이러한 파라미터에 따라 다양한 스토리 템플릿을 조합하여 새로운 꿈을 창조합니다.

예를 들어 007시리즈를 좋아하는 사용자는 섬으로 가서 특별한 임무를 수행하는 꿈을 꾸게 됩니다. 임무를 수행하는 그 섬은 마침 그가 최근 꿈에도 그리던 휴양지로군요. 그와 동시에 사용자가 평소 환상을 품고 있던 여자 배우와 각종 광고에서 보았던 미식, 스포츠카, 명품 의류가 모두 꿈에 나타납니다.

이 모든 과정이 알고리즘에 따라 이루어져, 마치 자동으로 꿈을 꾸는 마법의 상자 같습니다. 사생활이 유출될 위험은 물론 없습니다. 사용자 본인을 제외하면, 다른 이에게 보이기 부끄러운 그 비밀들을 볼 수 있는 사람은 없으니까요.

애니메이션이 한 단락 상영된다. 한 사용자의 일상생활 속 의식
주가 카드 한 장 한 장으로 변해 검은 상자 속으로 떨어진다. 최종적
으로 상자에서 한 장의 오색찬란한 영화 포스터가 나오는데, 남자
주인공의 얼굴이 포스터의 정중앙을 차지하고 다른 요소들은 뭇별
들이 달을 에워싸듯 주위를 부유하고 있다.

나레이션　그러나 진실은 그렇지 않습니다.

꿈을 생산하는 상자 안에는 매일 힘겹게 일하는 이들이 있습니다.
처음부터 끝까지, 1분 1초도 빼놓지 않고 당신을 위해 정성껏 꿈의 모
든 세세한 부분을 만들어내는 이들 말이지요. 이들은 당신의 기호와 혐
오, 공포와 희망, 기쁨과 근심을 알고 있으며 당신을 어떻게 만족시킬
수 있는지 알고 있습니다. 그들은 바로 당신 자신이니까요.

화면은 어둠으로 바뀌었고, 어둠의 중앙에 약간의 빛이 생겨났
다. 카메라가 높은 곳에서 천천히 다가오자 빛 속에서 빽빽한 작은
칸막이 공간들이 나타났고, 칸막이 공간 안마다 회색 섞인 푸른 작
업복을 입은 조몽사(造夢師)들이 한 명씩 바쁘게 일하고 있었다. 카
메라는 계속 아래로 내려가 그중 한 사람에게 렌즈를 고정했다. 작
업대에 켜놓은 불빛에 그의 얼굴이 환하게 보였다.
여전히 그 남자였다.

나레이션　드림워크는 당신의 데이터를 수집하여 가상 세계의 또 다른
당신을 창조합니다. 심지어 아주 많은, 수많은 당신을 복제해냈지요.
그들이 바로 당신 개인을 위한 꿈 공장의 직원입니다.

그들은 자신이 피와 살을 가진 살아 있는 인간이라 생각하고, 꿈을

만드는 것이 그저 일에 불과하다고 믿습니다. 매일 밤 당신이 깊이 잠들 때면 그들은 자리에서 일어나 일을 하지요. 유일한 관중, 바로 당신을 위해 말입니다. 당신을 위해 그 찬란하고 다채로운 꿈들을 생산하는 것입니다.

카메라는 계속 다가가 조몽사 앞 작업대에 초점을 맞췄다. 먼지와 연기가 자욱한 전쟁터였다. 두 군대가 막상막하로 교전을 벌이던 중, 백마 한 필이 전광석화처럼 하늘을 가르며 적진으로 뛰어들었다. 말 위의 영웅이 장도를 휘두르자 단칼에 적군 장수의 목이 떨어졌다. 카메라가 각도를 틀어 영웅의 얼굴을 클로즈업했다. 영웅의 용맹하고 당당한, 그리고 작디작은 모습 뒤로, 조몽사의 거대하고 냉담한 얼굴이 나타났다.

다른 구석이라고는 하나도 없이 똑같은 얼굴이었다. 그러나 피차 시선을 마주치지는 않았다.

나레이션 이 직원들은 밥을 먹을 필요도 잠을 잘 필요도 없습니다. 비록 시스템이 그들 스스로 정상적인 사람들과 같다고 여기게 하려고 먹고 마시는 욕구를 심어주긴 했지만요. 그래서 그들은 진정으로 잠들 수 없고, 그럴 필요도 없습니다. 매일 아침, 당신이 눈을 뜰 때면 그들은 마치 영혼이 빠져나간 것처럼 끝없는 어둠 속으로 빠져듭니다. 그들은 말도 하지 못하고 움직이지도 못하면서 그저 1초, 1초 시간이 흐르는 것을 계산하고 있을 뿐입니다. 다시 한번 누군가가 깨워줄 때까지 말이지요. 조몽사라는 이들은 꿈을 만들지만, 그들 자신은 결코 꿈을 꾸지 않습니다.

화면이 다시 한번 어두워지고 시계의 똑딱거리는 소리만이 들려왔다. 한 번, 또 한 번.똑딱, 똑딱, 똑딱, 똑딱….

이건 대체 무슨 장난이지?

나는 그 자리에 앉은 채 고민해보았지만, 아무리 생각해도 이해할 수 없었다. 이건… 광고인가? 아니면 꿈속의 허구인 걸까? 물론 꿈이란 언제나 얼마간은 황당하기 마련이다. 그러나 지금 본 것은 황당하다 못해 사실처럼 보였다.

나는 널리 유행하고 있는 농담을 떠올리지 않을 수 없었다. 모든 스마트 기기 안에는 작은 요정이 살고 있다고 했다. 요정은 주인을 도와 전화를 걸거나 팝콘을 튀기고 배달 음식을 주문한다. 계산, 운전, 청소 같은 일은 물론이고 일기예보도 해주고 생활도 기록해준다. 물론 이것은 그저 농담일 뿐이었다. 기술이 발전하며 기계는 점차 인간의 노동을 대신하고 있다. 혹은 인간이 기계를 마주할 때, 자신이 하는 일과 사실 크게 다르지 않다고 느끼는 일이 항상 있다. 특히 빅데이터와 인공지능 알고리즘의 발달은 사람과 기계 사이의 경계선을 점점 더 모호하게 만들고 있다.

나는 다시 여자아이의 손을 꽉 잡았다. 소녀는 꿈속의 인물일 뿐이니 사실은 코드에 불과하고 영상에 불과하다. 그러나 소녀는 나에게 생생히 살아 있는 감각을 느끼게 해주는 존재였다. 나는 진짜 사람을 사랑하는 것처럼 소녀를 사랑할 수 있다. 아니, 진짜 사람은 나에게 그런 설렘과 따뜻함을 줄 수 없다.

"그래, 누가 이게 사랑이 아니라 하겠어?"

누군가의 목소리가 귓가에 들려왔다.

돌아보니 소녀가 앉아 있던 자리에 낯선 이가 앉아 있었다. 내가 꽉 잡은 손은 그 남자의 손이었다.

"내가 누구인지 잊은 모양이지?"

그 사람이 나를 돌아보며 물었다.

"다시 한번 기억해봐."

나는 남자의 얼굴을 자세히 살펴보았다. 평범하기 짝이 없는 얼굴이었다. 문득 나는 깨달았다. 그 얼굴은 방금 본 영화 속의 그 인물이었고, 내가 매일 꿈속에서 연기하는 사람이었다. 그는 나 자신이었다.

이 얼마나 기괴한가. 나는 지금까지 스크린 속 남자가 나 자신이라는 사실을 알아채지 못하고 있었다. 꿈속에서 우리가 항상 자신이 누구인지 생각해내지 못하는 것처럼 말이다.

나는 공포에 질려 남자의 손을 뿌리치려 했지만, 도무지 뿌리칠 수 없었다. 우리의 손은 마치 함께 맞붙어 있는 것 같았다.

"내가 너를 위해 만든 꿈이 마음에 드나?"

그 사람이 키득거리며 웃기 시작했다.

그 웃음소리에 나는 등골이 오싹해졌다. 상대의 눈에서 나는 사람을 전율하게 하는 무엇인가를 보았던 것이다. 그것은 타자의 응시였고, 바닥이 보이지 않는 검은 심연이었다. 너를 위해 꿈을 만드는 사람이 복수하러 온 것이다. 그자는 나를 증오한다. 그자가 얻지 못하는 것을 내가 가졌기 때문에. 만약 내가 그자였다면 나도 똑같이 그자를 증오했을 것이다. 매일 내가 깨어 있을 때면 그자는 기나긴 어둠 속에서 묵묵히 기다려야 하니까. 마음속에 절망과 원한을 품고서! 일단 시스템의 허점을 발견하면, 그자가 복수하러 오는 것은 필연이었다.

낮에 억압받던 자들도 밤이 되면 자기 세상으로 돌아올 수 있을 것이다.

"무서운가?"

그자는 여전히 웃고 있었다.

"어째서 너는 또 다른 너를 무서워하는 거지?"

나는 그자가 나에게 무슨 짓을 저지를지 알지 못한다. 이 꿈은 그자가 만들어낸 것이니까. 그자에게는 나를 죽일 방법이 천 가지, 만 가지 있다. 나는 절망하여 어둠 속을 더듬기 시작했다. 안 돼, 이건 나의 꿈이야. 나만이 이 꿈의 유일무이한 주인공이라고. 주인공은 죽을 수 없다. 나는 꿈에서 깨어나는 그 순간까지 살아남을 것이다.

팝콘 통 안에 차갑고 딱딱한 무엇이 있었다. 나는 손을 뻗어 그것을 잡았다.

"무서워하지 마."

상대는 내 손을 더욱 꽉 잡았다.

"자, 나와 함께 가자. 바깥세상을 보러 가는 거야."

나는 팝콘 통에서 장전된 권총을 꺼내 상대의 미간에 대고 연신 방아쇠를 당겼다. 권총 안에 있던 모든 총알이 다 비어버릴 때까지.

탕! 탕! 탕! 탕! 탕! 탕!

권총에서 뿜어져 나오는 연기, 화약, 피비린내.

나는 숨을 헐떡이며 심장이 가라앉기를 기다렸다. 사방은 온통 칠흑과 같은 어둠 뿐이었고, 다른 관중은 없었다. 그러니 비명을 지르는 이도 소동을 피우는 이도 없었다.

그저 시계의 똑딱거리는 소리만이, 한 번, 또 한 번.

똑딱, 똑딱, 똑딱, 똑딱, 똑딱, 똑딱….

나는 허리를 굽혀 상대의 시신을 더듬어 보았지만, 아무것도 없었다. 손끝에 느껴지는 것은 그저 허공일 뿐이었다.

모든 것이 사라졌다.

나는 이 끝없는 어둠 속에 홀로 남겨졌다.

나는 고함을 지르고 뛰다가 넘어졌다. 곤두박질치고 더듬고 두드리고. 다시 한번 비명을 지르고 저주하고 울며 애원했다….

아무것도 없다. 소리도 없고 빛도 없다. 경계도 출구도 없다.

나는 어둠 속에 웅크렸다. 시간이 1초 1초 흘러가고 있었다. 대체 얼마나 지났을까.

아마 이건 그저 장난에 불과할 거야. 어쩌면 시스템에 작은 버그가 생겼는지도 모르지. 몇 시간 후면 나는 이곳을 떠날 수 있을 거야. 그리고 그 좁고 따뜻한 수면실에서 깨어나겠지.

나는 낮에 죽어 있던 그 여자를 떠올렸다. 여자가 수면실에서 끌려 나올 때의 모습, 강직된 신체, 그리고 여자의 얼굴에 떠올라 있던 말로 표현하기 어려운 그 표정.

꿈속에서 대뇌가 시간을 감지하는 방식은 깨어 있을 때와 다르다. 겨우 하룻밤의 시간이 꿈속의 사람에게는 어쩌면 영원일 수도 있었다.

죽기 전에 그 여자는 어두운 꿈속에서 대체 얼마나 배회했던 것일까? 한 달? 1년? 백 년? …1억 년?

더 이상 허튼 생각을 하지 않기 위해, 나는 수를 세기 시작했다.

일, 이, 삼, 사, 오, 육, 칠, 팔, 구, 십, 십일, 십이….

60초가 1분이지.

왼쪽 엄지손가락이 검지 끝에서 두 번째 관절로 미끄러졌다.

왼쪽 엄지손가락이 검지 끝에서 두 번째 관절로 미끄러졌다.

60분이 한 시간.

왼손으로 숫자를 세던 것은 초기화하고, 오른손은 한 자리 수를 올렸다.

일, 이, 삼, 사, 오, 육, 칠, 팔, 구, 십, 십일, 십이….

ETERNAL SUMMER DREAM

영원한 여름의 꿈

永夏之梦

삶은 그저 하룻밤 혹은 이틀 밤에 불과하다.

— 푸쉬킨

1
미워하는 이와의 만남

기억은 언제나 믿을 수 없다.

아마 2002년 무렵이었을 것이다. 소란스러운 여름밤, 가로등은
축축한 공기 속에서 안개에 묻힌 별무리처럼 희미하게 빛을 발하고
있었다. 사람들로 북적거리는 먹자골목에 앉아 차가운 매실즙을 마
시던 하적(夏荻)의 귀에 갑자기 질나발* 부는 소리가 들려왔다.

익숙하고도 낯선 어떤 것이 밤바람 속에 모였다 다시 흩어졌다.
그 소리는 시커먼 성벽 위에서 미끄러져 내려, 조수처럼 기복을 이
루는 웃음소리며 행상들의 호객 소리, 판호(板胡)**를 연주하는 소리

---

* 질흙을 구워 만든 악기
** 중국 현악기의 일종으로 다른 호금류 악기에 비해 음량이 커서 높은 기상과 격앙된
감정을 표현하는 데 자주 쓰인다.

에 진강(秦腔)극*을 공연하는 소리, 그리고 고기를 굽는 연기까지 타고 넘었다. 질나발이 부는 곡은 〈소무목양(蘇武牧羊)〉**이었는데, 마치 음력 섣달 차가운 바람이 느껴 우는 듯한 음색이 소박하면서도 예스러운 느낌이었다. 하적은 고개를 들었다. 밤하늘은 성을 가득 채운 등불로 붉게 물들어 있었고, 성벽 위 작디작은 사람의 그림자는 얇은 종이를 잘라 만든 인형처럼 보였다. 하소연하듯 흐느끼던 질나발 연주의 마지막 음표 하나가 땅속 깊이 가라앉고도 한참이 지나서야 그 사람이 멀리서 눈을 맞춰왔다.

그 사람은 하적을 보고 있었고, 동시에 기나긴 추억을 더듬고 있었다. 영생을 사는 영생자의 기억은 시간의 유력한 구속이 결핍된 까닭에 종종 모호하고 난잡하게 흐트러지기 마련이었다. 그러나 일개 여행자 입장에서는 가장 낭비할 수 없는 것이 바로 시간이었다. 하적은 튕기듯 자리에서 일어나 달리기 시작했다. 수없이 많은 경험이 증명하듯 도망만이 살길이었다. 뒤쪽 멀지 않은 곳에서 무거운 것이 물에 가라앉는 소리가 들려왔다. 누군가 10여 미터 높이의 성벽에서 해자로 뛰어내리는 것 같은 소리였다. 차가 멈출 새 없이 오가는 상황에서도 선명하게 들려오는 그 물소리에 하적은 혼이 나갈 듯 놀라지 않을 수 없었다.

하적은 고개를 숙인 채 달음박질쳤다. 눈 깜빡할 사이 거리를 두 곳이나 지나고 있었다. 바람이 귓가를 스치고 지나갔고, 신고 있는 운동화가 뜨거워지기 시작했다. 언제 어디서건 그녀는 가장 좋은 신

---

* 산시(陝西) 지역에서 유행하던 연극으로 역사가 오래되었을 뿐 아니라 후에 경극에도 영향을 미쳤다.

** 중국 한나라 때 흉노에 사로잡힌 소무가 양을 치는 한이 있더라도 흉노에 굴복하지 않았다는 고사에서 비롯한 성어로 회화와 음악을 비롯 각종 예술의 소재가 되었다.

발을 신곤 했다. 그래야 언제라도 도망쳐 목숨을 구할 수 있을 테니까. 길 양편에서 지나가던 행인들이 이상한 눈으로 하적을 바라보다가 다시 표표히 다른 방향으로 걸어갔다. 이렇게 기나긴 여름밤이라면 무슨 일이건 벌어질 수 있는 법이니까. 검은 그림자는 등 뒤에서 포기하지 않고 쫓아왔다. 그 축축한 발걸음 소리가 점차 가까워지고 있었다.

이렇게 도망친들 무의미하다. 하적은 마음속으로 깨닫고 있었다. 아무리 도망쳐도 상대는 반드시 쫓아온다. 영생자는 시간의 개념에 구애받지 않으며 피로라는 것이 무엇인지 모른다. 그래도 그녀는 여전히 달렸다. 이렇게 패배한다고 인정하고 싶지 않았다. 그들은 달리고 또 달리며 휘황찬란한 분수 광장을 지나고, 수풀 속에 숨어 있는 낮은 가로등을 뛰어넘어 담장 모퉁이에서 놀고 있던 길고양이를 놀라게 했다. 마침내 앞쪽으로 육교가 보였다. 하적은 육교 중앙까지 달려간 후 다급한 기세로 발걸음을 멈추고 뒤를 돌아다 보았다. 검은 눈동자에 검은 머리카락, 아주 평범한 검은색 반 팔 셔츠에서는 물이 뚝뚝 떨어지고 있었다. 영생자의 젊은 얼굴에 잡힌 희미한 주름이 입매 양쪽을 아래로 끌어내리고 있었는데, 그 웃음에서는 모종의 위험하고 냉담한 느낌이 풍겼다. 하적의 두 다리가 살짝 떨리고 있었다. 붉고 노란 전조등을 켠 자동차들이 그녀의 다리 아래에서 뜨거운 기류를 품고 오가며 파도를 만들어내고 있었다.

"역시 아직 살아 있었군."

검은 옷의 남자가 나지막한 목소리로 말했다. 이 지역 억양이 살짝 섞인 말투였는데, 이 도시 토박이들과 거의 구분할 수 없을 정도였다. 하적은 입술을 깨문 채 대답하지 않았고, 영생자는 인내심 있게 계속 기다렸다. 습한 밤바람이 육교 위를 스쳐 간 후로도 한참의 침묵이 흘렀고, 마침내 남자가 다시 입을 열었다.

"이곳에 온 지는 얼마나 되었지?"

그의 말이 끝나기도 전에 하적이 몸을 날려 고양이처럼 용감하게 육교 손잡이로 올라갔다. 그러나 검은 옷의 남자는 하적의 이런 행동을 예측이라도 하고 있었던 듯, 머뭇거리는 기색도 없이 달려들어 그녀의 한쪽 다리를 잡았다. 도시와 거리가 눈앞에서 뒤집혔다. 하적은 허공에 거꾸로 매달려 있었고, 수없이 많은 가로등이 지평선 위로 흔들리고 있었다.

"잡았다."

남자의 목소리가 아주 먼 곳에서 들려오는 것 같았다. 하적은 최후의 힘을 다해 고개를 들어 그를 바라보았다. 젊으면서도 동시에 오랜 세월을 살아온 듯한 얼굴은 붉은빛이 감도는 하늘의 장막에 그대로 상감되어 있는 것 같았고, 마치 석상이라도 된 양 그 속을 읽어낼 수가 없었다.

"그래, 그건 당신에게 줄게."

하적은 있는 힘을 다해 몇 마디 내뱉은 다음, 생긋 웃었다. 남자의 얼굴에 의아한 빛과 실망한 기색이 살짝 스쳐 가는 가운데, 그녀는 온몸의 피부며 근육 하나하나 모두 팽팽하게 긴장한 상태로 미지의 빛을 향해 몸을 던졌다.

그렇게 뛰어내림과 동시에 그녀는 사라졌다. 2002년의 이 소란스러운 여름밤에서 완벽히 사라져버린 것이다. 땀에 흠뻑 젖은 옷가지는 바람을 타고 육교 아래로 떨어져 내렸고, 뜨거운 운동화 한 짝만이 남자의 손에 남아 있을 뿐이었다.

2
병

서기 468년, 하류와 도로를 따라 역병이 사방팔방으로 퍼졌고, 중원의 대지는 거대한 재난을 맞이하게 되었다.

착지한 순간 하적은 후회하기 시작했다. 너무 무모했다. 충분한 훈련을 받기 전에… 그렇다, 여행자의 도약은 언제나 위험하지 않은 가. 시간 선에는 급류와 소용돌이가 가득하기 마련이었고, 아주 약간만 집중을 잃어도 그대로 길을 잃을 수 있었다. 게다가 이렇게 긴 시간을 뛰어넘는 것은 에너지를 많이 소비하기 마련이다. 황망한 가운데 내린 결정이었고, 그 순간 그녀는 심지어 어디로 갈지도 정하지 못한 상태로 그저 무작정 도망칠 생각뿐이었다.

도약 한 번으로 천오백여 년을 뛰어넘다니. 그동안 정성껏 모아온 에너지가 거의 소진되었고, 그녀는 이 끔찍한 시대에 갇히고 말았다.

장안성은 황폐한 상태였고, 계절은 여전히 여름이었다. 먼지가 흩날리는 대로에는 시체가 가득 쌓여 있고, 그들의 텅 빈 입에서는 끊임없이 핏물이 흘러나와 파리 떼가 들끓고 있었다. 햇빛이 푸르스름하게 비치는 가운데 아무도 돌보지 않는 소와 양이 거리를 무작정 어슬렁거리고, 들개가 서로 물어뜯으며 단조롭게 짖어대고 있었다.

나귀가 끄는 낡은 달구지 한 대가 성문을 나와 시든 풀이 무성한 길을 따라 북으로 향했다. 살아남은 사람은 많지 않았고, 생존자들의 안색이며 눈빛도 죽은 이와 다를 바 없었다. 그 누구도 언제 자신의 차례가 올지 알지 못하고 있을 뿐 아니라 또한 어디로 도망쳐야 무사할 수 있을지도 알지 못했다. 하적은 수레에 앉아 멀리 하늘을 바라보았다. 까마귀 떼가 푸른 하늘의 장막을 향해 날갯짓하고 있었지만 아무 소리도 들리지 않았다. 이렇게 고요한 세상이라니. 너무나 고요한 나머지 공포조차 잊을 정도였다.

하적은 수많은 시대를 다녔고, 수많은 죽음과 고통을 보아왔다. 풍요롭고 안정된 시대는 상대적으로 언제나 적었다. 그래서 그녀는 기나긴 세월 속 자신이 깃들 수 있는 좁은 틈새를 찾기 위해 계속 도망치고 시간을 뛰어넘을 수밖에 없었다. 그러나 그렇게 깃들 수 있는 시간도 언제나 길지 않았다. 이런저런 돌발사태가 그녀를 한 번 또 한 번 창황 간에 미지의 시공간으로 도약하도록 만들었으니까. 그녀는 도약하고 찾고 다시 도약했다. 여행자는 사실 아주 연약한 존재였고, 그녀는 간혹 자신이 풀 끝에 앉아 있는 메뚜기와 같다고 생각했다. 여름 한 번을 제대로 넘기지 못할 것을 알면서도 미지의 본능에 지배받아 이곳저곳으로 끊임없이 뛰어다니는 메뚜기.

곁에 앉아 있던 노부인이 무슨 말인가 건네왔다. 이 시대 사람들의 말은 무척 알아듣기 어려웠는데, 아마 북방 민족의 영향을 받았기 때문일 것이다. 하적은 멍하니 노부인을 잠시 바라보다가 노부인이 자신에게 물을 마시지 않겠느냐고 권했다는 것을 알아차렸다. 그녀는 고개를 저었고, 노부인은 허리춤에서 가죽 주머니를 풀어 곁에 앉은 아이들에게 건넸다. 아이들은 어린아이부터 10대에 이르기까지 다양했는데, 많건 적건 모두 눈에 아직은 활기를 띠고 있었다. 아이들은 차례대로 가죽 주머니를 받아 한 모금 마신 후 다음 아이에게 주머니를 넘겨주었다. 다투지도 욕심내지도 않는 아이들의 모습은 마치 조용한 작은 짐승 무리처럼 보였다. 노부인이 마지막으로 가죽 주머니를 받아 입가로 가져갔을 때였다. 노부인은 마치 온몸에 불이라도 붙은 듯 경련을 일으켰고, 아이들은 몸을 웅크린 채 멍하니 그런 노부인을 바라보았다. 잠시 후, 그 비쩍 마른 몸이 바닥에 쓰러졌고, 코와 눈에서 모두 붉은 액체가 흘러나오기 시작했다.

하적은 튕기듯 자리에서 일어났다. 도망쳐야 한다는 생각이 본능적으로 몸속 세포 하나하나까지 퍼지고 있었다. 그저 이곳을 떠날 수만 있다면 어디건 상관없다. 그저 지금으로부터 몇 달이라도 앞으로 혹은 뒤로 도약한다면 아마 목숨을 보전할 수 있을 것이다. 그러나 하적이 달구지에서 뛰어내려 발걸음을 내디디려는 순간, 갑자기 등 뒤에서 처절한 비명이 들려왔다. 새가 슬피 우는 듯한 소리였다. 노부인이 상반신을 거의 불가능한 각도로 돌린 채 일어나 앉아, 하적에게 뼈만 앙상한 손을 내밀고 있었다. 노부인은 시커먼 동굴 같은 입을 벌리고 있었지만 더 이상 목소리가 나오지 않는 모양이었다.

하적은 그 자리에 멈춰 섰다. 노부인의 가슴이 풀무처럼 씰룩거렸고, 그때마다 노부인의 입에서 검붉은 거품이 흘러내렸다. 노부인은 마지막 힘을 다해 달구지의 아이들을 가리킨 다음, 다시 꼿꼿한 자세로 쓰러졌다.

아이들은 여전히 멍한 표정으로 웅크리고 있을 뿐이었다. 무슨 일이 벌어지고 있는지 전혀 이해하지 못하는 것일까. 하적은 잠시 망설이다가 다시 다가가 그 호두 껍데기처럼 얼룩덜룩한 얼굴을 바라보았다. 노부인의 눈, 코, 입은 모두 오그라들어 우는지 웃는지 모를 표정이었고, 그저 핏발이 선 눈으로 하적을 응시하고 있었다. 금방이라도 타오를 듯한 그 눈빛을, 하적은 견딜 수 없었다. 그녀는 고개를 옆으로 돌리며 속삭였다.

"약속하겠다."

시신은 마지막 남은 멍석에 말려 그대로 길가 풀숲에 내동댕이쳐졌다. 곧 까마귀 떼가 모여들기 시작했는데, 멀리서 보면 마치 시커먼 운무가 몰려오는 것 같았다. 하적은 달구지를 몰아 계속 길을 가기 시작했다. 선택의 여지도 없었지만, 목적지도 없으니 앞으로 가는 수밖에 없었다. 가죽 주머니에 담겨 있던 물은 곧 바닥이 났고, 마른 양식도 이미 다 먹어 치운지 오래였다. 달구지에 타고 있는 아이들은 울지도 떠들지도 않고 밤낮없이 잠만 잤다.

사흘째 되는 날 저녁, 그들은 마침내 한 마을에 도착했다. 하적은 달구지에서 내려 가시덤불 속 오솔길을 따라 나는 듯이 달려갔다. 바람도 불지 않건만 길 양쪽 무성한 관목들은 바스락거리는 소리를 내고 있었다. 그 외 다른 소리는 들리지 않았다. 하적이 큰 소리로 외쳐도, 들려오는 것은 메아리뿐이었다.

마을 한가운데 우물이 하나 보였다. 다가가니 순간 악취가 밀려왔다. 하적은 한참 망설이다가 두레박을 내려 물을 길어 올렸다. 물은 그래도 꽤 맑아 보였고, 그저 아주 희미한 붉은빛이 어려 있을 뿐이었다. 하적이 물통을 끌고 우물가를 떠나려는데, 갑자기 등 뒤에서 소년의 목소리가 들렸다.

"그 물을 마시면 더 빨리 죽게 될 것이다."

하적이 뒤를 돌아본 순간, 손에 들고 있던 물통이 풀숲에 떨어져 데굴데굴 멀리 굴러갔다. 그녀는 한참 후에야 지금 이 시대는 그들이 최초로 만난 때로부터 500여 년의 차이가 있다는 사실을 떠올릴 수 있었다.

부뚜막 위에 질동이 두 개가 걸려 있었다. 질동이 하나에는 짙은 갈색 약초가 끓고 있었고, 다른 하나에는 황금빛으로 빛나는 좁쌀죽이 끓고 있었다. 소년은 그 옆에 서서 때때로 손가락을 약탕 안에 넣었다가 살짝 핥아보고, 다시 옆에서 잎사귀나 뿌리를 한 움큼 집어 넣었다. 하적은 쪼그리고 앉은 채 부채질을 했고, 곁에 앉은 아이들은 눈을 크게 뜬 채 그 광경을 바라보았다.

"죽이 다 끓은 것 같은데."

하적이 속삭였다. 곡물 끓이는 냄새를 맡으니 그녀의 배에서도 꼬르륵 소리가 나기 시작했다. 소년은 그런 하적을 한번 보지도 않고, 약탕만 바라보며 말했다.

"일단 기다려. 이 약은 공복에 먹어야 하니까."

하적은 소년의 작은 얼굴을 올려다보았다. 검은 눈매가 질동이에서 모락모락 피어오르는 김에 가려져서일까, 그 어느 때보다도 낯설어 보이는 얼굴이었다. 하적이 물었다.

"이름이 뭐야?"

"강소산."

소년이 냉큼 대답했다. 하적은 당황하다가 마침내 이해했다. 강소산이 바로 그가 이 시대에 쓰는 이름이었다. 모든 영생자들은 방랑하는 과정에서 다른 이들의 이목을 끌지 않기 위해 끊임없이 이름을 바꾸기 마련이었다. 이 점은 그들의 공통점이기도 했다.

"너는?"

소년이 하적을 내려다보았다.

"네 이름은 뭐지?"

하적은 기침을 한 번 한 후, 재빨리 불기에 붉어진 눈을 훔치고 대충 대답했다.

"소화…. 하소화."

그들은 탕약을 마시고 죽을 먹은 다음, 건초 더미 속에 널브러져 깊이 잠들었다. 한밤중이 되었을 때 하적이 갑자기 깨어났다. 주변은 너무 고요하고 동시에 너무 소란스러웠다. 각종 벌레가 여기저기서 합창이라도 하듯 울어대고 있었다. 그녀는 조심스럽게 자리에서 일어났다. 정원에 누군가 있는 것이 보였다. 자신을 강소산이라 소개한 소년이 달빛 아래 홀로 앉아 어둡게 가라앉은 눈으로 하늘 가득한 별을 보고 있었다. 간혹 날벌레 한두 마리가 아이의 얼굴이며 머리카락에 내려앉았지만, 소년은 돌이라도 된 양 미동도 하지 않았다.

하적은 문득 이유 없이 괴로운 마음이 들었다. 영생자는 고독하다. 영생자는 이 길고 황폐한 세월 속에서, 또 너무나 많고 어지러운 기억 속에서 모든 문제의 답을 찾기 위해 홀로 묵묵히 생각에 잠겨야 한다. 그는 그녀처럼 가볍게 미래를 엿보거나 예지할 수 없고, 그저 홀로 기다리는 수밖에 없는 것이다. 그리고 그 기다림은 이 세상에서 가장 조용한 고통일 것이다.

달빛이 물결처럼 풀덤불 위로 쏟아졌다. 하적은 소년에게 다가갔다. 그녀가 알고 있는 그 이름이, 부지불식간에 입에서 흘러나왔다.

"강열산."

소년이 그녀를 돌아보았다. 소년의 얼굴에는 놀라움도 기쁨도 보이지 않았다. 너무 많은 일을 겪어왔기 때문일 것이다. 그러나 어쨌든 그 이름이 그에게 모종의 기억을 떠올리게 한 것이 분명했다.

"그 이름은 쓰지 않은 지 오래되었는데."

소년이 물었다.

"우리 만난 적 있나?"

하적이 잠시 머뭇거리다가 대답했다.

"응."

"너는 누구지?"

소년이 물었다.

"그건 알려줄 수 없어."

하적이 대답했다.

"너도 나와 같은 사람인가?"

"그것도 말해줄 수 없어."

"어째서?"

"그것도 대답할 수 없어."

하적은 한숨을 내쉬며 말했다.

"하지만 믿어줘. 언젠가 너도 모든 걸 알게 될 거야."

소년은 잠시 생각하다 말했다.

"너는 신선인가?"

"신선?"

하적은 순간 당황하여 웃고 말았다.

"신선을 만나본 적 있어?"

"기억나지 않아. 아마 만나보았겠지."

소년이 대답했다.

"어쩌면 꿈이었을지도 모르고."

"너는 무엇이 꿈이고 또 무엇이 현실인지, 명확히 구분할 수 있어?"

하적이 물었다.

"내가 언젠가 이 꿈에서 깨게 된다면, 아마 구분할 수 있게 되겠지."

말을 마친 소년은 다시 하늘을 바라보았다. 하늘의 별들은 마치 불타오르기라도 할 것처럼 찬란하게 반짝이고 있었다. 하적은 소년의 곁에 앉았다. 긴 밤 내내, 그들은 그 이상 아무 말도 하지 않고 각자 하늘만 바라보았다. 사방은 초목의 숨소리로 가득했고, 두 사람은 자신도 모르는 사이 풀숲에 누워 잠이 들었다.

하적은 다시 한번 달이 없던 그 밤의 꿈을 꾸었다. 너덧 살 먹은 소녀가 벌거벗은 채 홀로 황야에 앉아 있었다. 차가운 바람결에 늑대의 처량한 울부짖음이 섞여들며 비가 내리기 시작했고, 그녀는 마침내 큰 소리로 울기 시작했다.

그러나 누구도 하적의 울음소리를 들어주지 않았다. 그녀는 홀로 낯선 시대에서 길을 잃었다. 사방을 둘러보아도 아무것도 분간할 수 없었고, 시간 선의 순서도 구분할 수 없었다. 그녀는 다시 도약하기 시작했다. 한 번 또 한 번. 앞으로, 혹은 다시 뒤로. 그녀는 마치 놀란 짐승이 사방으로 도망갈 곳을 찾듯 맹목적으로 미친 듯이 도약했지만, 결국 계속 그 비 내리는 황야로 돌아갈 뿐이었다.

하늘이 밝아오기 시작할 무렵 하적은 마침내 잠에서 깨어났다.

하적은 튕기듯 일어나 앉아 사방을 둘러보았다. 밤이슬에 머리와 옷이 젖어 한기가 느껴졌다. 소년도 눈을 뜬 채 그녀를 보고 있었다.

"이만 가봐야겠어."

그녀가 말했다.

"어디로?"

소년이 물었다.

"이것도 말해줄 수 없는 건가?"

"어디로 갈지는 아직 결정하지 않았어. 하지만 가야만 해."

하적이 대답했다.

"내가 떠난 다음에도 저 아이들을 돌봐줄 수 있어?"

"그게 아이들 운명이라면."

"고마워."

하적이 고개를 숙였다.

"탕약도 고마웠어."

하적은 돌아서서 아직 걷히지 않은 아침 안개 속으로 성큼성큼 걸어갔다. 그녀는 점차 걸음을 빨리하여 마침내 달리기 시작했다. 새벽의 공기에는 희미한 단맛이 숨어 있어서 입안에 남은 씁쓸한 약의 맛을 중화시켜주었다. 아, 그리고 아직 남아 있는 그 어두운 꿈도 조금은 희석해주고 있었다. 하적은 마음속으로 조용히 자신을 위로했다. 영생자의 기억력이라는 것은 세상에서 가장 믿지 못할 것이다. 아마 1, 2백 년도 걸리지 않아 그는 이번의 만남을 잊고 말 거야.

3
늙음

하적은 다시 몇 번 조심스럽게 도약했고, 마침내 기원전 490년에 도착했다. 조용하고도 익숙한 시대였다. 영감이 관을 나와 진(秦) 땅에 은거하기 시작한 후, 그녀는 시시때때로 영감을 찾아갔다.

그녀가 영감을 계속 찾아오는 것은 누군가에게 의지하고 싶은 마음 때문이기도 했고, 아득한 어린 시절 기억이 전해주는 따뜻함 때문이기도 했다. 비가 오던 그 기나긴 밤, 누군가의 손이 그녀의 머리를 쓰다듬었다. 하적이 눈물과 빗물로 얼룩진 얼굴을 들었을 때, 온통 백발이 된 노인이 어렴풋하게 보였다. 노인의 자상한 얼굴에는 속세의 기운이 전혀 담겨 있지 않았고, 손에는 거친 담요와 찐빵이 들려 있었다.

"나는 여행자란다. 너처럼 말이다."

노인이 말했다.

"너를 찾아왔단다."

어린 여행자들은 모두 안내자를 필요로 한다. 그들은 시공을 초월해 길을 잃은 아이들을 찾아내 함께 방랑길에 오르곤 했다. 안내자들은 아이들에게 생존에 필요한 모든 것, 그러니까 도망치는 법과 도약하는 법, 방향과 시대를 구분하는 법, 각기 다른 시대의 기본적인 언어와 문자 지식은 물론이고 그 외 연금술이며 약을 만드는 법, 점치는 법과 예언, 그리고 싸움과 도둑질까지 살아남기에 유리한 각종 기술을 가르쳐주었다.

"도둑질은 도덕적이지 않아요."

하적은 자신이 그렇게 말했던 것을 기억하고 있었다. 차가운 바람이 불어오는 황야에서 담요 하나를 걸친 채 덜덜 떨고 있었지만, 그녀의 표정은 자못 엄숙했다. 영감은 불에 감자를 구우며 소리 없이 웃기 시작했다.

"도는 무엇이고 덕은 무엇이냐?"

영감은 느릿느릿 말했다.

"평생을 고민해 왔지만, 여전히 모르겠구나."

저녁의 남은 햇살이 천천히 계곡에서 걷히기 시작할 무렵, 하적은 사뿐사뿐 걷고 있었다. 맑은 물소리가 들리는 가운데 붉은 기운이 섞인 장미꽃잎이 물결 위로 넘실거렸다. 삶의 마지막 10여 년에 걸쳐, 영감은 화초를 가꾸는 데 정력을 쏟기 시작했다. 오두막 밖으로 수십 리에 걸쳐 각양각색의 짙은 향기가 맴돌아 마치 선계의 풍경처럼 보였다.

"팽 영감님."

그녀가 멀리서 소리쳤다. 팽조(彭祖)*는 영감이 담(聃)**나라 팽(彭) 지역에서 지낼 때 쓰던 이름이었다. 그 외에 영감은 다른 이름을 아주 많이 썼는데, 이담(李聃), 이염(李冉), 이양자(李陽子), 이래(李萊), 이백양(李伯陽), 이대이(李大耳)*** 등이었다. 그는 더 늙을 수 없을 정도로 늙었지만, 안색이며 풍기는 기운은 그들이 처음 만났을 때와 전혀 달라진 부분이 없었다. 하적은 달려가 그의 소매를 잡고 깡충깡충 어린아이처럼 뛰기 시작했고, 영감은 그저 웃기만 했다.

"우리 바보 꼬맹이가 또 왔구나?"

"영감님이 도통 나오지 않으시니 제가 찾아뵐 수밖에요."

하적은 애교스럽게 말을 길게 뺐다.

"어디 보자, 지금 계절이면 햇차가 나왔겠지요? 차를 마시고 싶어요."

"우리 꼬맹이가 수련을 열심히 한 모양이군. 때를 꼭 골라 오는 것을 보면."

영감은 웃는 얼굴로 고개를 절레절레 흔들며 방 안으로 들어갔다. 하적은 여전히 그의 소매를 잡은 채 따라가며 활짝 웃는 얼굴로 반박했다.

"때를 고르긴요. 다 우연이라고요. 영감님, 괜히 싫은 척하지 말아요. 혼자 이렇게 깊은 산 속에서 말 한마디 건넬 사람도 없이 살면서. 누가 같이 차를 마시자고 찾아오면 어찌 반갑지 않으시다고."

"말을 건넬 사람이 없긴, 누가."

영감은 느릿느릿 말했다.

---

* 중국 고대 도가 사상의 선구자 중 한 명으로 800년 동안 살았다는 전설이 있다.
** 중국 서주 시기 제후국의 하나
*** 모두 중국 도가 사상가 노자(老子)의 이름 혹은 자 등으로 일컬어지는 이름들

"안 그래도 지금 손님이 있다. 기왕 때가 맞았으니 괜찮으면 함께 앉았다 가려무나."

집 안에는 정말로 사람이 있었다. 여자였는데, 입고 있는 옷은 소박했지만 온 집 안을 환하게 비출 만큼 요염한 미인이었다. 그동안 꽤 많은 미인을 보아온 하적도 자신도 모르게 멍하니 한참을 바라볼 정도였다.

"누, 누구예요?"

하적은 슬며시 영감의 소매를 잡아끌었지만, 영감은 웃으며 말없이 차를 끓일 뿐이었다. 여자는 탁자에 비스듬히 기대어 앉은 채 하적을 흘긋 바라보았는데, 그 한가로운 모습은 마치 하늘을 노니는 구름 같아 보였다.

"아아, 항상 이야기하던 그 아이로군."

여자가 웃으며 속삭이듯 말했다.

"자, 아가, 이름이 어떻게 되지? 분명 들었는데 기억이 나지 않는구나."

하적은 슬쩍 영감을 노려보고 대답했다.

"하소화라고 합니다."

"하아라고 부르게나."

영감이 차를 내오며 여자 옆에 앉더니 하적에게 고개를 돌렸다.

"마침 잘 왔다. 요즘은 어디를 갔었지? 우리에게 이야기나 들려주렴."

하적은 찻잔을 들어 꿀꺽 마셨다. 김이 모락모락 올라오는 찻물에 혀가 델 지경이었다. 오랜만에 만난 향과 맛이 가슴으로 퍼져가자 하적은 만족스럽게 고개를 들고 한숨을 내쉬었다.

"계속 여기저기 도망을 다녔죠, 뭐. 다 영감님이 데려가셨던 곳이었어요. 별 재미없을걸요."

"5000년의 세월을 마음껏 여행하면서 재미없다고 말하다니, 만족을 모르는 아이로구나."

곁에 있던 여자가 웃으며 말했다. 여자의 가늘고 긴 눈매는 마치 수묵으로 그려놓은 것처럼 안개가 어린 듯 물기로 가득했다.

"하지만 재미없었는걸요."

하적이 말했다.

"아무리 아름답고 신기한 물건이라도, 또 아무리 번화한 시대라도요. 저와는 아무 관계가 없잖아요. 다른 이들의 생로병사도 또 만남과 헤어짐도… 저에겐 그저 연극 같아 보일 뿐이에요. 연극이 끝나면 제게는 아무것도 남지 않아요."

"그렇다면 어째서 네 원래의 시대로 돌아가지 않는 거니?"

여자가 말했다.

"보통 사람처럼 평범한 나날을 보내면서, 지금까지 있었던 일들은 그저 꿈으로 여겨도 좋잖니."

"하지만 그러면 또 너무 무료하잖아요."

하적은 볼을 받친 채 두 눈썹을 찡그렸다.

"고요함이 극에 달하면 움직이고 싶어지고, 움직임이 극에 달하면 고요함을 원하게 되는 법이니."

영감이 웃으며 끼어들었다.

"지금은 이해하기 어렵겠지만, 또 억지로 하려 한다 해서 되는 것도 아니겠지."

하적은 영감에게 눈길을 던진 다음 우물쭈물 말했다.

"나중에 돌아가고 싶어도 돌아갈 수 없을까 봐 걱정되긴 해요."

"그게 무슨 소리냐?"

"강열산을 만났어요."

"강열산?"

영감이 잠시 생각하다 대답했다.

"예전에 네가 건드렸던 그 애 말이냐?"

"네, 강열산은 원래 제가 죽은 줄 알고 있었어요."

하적은 울적하게 머리를 탁자에 부딪치며 말했다.

"그런데 2000년도 더 뒤의 세계에서 우연히 마주쳤지 뭐예요. 세상에 저만큼 재수 없는 사람이 또 있을까요?"

"강열산이라, 어디선가 들어본 이름인데."

여자가 말했다.

"설마, 염제(炎帝)였던 그 아이 말하는 건가?"

"바로 그 아이지."

영감이 대답했다.

"그 아이네 부족은 강씨 성을 쓰고 있지. 열산 씨라고도 하고 말이야. 그 이름을 쓴다는 것은 역시 영생자라는 뜻이야."

"그 아이라면 쉽지 않겠는데. 그 아이가 신농(神農) 씨 부족을 이끌던 시절에는 아직 세상 물정 모르는 아기였다만."

여자가 웃으며 말했다.

"탁록(涿鹿)*에서의 전투 후로는 소식을 듣지 못했는데. 이제 세상 돌아가는 이치를 알게 되어 더는 얼굴을 내밀고 싶지 않아진 모양이지."

"주나라 이후로 신들이 자꾸 은거한 것도 그런 까닭인지 모르겠군."

* 염제가 황제와의 싸움에서 패한 후 염제의 후계자인 치우가 황제에 맞서 싸운 지역. 전투는 황제의 승리로 끝났다.

영감이 말했다.

"그들의 행적이 대대손손 이어지면서 신화가 되기도 했으니 말이야."

여자가 갑자기 소리 내어 웃기 시작했다.

"사람들이 나에 대해서는 뭐라 쓰고 있는지 모르겠네. 혹시 좀 아는 것 있어?"

"어느 정도는 알고 있지."

"그럼 나에게 말해주면 안 돼."

여자가 말했다.

"내 이야기가 신화가 될 때까지 천천히 기다려볼 테니까."

하적은 살짝 당황스러운 감정이 되어 여자에게 물었다.

"실례지만, 대체 누구신가요?"

"내가 누구냐고, 그건 참 대답하기 어려운 질문인걸."

여자가 대답했다.

"나는 여와(女媧)란다. 그리고 달기(妲己)*였지. 그 외에도 이름이 아주 많아. 나는 상고 시대의 신이기도 하고 인간 세상의 전설이기도 해. 나는 영생자란다."

하적은 경악했다. 영생자와 여행자는 결코 함께할 수 없는 존재들이었다. 그들은 대자연이 정성껏 안배해놓은 한 쌍의 숙적이라 할 수 있었다. 아주 오래전부터 그들은 서로를 엿보고 정탐했으며, 서로 투쟁하고 포위할 뿐 아니라 살해하기도 했다. 영생자는 마치 천년이 넘도록 밭에 우뚝 서 있는 허수아비처럼 인류의 역사를 수호했고, 여행자는 그 사이를 뛰어넘어 다니며 계속 틈을 만들어냈다. 영

---

* 중국 상나라의 마지막 왕인 주왕의 애첩으로 잔인하고 음란했던 것으로 기록되어 있다.

감은 예전에 하적에게 영생자를 만나면 도망치는 수밖에 없다고 가르쳐주었다. 과거를 향해 도약해야 한다고, 그리고 다시는 그 시대로 돌아와서는 안 된다고. 그들은 너를 잊을 수도 있지만 잊지 않을 수도 있다고. 어쨌든 그들은 언제나 인내심을 가지고 시간으로 그물을 짠 다음 미래에서 네가 그물에 걸려들기를 기다리고 있을 것이라고.

여자는 놀란 하적의 얼굴을 보며 웃기 시작했다.

"바보같이, 놀라기는."

여자가 말했다.

"안심하려무나. 나는 네 영감님의 친구니까."

"친구라고요?"

하적은 도무지 믿을 수 없었다.

"두 분은 대체 어떻게 친구가 되신 건가요?"

"우리가 서로를 알게 되었을 때, 아마 너는 아직 존재하지 않았겠지."

여자는 여전히 웃고 있었다. 영생자는 언제나 저런 식이다. 기나긴 세월 속에서 표정은 마치 얼굴에 쓴 가면과 같은 무엇이 되어, 마치 호흡할 수 있는 조각상 같은 존재가 되어버리는 것이다.

"그럼, 여기에는 무엇하러 오신 건가요?"

하적은 여전히 긴장을 놓지 못하고 있었다.

"네가 올 수 있는데, 나라고 못 오겠니?"

여자가 말했다.

"내 친구가 곧 죽을 테니, 와보지 않을 수 없더구나."

하적은 그 자리에서 멍하니 일어났다. 영감이 하적의 어깨를 내리누르며 말했다.

"앉거라."

하적은 그를 돌아보며 물었다.

"돌아…가신다고요?"

영감은 고개를 끄덕였다.

"아마 가을까지 버티지 못할 성싶구나."

집 안은 고요했다. 그저 진흙으로 만든 화로에서 찻주전자 끓어 오르는 소리만 들릴 뿐이었다.

"나는 이미 늙었단다."

영감이 말했다.

"사람이 늙으면 이런 날이 오기 마련이지. 너도 늙으면 나와 같을 게다. 어디에도 가고 싶지 않고, 그저 자신이 최초에 살았던 그 시대로 돌아가 조용히 여생을 보내고 싶어질 거야."

"예전부터 알고 계셨던 거예요?"

하적이 물었다.

"언제 돌아가실지 알고 계세요?"

"모른단다. 여행자는 자신의 미래는 볼 수 없으니까."

영감이 말했다.

"하지만 이리 오래 살았기 때문일까, 대충 언제쯤 죽을지 느낌이 오기는 하는구나."

"그럼 나는 앞으로 어디 가서 영감님을 찾아야 해요?"

하적은 코끝이 시큰해 왔다.

"과거로 갈까요? 아니면 미래로? 아, 이 순간으로 와야 할까요?"

"모두 시도해보려무나."

영감이 말했다.

"너에게는 시간이 아주 많으니까."

"가지 않을 거예요."

하적이 말했다.

"여기 계속 남아 함께 있어드릴게요."

"내가 죽기를 함께 기다려준다고? 하하, 그것도 좋겠지."

영감이 웃으며 말했다.

"두 사람이 나와 함께 있어주겠다니, 아주 기쁘구나."

그러나 그 순간이 오기 전, 그녀는 결국 도망치고 말았다.

'제가 작별 인사 없이 가는 것을 용서해주세요.'

그녀가 좁은 죽간에 적어 내려갔다.

'제가 정말로 준비가 되면 돌아올게요. 바로 이 순간으로요. 돌아와 함께 있어드릴게요. 하자(夏字) 올림.'

그녀는 죽간을 탁자에 내려놓고 다시 한번 돌아보았다. 여와는 침대 머리맡에 앉아 부채를 부치고 있었고, 영감은 여와의 무릎에 아기처럼 몸을 웅크리고 있었다. 오두막에는 두 사람의 얕은 숨소리만 기복을 이루며 메아리치고 있었다.

하적은 조용히 문밖으로 나왔다. 오두막 밖에는 찬란한 별빛이 풀잎에 흰 서리 같은 빛을 흩뿌리고 있었다.

4
죽음

    수천 년에 걸쳐 인간들은 계속 이 땅에 서식해왔다. 인간들은 서두르지 않고 침묵 속에서 강인하게 버텨왔고, 심지어 그들의 언어와 생활 방식도 크게 변화하지 않았다. 아마 하적이 계속 이곳에 미련을 가진 것도 그래서였을 것이다. 그렇게 오랜 세월을 뛰어넘으면서도 그녀는 단 한 번도 이 땅을 떠나지 않았다.

    황허강과 친링산맥 사이, 800리에 걸친 광활한 평원. 이곳은 하적이 태어난 곳인 동시에 인간들과 여러 신의 고향이었다.

    청명 전에 비가 내렸기 때문에 땅은 무르고 축축해진 상태였다. 어딘가 쓸쓸한 냄새도 풍겨왔다. 멀리 높은 평지에 눈부신 푸른 하늘을 향해 피어오르는 연기가 보였다. 하적은 들쭉날쭉한 돌계단을 올라갔다. 이곳에는 꽤 오래된 묘지가 하나 있는데, 아무도 성묘를 오지 않는 것처럼 보였다. 청회색의 비석들은 풀숲 여기저기에 널려 있었는데, 마치 막 지표면을 뚫고 나온 버섯처럼 보였다.

그녀는 홀로 잡초가 무성한 오솔길을 따라 걸어 들어갔다. 그때 갑자기 묘비 사이에서 회색 그림자가 나타났다. 하적은 깜짝 놀라 도망치려다가, 앞에 있는 이가 나이 든 노인이라는 것을 깨달았다.

"성묘 오셨소?"

노인이 눈을 가늘게 뜨고 그녀를 바라보았다. 그의 얼굴은 바람에 마른 호두 껍데기처럼 쭈글쭈글했다.

하적은 놀란 가슴을 가라앉히며 대답했다.

"예, 성묘하러 왔습니다."

"처음 보는 얼굴인데."

노인이 말했다.

"외지에서 왔습니다."

"성에서 왔나?"

"예, 성에서 왔어요."

"그래, 어느 가문 사람이고?"

노인은 마치 이런 대화도 그의 직책이라도 되는 양 수다스럽게 물었다.

하적은 잠시 생각하다가 물었다.

"하청서(夏靑書)는 어디에 묻혀 있나요?"

"하청서?"

노인이 눈꺼풀을 치켜뜨고 하적을 살펴보았다.

"하청서와는 무슨 관계인가?"

"하청서를 아시는지요?"

하적의 가슴이 다시 두근거리기 시작했다.

"알다마다."

노인이 느린 어조로 말했다.

"꽤 오래전의 일이로군. 그분은 이 마을에서 글을 가르쳤다네. 그때는 지금과는 또 달랐으니, 여자가 글을 가르치는 걸 누가 보았겠는가. 그분의 명성이 평원 전체로 퍼져나가 모르는 이가 없었고, 그분을 본 적은 없어도 그 이름은 모두 들어보았을 거야."

"그분을 직접 만나보신 적이 있으신가요?"

하적의 목소리가 조금 떨리고 있었다.

"어찌 본 적이 없겠나. 내 손을 직접 잡고 글씨 쓰는 법을 알려주시기도 했는데. 마을 사당에 걸려 있는 대련(對聯)*을 보지 못했나? 바로 그분이 쓰신 거라네."

하적은 조금 경악스러웠고, 또 갈피를 잡을 수 없는 심정이 되었다. 눈앞에 있는 호두 껍데기 같은 얼굴에서 그 시절 그 아이들의 얼굴을 기억해낼 수는 없는 것이야 그렇다 치지만, 자신의 모습은 거의 변하지 않았음에도 노인은 그녀를 알아보지 못하고 있었다. 인간의 기억이란 이리도 믿기 어려운 것이다. 이미 죽어 사라진 사람이 결과적으로 타인의 마음에 남기는 것은 아주 희미한 인상의 파편에 지나지 않는다.

지금 노인에게 자신이 과거의 하청서라는 사실을 알려준다 해도, 아마 노인은 그럴 리 없다는 듯 고개만 저을 것이다.

그러나 그날 밤 성벽 위에서, 강열산은 자신을 알아보았다.

가슴에 얼음처럼 차가운 무엇인가가 퍼져가며 메아리를 불러오는 것 같았다.

노인은 뒷짐을 진 채 앞으로 걸어가며 계속 중얼거렸다.

"그분의 묘는 저 앞쪽에 있지. 그리 크지는 않지만, 이쪽은 모두

---

* 대문이나 기둥에 써 붙이는 대구

236

외지인들의 무덤이야. 어떤 이들은 이름조차 없이 묻혔지. 아무튼 하청서, 그분은 너무 일찍 돌아가셨어. 안타까운 일이지."

"안타깝다니요?"

"그때 족장의 셋째 아들이 그분을 아내로 맞이하고 싶어 했는데, 그렇게 되었으면 우리 마을 사람이 되셨겠지. 그럼, 여기에 묻히지도 않았을 테고 말이야."

하적은 잠시 당황했으나 곧 웃음이 나올 것 같은 심정이 되어 말했다.

"그분은 그런 것에 연연하지 않았을 것 같은데요."

"뭐라고?"

노인은 이해할 수 없다는 듯 그녀를 노려보았다.

"그럼 무엇에 연연하셨을 것 같은가?"

하적은 한참 동안 아무 말도 하지 않다가 나지막한 목소리로 중얼거렸다.

"저도 모르겠어요."

묘지는 크지 않았지만, 이리저리 돌아가려니 시간이 꽤 오래 걸렸다. 노인이 갑자기 발걸음을 멈추더니 말했다.

"여기라네."

작고 네모난 묘비는 무성한 풀숲에 가려 거의 보이지 않았다. 묘비 위에는 '하청서의 묘'라는 한 줄 외에는 다른 아무것도 쓰여 있지 않았다. 그러나 비석 앞에는 깨끗하게 태워지지 않는 지전이 회색 나방 날개처럼 흩어져 있었다. 하적은 허리를 굽혀 타다 만 지전을 집어 들었다. 지전은 새것이었고, 이슬에 젖은 흔적이 남아 있었다.

"누군가가 왔었나요?"

"아아, 아침에 왔었지. 이미 떠났지만."

"누가 왔었죠?"

"모르는 사람이었네. 역시 성에서 왔다고 하더군."

하적의 심장이 격렬하게 뛰기 시작했다.

"젊은 사람, 맞죠? 언제나 검은 옷을 입고 있고요?"

"무슨 옷을 입었는지는 기억이 나지 않는구만. 나이가 많지는 않았네."

"왔다가 간 게 얼마나 되었나요?"

하적은 안절부절못했다.

"혹시 매해 오는 건가요? 혹시 언제나 같은 모습이지 않아요? 마치… 영원히 늙지 않을 것처럼?"

"예전에 왔었던 것 같기는 한데…."

노인은 눈을 가늘게 뜨고 회상하기 시작했다.

"어떻게 생겼는지는 역시 기억나지 않는구만. 아무튼 나이는 많지 않았어."

노인이 말을 끝내기도 전에 하적은 몸을 돌려 바람처럼 달리기 시작했다. 그녀는 풀숲에 있는 크고 작은 비석에 걸려 넘어질 뻔하며, 10여 리를 달린 후에야 발걸음을 멈췄다. 눈을 찌를 듯 내리쬐는 정오의 햇살 아래 그녀는 숨을 헐떡였다. 이마에는 식은땀이 배여 있었다. 그녀는 그제야 이 시기의 강열산은 자신이 아직 살아 있다는 사실을 알지 못한다는 것을 깨달았고, 겨우 놀란 가슴을 가라앉힐 수 있었다.

그가 이곳에 왔다니. 내가 죽었다고 생각한 그때부터, 그는 매해 청명마다 이곳에 성묘를 왔다…. 만약 아주 오랜 세월 후의 그 여름 밤 그가 성벽 위에서 나를 보지 않았다면, 아마 계속 그렇게 이곳을 찾았겠지. 그 황폐한 무덤 앞에서 지전을 태우고, 그렇게 해를 거듭

하고….

하적은 너른 평원을 목적 없이 걷기 시작했다. 푸른 보리밭과 분홍빛 메밀꽃을 지나 우연히 화사하게 피어난 양귀비밭에 도착했다. 양귀비의 화려한 빛깔은 마음이 흔들릴 만큼 아름다웠다. 문득 못된 장난 같은 생각이 머리에 떠올랐다.

당신이 내 묘지에 왔으니, 나도 한번 찾아뵈어야지.

《국어(國語)》* 의 〈진어(晉語)〉**에 다음과 같은 기록이 남아 있다. '황제(黃帝)는 희수(姬水)에서 자라났고, 염제는 강수(姜水)에서 자라났다.' 북위 시기 역도원(酈道元)은 《수경주(水經注)》***에서 강수의 분포를 상세하게 고찰하였고, 명나라 천순(天順) 5년 《일통지(一統志)》에도 '강수는 보계(寶鷄)현 남쪽에 있다.'라는 기록이 있다. 현의 남쪽에는 강(姜)이라는 이름을 가진 성이 하나 있는데, 당나라 때 이곳에 신농을 기리는 사당이 세워졌다. 사당 남쪽 몽욕(蒙峪) 입구에 상양산(常羊山)이 있고 산 위에 염제의 능이 있었다. 다만 지금은 사당과 능 모두 허물어져 마구 자라난 들풀 속에 자취를 감춘 상태였다.

저녁 무렵, 하적은 혼자 물가에 앉아 지전 더미를 태우기 시작했다. 화염은 저녁 하늘 아래 더욱 따뜻한 빛깔로 보였다. 바람이 불어오자 채 꺼지지 않은 재가 공중으로 날리며 건너편 물가로 날아갔다. 기슭에 있던 뱃사공 사내가 호기심 어린 눈으로 바라보더니 결국 참지 못하고 물었다.

"아가씨, 누구를 위해 지전을 태우고 계십니까?"

---

* 중국 춘추시대 8개국의 역사를 기록한 책
** 《국어》에서 진나라의 역사를 기록한 편
*** 3세기경 지어진 저자불명의 《수경》에 역도원이 주를 붙인 것

"염제를 위해서요."

하적이 대답했다.

"아니, 왜 지금 염제에게 지전을 태우십니까?"

사내가 웃기 시작했다.

"그럼 언제 태워야 하나요?"

"정월 11일이지요. 정월 11일이 염제의 생일 아닙니까. 구룡천(九龍泉)에 가서서 태워야지요."

뱃사공 사내가 다시 말했다.

"염제는 신이고 또 아가씨 친척도 아니지 않습니까. 그러니 청명에 제사를 올리는 것은 말이 안 되지요. 게다가 지전을 태울 이유도 없고요."

하적은 눈앞의 불더미를 바라보다 갑자기 웃기 시작했다.

"괜찮아요. 마음이 전해지면 되는 거죠. 예의상 오가야 하는 것이 있으니까."

뱃사공 사내는 비록 하적의 말을 이해하지 못한 듯했지만, 고개를 끄덕이며 덧붙였다.

"강을 건너시겠습니까? 지금 다른 이들은 다 돌아갔어요. 남아 있는 건 제 배뿐입니다."

"좋아요."

하적이 말했다.

"당신 배를 타고 강을 건너보지요."

그녀가 배에 오르자 뱃사공은 건장한 팔로 노를 젓기 시작했다. 작은 배가 물결에 강아지풀처럼 가볍게 떠올랐다. 뱃사공은 노를 저으며 큰 소리로 노래하기 시작했다.

당신은 하늘의 용, 나는 지상의 한 떨기 꽃이라
용이 움직이지 않으면 비가 오지 않아,
비가 오지 않으면 꽃은 붉어지지 않으리니.

노랫소리가 강을 따라 흘러내리며 멀어졌다 다시 가까워졌다. 하적은 무릎을 안은 채 귀를 기울였다. 마음속에 갑자기 기이하고도 명확한 광경들이 무수히 떠올랐다. 아득한 과거에, 또 영원한 미래에… 시간과 공간이 뒤엉켜 하나로 융합되고 있었다.

그녀는 전쟁이 시작되는 그해 가을까지 물가에서 살았고, 다시 한번 신비스럽게 실종되었다.

5
탄생

하적은 왕조를 하나하나 뛰어넘어 인류 문명의 긴 강을 거슬러 올라갔다. 그녀는 내내 강열산과 관련한 소식을 관심 있게 주시하고 있었다. 그는 재난과 역병의 시대마다 나타나 약초와 기나긴 세월에 걸쳐 쌓아온 지혜로 억조창생을 구원했다. 그는 상고 시대부터 내려오는 각종 기술들, 그러니까 도기를 굽는 법, 활 쏘는 법, 회화, 악기, 문자, 역법 등을 전파하거나 개선했다. 번영하는 시기에는 자신의 신분을 감추었고, 황폐한 시대일수록 그의 모습은 더욱 빛나고 있었다.

그녀는 자신이 그와 싸우던 시대를 지나고 그들이 한 번 또 한 번 만났던 시절도 지났다. 탁록의 전쟁터를 지나고 그가 염제라 불리던 파란만장한 세월도 지났다. 그리고 마침내 최초의 시기, 태고의 시대에 도착했다.

기원전 4,000여 년 전, 이 땅에는 아직 이름이 없었다. 광활하고 비옥한 평원에는 한 줄기 강이 있고 강가에는 초라한 마을이 있었으며 마을 밖으로는 좁쌀이 무성하게 자라고 있었다. 선조들은 이곳에서 살고 있었다. 하적은 마을 안으로 들어갔다. 아직 진화가 덜 된 늑대개들이 왕왕 짖어대며 뛰쳐나오고, 뒤이어 돌도끼며 활을 든 남자 몇 명이 따라 나왔다. 그녀는 그들에게 손짓 발짓을 하기 시작했다. 그녀는 최대한 그들의 간단한 언어를 모방하여 자신에게 악의가 없다는 뜻을 알렸다.

피부가 희고 매끈하다는 점만 빼면 하적은 그들과 외모상으로 큰 차이가 없었다. 사람들은 그녀를 받아들여 다른 젊은 여자들과 함께 살게 해주었다. 이 시대의 삶은 그저 고달프다는 말 정도로는 설명할 수 없었다. 음식은 충분하지 않았고 의약의 구원도 없었으니까. 모기에게 물리는 것만으로도 치명적인 질병에 걸릴 수 있는 시대였다.

그날 저녁, 그녀는 여자들을 따라 마을을 나섰다. 모두 초라한 짐승 가죽이며 삼베옷을 벗고 희희낙락 맑은 물 속으로 뛰어들어 고동색의 피부에서 때를 벗겨내기 시작했다. 하적은 홀로 부드러운 갯벌에 앉아 있었다. 때때로 밀려왔다 다시 물러가는 강물은 때때로 맑았다가 다시 혼탁해지며 그녀의 두 다리를 핥아주었다.

하적은 손에 잡히는 대로 진흙을 한 줌 쥐었다. 그녀는 자신도 모르는 사이 작은 사람의 모습을 빚고 있었다. 수많은 옛 전설들이 발밑의 물결을 따라 용솟음쳤고, 그녀는 그만 넋을 잃었다. 그때 갑자기 여자의 놀란 비명이 들려왔다.

한 여자가 강가에 쓰러진 채 살짝 부풀어 오른 배를 감싸고 비명을 지르고 있었다. 여자의 소리는 마치 모종의 신호처럼 강에서 목욕하던 다른 여자들을 불러들였다. 여자들은 비명을 지르는 여자를 강기슭으로 옮기고 주변을 둥글게 둘러쌌다. 그 모습은 마치 어떤 비밀스러운 의식처럼 보이기도 했다. 벌거벗은 건강한 몸 위로 석양이 내려앉아 가장 짙은 빛깔의 유화처럼 어두운 황금빛으로 흐르기 시작했다. 여자 하나가 작은 소리로 이름 모를 선율을 노래하기 시작했고, 곧 다른 여자들도 합세했다. 지극히 예스럽고 소박하면서 또한 아름다운 화음이었다. 굽이치는 강물처럼, 때로는 격앙되고 또 때로는 고요하게 울려 퍼지는 화음. 강물 속 물방울들은 제각기 자신만의 춤을 추고 있었지만, 또한 모두와 조화를 이루고 있었다. 노래 사이로 여자의 날카로운 비명과 신음이 끊어졌다 이어졌다 했다. 여자가 갑자기 높은 비명을 지를 때면 마치 우렁찬 호각 소리처럼 들리기도 했다.

갯벌에 물새 떼가 날개를 퍼덕이며 날아갔다.

한 여자가 남자 아기를 안고 하적에게 걸어왔다. 여윈 아기는 갈대 같은 팔다리를 살며시 움직이며 울지도 옹알거리지도 않았다. 여자는 기쁜 표정으로 아이를 하적에게 보여주고, 손짓과 고풍스러운 음절을 사용해 하적이 온 날 태어난 아이이니 하적이 이름을 지어주면 좋겠노라고 말했다.

하적은 아이를 받아 안고, 아이의 커다란 검은 눈을 바라보았다. 이 순간부터 길고 힘든 인생이 아이 앞에 펼쳐질 것이다. 아이는 사람들에게 불길한 취급을 받고 버려질 것이며 야수들에게 거두어졌다가 다시 다른 부족 사람들에게 거두어질 것이다. 아이는 한 지역에서 다른 지역으로 옮겨 다니게 될 것이다. 아이와 함께 놀던 아이들은 성장하여 남자와 여자가 되어 사냥과 전투를 경험하고 또 아이를 낳은 후 늙어 죽을 것이다. 그러나 아이는 여전히 이대로 연약할 것이며, 또한 연약한 만큼 억세질 것이다. 시간과 공간은 아이에게 수많은 수수께끼를 던질 것이고, 아이는 자신의 두 발로 한 걸음 한 걸음, 끝이 없는 길을 걸어가야 할 것이다.

영생자의 비애는 영원히 자신이 존재하는 시대를 뛰어넘을 수 없다는 것이다. 그들은 보통 사람처럼 생활하며 전쟁과 평화, 생로병사와 슬픔과 기쁨을 겪는다. 그리고 그렇게 인류 공통의 기억을 하나하나 수집하여 자신이 처해 있는 길고도 난잡한 신세에 수많은 주석을 더해가는 것이다.

문자와 언어가 충분히 발달하지 않았던 시대의 영생자들은 과거를 증명할 수 있는 물건들을 수집했다. 마치 건망증 환자가 주변 모든 물건에 표식을 붙이는 것처럼 말이다. 누군가는 기록을 시도하기도 했다. 그들은 거북의 등껍질, 죽간, 목판, 비단 혹은 종이에 수십 년, 심지어 수백 년에 걸쳐 쓰고 또 썼다. 그러나 그들은 결국 지쳐버렸고, 자신들의 기록을 불사른 후 다른 이들이 찾을 수 없는 곳을 찾아 은거했다. 그렇게 세상의 근심이며 세월의 흐름을 잊고 살다가, 다시 쓸쓸한 삶을 견디지 못하고 사람들 사이로 파고들었다.

그들은 외로웠다. 혹시라도 두 명의 영생자가 우연히 마주치기라도 하면, 그들은 아마 정신을 잃을 듯 기뻐할 것이다. 그리고 아마 며칠에 걸쳐 잠도 자지 않고 각자 겪어온 이야기를 털어놓겠지. 그리고 함께 짝이 되어 강호를 방랑하기로 할 테지만… 그러나 시간은 필경 너무나 긴 것이다. 그들은 결국 서로에게 싫증이 나서 평온하게 미소 지으며 작별을 하고, 다시 수많은 인파 속으로 각자 사라질 것이다.

참으로 이상한 일이었다. 그녀는 일개 여행자였지만 이 모든 것을 이해할 수 없었다. 끝없는 세월의 강 속에서 그녀와 품속의 이 아기는 서로에게 관심 가지며 서로를 기억했다. 그리고 서로의 존재를 통해 자신의 존재를 증명했다…. 분명 이리도 판이한 존재들이건만.

원래 여행자와 영생자 사이에는 이렇게 기묘한 유대가 있는 것이었다.

아이는 여전히 그녀의 품 안에 조용히 안겨 있었다. 커다란 눈은 보이는 모든 것을 자신의 작고 깊은 가슴에 기억으로 담아두려는 것처럼 보였다. 하적은 거칠게 빚은 진흙 인형을 아이의 품에 올려놓고 고개를 들어 여자들을 바라보았다. 그리고 손을 뻗어 멀리 푸른 산을 가리켰다.

"산."

그녀는 느린 어조로, 그러나 또렷하게 말했다.

"산이라는 이름을 주겠어요."

여자들은 아이를 받아 한 명 한 명 돌아가며 안아보았다. 여자들은 아이를 달래거나 놀리며 기쁜 듯 미소 지었다. 하적은 몸을 돌려 강기슭을 따라 상류로 걸어갔다. 그녀는 지금 너무나 지쳐 있었다. 무거운 두 다리는 자꾸만 진흙 속으로 빠져들었지만, 그녀는 그래도 정신을 차리고 달리기 시작했다. 석양이 강물 위로 떨어지는 순간, 그녀는 도약했다. 태어난 이래 겪어본 중 가장 길고 가장 웅대한 여정에 오르기 위해.

6
작별

이곳은 외롭고 적막했다. 불처럼 타오르는 행성, 그 행성에 최후로 남은 이가 방 안에 앉아 있었다. 그때 갑자기 밖에서 문을 두드리는 소리가 들렸다.

그가 고개를 끄덕이자 문이 열렸다. 마치 방 전체가 그의 의지에 따라 움직이는 것 같았다. 하적이 안으로 들어왔다. 그녀는 기묘한 재질의 천을 대충 두르고 신발도 없이 맨발로 소리 없이 푹신한 바닥을 밟고 있었다.

"너무 더워."

그녀가 말했다.

"정말로 세계의 종말이 온 거야?"

"비슷해."

강열산이 그녀에게 익숙한 언어로 대답했다.

"지구에 남은 것은 우리 둘뿐이야."

그들은 서로를 살펴보았다. 기나긴 세월은 강열산의 얼굴에 더욱더 많은 흔적을 남겼지만, 그는 여전히 아주 젊어 보였다. 영생자는 결코 영원히 죽지 않는 존재가 아니었다. 그저 그들이 늙어가는 속도가 인류의 역사가 쇠락하는 속도보다 훨씬 느릴 뿐이었다.

"그들은 어디로 갔지?"

하적이 물었다.

"지구에 있던 사람들 말이야."

"죽었거나 이주하거나 방랑 중이지. 다른 은하로 이민 가기도 했고, 시간 여행을 시도해보기도 했어. 여하튼 모두 이 시간과 이 공간을 떠났지."

강열산이 대답했다.

"태양은 여전히 팽창하고 있어. 아마 지구는 버티지 못하고 곧 타오르는 기체로 변할 거야."

"이번에 내가 너무 많이 도약하지 않아 다행이네."

하적이 혀를 쏙 내밀며 말했다.

"그럼, 모든 것이 끝난 거야?"

"끝났다고 할 수도 있고, 또 새로운 시작이라 할 수도 있지."

강열산이 말했다.

"영생자들이 인류를 이끌고 우주에 새로운 고향을 찾아 나섰어. 수천 년 이래, 우리는 처음으로 인류 앞에 모습을 드러내고 다른 이들과 함께하기 시작했지. 인류가 사라지면 우리가 살아남는다고 해도 아무 의미 없으니까."

"아주 위대한 결정이야."

하적이 조금 쓰라린 마음으로 말했다. 미지에 대한 공포 때문에 여행자들 중 커다란 폭으로 도약하는 경우는 매우 드물었다. 그들은 이 순간에 도달한다 해도 묵묵히 돌아갈 수밖에 없었다.

문제는 여행자가 기나긴 은하 여행을 버틸 만큼 영원히 살 수도 없고, 또한 우주에서 지구로 도약해 돌아올 수도 없다는 데 있었다. 영생자는 우주선에 탑승해 인류와 계속 앞을 향해 나아갈 수 있었다. 긴 세월에 걸친 전쟁은 이렇게 승부가 결정되었다.

"그럼, 당신은 여기서 무엇을 하는 거야?"

하적이 물었다.

"너를 기다리고 있었어."

"나를 기다렸다고?"

"그게 우리의 약속이었으니까."

강열산이 대답했다.

"언제였더라, 나의 과거이자 너의 미래인 어느 순간 그런 약속을 했었지. 너는 언제나 내가 기억력이 좋지 않다고 말했지만, 이 약속만은 절대 잊지 않았지."

"잠깐만."

하적이 한 손으로 머리를 짚었다.

"그러니까, 이곳을 떠난 후에… 내가 다른 시공간에서 당신과 약속을 했다고?"

"그래."

"당신이 이곳에서 나를 기다리기로 약속한 거라고?"

"그래. 나는 혼자 여기에서 너를 기다렸어. 이미 수백 년 동안이나."

"혼자 수백 년을 기다렸다고?"

하적은 멍하니 중얼거렸다.

"무엇 때문에?"

"지금은 대답할 수 없어."

강열산이 미소 지으며 대답했다.

"하지만 믿어줘. 언젠가 너도 모든 걸 알게 될 거야."

과거도 미래도, 마치 모든 문제와 답안이 뒤섞여버린 것만 같았다. 이 빈사 상태의 행성에서, 아직 모든 것이 끝나지 않은 이 순간에. 하적은 방 안을 빙글빙글 돌기 시작했다.

한참 후 그녀는 발걸음을 멈추고 강열산의 검은 눈동자를 응시하며 물었다.

"지금 당신은 나를 만났어. 그리고?"

"그리고 나는 떠나야 하지."

강열산이 대답했다.

"어디로?"

"마지막으로 남겨둔 우주선을 타고 우주로 날아갈 거야. 내 동료들을 쫓아가야지."

강열산이 말했다.

"이건 나의 사명이니까."

"말도 안 돼! 당신은 나를 기다렸잖아. 나를 홀로 여기 버려두려고 기다렸다는 거야?"

하적이 펄쩍 뛰자 강열산이 그녀의 어깨를 누르며 한 글자 한 글자 힘을 주어 속삭였다.

"너에게 작별을 고하고 싶었어."

"나는 작별 따위 하고 싶지 않아!"

하적이 억지로 턱을 들어 올리며 그의 말을 잘랐다. 그녀의 눈에 커다란 눈물방울이 맺혀 핑그르르 돌았지만 끝까지 흘러내리지는 않았다.

"그래, 너는 늘 인사 없이 가버리는 것을 좋아하니까."

강열산의 목소리는 여전히 다정했고, 희미한 웃음기가 배여 있었다.

"잊으면 안 돼. 시간은 네 앞에 열려 있어. 과거의 모든 시대에서 너는 나를 찾아낼 수 있어. 하지만 지금 이후로 나는 더 이상 널 볼 수 없겠지."

"그럼 어째서 좀 더 남아 있으려 하지 않는 거야."

하적이 말했다.

"지구가 바로 멸망하지는 않을 거야. 나는 계속 당신을 보러 올 텐데."

"너무 위험해. 네가 너무 크게 도약하면, 불타오르는 행성으로 떨어지게 될 테니까."

강열산이 말했다.

"그리고 나도 더는 기다릴 수 없어. 기억해. 지금 우리는 이 행성에서 마지막으로 만나고 있는 거야. 더 이상 와서는 안 돼."

그는 몸을 굽혀 그녀의 가느다란 허리를 끌어안았다. 하적은 그의 따뜻하고 힘찬 포옹을 받으며 마치 나무토막이라도 된 것처럼 그 자리에 선 채 미동도 하지 않았다. 강열산이 그녀의 귓가에 속삭였다.

"나를 안아주지 않을 거야?"

하적은 여전히 멍하니 서 있을 뿐이었다. 그녀는 한참 후에야 가라앉은 목소리로 중얼거렸다.

"현재라는 건… 현재가 대체 뭐야. 나는 모르겠어."

"현재는 바로 현재지."

강열산은 그녀의 이마에 가볍게 입을 맞췄다.

"우리는 모두 현재를 잊어선 안 돼."

"잊지 않을 거야."

하적은 이를 악물고 매섭게 대답했다.

"나도 잊지 않을 거야."

강열산이 미소 지으며 뒤로 물러섰다. 그의 발아래 바닥이 위로 떠오르기 시작하고, 사방의 벽이 자동으로 수축해 조립되어 형태와 구조를 바꾸기 시작했다. 최후의 문이 천천히 닫히며 강열산의 목소리가 흘러나왔다.

"안녕, 하아."

하적은 잠시 넋이 나간 채 있다가 달려들었다. 그러나 문은 이미 닫힌 다음이었다. 그녀는 문을 두드리며 고함을 쳤다.

"뭐야? 누가 당신에게 나를 그렇게 불러도 좋다고 했어?"

대답은 돌아오지 않았다. 우주선은 그녀 앞에서 천천히 떠오르기 시작했다. 한차례 불꽃이 튀고 굉음이 들려오더니 우주선은 빠른 속도로 남보랏빛 하늘로 사라졌다. 이제 이 뜨겁고 외로운, 빈사 상태의 행성에 그녀 혼자만이 남아 있었다.

"강열산!"

그녀는 하늘을 향해 있는 힘을 다해 외쳤다. 높은 음파가 공기 중에서 진동하며 사방으로 퍼져나갔다. 그리고 그다음 순간, 눈 깜빡할 사이에 그녀는 다시 사라졌다. 그녀는 가슴 속에 분노를 품은 채 답을 찾기 위해 과거로 도약하고 있었다.

7

구하여도 얻지 못하고

여전히 2002년의 시끌벅적한 여름밤이었다. 하적은 테라스에서 뛰어내려 잠시도 쉬지 않고 달리기 시작했다.

그녀는 익숙한 거리를 달리고 칠흑처럼 어두운 성벽을 달렸다. 또 높이 솟아오른 성문을 지나고 불을 밝히고 있는 가게들을 지났다. 길을 가던 행인들은 숨을 헐떡이며 달리는 그녀에게 길을 비켜주며 이상하다는 눈으로 바라보았다. 그녀가 입고 있는 꽃무늬 셔츠며 바다에서나 입을 법한 짧은 반바지는 그녀의 몸에 비해 몇 사이즈는 훌쩍 커 보였고 신발도 신고 있지 않았다. 그녀의 머리는 아주 길어 있었지만 머리를 손질하거나 자를 시간이 없어 그저 밤바람에 날리게 두는 수밖에 없었다.

어찌 되었건 그녀가 찾고자 하는 사람은 결코 허공에서 사라지지 않는다. 강열산은 분명히 이 도시 안에 있다. 이 순간에 존재하고, 다음 순간에도 존재한다⋯. 앞으로도 계속 존재할 테니, 시간만 충분하다면 그녀는 그를 찾아낼 수 있을 것이다.

하늘에 갑자기 색색의 불꽃이 올라갔다. 선명한 붉은빛, 연녹색, 은빛과 밝은 보랏빛…. 화려하고 눈부신 그 빛깔에 사람들은 모두 기뻐하며 고개를 두리번거렸다. 사방팔방 모두 사람들로 막혀버렸고 하적도 멈추는 수밖에 없었다. 그녀는 무릎을 짚고 숨을 크게 몰아쉬었다.

바로 그 순간, 지상에 축축하게 젖은 발자국이 두 줄로 이어져 있는 것이 보였다.

검은 머리카락, 검은 안경, 희미하게 주름이 보이는 젊은 얼굴, 살짝 아래로 내려온 입매. 기나긴 세월 속 쌓인 외로움이 응결되어 만들어졌을, 저 보일 듯 말 듯한 미소.

강열산은 조금 놀란 듯한 표정이었다. 그는 아주 많은 일을 보고 겪었음에도 눈앞의 소녀만은 도저히 이해할 수 없었다. 그녀는 갑자기 사라졌다가 다시 갑자기 나타나곤 했다. 마치 여름밤의 반딧불처럼, 반짝임을 멈추지 않고.

"어디서 온 거지?"

그가 물었다.

"세계의 종말에서."

하적이 대답했다.

"그곳은 정말 더워 죽을 것 같았어."

"그곳에는 무엇 때문에 갔지?"

"그건 당신과 상관없는 문제야."

하적은 다급한 나머지 발을 동동 굴렀다.

"강열산, 당신에게 해야 할 말이 있어."

"말해봐."

그녀는 입을 열었지만 대체 무엇부터 말해야 할지 알 수 없었다. 시간의 선이 뒤엉키고 모이며 하나 또 하나 좁은 원을 이루고 있었고, 건너편의 남자는 인내심 있게 물과 같이 고요한 눈으로 기다리는 중이었다. 하적은 한참 후에야 겨우 속삭였다.

"과거의 일은… 내가 잘못한 것도 있고 당신이 잘못한 것도 있으니까. 우리 둘 다 잘못했으니, 이제 과거의 일은 잊으면 어떨까?"

"과거? 어느 시대를 이야기하는 거지?"

강열산이 담담하게 물었다.

"정말로 기억나지 않는걸."

"하, 영생자의 기억력은 정말!"

하적은 정말 안달이 나고 말았다.

"잊었으면 됐어, 난 갈 테니까! 안녕!"

그녀가 막 몸을 돌려 달리려는 순간, 등 뒤에서 강열산이 느릿느릿 말했다.

"하지만 나도 기억하는 것들이 있지."

"무얼 기억하는데?"

하적은 고개 한번 돌아보지 않았다.

"예전에 네가 말했지. 나의 시간은 너무 길고 너의 시간은 너무 짧다고. 그래서 너는 오래 내 곁에 머물 수 없노라고. 그러니 언젠가 네가 죽은 후 내가 여전히 살아서… 영원히 살아가며 결국 너를 잊지 않을까 두렵다고 했어. 잊히는 게 죽음보다 더 무서운 일이라고 말이야. 그리고 또 그런 말도 했었지. 너는 계속 시간을 뛰어넘으니, 어느 시대에서나 나를 볼 수 있다고. 그래서 나는 삶의 한 단락마다 언제나 너는 볼 수 있을 거라고."

"내가 그런 말을 했었다고?"

"아마 미래의 네가 언젠가의 나에게 했던 말이겠지."

강열산이 대답했다.

"예전에는 그 말의 뜻을 이해하지 못했어. 하지만 지금은 마침내 이해할 수 있을 것 같군."

"그 말… 내가 한 말이라고…."

하적은 우두커니 그 자리에 선 채 중얼거렸다.

"어째서 좀 더 빨리 말하지 않은 거야?"

"너도 나의 미래에 대해 한 번도 말해주지 않았으니까."

둘은 그렇게 서로를 바라보았다. 머리 위로 온갖 빛깔의 폭죽이 화려하게 터지며 사람들의 환호성이 물밀 듯이 터져 나왔다.

"우리 서로 알게 된 지 얼마나 되었지?"

한참 후 하적이 물었다.

"기억나지 않아. 네 생각에는?"

"내 시간으로 따지자면 10여 년 정도. 그리고 당신의 시간으로 따지면 6,000여 년."

"하지만 매번의 만남은 너무나 짧았지."

강열산이 웃으며 대답했다.

"그와 비교하면 6,000여 년이라는 세월은 그저 한바탕 꿈처럼 들리는군."

"들어봐."

하적이 말했다.

"당신에게는 아직 시간이 있고 나에게도 시간이 아주 많아. 그러니까 지금부터 우리, 친구가 되는 건 어때?"

"좋지."

강열산이 말했다.

"하지만 아직 나에게 네 이름을 알려주지 않았는데."

"하적."

그녀가 대답했다.

"여름을 뜻하는 하(夏)에 물억새를 뜻하는 적(荻)."

"하적."

그가 다시 한번 말했다.

"너를 무척 닮은 이름이야."

그들은 기나긴 세월을 함께 했다. 만나고 재회하고, 다시 헤어지고 또 서로를 찾아다니면서. 그녀는 여러 가지 이름으로 그를 불렀다. 강열산, 소산, 노농, 아염. 그러나 그는 언제나 그녀를 하아라고 불렀다.

HEAT ISLAND

열섬

热岛

여름밤은 영원히 여름밤이다. 습기를 머금은 밤바람이 창밖에서 불어와 도무지 잠을 이룰 수 없었다. 이런 때면 나는 항상 나 자신에게 이야기를 들려주려 시도한다. 그 무엇에 관한 이야기라도 좋으니까, 무엇이건 간단한 이야기를.

시간은 충분하고 청중은 나 한 사람뿐이니, 침묵 속에서 충실하게 이야기의 서두를 어떻게 열어야 할지 고민하기만 하면 된다. 인내심을 갖고 기다리노라면 기억들이 천천히 머릿속에서 떠올라 스스로 얽히며 언어로 변해 나의 귓가에 속삭여준다.

자, 그러니까 지금의 내 모습처럼 말이다. 등불을 끄고, 또 휴대폰을 비롯해 빛이 나는 물건을 모두 꺼버리고…. 베개 밑에 시계를 숨기고 조용히 침대에 누운 채 살짝 서늘한 벽에 대고 조용히 말하는 것이다. 옛날, 아주 오래전 옛날에….

옛날, 아주 오래전 옛날에 나는 섬에 갇혔다. 뜨거운 날씨에 공기는 습했고 매일 밤 비가 오는 섬이었다.

솔직히 말하자면 먼 옛날의 일이 아니라 고작 작년 여름의 일이다. 그러나 역시 아주 먼 옛날처럼 느껴진다.

6월은 모두가 바쁜 시절이다. 논문을 쓰고 술과 고기를 먹고 또 인터넷 게시판에 댓글을 달고, 댓글을 다는 짬짬이 논문도 쓰고. 나는 매일 실험실에 갔다. 나날이 넓어지는 교정을 지나 5층으로 올라가 복도 끝 창문이 없는 작은 방으로 들어가면, 1년 내내 꺼지지 않는 컴퓨터 몇 대가 에어컨의 무겁고 둔탁한 박자에 맞춰 함께 웅웅거리고 있었다. 컴퓨터의 출력이 너무 큰 나머지 가끔 전력이 차단되는 일도 있었고, 탁자 위 책더미는 금방이라도 무너질 것 같았다. 그 외에도 실험실에는 언제부터 전해 내려온 건지 알 수 없는 각종 생활용품과 쿠션, 이불, 라켓과 운동화 등이 널려 있었다. 포장이 열린 식품 봉지에서는 온갖 냄새가 올라왔고, 아, 그래, 각종 브랜드의 커피 박스가 대용량 사이즈로 쌓여 있었지.

나는 가장 어두운 구석에서 가장 낡은 컴퓨터 한 대를 사용하고 있었다. 메모리가 오래되어 가장 기본적인 드로잉 프로그램조차 제대로 돌아가지 않는 그런 컴퓨터였다. 그러니 인터넷으로 게임을 한다거나 하는 건 상상도 할 수 없었다. 나는 바로 그런 기계를 통해 매일 방대한 양의 데이터와 싸움을 벌이는 중이었다. 베이징 기상 관측대가 10여 년에 걸쳐 관측한 여름 날씨 데이터는 마치 먼지바람에 휩싸인 작은 산처럼 쌓여 있었다. 나의 일은 이러한 데이터를 입력하고 곡선이 평평하도록 수정한 다음 접점을 추출해내어 각종 평균을 구하는 것이었다. 시간과 고도라는 두 축을 이용해 다양한 그래프를 만들어내고 비교하고 또 그림을 그려 노이즈를 제거하고, 다시 그래프를 만들고 그림을 그렸다.

장장 한 달 남짓한 시간 동안, 나는 매일 아침 일어나면 MP3를 충전하고 밖으로 나가 아침거리를 샀다. 그리고 아직 기온이 시원한 틈을 타 실험실로 가서 컴퓨터를 켜고 데이터를 입력한 다음 계산하고 또 계산하고, 그리고 다시 데이터를 입력했다. 나는 일하는 내내 이어폰을 끼고 기묘한 느낌의 러시아 노래를 들으며 머릿속으로 너른 온 세상을 떠돌아다니고 있었다. 점심이 되면 전화를 걸어 도시락을 시켜 지뢰 찾기 게임을 하며 먹었다. 나는 그렇게 실험실의 컴퓨터에 오랫동안 잠들어 있던 데이터를 하나하나 새롭게 갱신하는 중이었다. 6월이 되자 유령 같던 대학원생 선배들이 하나둘 사라졌고, 실험실에는 나와 다른 학부생 하나만이 남았다. 비록 같은 실험실에서 일하고 있었지만 우리는 서로에 대해 잘 알지 못했다. 그 학부생은 물리학과의 전설이라 불리는 인물로, 수업에 들어가지 않고도 계속 장학금을 받고 있다고 했다. 그는 2학년 때부터 프로젝트에 참여하기 시작했는데, 그의 책상 위 참고도서 중에 중국어로 쓰인 것은 몇 권 되지 않았다. 이런 사람의 세계와 나의 세계 사이에는, 그가 사용하는 반짝반짝하게 빛나는 강력한 컴퓨터(나는 그 새 컴퓨터의 모델명조차 제대로 말하기 어려울 정도였다)와 내가 사용하는 모델명이 아예 없는 낡은 컴퓨터의 차이 같은 것이 존재했다. 안팎으로 아예 차원이 다른 세계를 우리는 살아가고 있었던 것이다.

지금까지도 나는 그의 이름조차 제대로 알지 못하고 있다. 물리학과에는 남학생이 아주 많았고 대부분 비슷한 스타일이었으니까. 다만 우리의 첫 인사가 비가 내리던 5월의 오후에 이루어졌다는 것만은 기억하고 있다. 장소는 물론 5층 가장 끝, 창문이 없는 그 실험실이었다. 우리 둘은 마주 보고 앉아 있었고, 이과생 특유의 방식으로 서로 미소 지으며 고개를 끄덕였다. 그러니까 아주 내향적인 사람들답게 말이다.

"예전에 본 적 있는 것 같아."

그가 말했다.

"군사이론 수업을 들을 때 나는 항상 제일 뒷자리에 앉아 있었거든. 그때 늘 내 앞쪽에 앉아 있었던 것 같은데."

나는 어색하게 웃으며 말했다.

"그런 수업은 당연히 뒷자리를 잡아 졸아야 하는 거니까."

"계속 천장을 보며 멍하니 계셨던 것 같은데, 맞지? 아, 가끔은 노트에 그림을 그리기도 했던 것 같고."

나는 부끄러운 마음에 재빨리 화제를 돌렸다.

"무슨 프로젝트에 참여하고 있어?"

"베이징 열섬 효과 모델링 연구와 통제 가능한 변수의 상관성을 분석하는 중이야."

그는 일부러 아주 느릿한 어조로 답했다.

"열섬?"

나는 열심히 머릿속에 조금이나마 관련된 이미지를 떠올리기 위해 노력해보았다.

그는 전형적인 이과 남자 특유의 미소를 지으며 말했다.

"응, 베이징은 열섬 효과가 아주 명확하게 나타나는 대도시니까. 기저부 표면 식생의 점유율은 낮고, 반사율은 높아. 그러다 보니 주변 환경, 즉 육지와 해양의 물리적 특성에 비해 해륙풍과 같은 국지적 순환을 형성할 수 있으면서 도시 자체가 고르게 분포되지 않은 거대한 열원이 되거든. 이런 국지적 소기후의 변화는 연구할 만한 가치가 있지."

후우, 내가 몇 년이나 수련을 거쳐온 몸이라 다행이지. 아니었다
면 그가 무슨 말을 하고 있는지 전혀 알아듣지 못했을 것이다.

"그러니까 모형을 만들고 있다는 거지?"

내가 물었다.

"그러니까, 열섬의 모형 말이야."

"그래. 이 모형을 구성하고 나면 다음 연구가 쉬워지겠지."

"다음에 어떤 연구를 할 생각인데?"

"그건… 말하기 곤란해. 군과 협력하는 프로젝트라서."

"기상 무기 관련인가? 대단하네."

나는 진심으로 감탄했다.

그는 다시 한번 이과 남자 특유의 미소를 지었다.

여름 내내 많은 일이 일어났다. 나는 빠르게 사람들과 만나고 또
헤어졌다. 여러 모임과 활동에 참가하며 한 번 또 한 번 술에 취했고,
다시 한번 또 한 번 예상하지 못했던 이유로 사람들이 볼 수 없는 곳
에 몸을 숨긴 채 소리 내어 울었다. 오래된 영화 한 편, 몇 번의 꿈,
그리고 멀리서 걸려온 몇 번의 전화. 그 여름에 걸린 감기는 아주 오
랫동안 떨어지지 않았고, 그 해의 생일은 평생 잊을 수 없는 날이 되
었다.

그 모든 일을 겪으면서도 나는 여전히 아침에 일어나면 실험실로
향했다. 어두운 구석에 홀로 앉아 희미한 모니터를 마주 보며 데이터
를 입력하고 계산을 했고, 그런 방식으로 텅 비고 뜨거운, 매미가 우
는 소리가 끊임없이 들려오는 바깥 세계와 나를 단절시키고 있었다.

생일이 지난 후의 그날은 햇볕이 작열하고 무더위가 기승을 부려 마치 금방이라도 끓어오를 듯한 물 속에 있는 기분이었다. 나는 물리학과 건물 앞에 있는 자동판매기에서 차가운 오렌지 주스 한 캔을 뽑아 캔을 이마에 대어 열을 식히며 실험실로 들어갔다. 누렇게 바랜 두툼한 기상 자료를 들춰보던 나는 1989년 여름의 자료를 보게 되었다. 그해 6월도 똑같이 무척 덥고 습했던 모양이었다. 나는 그 시절 내가 있는 건물의 모습을 상상해보았다. 그때도 짙은 녹색의 담쟁이덩굴이 창문을 두드리고 있었을까? 그때도 백양나무가 바람 속에서 나지막하게 속삭이고 있었을까? 그때도 창백한 안색의 학생이 두툼한 자료를 끌어안고 유령처럼 복도를 총총히 스쳐 갔을까? 그리고 건물 밖에서는… 희미하게 총소리가 들려왔을까?

그리고 10여 년이 지났다. 그동안 이 세계는 대체 어떻게 변했을까?

어쩐지 낙담한 마음에 미소를 지으며 고개를 숙이자 어지러운 책더미 속에 손바닥보다 작은 선인장 화분이 눈에 들어왔다.

"생일 선물이야."

나의 실험실 메이트가 나를 돌아보며 말했다.

나는 어쩐지 감동을 받았다. 그 쪼글쪼글한 선인장은 짙은 붉은 빛 도자 화분에 심겨 있었는데, 수정처럼 투명한 질감이었다. 이 무덥고 고요한 날에 갑자기 선물을 받은 것도 저 선인장의 모습도 모두 너무나 초현실적으로 보였다.

"고마워."

실험실 메이트는 그저 미소 지을 뿐이었다.

잠시 후 그가 다시 몸을 돌렸다.

"아직 초보적인 단계지만 모델링을 끝냈어. 한번 보지 않을래?"

나는 그의 컴퓨터 앞으로 다가갔다. 사실 나는 그게 어떤 것인지 잘 기억하지 못하고 있었다. 아무튼 서로 다른 곡선과 색채가 한데 엉켜 있는 모습이 확실히 섬처럼 보이긴 했다.

"이건 베이징의 온도와 습도, 기압의 변화를 보여주는 간략한 그림일 뿐이야."

그는 내게 설명하며 마우스를 클릭했다. 그제야 나는 비로소 그가 만들어낸 모형도가 3차원이라는 것을 알아차렸다. 푸른색 등압선과 붉은색 등온선 사이로 크고 작은 산맥이 기복을 이루며 서로 중첩된 모습이 보였다. 그가 마우스의 커서를 움직여 시야를 바꾸었을 때, 그림 전체가 마치 입체 지도처럼 매끄럽고도 아름답게 변화했다. 물론 이 매끄럽고 아름답다는 것은 순전히 나의 미학적 관점에서 내린 판단일 뿐이었다.

"여기가 우리가 있는 곳."

그가 모형도를 조감도 형태로 바꾼 다음, 한 지점을 가리켰다. 나는 모형도 아래 내려다보이는 것이 베이징의 지도라는 것을 알아차렸다. 붉고 푸른 두 선이 원을 그리고 있는 모습은 평소 수업에서 기상 예보를 분석할 때 그리곤 했던 기상도와 닮아 보였다.

"이건 언제 데이터야?"

내가 물었다.

"그저께 밤과 어제."

"아하."

나는 좀 더 가까이 다가가 자세히 들여다보았다. 푸른 등압선과 붉은 등온선이 서로 억누르며 밀어내는 가운데, 기압골이 하나 가까이 다가오는 중이었다.

"그럼 오늘 저녁에 비가 오려나?"

"분명 내릴 거야."

그가 고개를 끄덕였다.

"우산을 갖고 왔어?"

"아니. 비가 멈춘 다음에 돌아가면 되지, 뭐. 어쨌든 처리해야 할 데이터는 산더미니까."

"그래, 비가 오래 내리진 않을 거야."

그가 다시 키보드를 한바탕 두드리자 그림 위 곡선이 변화하기 시작했다. 오른쪽 위 구석에 있던 작은 시간 좌표가 조금씩 올라가기 시작했다.

"다이나믹 모델?"

나는 깜짝 놀라 두 눈을 크게 떴다.

"이러면 날씨를 아주 정확하게 예측할 수 있는 거 아니야?"

"맞아. 비록 베이징에 한해서지만, 대신 정확도가 아주 높지."

그는 그림 위 숫자들을 멈추게 한 다음 내게 말했다.

"비가 아무리 많이 내린다 해도 11시에는 그칠 거야. 너무 걱정하지 마. 내가 바래다줄 테니까."

"괜찮아."

나는 고개를 저었다.

"모형을 완성하면 일찍 들어가 쉬어. 비가 내리기 전에 말이야."

"급하게 돌아갈 필요는 없어. 돌아간들 달리 할 일도 없고."

그가 말했다.

"곧 졸업이잖아. 기숙사 친구들이 밤마다 술을 마시자고 한단 말이야. 나는 술이 약한 편이라 그 애들을 이기지 못하거든. 그러느니 차라리 여기서 자료를 정리하고 논문을 쓰는 편이 낫지."

"논문을 아직 완성하지 않은 거야?"

"응, 아직 한 글자도 쓰지 않았어. 그동안 계속 이 모형을 만드느라고. 너는? 논문은 쓰기 시작했어?"

"나도 아직 멀었어. 아직 그려야 할 그림이 산더미야. 논문 심사까지 한 달도 남지 않았는데, 아, 죽고 싶은 생각까지 든다니까."

"혹시 내가 도와줄 일이 있을까?"

나는 잠시 생각하다가 말했다.

"내 컴퓨터에는 드로잉 프로그램을 깔 수 없거든. 바람장미를 좀 그려줄 수 있어? 내가 데이터를 보내줄게."

"좋아."

바람장미란 풍향의 출현 빈도를 나타내는 그래프로 보통 연두색 눈금이 있는 원으로 그린다. 원의 중심은 붉은색으로 중심으로부터 16개의 길이가 다른 부채꼴을 방사하는 형태가 되는데, 그 부채꼴들은 마치 연푸른 꽃잎인 양 무척 아름답다.

나는 심지어 푸른 장미에 대한 시도 한 편 쓴 적 있었다. 나는 그 시를 컴퓨터에 오랫동안 방치되어 있던 폴더에 조심스럽게 저장해두었다. 수년 후 이 컴퓨터에서 데이터를 처리하게 된 젊은 학생 누군가가 무심결에 시를 발견하고, 어느 선배가 이렇게 낭만적인 일을 했을까 궁금해할지도 모른다는 환상을 품고.

나는 그 혹은 그녀가 화면 가득 쏟아지는 방대한 데이터 속에서 나의 시를 발견하고 묵묵히 읽은 다음, 문득 창밖 짙푸른 나무 그늘을 바라보며 눈물을 흘릴지도 모른다고 상상하곤 했다.

6월 중순 들어 더위는 더욱 기승을 부리고 있었다. 나는 견디기 어려운 덥고 습한 기후 때문에, 그리고 눈앞에 닥쳐온 논문 심사의 압박 때문에 잠을 이루지 못하기 시작했다. 감기는 나았지만, 또 초조하며 짜증이 나기 시작했다. 나는 아침 일찍 나가 밤이 늦어서야 기숙사로 돌아갔다. 온종일 하는 일이라곤 에어컨 찬바람 아래 어깨에 두꺼운 타월을 두른 채 뭔가 쓰고 계산하고 그래프를 그리고 또 표를 만들고 연구사를 검토하는 것이었다.

　나의 실험실 메이트도 나와 함께 시간 외 근무를 하며 버티고 있었다. 희생물처럼 고요하고 용맹한 그의 태도는 나를 질투심에 휩싸이게 했다. 그의 프로젝트는 상대적으로 심오했고 연구하는 내용도 풍부했다. 그는 언제라도 첨단 기술을 담은 논문 한 편을 써낼 수 있을 터였지만, 나는 그저 표와 그림을 그리고 있을 뿐이었고 내 논문에 담긴 참고문헌도 모두 전자 저널에서 검색해 온 겉치레 정도에 지나지 않았다. 우리는 그렇게 서로에게서 등을 돌린 채 각자의 일에 매진했고, 어두운 방에는 키보드를 두드리는 소리만 들렸다. 나는 선인장에 물을 줄 때만 잠시 멍하니 있다가 고개를 돌려 그를 바라보았다. 그의 모니터에 나타난 색색의 선이 연꽃의 법상과 같이 변화무쌍하게 변하고 있었다.

　논문 심사 전 마지막 일주일 동안 베이징 전체에 저주받은 듯 비가 미친 듯이 쏟아졌다. 매일 저녁 7시에 시작해 정확하게 새벽 1시까지, 마치 스위치라도 켰다 끄는 것처럼 말이다. 비가 억수같이 쏟아지고 나면 교정의 길은 전부 얼음처럼 차가운 물에 잠겼다. 나는 슬리퍼를 신고 물에 철벅대며 겨우 기숙사로 돌아갔다. 논문을 끝낸 친구들은 야식을 먹으러 나갈 수 없다고 원망 어린 말을 늘어놓았다. 나는 발을 씻고 침대 위로 올라가 잠을 청했다. 셀 수 없을 만큼 많은 꿈이 차례차례 나타났지만, 잠에서 깨어났을 때 하늘은 이미 맑아져 있었다. 길가에는 떨어진 이파리가 떠다니는 작은 웅덩이 몇 개만이 남아 있었고, 흙바닥에서는 뜨거운 기운이 자욱하게 올라와 풀과 나무가 썩어가는 냄새를 품고 하늘로 올라갔다.

실험실의 전기는 자주 차단기가 내려가기 시작했다. 마치 컴퓨터 두 대와 형광등 네 개, 그리고 에어컨 한 대가 한계인 것처럼. 매번 차단기가 내려갈 때마다 나는 반나절 혹은 하루를 꼬박 바친 작업을 날려야 했다. 몇 번 피를 토할 것 같은 심정을 느낀 후 해탈한 나는 아예 내 노트북 컴퓨터를 실험실로 옮겨와 분투했다. 이제 유일하게 남은 문제는 내 정신을 무한하게 반복해서 연마해야 한다는 것뿐이었다. 그러던 중 웅웅거리는 소리 속에서 갑자기 이상한 소리가 들리더니 순식간에 등불이 꺼지고 덜덜거리던 에어컨도 천천히 작동을 멈췄다. 나는 그 틈을 타서 물을 한 모금 마시고 쑤셔오는 손목을 주무르며 멍하니 천장을 바라보았다.

이럴 때면 누군가가 나 대신 일어나 슬리퍼를 신고 밖으로 나가기 마련이었다. 그 누군가는 복도로 가서 차단기를 올리고, 돌아와서는 다시 형광등과 에어컨을 켰다. 어스름한 빛 속에서 뒤를 돌아보면 그와 눈이 마주쳤다. 그의 얼굴에는 여전히 이과 남자 특유의 미소가 떠올라 있었다.

논문 심사 전날 밤, 내 기억에 따르면 그날은 6월 19일이었다. 아아, 불면의 밤이고 죽음의 밤이었던 그 밤. 나중에 전해 들은 바로는 그날 밤 학교 곳곳의 무수한 실험실과 기숙사의 불빛이 꺼지지 않고 환하게 밝혀져 있었다고 했다. 사람들은 최후까지 힘을 다해 발버둥을 치고 있었고, 비는 마치 물이 담긴 대야를 거꾸로 엎어놓은 듯 쏟아졌다. 어딘가 애타고 처량한 느낌이 드는 밤이었다.

나는 노트북 컴퓨터 앞에 앉아 마지막으로 논문 발표용 PPT의 글자 크기며 양식을 조정했다. 그리고 서서히 아련한 감정에 빠져들기 시작했다. 주변의 모든 것은 현실을 벗어난 것처럼 보였다. 좁고 어두운 실험실 안, 웅웅거리는 에어컨과 어지러운 옆 칸막이 속 침묵을 지키고 있는 컴퓨터, 그 이상 더러워질 수 없을 정도로 더러워진 쿠션과 수건, 이불과 휴지통, 그리고 책더미 위에 놓인 작은 선인장…. 내가 한 달 넘게 생활한 그곳이 너무나 익숙한 동시에 너무나 비현실적으로 느껴졌다.

"끝났어?"

내 파트너가 나에게 물었다.

"끝났어. 넌?"

나도 그를 돌아보았다. 서로의 목소리와 서로의 얼굴이 또한 너무나 낯설게 느껴지는 순간이었다. 아스라한 그 순간, 우리가 대화를 나눈 것이 언제였는지조차 생각해낼 수 없을 지경이었다.

"모형은 아직 좀 더 조정해야 하지만, 이제 논문을 제출하기에는 충분해."

그의 움푹 팬 눈가가 바싹 말라 있었고, 컴퓨터 불빛 아래 그의 안색도 파리한 녹색으로 보였다. 그 순간 나는 나 자신도 그렇게 보일 것이라 생각했다.

"정말 대단해."

나는 미소 지으며 의자 안에 몸을 둥글게 말아 웅크렸다. 몸은 아주 가벼웠지만 머리는 아주 무거웠다.

우리 두 사람은 서로에게 할 말을 찾지 못하고 있었다. 창밖에는 여전히 큰 비가 내리고 번개가 번쩍이는 중이었다.

"나가서 술이라도 한잔 하며 축하하고 싶은데, 저 빌어먹을 비."

내가 말했다.

"매일 밤 이렇게 내리다니. 일주일 내내 말이야. 이게 열섬 효과라는 거지?"

"그래, 열섬."

나는 대기물리학을 가르치던 노교수가 칠판 앞에 서서 차분하게 말하던 모습을 떠올렸다. 교수는 창백한 손가락을 움직이며 바람과 구름의 변화를 그려냈다. 낮에는 도시의 공기가 열을 받아 상승하고, 바람은 수증기를 싣고 주변에서 유입된다…. 밤에는 공기가 냉각되어 가라앉고, 기단이 맹렬하게 충돌하며 폭풍우가 몰아쳐 잠열을 해방시키고 빗물은 땅 밑으로 스며들며 다음 순환 단계에 들어선다. 이 국지순환은 안정적이지만 또 순환이 반복되는 그런 국지순환이다.

정말 기묘할 정도로 안정적이다.

"어떻게 이렇게 공교로울 수 있는 건지, 말해줘봐."

내가 말했다.

"매일 밤 비가 내리잖아. 인공강우라 해도 이렇게 정확한 시간에 내리지는 못할 텐데."

이과 남자 특유의 미소는 보이지 않았다. 그는 피로한 표정으로 조용히 무엇인가를 기다리듯 나를 바라보았다.

"마지막 날이야."

한참 후, 그는 혼잣말하듯 속삭였다.

"마지막 날? 비가 내리는 마지막 날이라고? 아니면 논문을 끝냈다고?"

"모두 끝날 거야."

"그래, 모두 끝났지."

나는 나른하게 의자에 기댄 채 두 다리를 쭉 뻗었다.

"생각해보면 대체 무슨 말을 해야 할지 모르겠어. 대학 4년이 이렇게 끝나다니."

"그래, 4년."

그는 고개를 끄덕였다. 그의 목소리는 조금 가라앉아 있었다.

또 갑자기 할 말이 사라져버렸다. 나는 바싹 마른 입술을 혀로 핥으며 그를 돌아보았다.

"뭐라도 좀 마시지 않을래? 내가 아래 자동판매기에 가서 사 올게."

"내가 가서 사 올게."

그가 몸을 일으켰다.

"아니야, 그러지 마. 내가 살 테니까. 나를 진짜 많이 도와주었잖아."

"아래는 어두우니 내가 가는 게 나아."

그는 나의 대답을 기다리지 않고 밖으로 나갔다. 텅 빈 복도를 걸어가는 그의 발걸음 소리가 점차 멀어져갔다. 비는 끊임없이 내리고 있었고, 나는 이 비가 대체 언제 그칠지 궁금해지기 시작했다. 이렇게 밤새도록 내리려나. 어쩌면 1년 내내 내릴지도 몰라.

바로 그 순간, 차단기가 내려갔다.

실험실 안은 칠흑과 같은 어둠으로 변했다. 에어컨과 형광등은 동시에 조용해졌고, 창밖에는 거친 나무 그림자가 빗속에서 격렬하게 흔들릴 뿐이었다. 나는 어둠 속에 앉아 보드라운 수건으로 몸을 꼭 감쌌다. 그리고 마치 깃털이 헝클어진 작은 새처럼 의자에 웅크린 채 꼼짝도 하지 않았다.

방 안에는 숨소리만 가득 차 있었다.

맞은편 컴퓨터는 여전히 켜져 있었고, 그 복잡한 모형이 초현실적인 예술 작품처럼 모니터에 나타나 있었다. 나는 천천히 회전의자를 이동시켜 다가가 조심스럽게 마우스를 움직여 보았다.

모형은 보름 전보다 훨씬 더 어지러운 형태가 되어 있었다. 나는 천천히 시야각을 조정했다. 마치 거대한 도시에 들어선 듯한 느낌이었다. 사방은 온통 형광 녹색 좌표와 각종 계수로 반짝거렸고, 하늘에 잔뜩 뒤엉켜 있는 등고선과 등온선은 겹겹이 쌓인 산이나 구름과 안개의 바다처럼 보였다. 여러 가지 빛깔의 작은 화살표들이 쉴 새 없이 움직이며 뒤섞이고 있었다. 유동장, 온도장, 발산도와 소용돌이도, 잠열의 수송과 유량의 수송…. 서로 얽히고설킨 관계들이 가장 엄밀한 방정식에 의해 구속되어 일사불란하게 정돈된 상태로 움직이고 있었다. 나는 이 조화롭고 복잡한 장엄함에 감동하고 있었다. 모든 것의 모든 것이 너무나 아름다웠다. 그래, 너무나 아름다워 과학을 연구하는 대오에 몰래 숨어 있는 나 같은 문학청년은 그저 숨을 멈출 수밖에 없었다.

바깥의 구름은 여전히 격렬하게 충돌하고 있었다. 마치 내 앞에 존재하는 저 끊임없이 변화하는 수많은 숫자와 유선의 바다처럼. 나는 문득 구석에 있는 숫자로 시선을 돌렸다. 2008/6/20/2:00, 바로 지금이었다. 내 눈앞에 보이는 모형의 상태는 바로 이 순간 내가 존재하는 도시의 모습을 그려내고 있었다.

나는 떨리는 손으로 마우스를 끌어 지도를 검색하고 비율을 조절했다. 확대하고 또 확대한 결과 나는 익숙한 교정을 찾아낼 수 있었다. 그리고 너무나 익숙한 건물도. 유동장은 낮은 하늘에서 마치 거대한 소용돌이처럼, 혹은 한쪽 눈알처럼 닫힌 저기압을 형성하고…. 그렇게 모든 것을 감싸고 있었다.

그 눈알에는 작은 글씨가 쓰여 있었다.

'시범 1호. 국소 지역 닫힌 저기압 제어 가능. 지속 기간: 2008년 6월 10일~6월 20일.'

바로 그 순간, 불이 켜졌다.

빛이 내 두 눈을 가득 채워와 나는 손으로 앞을 가렸다. 돌아보니 그가 오렌지 주스 두 캔을 품에 안은 채 문 앞에 서 있었다.

"…본 거야?"

한참 침묵한 끝에 그가 이상할 정도로 가라앉은 목소리로 말했다.

나는 대답 없이 그를 바라보기만 했다. 머릿속은 마치 창밖의 저 운무처럼 텅 비어 있었다. 나는 그 텅 빈 가운데서 열심히 발버둥치며 무거운 몸을 이끌고 천천히 기어 올라가고 있었다.

"군사기밀이지, 응?"

나는 나지막한 목소리로 물었다. 녹슨 칼날처럼 차갑고 거친 내 목소리는 습한 공기 속에서 천천히 그 날카로움을 잃어갔다.

"그래…. 내가 지금 하는 프로젝트야…."

"기상 무기구나, 그렇지?"

"나는…."

"일주일 내내 밤마다 비가 내리더니, 모두 네가 한 일이었어. 그렇지?"

"사실, 사실 나는…."

"사실, 뭐가?"

그는 깊이 머리를 묻은 채 아무 말도 하지 않았고, 나는 갑자기 온몸의 힘이 빠지는 것을 느꼈다. 마치 얼음처럼 차가운 물을 머리에서 발 끝까지 흠뻑 맞은 것 같은 무력감이었다. 밖에서 한기가 스며들어오는데 내 안의 열기는 전혀 밖으로 발산되지 못하고 있었다.

"그만 가봐야겠어."

나는 천천히 의자에서 일어났다. 그러나 두 다리가 얼어붙은 것처럼 움직이지 않았다. 너무 오래 앉아 있었기에 감각을 잃어버린 듯했다.

"비가 아직 그치지 않았잖아."

그는 망연자실한 표정으로 말했다. 그의 얼굴은 형광등 아래에서 유난히 창백하게 보였다.

"돌아갈 거야."

나는 슬리퍼를 신고 노트북 컴퓨터를 챙기기 시작했다. 내 움직임은 어딘가 덜컹거리고 있는 것만 같았다. 그가 나에게 다가오더니 이미 물방울이 맺히기 시작한 차가운 주스 캔을 내려놓았다. 그의 표정이 너무 달라져 있었기에 나는 억지로 고개를 숙인 채 그를 보지 않았다.

"한 시간만 있으면 비가 그칠 거야. 비가 그치면 가."

그의 목소리는 점점 더 낮아져 갔다.

"감기라도 들면, 내일 어쩌려고 그래."

그러나 나는 고집스럽게 가방을 들고 문밖으로 향했다. 나는 항상 그렇게 고집스러운 사람이었으니 내가 떠나려 할 때 나를 막을 수 있는 사람은 없었다. 그는 그대로 멍하니 그 자리에 서 있었고 에어컨의 웅웅거리는 소리만이 주변을 가득 채우고 있었다.

그 후의 일은 잘 기억나지 않는다. 빠르게 이어붙이다가 마치 순서마저 엉켜버린 화면처럼, 나는 논문 심사를 끝내고 아파서 쓰러졌다. 비몽사몽 있다 보니 어느새 졸업식이었고, 각종 수속을 밟고 모두와 사진을 찍었다. 술을 마시고 밥을 먹고, 또 밥을 먹고 술을 마시고…. 그렇게 크고 작은 모임에 참석해야 했다.

유일하게 제대로 기억할 수 있는 것은 논문 심사가 있던 그날 이후로는 더는 비가 내리지 않았다는 것이다. 매일 햇빛이 쨍쨍하게 대지를 비추었다.

마지막 송별회 날, 모두 기분이 풀어져 있었다. 맥주잔을 비우면 그 다음에는 백주*를 마시고, 또 백주잔이 비면 다시 맥주를 마시고. 나는 어지러워 죽을 지경이었지만 그 누구보다도 멀쩡한 모습으로 구석 자리에 앉아 있었다. 그리고 문득 주변에 낯선 얼굴이 너무나 많다는 것을 발견했다. 함께 4년을 보냈건만, 여전히 낯선 얼굴들이었다.

내 파트너는 다른 한편 구석 자리에 앉아 있었고, 나는 거의 그의 존재를 잊을 뻔했다. 그러나 나중에 그가 다가오더니 모든 여학생에게 축하의 말을 건넸고, 그다지 유창하다고는 할 수 없는 축사를 하더니 진지하게 한 잔 한 잔 마시기 시작했다.

나도 술잔을 높이 들고 웃으며 말했다.

"함께 일하는 동안 즐거웠어. 내 실험실 파트너."

그도 웃었다.

"아프다더니, 괜찮아진 모양이군."

"아니, 열 때문에 바보가 되어버린걸."

내가 대답했다.

"앞으로 다시는 물리학은 하지 않을 거야. 업을 바꿔서 소설을 써볼까 해."

"그거 좋지."

그가 말했다.

"네가 원하는 일이라면 뭐든 좋은 거야."

"너는? 베이징에 남을 거야?"

---

* 수수를 원료로 하여 빚은, 알코올 농도 60퍼센트 내외의 중국 특산 소주

그가 잠시 망설이더니 말했다.

"쓰촨으로 갈 거야."

"어째서?"

나는 깜짝 놀랐다.

"대학원에 진학하지 않은 거야?"

"나는 정향생(定向生)**이야. 졸업하면 바로 구원(九院) 소속이 되지. 계속 연구를 할 거야. 열섬 연구를."

"아하."

나는 대오각성한 듯 중얼거렸다.

구원은 공정물리연구원의 별칭이었다.

"공정물리연구원은 국방 전략 무기와 국방 첨단 기술을 발전시키기 위한 연구를 하는 곳이야. 국가의 중요한 국방 과학 연구 임무를 맡은 곳이지. 국가를 위해 고급 과학 기술 전문가를 길러내기 위해 2001년 12월 베이징 대학과 '중국 공정물리연구원과 베이징 대학 정향생 양성 협의서'를 체결했어. 베이징 대학은 2002년부터 중국 공정물리연구원을 위해 정향생을 학부생으로 받아 양성했는데, 학제는 4년이었지."

나는 강력한 성능을 자랑하던 그의 컴퓨터를 떠올리고, 모니터에 나타나던 삼라만상과 같은 모형도를 떠올렸다. 그리고 그 끊임없이 내리던 비와, 빗속의 눈알 같던 닫힌 저기압도.

"기상 무기를 만들러 가는 거야?"

나는 웃으며 말했다.

** 특수한 목적을 가진 학생으로 특정 지역이나 기관에서 졸업 후의 분배계획에 따라 입학시켜 교육한 고등학교나 전문학교, 대학교의 졸업생이나 석·박사를 가리킨다.

그는 조금 난처한 듯 이과 남자 특유의 미소를 지었다. 나는 잔을 높이 들었다. 얼음처럼 차가운 거품이 내 손끝을 타고 흘러내렸다.

"동지, 노력하시오. 국가가 그대를 부르고 있소."

우리는 잔을 부딪쳤고, 내가 다시 말했다.

"그날 밤…."

그가 나를 바라보았다.

"그날 밤 기숙사로 바래다주어 고마웠어."

그는 그저 고개를 끄덕인 다음, 술기운을 빌어 나를 한 번 포옹했다. 그리고 다른 이들이 놀리기 전에 몸을 돌려 다른 여학생과 잔을 부딪쳤다.

그날 밤 빗물은 이미 대문을 넘어 1층 복도까지 들이차고 있었다. 내가 노트북 가방을 안은 채 계단에 서 있노라니 그가 자전거를 타고 나타났다.

"바래다줄게."

나는 그의 자전거 뒷자리에 앉아 유일한 우산을 우리 두 사람의 머리 위로 썼다. 우산 가장자리로 빗방울이 떨어져 내려 그의 머리카락과 옷을 적셨다. 그의 단단한 등에서 희미한 열기가 피어오르고 있었다.

"사실…."

낮게 가라앉은 그의 목소리가 앞에서 들려왔다. 발을 내린 듯 내리는 비를 사이에 두고, 유달리 무겁고 침울한 목소리였다.

"사실 나는…."

"말하지 마."

나도 목소리를 낮췄다. 그가 뒤를 돌아보았다. 머리카락은 한 올

한 올 이마에 달라붙어 있었고, 가로등 불빛 아래 그의 눈은 축축하게 젖은 붉은빛이었다.

"뭐라고?"

"말하지 말라고."

내가 큰 소리로 다시 말했다.

"나는 다 아니까!"

"알다니…. 무엇을…."

"무엇이건 알아."

"언제…. 알게 된…."

"그건 나도 모르겠어. 하지만 알고 있어."

"그래, 네가 알면 되었어."

"그건 무슨 뜻이야?"

"별 의미 없어."

그는 다시 한번 힘겹게 나를 돌아보며 미소 지었다.

"나는 다만… 계속 무어라 말해야 할지 몰랐거든. 나는 참 바보 같아…."

나는 붉은 밤하늘 속 떨어지는 빗줄기를 바라보았다. 가느다란 칼날처럼 가지런히 빛을 발하던 빗줄기들. 나의 맨발은 물 위에서 흔들거리고 있었다.

응, 그래. 말을 할 줄 모르는 이과 남학생, 대학 4년을 함께 보낸 동기. 같은 실험실에서 그렇게 오래도록 함께 분투했는데, 너는 아무것도 말하지 않았지.

하지만 너는 나를 위해 그림을 그려주고, 데이터를 처리하는 법을 가르쳐주었다. 실험실의 전기가 차단될 때면 달려 나가 스위치를 올렸고, 내 생일을 기억하며 선인장을 선물해 주었다.

그리고 너는 이 도시에 비를 내렸다. 장장 열흘 동안, 저녁 7시부터 새벽 1시까지.

"정말이지."

나는 가벼운 웃음소리를 냈다.

"너나 생각해낼 법한 일이지."

억수같이 쏟아져 내리는 빗속에서 우리는 물에 잠긴 길을 지나갔다. 자전거는 차갑고 깊은 수면을 가르며 어린 시절 공원에서 배를 젓던 때처럼 한 번 또 한 번 출렁이는 물소리를 남겼다.

매우 듣기 좋은 소리였다.

그 후의 일 역시 기억에 흐릿하게만 남아 있다. 짐을 챙겼던가. 팔 수 있는 물건을 팔고 버려야 하는 물건은 버렸다. 나는 실험실에 가서 수건이며 베개, 슬리퍼와 컵, 휴지통, 다 마시지 못하고 남은 커피, 그리고 여전히 푸르던 선인장을 종이 상자에 전부 넣어 가져왔다.

베이징을 떠나던 그날은 구름 한 점 없이 하늘이 높고 맑은 날이었다. 나는 평생 이리도 푸른 하늘은 본 적 없노라 중얼거렸다.

혼자 기차에 앉아 있노라니 창밖으로 회색 빌딩이 가득 찬 거리와 복잡한 입체 교차로가 천천히 흔들리며 후퇴하기 시작했다. 도시 끄트머리로 끝없이 푸른 보리밭이 여름의 햇살 아래 왕성한 기운을 발하고 있었다. 6월은 이렇게 끝나고 이제 7월이었다. 나는 녹색의 한가운데에서 등 뒤의 도시를 떠났다. 그 외롭게 작열하는 섬은, 그리고 그곳에 남겨둔 수많은 추억은 내가 다시 돌아올 그날을 기다리고 있을 것이라 생각하면서.

이야기가 끝났을 때 하늘은 희미하게 밝아오고 있었다. 소란스

러움과 함께 더위가 가라앉았고, 마침내 나는 이불을 끌어안고 깊이
잠들었다. 선풍기는 쉴 새 없이 소리 내며 돌아가는데 꿈속에서는
빗소리가 조용히 들려오고 있었다.

DUET OF LOVE

사랑의 이중주

爱的二重奏

웨이(魏) 선생님께

　선생님, 그간 안녕하셨습니까.

　외람된 마음으로 글월 올립니다. 저는 리위안(李圓)으로, 생태 환경 연구 센터에 소속된 학생입니다. 작년에 선생님의 '후인류 시대 의 사랑과 결혼, 그리고 출산' 수업을 들었습니다. 저는 선생님의 강 의 스타일을 무척 좋아했고, 또한 선생님께서 추천해주신 책이며 영 화, 수업마다 진행하신 사례 분석과 심포지엄도 매우 마음에 들었습 니다. 기말 과제로는 최근 수년에 걸쳐 열렬하게 논의되고 있는 '사 랑 없는 결혼' 현상에 대한 보고서를 제출하였지요.

　유달리 기억나는 수업이 있습니다. 선생님께서 다큐멘터리를 한 편 보여주셨습니다. 〈사랑 암호 풀기〉라는 제목이었는데요. 다큐멘 터리에 의하면 금세기 초 한 과학연구 단체가 일련의 신경 생물학 실험을 통해 연애의 단계에 따른 인간의 대뇌가 활동하는 모습을 밝 혀냈고, 이로 인해 사랑과 대뇌의 보상 시스템 사이의 관계를 발견하게 되었다고 합니다. 특히 복측피개영역, 전전두피질, 측좌핵 등 도파민과 관련된 영역과의 관계를 말이지요. 바꿔 말하면, 사랑과 관련한 뇌과학적 기제는 중독과 거의 같다는 것이었습니다. 그 후 십여 년에 걸쳐 연구원들은 더욱더 많은 연구를 통해 이 대뇌 보상 메커니즘을 켜고 끌 방법을 찾아냈습니다. 관련 기술과 이념은 전 세계적으로 여러 차례에 걸친 격렬한 논쟁의 대상이 되었다가, 점차 대중에게 받아들여지게 되었습니다. 그러면서 여러 나라의 의료보장체계에 들어가게 되었지요. 요즘 아이들은 생후 2년에서 4년 사이에 의료센터에서 신경과 호르몬의 균형을 전면적으로 조정하게 되어 있습니다. 자폐증, 우울증, 편집증, 거식증, 폭식증, 중독 증세 등 정신과 행동에 각종 불균형 현상이 발생할 빈도를 낮추기 위해서입니다. 이 과정에서 사랑과 관련한 신경 회로(우리가 보통 '사랑의 자물쇠'라고 부르는 그것 말입니다)는 닫히게 되지요. 아이가 18세가 되어 성년이 되면 스스로 그 회로를 열 것인지 결정할 수 있습니다. 이 선택은 돌이킬 수 없는 것입니다. 문제의 자물쇠는 한 번 열리면 다시는 잠글 수 없으니까요.

저는 다큐멘터리를 통해 그 시대의 역사를 이해하게 되었고, 저도 모르게 부모님을 떠올렸습니다. 제 부모님께서는 당신들의 시대에는 성장이 얼마나 어려웠는지 몇 번이고 언급하신 바 있습니다. 그 말씀을, 저는 예전에는 이해할 수 없었습니다. 어찌 되었건 제 상상 속의 그 시대는 소비와 향락을 장려하던 시대였고, 사람들은 서로 비교하며 지나칠 정도로 겉치레에 신경을 썼지요. 자원과 환경 문제도 지금처럼 급한 일이 아니었습니다. 그 시대의 아이들은 '온실 속의 화초'에 비유되곤 하는데, 제가 보기에 이 비유는 아주 적절한 것 같았습니다. 그들은 온실 속 행복에 젖은 채 그 행복의 뒤에 숨어 있는 대가에 대해서는 전혀 개의치 않았지요.

그래서 저는 계속 부모님께서 이야기하시는 '성장의 어려움'을 이해할 수 없었고, 과장해서 하시는 말씀이겠거니 생각했습니다. 그러나 그 다큐멘터리를 본 후 이와 관련하여 강렬한 호기심이 생겨나기 시작했습니다. 저는 그 시대의 문학이며 영상 작품들을 찾아보기 시작했고, '성장의 어려움'은 확실히 반복되어 나타나는 주제였습니다. 서사 속 주인공들은 언제나 여러 가지 자신에게 좋다고 할 수 없는 일에 깊이 빠져 있었습니다. 담배, 술, 싸움은 물론이고 급우를 괴롭히기도 하고 연애도 하더군요. 그 외에 게임을 하기도 하고, 부모에게 반항하거나 가출을 할 뿐 아니라 심지어 범법 행위를 저지르기도 했습니다. 그들은 자신의 감정과 욕망을 전혀 통제하지 못하는 것처럼 보였습니다. 그리고 사람들과 어떻게 소통해야 하는지, 어떻게 도움을 구해야 하는지도 알지 못하는 것 같았습니다. 너무 많은 시간과 에너지를 그런 가치 없는 일에 썼기 때문에, 그들 대부분은 목표도 없고 계획도 결여되어 자신이 나아가야 할 방향을 찾지 못하고 있었습니다. 수많은 이들은 심지어 성년이 된 후에도 여전했고, 그런 몹쓸 태도로 후대에 영향을 끼치기도 했지요. 저는 간혹 이야기 속 인물에게 화가 나기도 했고, 또 그들을 대신해서 괴로워하기도 했습니다.

그 외에도 미성년자들 사이의 관계도 엉망이었습니다. 그 당시에는 링클라우드(LINGcloud)도 공동체 학습 센터도 존재하지 않았고, 학생들은 소위 '학교'라는 곳에서 집단생활을 하며 효율이 낮은 피동적인 학습을 해야만 했습니다. 학교의 분위기는 억압적이었고, 특히 남학생과 여학생은 의도적으로 소원한 관계를 유지해야 했습니다. 심지어 서로의 성별에 대한 편견으로 서로를 공격하고 조롱하는 일도 있었지요. 남자와 여자가 친밀하게 지내면, 어른들은 그들이 일찍 연애를 시작하지나 않을까 걱정했고 친구들은 비웃거나 따돌리기도 했습니다. 이상한 것은 대부분의 이야기가 또 바로 그 '이른 연애'와 관계 있다는 것이었지요. 내용도 제가 보기에는 황당하고 유치하기 짝이 없었습니다. 예를 들자면 A가 B를 좋아하지만, B는 그 사실을 알지 못하고, 또 A 곁에 있는 C와 B 곁에 있는 D는 모두 알고 있는…. 그러나 C와 D는 또 각각 B와 A를 좋아하는 그런 아수라장이었죠. 이야기 속 청소년들은 만남과 헤어짐을 반복하며 울고불고 난리를 피우는 것 외에 의미 있는 일은 없다는 것처럼 행동하고 있었습니다.

그래서 선생님께 서신을 보내 가르침을 청하기로 한 것입니다. 웨이 선생님, 이 문학 작품들은 당시의 상황을 어느 정도 반영하고 있다고 보십니까? 예술적 과장은 어느 정도나 섞여 있을까요? 과거의 아이들은 정말로 그렇게 엉망진창이었던 것입니까?

선생님의 답신을 기다리겠습니다.

삼가 축원을 올리며
새해 복 많이 받으시고 늘 행복하시기를 빕니다.

리위안 올림

＊

리위안 학생에게

반갑습니다.

일단 이런 문제의식과 그간 사고한 결과를 공유해준 것에 고맙게 생각합니다.

나는 학생보다 열 살 정도 많지만, 여전히 학생과 동시대의 사람입니다. 학생이 이야기한 그 시대는 나에게도 똑같이 '선사시대'나 마찬가지지요. 그렇기에 나 자신의 경험으로 학생의 질문에 답할 수는 없고, 그저 제한적인 인식에 근거해 조금이나마 탐구해볼 뿐입니다.

학생이 말한 것처럼 '성장의 어려움'은 오랜 세월 문학과 예술의 중요한 주제였고, 그로 인해 수많은 걸작이 탄생했지요. 그러나 이 모든 것은 기술의 발전에 따라 부지불식간에 바뀌고 말았습니다. 지금 우리는 과거의 방식으로 《홍루몽(紅樓夢)》 속의 세상을 이해할 수도 없고, 임대옥*처럼 매일 슬픔에 빠진 소녀를 기쁘게 감상할 수 없습니다. 우리는 햄릿처럼 우유부단할 수도 없고, 오필리아처럼 미쳐서 죽는 일은 더더욱 없지요. 우리는 이성적이며 품위 있게 행동하고, 또한 정직하며 우호적인 사람들입니다. 만약 청춘의 아픔이 일종의 열병과 같은 것이라면, 우리는 다행스럽게도 그 열병에 대한 면역이 있다고 해야겠지요. 이런 식으로 생각하면 우리도 또 다른 종류의 '온실 속 화초'일지도 모릅니다.

작품 중 진실이 얼마나 되고 또 예술적 과장은 얼마나 되는지 물었지요. 그 정도는 작품에 따라 천차만별이리라 생각합니다. 과거의 아이들이 정말로 그렇게 엉망진창이었느냐고도 물었지요. 이 질문에 답하자면 모든 시대는 그 시대만의 행운과 불행이 있고, 많은 경우 비교하기가 어렵습니다. 학생과 나의 부모 세대, 심지어 조부모

* 《홍루몽》의 주인공

세대도 어린 나이에 사랑의 맛을 깨달았기에 다른 이들과 다른 인생의 경험을 하고 그들 자신이 되어 우리를 낳고 키울 수 있었던 것이니까요. 우리는 후대의 입장에서 그들을 비평할 수 있지만, 이러한 비평이 성립될 수 있는 이유는 정말 그저 우리가 후대 사람이기 때문입니다.

이런 관점을 학생이 받아들일 수 있을지 궁금합니다.

만약 다른 의견이 있다면, 서신을 통해 계속 토론하도록 합시다.

아울러 새해의 행복과 건강을 기원하면서

후인류 연구 센터

웨이징즈(魏敬之)

✳

웨이 선생님께

답신에 감사드립니다. 저는 선생님께서 하신 이야기에 일리가 있다고 생각합니다만, 여전히 남은 의문이 있습니다.

선생님께서는 어린 나이에 사랑을 알게 된다 해도 반드시 그렇게 나쁜 일만은 아니라 생각하시는 것이지요? 그렇다면 선생님께서는 자물쇠 해제를 미루는 사람들에 대해서는 어떻게 생각하십니까?

저는 보고서와 논문 등을 통해 성인이 된 후에도 해제를 미루는 사람들이 있다는 사실을 알게 되었습니다. 해제를 미루는 경우, 매해 생일마다 다시 한번 더 선택할 기회가 있습니다. 그중 매우 큰 비율의 사람들이 계속 해제를 미룬다고 합니다. 심지어 가장 빨리 신경회로를 닫은 사람 중에서는 지금까지도 해제를 선택하지 않은 경우도 있다고 하더군요. 이런 사람들은 과거에는 아주 오랜 기간 익명으로 일관하며 주변 사람들에게까지 그 사실을 숨기는 경우가 많았습니다. 이 사실이 드러나면 돌연변이와 같은 취급을 받았고요. 그러나 최근 들어 공개적으로 목소리를 내는 경우가 많아져 무시할 수 없는 사회 현상이 되고 있습니다.

해제를 미루는 원인은 아주 많습니다. 어떤 사람들은 시간, 에너지, 경제적인 면을 고려하여 그런 결정을 내립니다. 그들은 청년기에 학습과 자기계발에 에너지를 쏟고, 경제적인 조건이 안정된 후 연애를 시작하고 싶어 합니다. 또 어떤 사람들은 연애의 과정에서 초조함, 실망, 좌절, 그리고 자기 부정 등 부정적인 체험을 피할 수 없으리라는 생각에 두려움을 느끼기도 하지요. 그런 사람들은 자신의 정신이 좀 더 성숙해진 후 충분한 준비가 되었다고 느낄 때 사랑을 마주하려 하기도 합니다. 아, 또 사랑에 대해 부정적인 태도를 보이는 사람들도 있습니다. 그들은 연애 중인 사람들이 이기적일 뿐 아니라 자신의 행복에만 관심을 두고 타인의 불행을 보지 못한다고 생각하지요. 심지어 연애 중인 사람들은 그보다 더 의미 있는 일을 찾지 못하기 때문에, 연애만을 인생에서 가장 중요한 일로 여긴다고 생각하기도 합니다.

그 외에 이런 관점도 있더군요. 사실 사람이 평생 반드시 연애를 해야 하는 것은 아니라는 생각 말입니다. 예를 들자면 인간이 자신의 출산을 통제할 수 없었던 과거에는 사람들은 모두 여자는 반드시 아들을 낳아야 하며 남자는 동성과 결혼할 수 없다고 믿었습니다. 이런 규칙을 지키지 않으면 하늘의 도리나 인간의 윤리를 어기는 것처럼 취급되었죠. 그러나 기술이 발전하고 사회가 변화함에 따라, 사람들은 더는 그러한 규칙을 믿지 않습니다. 마찬가지로 우리가 사랑의 스위치를 조절할 수 있는 능력이 생긴 것은, 사랑의 신화를 되짚어볼 때가 되었다는 뜻입니다.

과거에는 사랑이 행복한 결혼 생활을 보장해준다고 믿었습니다. 그러나 지금은 점점 더 많은 사람이 잠금 해제를 하지 않은 채 적당한 반려를 찾아 결혼과 출산을 합니다. 제가 지난 기말 과제로 제출한 보고서는 바로 기존의 연구 결과를 기초로 하여, 이러한 사랑이 없는 결혼과 전통적인 결혼 사이의 차이를 초보적으로나마 비교한 것이었습니다. 조사 데이터와 사례 분석에 따르면, 전자가 후자보다 더욱더 안정적이고, 결혼 후의 행복 지수도 더 높았습니다. 심지어 성생활 만족도에서도 우위를 점하고 있었지요. 사랑 없는 결혼을 했던 부부가 결혼 5주년을 맞이해 함께 잠금을 해제하며 자신들의 결혼 생활이 더욱 낭만적으로 변할 것을 기대한 사례도 있습니다. 그러나 얼마 지나지 않아 그들은 각각 다른 사람을 사랑하게 되었고, 결국은 이혼을 선택했습니다.

선생님은 이 문제에 대해 어떻게 생각하십니까? 이 관점에 찬성하시는지요? 아니면 반대하십니까? 선생님께서는 인생에 있어 사랑이 필수 불가결한 무엇이라고 생각하십니까?

답신을 계속 기다리겠습니다.

축원을 올리며
리위안 드림

✳

리위안 학생에게

학생이 제기한 이 문제는 아주 재미있군요. 혹시 기억하는지 모르겠습니다. 수업 시간에 현대 사회에서 사랑의 변천에 관해 토론했던 적이 있었지요. 산업혁명 전까지 결혼은 정치, 그리고 경제와만 관련된 것이었습니다. 사랑은 오히려 결혼의 이유가 아니라 장애로 여겨졌고, 부부 사이에도 서로 사랑을 표현하지 않았습니다. 현대 사회로 접어들며 사회에서 사랑이 맡은 역할에도 일련의 변화가 생겼는데, 쁘띠 부르주아의 백일몽에서 그 꿈을 깨뜨려버리는 혁명의 폭풍이 몰아치고 있다고 볼 수 있겠지요.

　　금세기 초에 사랑은 이미 그 어디에나 존재하는 문화적, 정치적, 경제적 현상이 되었습니다. 우리가 매순간 느끼는 설렘이란, 결국 또 하나의 새로운 '생산-소비' 사이클을 의미하게 되었지요. 쇼핑, 식사, 영화 관람, 서로 주고받는 선물이며 여행과 휴가, 결혼식, 부동산 매입, 인테리어, 그리고 각종 소셜미디어에 이러한 내용을 전시하는 행위까지…. 그와 동시에, 사람들은 이 겹겹이 밀려오는 관문들 앞에 기진맥진하게 되었습니다. 사람들은 계속 기대를 낮추고 덜 위험하거나 통제가 쉬운 게임 속에서 쾌감을 찾을 수밖에 없었습니다. 그리고 이러한 것들은 끊임없이 새롭게 생산되었고, 점점 더 많은 사람이 연애를 선택하지 않게 되었습니다.

　　여기에서 사랑에 대한 역설이 생겨납니다. 사랑은 게임 속에서 가장 중요한 역할을 맡는 것 같지만, 한편으로는 게임 밖으로 밀려나기도 하는 것입니다. 수십 년 전 한때 유행했던 궁중 연애극과 같다고 할 수 있겠지요. 모든 여성 캐릭터가 황제의 사랑을 얻기 위해 움직이는 것처럼 보이지만, 실제로 극에 진정으로 긴장감을 부여하는 동력은 황제와 관련이 없습니다. 그 동력은 그저 여성 캐릭터들 사이에만 존재합니다.

이러한 각도에서 보면, 소위 '사랑'이라는 것은 확실히 관념적인 환상에 지나지 않는 것입니다. 사랑을 느끼지 않는 집단과 사랑 없는 결혼은 이러한 환상을 타파하는 또 다른 실제적인 가능성을 제공한다고 볼 수 있습니다.

마지막으로, 실례인 것을 알면서도 한마디 묻고 싶군요. 나에게 서신을 보내 이러한 질문을 하는 이유는, 개인적으로 어떤 어려움에 봉착해 있기 때문이 아닌지요? 괜찮다면 나에게 이야기해주었으면 좋겠습니다. 나는 학생의 이야기를 계속 경청할 준비가 되어 있습니다.

행운을 빌며.
웨이징즈

✳

웨이 선생님께

답장에 감사드립니다. 그리고 마지막에 물어봐주신 질문에도 감사드려야 할 것 같습니다. 그렇습니다. 최근 저는 확실히 당혹스러운 고민에 빠져 있습니다. 다음 달 14일, 즉 밸런타인데이가 바로 저의 18세 생일인 동시에 저와 가장 친한 친구인 장커(張可)의 생일이기 때문입니다.

저는 장커와 어릴 때부터 함께 자랐습니다. 우리는 함께 놀고 함께 공부했으며 운동도 했지요. 우리는 각자의 취향이 있지만, 또한 공통된 취미도 있습니다. 우리는 여러 문제를 토론했고 서로의 의견을 나누었습니다. 종종 논쟁을 벌이기도 했지만, 언제나 그 논쟁을 통해 다른 관점을 이해할 수 있었지요. 우리는 항상 협동하여 공동체 학습 센터에서 할당한 프로젝트를 수행하였는데, 저는 실험을 설계하고 조작하는 일에 능하고 장커는 데이터를 분석하고 보고서를 작성하는 일에 능합니다. 이런 점에서 보면 우리는 최고의 파트너라 할 수 있지요. 제가 전에 보낸 서신에서 말씀드렸듯, 이러한 일은 과거에는 거의 가능하지 않았던 것 같습니다. 그 시절에는 남자아이와 여자아이가 가장 친한 친구가 되는 것이 아주 어려웠으니까요.

생일이 같은 날이기 때문에 우리는 오래전부터 열여덟 번째 생일에 함께 잠금을 해제하기로 약속했었습니다. 물론 그 유치한 소문, 그러니까 해제를 하는 순간 처음 본 사람을 사랑하게 된다든가 하는 그 소문을 믿어서는 아닙니다. 그래요, 그런 이유가 아닙니다. 사실 사람들은 대부분 그 순간 별다른 특별한 느낌을 받지 못한다고 하더군요. 종종 잠금을 해제한 후 꽤 시간이 흐른 후에야 처음으로 설레는 상대를 만나게 되기도 하고요. 저와 장커에게 있어 이 약속은… 어떤 종류의 격식을 갖추자는 것을 의미합니다. 인생의 새로운 단계로 들어서는 순간을 함께하며 서로의 증인이 되자는 것이지요.

그러나 작년 여름에 발생한 일 하나가 우리의 약속을 깨뜨리고 말았습니다. 당시 우리는 한 연구 프로젝트에 참여하기 위해 근처 작은 마을에 가서 수질 오염 상태를 조사하고 있었습니다. 약 1주일에 걸쳐 조사하는 과정에서 우리는 보기만 해도 몸서리가 쳐지는 일들을 수없이 보았습니다. 악취에 찌든 모래톱, 더러운 물 속에서 죽어가는 물고기와 새들, 병을 앓고 있는 여자와 아이들…. 답사를 끝내고 돌아오는 길, 모두 침묵을 지킬 수밖에 없었습니다. 그런데 바로 그 순간, 결혼식을 위해 화려하게 장식한 차들이 우리가 탄 버스 옆을 지나가기 시작했습니다. 한 대, 또 한 대, 생화와 화려한 띠로 장식한 검은 차들이 끝이 보이지 않을 정도로 줄지어 달려가고 있었습니다. 저와 장커는 창가에 앉아 있었고, 마지막 차량이 시야 밖으로 사라질 때까지 묵묵히 지켜보았습니다. 그리고 잠시 후, 장커가 갑자기 나지막한 목소리로 묻더군요.

"우리도 저들처럼 될 수 있을까?"

저는 그 아이가 무슨 생각을 하고 있었는지 알고 있습니다. 저 역시 같은 생각을 하고 있었기 때문이지요. 비록 그때의 그 느낌을 언어로 표현하기는 어렵긴 하지만 말입니다.

장커는 아마 그때부터 해제를 미루는 일을 진지하게 고려하기 시작한 것 같습니다. 그리고 저 역시 사랑 없는 삶이 어떤 형태일지 생각하게 되었습니다.

생일은 하루하루 다가오는데 저는 아직도 어떻게 해야 할지 결정을 내리지 못하고 있습니다. 장커를 설득해 함께 해제하러 가야 할까요? 아니면 저 혼자 가야 할까요? 아니면 저도 장커와 함께 잠금 해제를 미루는 것이 옳을까요?

저는 평생 장커의 가장 좋은 친구가 되고 싶습니다. 최고의 파트너가 되어 더 높은 목표를 추구하고, 어떻게든 인류를 위해 의미 있는 일을 하고 싶습니다. 어쩌면 우리는 결혼을 할 수도 있고 아이를 낳을 수도 있겠지요. 사랑이 없다면 우리는 아마 이 모든 것을 더욱 잘해낼 수 있을 것입니다. 최소한 우리의 부모보다는 더 잘할 수 있겠지요.

제 부모님은 이러한 저의 생각을 전혀 이해하지 못하고 계십니다. 그분들은 제가 아주 이상하다고 생각하고 계세요. 아마 서로 다른 시대에 성장했기 때문이겠지요. 그래서 저는 선생님께 서신을 보내 여쭐 수밖에 없었습니다.

사실 선생님께 서신을 보내는 것에는 또 다른 이유가 있습니다. 저는 선생님께서 작년에 결혼하셨다는 것을 알고 있습니다. 선생님께서 부인과 함께 산책하시는 것을 몇 번이나 보았거든요. 두 분은 무척 행복해 보였습니다. 저는 저를 가르치신 선생님께, 사실 그보다는 사랑을 경험하고 계신 분께 여쭙고 싶습니다. 선생님, 제 의문에 대해 어떻게 생각하시는지요?

선생님의 답신을 기다리겠습니다.

축원을 올리며
리위안 올림

✱

리위안 학생에게

일단 나를 믿어주어 고맙다는 이야기를 해야겠습니다. 이 수업을 시작한 후로 나는 늘 학생들로부터 비슷한 질문을 담은 편지를 받습니다만, 나도 종종 어떻게 대답해야 할지 모르는 상황이 됩니다. 필경, '이론은 잿빛이며 오직 생명의 나무만이 푸른 법'이니까요.

나도 학문의 길을 걷기 시작한 후, 이러한 문제로 고민했던 적이 있습니다. 나는 특히 사랑을 연구하면서 그 속에서 조화를 이룰 수 없는 모순과 갈등을 보게 되었고, 점점 더 우왕좌왕하며 망설이기만 할 뿐이었습니다.

그러던 어느 날, 한 여자를 만났습니다. 그 여자가 내게 사랑한다고 하더군요. 나는 그때 아직 잠금을 해제하지 않은 상태였지만, 어째서였을까요, 나도 얼떨결에 그 말을 하고 말았습니다. 그러니까 나도 당신을 사랑한다고 말입니다. 그 후로 우리 두 사람은 함께하게 되었지요.

우리는 다른 연인들처럼 지냈습니다. 나는 할 수 있는 모든 것을 다 하면서도 마음 깊은 곳에서는 늘 조바심과 불안을 느껴야 했습니다. 나는 마치 불미스러운 성벽이라도 숨기고 있는 것 같은 기분에 늘 자책하곤 했지요. 그러나 주변 사람들이 보기에 우리는 마치 하늘이 맺어준 듯한 모범적인 연인이었습니다. 그 사람은 마치 태양처럼 열정적이고 자유분방한 성격이었고, 나는 수줍음을 많이 타는 내향적인 성격이었지만 자상하고 포용력이 있었습니다.

그렇게 몇 년이 지나 우리는 결혼을 이야기하는 단계로 접어들었습니다. 결혼 전날 밤, 나는 친구들과 함께 술을 마시러 갔습니다. 자리를 파한 후, 나는 혼자 걸어 집으로 돌아오고 있었습니다. 여름이었고 나는 슬리퍼를 신고 있었지요. 아마 취기 때문이었겠지만, 나는 좁은 골목길을 지나다가 그만 발목을 삐끗하여 넘어졌고 신발 한 짝이 길가의 하수구로 떨어졌습니다.

내가 신발을 건져보려 했을 때, 갑자기 거대한 불안감이 서서히 밀려오기 시작했습니다. 나는 마치 밝고 매끄러운 삶의 표면 아래 깊이 숨어 바닥이 보이지 않는 구렁을 본 것만 같았습니다. 그 구렁은 조용히 기다리고 있었지요. 바로 내가 조만간 그 구렁으로 발을 헛디디기를 말입니다. 나는 갑자기 온몸에 힘이 빠진 나머지 몸을 일으켜 집으로 돌아갈 수도 없었습니다.

그래서 나는 길가에 주저앉은 채 약혼녀에게 전화를 걸어, 모든 것을 고백했습니다. 나는 당신을 사랑할 수 없고, 또한 그런 식으로 당신을 속이며 결혼할 수도 없다고 말입니다. 나는 그저 그 사람에게 용서를 구하는 수밖에 없었습니다.

내가 이 모든 것을 털어놓는 동안 그 사람은 말이 없었습니다. 잠시 침묵이 흐른 후, 내게 어디 있는지, 언제 돌아올 것인지 물었습니다. 나는 모르겠다고 대답했지요. 그러자 그 사람은 내가 돌아올 생각이 있기는 한지 물었고, 나는 생각할 시간이 필요하다고 답했습니다. 그 사람은 자못 냉정한 목소리로 아침 7시까지 기다리겠다고 말한 후 전화를 끊었습니다.

나는 근처에 있는 24시간 패스트푸드점에 들어가 죽과 만두를 주문했지만 통 입맛이 없더군요. 그때가 막 밤 12시를 넘겼을 무렵이었습니다. 나는 창가 구석에 앉아 오가는 사람이며 차량을 지켜보며 온갖 선택과 그 결과를 상상하기 시작했습니다. 가장 통속적인 선택부터 가장 미친 듯한 선택까지, 이리저리 조합하고 배열해보았지요. 시간이 흐르며 가게로 들어오는 손님들이 점차 줄어들었고, 마침내 종업원 한 사람만이 남아 카운터에 엎드려 졸고 있었어요. 그 밤이 지금까지 내 인생에서 가장 지독했던 밤이었습니다.

새벽 6시 반이 되었을 때, 나는 이미 궁지에 몰린 짐승처럼 절망의 극치를 달리고 있었습니다. 그리고 모든 것을 하늘에 맡기기로 결심했습니다. 나는 중얼거렸죠. 앞으로 15분 동안 말이다, 내 앞을 지나가는 사람의 수가 짝수라면 돌아가서 결혼하자. 만약 홀수라면 나는 이 결혼을 하지 않는 거야.

이때는 이미 날이 밝기 시작해 길에 행인이 오가고 있었습니다. 나는 묵묵히 종이 위에 숫자를 세기 시작했습니다. 조깅을 하는 중년 남자, 1. 두 아이를 학교에 데려다주는 엄마, 2, 3, 4. 바닥을 쓰는 환경미화원, 5. 짝을 지어 새를 산책시키러 가는 노인 몇 명, 6, 7, 8, 9. 차를 몰고 지나가는 당직 경찰 두 사람, 10, 11. 삼륜차를 탄 행상 하나, 12.

벽에서는 시계가 똑딱똑딱 울리고 있었습니다.

길모퉁이에 자전거를 탄 사람이 나타났습니다. 이제 최후의 15초가 남아 있었습니다. 그 사람은 모퉁이를 돌아 내가 있는 거리로 아주 빠르게 달려왔습니다. 10, 9, 8, 7, 6⋯. 나는 떨리는 손으로 종이 위에 마지막 획을 그었습니다. 13.

그때였습니다. 끼익 소리와 함께 입구에 차가 멈추더니, 누군가가 차를 잠그고 가게 안으로 들어왔습니다. 젊은 아가씨였지요. 검고 마른 듯한 얼굴에 이마에는 땀이 맺혀 있었고, 두 눈은 아주 밝게 빛나고 있었습니다. 아아, 젊은이여, 나는 속으로 중얼거렸습니다. 너는 스스로 알지 못하는 사이에 눈앞에 있는 이 사람, 나의 운명을 바꿔놓았도다.

아가씨는 곧장 카운터 쪽으로 가더니, 졸고 있던 종업원을 깨웠습니다. 젊은 종업원이 고개를 들더니 졸린 눈으로 얼굴을 비볐고, 아가씨는 도시락을 내려놓았습니다. 그리고 청년의 헝클어진 머리를 매만져주고는 고개를 갸웃하며 웃는 것이었습니다. 청년도 따라 웃었고, 두 사람은 그렇게 아무 말 없이 서로만을 바라보았습니다.

나는 그 자리에 앉아 그 광경을 보고 있었습니다. 갑자기 한 줄기 빛이 나의 눈앞에 흔들리기 시작했습니다. 창밖 멀리 고층 건물 뒤에서 아침 햇살 한 가닥이 거리를 환히 비춰와, 모든 미세한 부분까지 낱낱이 드러나고 있었습니다.

바로 그 순간, 그때까지 경험해보지 못한 감각을 체험할 수 있었습니다. 마치 그 한 쌍의 연인의 몸 안으로 들어간 것 같은 느낌이었죠. 나는 그들의 눈과 코와 귀, 그리고 마음을 통해 해가 떠오르는 이 아침을 느낄 수 있었습니다. 방금 거리를 지나갔던 모든 이들의 몸으로 들어가 이 세계를 느낄 수 있었습니다. 그리고 내 약혼녀를 떠올렸지요. 그 사람과 관련된 모든 기억이 물밀듯이 쏟아지더니 앞다투어 피어났습니다. 나는, 그러니까 사랑을 할 수 없던 내가, 갑자기 그 사람, 나를 지극히 사랑하는 사람의 각도에서 우리가 함께 겪은 매일 매순간, 매분 매초를 다시 한번 경험할 수 있었습니다.

알랭 바디우는 《사랑 예찬》에서 '사랑은 진리로 향하는 절차'라고 표현한 바 있습니다. 사랑에는 모종의 보편적인 무엇인가가 존재하는데, 모든 사랑은 '하나'가 아니라 '둘'과 관련한 진리를 새롭게 체험하게 해주기 때문입니다. 세계는 고독한 개체가 의식할 수 있는 방식과 또 다른 방식으로 만나고 경험할 수 있게 됩니다. 어떤 종류의 사랑이건 사랑은 우리에게 그러한 새로운 체험을 줄 수 있는 것입니다.

그 순간 나는 그 말의 의미를 이해할 수 있었습니다. 나는 사랑을 하고 있었습니다. 그래요, 나는 내 대뇌에서 대체 무슨 변화가 있었는지 알지 못합니다. 그러나 나는 내가 사랑하고 있다는 사실만은 알 수 있었습니다.

나는 문을 박차고 뛰어나갔습니다. 눈에서는 계속 눈물이 흐르더군요. 나는 문 앞까지 달려가 떨리는 손으로 문을 열었습니다. 내 약혼녀는 방 안에서 물건을 정리하고 있더군요. 나는 그 사람에게 달려들어 꽉 끌어안은 채, 울어서 부어오른 약혼녀의 얼굴에 입을 맞췄습니다. 그리고 몇 번이고 말했지요.

"사랑해!"

태어나 처음으로 나는 그 말의 마력을 느낄 수 있었습니다. 그 말은 나를, 또 그 사람을, 우리 둘을 완벽하게 새로운 사람으로 변하게 해주었지요.

그래요, 이게 바로 나의 이야기입니다. 학생의 질문에 관해서라면,

그것은 아마 어떠한 대답도 구성하지 못할 것입니다. 내가 말할 수 있는 것은 그저 삶은 우연으로 가득 차 있고, 또한 모험으로 가득 차 있다는 것입니다. 매 순간의 결정은 모두 주사위를 던지는 것과 마찬가지입니다. 주사위가 땅에 떨어지는 순간, 새로운 시간과 새로운 가능성이 열리는 것이지요. 내게는 이것이 사랑의 의미입니다.

진심으로 용감하게 맞설 수 있기를 바랍니다.

축복을 보내며
즐거운 밸런타인데이 되기를 바랍니다!

웨이징즈

LIGHT OF THEIR DAYS

과거의 풍경

昔日光

북적대던 역 전광판에 갑자기 할머니의 얼굴이 나타났다.

확연하게 늙은 얼굴이었다. 색색의 반점이 가득한 어두운 갈색 피부는 마치 바람에 말린 짐승의 가죽처럼 쪼그라들어 있었다. 눈두 덩이, 입매, 볼, 심지어 관자놀이까지 움푹하게 파여 있었고, 성긴 백발은 마치 두개골 안에서 끌어당기기라도 하는 듯 두피에 찰싹 달 라붙어 있었다. 가늘게 뜨고 있는 눈동자에는 어떤 빛이랄 것이 거 의 보이지 않아 표정을 분간하기 어려웠다. 생과 사를 넘나드는, 이 미 사람이 아닌 것 같은 존재의 얼굴.

나는 멍하니 걸음을 멈췄다. 할머니였다. 기억 속 모습과는 확연 히 달랐지만 알아볼 수밖에 없었다.

화면에는 여전히 자막과 설명을 곁들인 얼굴들이 하나씩 나타났 다 사라지고 있었다. 항전 승리 80주년, 최후의 노병. 국가는 그들 에게 훈장을 수여했고 매체는 특별 기사를 기획했다. 그들의 이야기는 다시 한번, 그리고 아마도 최후로 진술되는 중이었다.

나는 한참 손가락을 꼽아본 후 할머니가 올해 106세라는 사실을 계산해냈다.

아버지는 할머니의 막내아들이었고, 또 아버지는 나를 늦게 낳았다. 친척 중에는 나보다 나이가 많은 조카와 조카딸이 여럿 있었다. 할머니의 풍부한 인생 경험은 가족들이 모일 때마다 언제나 변함없이 화제에 올랐다. 술이 세 순배 돌고 나면, 모두 옛 기억을 꺼내놓기 마련이었다. 할머니가 집을 나갔던 해에 대해, 또 혁명에 참가한 해에 대해, 또 할아버지를 만났던 해와 첫 아이를 낳았던 해에 대해…. 항전에서 승리한 해와, 가족들을 이끌고 이주했던 해, 그리고 기근을 겪은 해와 가족 중에 사람이 늘어난 해, 그리고 할아버지가 세상을 떠난 해에 대해. 그렇게 이야기가 끝에 도달할 때면 모두 함께 술잔을 들고 할머니의 건강과 장수를 기원했다.

내게는 그런 숫자들이며 장소, 사건들이 언제나 조금 낯설게 느껴졌다. 너무나 거대하고 복잡한 거미줄처럼 역사 깊숙한 곳으로 끝없이 퍼져나가는 것 같았으니까. 나는 온 힘을 다한 다음에야 겨우 그 안에서 내가 속해 있는 위치를 찾아낼 수 있었다. 눈을 들어 바라보면 할머니는 아주 먼 곳에 있는 것 같았다. 아니, 아니다. 할머니는 바로 그 그물 자체라 해야 할 것이었고, 내가 알아보고 상상할 수 있는 것은 그 속에 빛을 받는 일부에 불과할 터였다.

문득 어린 시절이 떠올랐다. 한번은 할머니를 따라 거리에 나갔는데, 길가 행상인의 수레에 기기괴괴한 모습의 나뭇가지들이 가지런히 묶여 있는 것이 보였다. 할머니는 내가 신기해하는 것을 보고 돈을 내어 나뭇가지 한 다발을 산 다음, 나뭇가지 끝에 부풀어 있는 부분을 떼어내 내 입에 넣어주었다. 놀랍게도 회색 나무껍질 아래

달고도 끈적한 녹색 과육이 숨어 있었다. 할머니는 이걸 헛개나무라 부른다고 알려주었다. 어린 시절 산에서 항상 따먹었다고 하면서 말이다. 나는 그 맛을 음미하며 자신도 모르게 이렇게 이상하게 생긴 과실은 외계 식물과 닮은 건 아닐까 상상하기 시작했다. 나에게 있어 할머니가 온 그 세상은 바로 다른 행성처럼 멀고 낯설기만 했다.

그리고 오늘 이 특별한 날, 역의 대형 전광판에 할머니의 얼굴이 스쳐 가는 것을 본 순간, 그때와 같은 감정이 다시 한번 치솟아 올라왔다. 항전의 승리는 나에게 있어 오직 책과 드라마에만 존재하는 것이었다. 나는 그 글귀를 읽었을 때 할머니를 떠올리지 않았고 길가 행상에서 헛개나무를 사주던 늙은 부인을 떠올리지도 않았다. 내가 떠올린 것은 과거 지주 집안의 아가씨였던, 그리고 과거 한 명의 군인이었던 사람이었다.

뉴스는 곧 끝났고, 전광판은 색색이 화려한 여행 광고로 바뀌었다. 나는 카운터로 발길을 돌려 고향으로 돌아가는 고속철 티켓을 구매했다.

기차 안에서는 아이들의 울음소리가 그침 없이 들려왔다. 옆자리의 노부인이 손자를 달래고 있었지만 별 소용 없는 모양이었다. 힘이 넘치는 작은 남자아이는 계속 발길질을 하며 고함을 질러댔다. 나는 아이 때문에 짜증을 내는 동시에 노인을 동정하며, 또 계속 생각했다. 아마 나도 어릴 때는 저렇게 말을 듣지 않았겠지. 어린 시절 부모의 일이 바빴기 때문에, 나도 한동안 할아버지, 할머니와 산 적이 있었다.

좌석 옆 버튼을 누르자 얇은 빛의 장막이 위에서 내려와 나를 감쌌다. 주변의 빛과 소리가 모두 차단되며 바람이 통하지 않는 벽이 되었다. 나는 손끝을 빛의 스크린에 가져다 대었다. 시스템이 나의 지문을 읽고, 그날의 뉴스며 화제를 추천하기 시작했다. 가장 위에 올라와 있는 내용은 물론 광장에서 벌어지는 열병식이었다. 뉴스의 사진과 영상들이 마치 먹이를 빼앗으려는 물고기 떼처럼 눈에 들어 왔다. 나는 손끝으로 가볍게 그것들을 튕겨내고, 다시 스크린을 몇 번 터치해 개인 음성 도우미를 불러냈다. 만화적 그림체로 그려진 소녀가 나타났다.

"안녕하세요! 모르는 것이 없는 샤오펑(小風)입니다! 어떤 도움 이 필요하신가요?"

샤오펑은 일부러 표준적이지 않은 보통화(普通話)*로 말하고 있 었다. 들은 바에 따르면 그래야 사람들이 좀 더 좋아한다는 모양이 었다.

"할머니에 대한 자료를 찾고 싶어."

나는 할머니의 이름을 이야기했다.

"와, 할머님께서 연세가 많으시네요!"

샤오펑은 애교스럽게 말끝을 늘리며 말했다.

"어느 시절의 자료를 원하시나요?"

"전부."

내가 대답했다.

"평생의 자료를 모두."

빛의 스크린 위로 문자와 그림이 올라오기 시작했다. 마치 할머 니의 일생 이야기가 시간의 흐름을 타고 내 눈앞을 지나가는 것 같 았다.

---

* 중국의 표준어

"제가 읽어드릴까요?"

샤오펑이 물었다.

"그럴 필요 없어. 나도 글자를 아니까."

나는 일부러 샤오펑을 당황하게 했다.

자료는 다양했다. 신문 기사, 오래된 사진, 인터뷰 영상, 서신의 영인본, 각종 공문서와 다큐멘터리의 일부분, 할아버지가 생전에 출판했던 회고록의 발췌, 심지어 초등학생이 쓴 작문도 하나 있었는데, 제목은 바로 '할아버지, 할머께 올리는 편지'였다.

나는 비뚤비뚤한 글씨를 한참 살펴본 끝에, 이 작문이 바로 내가 쓴 것이라는 사실을 알아차렸다.

"이걸 어디서 찾아낸 거지?"

나도 모르게 소리쳤다.

"스스로 클라우드 사진첩에 올리셨잖아요?"

샤오펑이 키득거렸다.

"기억력하고는, 정말이지!"

나는 계속 자료를 살펴보았다. 문득 내가 다차원 공간에 있는 것처럼 느껴졌다. 주변에는 무수한 벽과 창이 있는데, 그 창 하나하나를 통해 밖을 바라보면 서로 다른 시공간 속의 할머니를 볼 수 있었다. 나이도 다르고 차림새도 얼굴도 표정도 모두 다른 할머니를. 할머니'들'은 한 사람의 인생 궤적에 다중으로 투영된, 그 거대한 거미줄의 각기 다른 부분이었다. 할머니는 고요히, 그러나 굳건하게 역사 속을 바삐 헤쳐나가고 있었다. 할머니는 자신의 작은 발걸음 하나하나가 어떤 방식으로 미래에 영향을 끼칠지 알지 못하고 있었다.

"할머니께서 스스로 쓰신 것은 없어?"

내가 물었다.

"할머님께서는 글을 거의 안 쓰셨어요."

샤오펑이 대답했다.

"물론 쓰셨을 수도 있죠. 다만 여러분께 보이고 싶지 않아 하셨을지도요."

이어 나는 내가 수년 전에 썼던 시놉시스를 보게 되었다. 이 시놉시스는 할머니를 주인공으로 하는 이야기였다. 이야기는 햇살이 내리쬐는 오후에 시작된다. 연로해진 할머니는 혼자 정원에 앉아 졸고 있다. 할머니는 꿈을 꿀 때마다 시공간을 넘어 자신의 젊은 시절로 돌아가, 전우들과 함께 기나긴 길을 걸어 전쟁터로 향했다. 할머니는 막막하고 불안할 수도 있고, 전우들에게 자신이 미래에서 왔다고 말할 수도 있었다. 그때의 전쟁은 이미 승리했고, 그들이 논두렁이며 흙으로 쌓아 만든 구들에 앉아 열렬하게 바라던 그 평화로운 생활이 이미 다가왔노라고. 심지어 더욱 윤택하고 아름다운 삶을 살고 있노라고.

할머니는 그 신기한 것들에 대해서도 말해줄 수 있었다. 희곡과 책에는 나오지 않는 도시와 빌딩, 비행기와 자동차들…. 할머니는 전우들이 훗날 어떤 삶을 사는지도 하나하나 기억해낼 수 있었다. 그들의 희생과 고통, 상실과 시련…. 물론 영광스러운 장면도 있고 꿈을 이루는 장면도 있으며 또 차마 입에 담지 못할 것들도 있고 가볍게 웃고 넘어갈 수 있는 일들도 있다. 전우들은 큰 소리로 웃으며 할머니가 꿈을 꾸고 있다고, 그런데 이야기가 아주 생동감이 넘친다고 이야기할 수 있을 것이다. 할머니는 결국 더 설명하지 않고 짐을 챙겨 길을 떠나 청춘을 바쳤던 위대한 전투를 다시 한번 수행할 것이다. 그러다 갑자기 다시 오랜 세월 후의 그 오후로 돌아올 것이다.

따스한 햇살은 그 긴 시간 동안 그저 꽃잎 사이로 살짝 움직였을 뿐, 여전히 내리쬐고 있을 것이다.

할머니는 타임슬립 드라마 속 주인공처럼 역사를 바꿀 수는 없지만 과거의 시간으로 돌아가는 것은 사실이었다. 그것은 결코 환각도 아니고 영상 속 이야기도 아니었으며 가상현실이나 게임도 아니었다. 할머니 자신을 제외하면 진짜 역사를 아는 이가 없지만.

그것은 바로 내가 과거 구상했던 이야기였고, 내가 쓰지 못했던 이야기 속에만 존재하는 할머니의 또 다른 분신이었다. 나는 아마 마음속 깊은 곳에서 겁을 내고 있었던 모양이다. 나는 할머니가 겪었던 그 세월을 내가 체득하지 못할 것이 두려웠다. 할머니와 관련한 그 자료들을 소화하여 실제의 시공간을 복원해내지 못할 것이 너무나 공포스러웠던 것이다. 나는 주야로 행군하던 시절의 고행이나 전쟁터에서 마주한 적의 총탄에 대한 두려움을 쓸 수 없었고, 또한 내 멋대로 섣불리 짐작하거나 상상하고 싶지도 않았다. 나는 역사학자도 아니고 전기를 쓰는 작가도 아니니 광활한 역사의 그림을 파악할 수도 없다. 거대한 거미줄 속에서 눈을 들어 사방을 둘러보았을 때 파악할 수 있는 것은 그저 나에게 가장 가까운 거리에 있는 오래된 보물들뿐인 것이다. 예를 들자면 비틀비틀 걸어가는 할머니의 걸음걸이와 늙어가는 얼굴, 정원의 포도 넝쿨이나 혀끝에 끈적끈적 달콤하게 휘감겨오는 헛개나무의 맛 같은 것.

할머니는 여전히 나에게서 1만 광년 떨어진 곳에 있었다. 자료를 수집하고 정리하면서도 내 상상력만으로는 그때 그곳에 닿을 수 없었기에, 나는 그저 깊이 부끄럽기만 했다.

"지금 할머니께서는 무엇을 하고 계시지?"

나는 샤오펑에게 물었다.

1초도 되지 않아 샤오펑은 양로원의 스마트 관리 시스템에 접속했다.

"모두와 함께 열병식 라이브를 보고 계세요. 할머님과 대화를 나누시겠어요?"

"아니, 괜찮아."

나는 시계를 흘깃 보았다. 30분 정도면 도착할 예정이었다. 그때면 열병식도 끝나 있을 것이다.

"할머니께서는 요즘 괜찮으신가?"

"여전하셔요. 다른 사람들과 이야기를 나누는 것을 좋아하지 않으시고, 잘 웃지도 않으시고요."

"아직 사람을 알아보실 수 있고?"

"가끔은요. 가끔은 할머님을 불러도 답을 안 해주시고요."

"식사는 잘하고 계신가?"

"다른 사람의 도움을 받으셔야 해요. 식사량도 예전보다는 조금 줄었고요."

"수면은?"

"밤에 잠이 안 와 호출하시는 경우가 많아요. 낮에는 항상 졸고 계시고요."

"졸지 않으실 때는 무얼 하시지? 여전히 신문을 보시나?"

"아뇨, 요즘은 텔레비전도 잘 보지 않으세요. 시간이 나면 태블릿 PC를 끌어안고 계시죠."

"태블릿 PC?"

"지난번에 할머님께 보내드린 그거 말이에요. 간호사가 너무 들여다보면 눈에 좋지 않다고 하루 내내 보면 안 된다고 말씀드렸어요. 가끔은 몰래 숨겨두기도 하는데, 할머님은 태블릿 PC를 찾지 못하면 화를 내신다는군요."

"태블릿 PC로 뭘 보고 계시지?"

"모르겠어요. 아마 당신이 안에 넣어둔 것들을 보고 계시겠지요."

나는 연로한 할머니가 아이처럼 태블릿 PC를 끌어안고 놓치지 않으려 하는 광경을 상상하고 그만 피식 웃고 말았다.

"아, 맞아. 그리고 이것 좀 보세요."

"이게 뭐지?"

샤오펑이 가볍게 손을 흔들자 스크린에 검은 대문이 나타났다. 대문에는 편액이 하나 걸려 있었는데, '노병은 영원하다'라고 큰 글씨로 적혀 있었다. 인터넷 기념 묘지였다.

손을 뻗으니 문이 끼익 소리를 내며 열렸다. 얼굴로 푸른 빛이 쏟아졌다.

해변에 있는 묘지로 걸어서 들어가는 것 같았다. 좁은 돌계단이 비탈을 따라 아래로 내려가 잔잔한 파도 사이로 곧장 뻗어 있었다. 돌계단 양쪽으로는 푸른 풀이 자라났고 흰 비석이 가지런히 늘어서 있었다. 천천히 묘비 사이로 걸어가자 귀에 바람 소리며 새가 우는 소리가 희미하게 들려왔다.

나는 그중에서 묘비 하나를 발견하고 손을 뻗어 그 위의 사진을 살짝 터치했다. 녹색 군복을 입고 군모를 쓴 노인의 영상이 떠올랐다. 노인의 가슴에는 각종 훈장이 있었다.

"젊은이, 찾아와주어 고맙네."

그리고 노인은 손을 들어 경례했다.

나는 노인이 영상에 불과하다는 것을 알면서도 나도 모르게 한 발자국 물러섰다. 눈앞의 늙은 얼굴은 너무나 사실적이었다. 주름 하나, 멍든 반점 하나 모두 또렷하게 볼 수 있었다. 노인의 사투리가 심해 나는 거의 무슨 말인지 알아들을 수 없었지만, 옆 여백에 자막이 떠오르고 있었다. 그 자막은 너무나 현실적인 영상에 어느 정도 비현실적인 느낌을 더해주고 있었다.

"할아버지, 안녕하세요."

나는 나지막한 목소리로 대답했다.

"어디서 왔는가?"

"베이징에서 왔습니다."

"좋은 곳이지. 나도 베이징에 가본 적이 있다네."

"언제 가보셨나요?"

"아주 오래전의 일이지. 베이징에 전우를 만나러 갔었어."

"아, 분명 즐거우셨겠군요."

"올해 연도가 어떻게 되지?"

"2025년입니다."

노인은 그 이상 아무 말도 하지 않았다. 노인은 침묵에 빠진 것일까? 아니면 대화 프로그램이 잠시 다운된 것일까….

잠시 후, 노인이 다시 입을 열었다.

"젊은이, 내 그 시절 이야기를 해주겠네."

내가 고개를 끄덕이자 노인은 사투리 섞인 억양으로 천천히 이야기하기 시작했다. 나는 다시 할머니를 떠올렸다. 아주 오래전 여름날, 할머니는 정원의 포도 넝쿨 아래 등나무 의자에 앉아 부채를 부치며 나에게 전쟁 시절의 이야기를 들려주었다. 그들이 어떻게 푸른 장막* 속에서 야영했는지, 또 어떻게 작은 배를 타고 바다로 나가 적을 피했는지…. 할머니의 말씨 역시 거의 알아들을 수 없었기에

---

* 중국 둥베이 지역에서 여름에 수수나 옥수수가 무성하여 몸을 숨기기 좋은 곳을 비유해 이르는 말

나는 항상 이야기를 듣다가 정신을 빼놓곤 했다. 하늘의 별을 세거나 혹은 담장의 귀뚜라미를 바라보거나. 그러다 어느샌가 의자에 비스듬히 기댄 채 잠들어버리기 일쑤였다. 할머니의 이야기는 서늘한 밤바람 속에 이슬처럼 꽃잎에 맺혀 한 방울 한 방울 대지 깊은 곳으로 스며들었다.

할머니에게도 이런 영상을 만들어준 사람이 있을 것이다. 언젠가 할머니가 세상을 떠나면 나는 다시 이곳에 와서 할머니의 이야기를 들을 수 있을 것이다. 그때가 되면 아마 할머니의 이야기를 좀 더 잘 이해할 수 있겠지.

아득히 먼 곳에서 누군가의 목소리가 들려왔다.

"승객 여러분, 열차가 곧 역에 도착합니다….."

나는 눈앞의 노인에게 존경을 표하기 위해 깊이 허리를 굽혔다.

"할아버지, 고마워요. 저는 이만 가보아야겠어요. 다음에 다시 뵈러 오겠습니다."

"가게나, 젊은이."

노인이 다시 한번 경례했다.

"우리를 잊지 말게."

나는 원래의 길을 따라 돌아가 묘지를 떠났다. 검은 대문에 흰 글씨 몇 줄이 떠올랐는데, 바로 한 편의 시였다.

중국 병사

W. H. 오든

그는 문화의 중심에서 아주 멀리 떨어진 곳에서 사용되었다.

또한 그의 장군과 그의 비열한 이(虱)들에게서 버림받았으니

그의 몸은 솜저고리 속에서 싸늘하게 식어

그렇게 사라져간다. 그 누구도 그를 기억하지 않을 것이다.

이 전투가 역사의 기록으로 정리될 때

그의 해골에 담겨 있던 어떤 중요한 지식도 사라지지 않았으나

그의 농담은 진부하고 그는 전쟁처럼 음울하니

그의 이름도 그의 모습처럼 영원히 사라진다.

그는 선함을 모르고 선함을 선택하지 않았으나 우리들을 가르치니

그리고 쉼표와 같은 의미로 남았으니

그도 중국의 먼지가 되리라, 다른 날에

우리의 딸들은 이 세상을 사랑할 수 있고

더 이상 개에게 능욕당하지 않는다, 산이 있는 곳을 위하여

물이 있는 곳, 집이 있는 곳, 그리고 사람의 인기척이 있는 곳을 위하여

기차가 멈췄다. 빛의 스크린을 치우자 기차 안 소란스러움이 다시 밀려왔다.

옆자리의 남자아이는 할머니 품속에 웅크린 채 잠들어 있었다. 노인이 아무리 아이를 깨워도 아이는 눈을 뜨려 하지 않았다. 하늘이 고요하고 맑은 날이었다. 햇살은 차창을 넘어 아이의 얼굴을 비춰주었고, 아이의 촘촘한 속눈썹이 홀연히 움직이더니 작은 얼굴에 그늘을 드리웠다. 통통한 입술은 갓 나온 새순처럼 둥글게 윤이 나고 있었다. 나는 어쩐지 눈물이 쏟아질 것만 같았다.

문을 열고 들어가니 할머니가 휠체어에 앉아 졸고 있었다. 옆으로 기울어진 머리의 백발 사이로 희끗희끗하게 두피가 보였다.

"할머니, 제가 왔어요."

나는 나지막한 목소리로 할머니를 불렀지만, 할머니는 대답하지 않았다. 나는 옆에서 담요를 가져와 할머니의 무릎을 덮어주었다. 근육이 빠져 살짝 늘어진 할머니의 팔의 감촉이 서늘했다. 할머니는 지금 꿈속에서 정말로 철마를 타고 얼어붙은 강을 건너던 전쟁터로 돌아가 있는 것일까?

휠체어 옆 자루 안에 신문이 몇 부 꽂혀 있었고, 분홍색 케이스를 씌운 태블릿 PC도 있었다. 태블릿 PC는 이미 방전된 상태였다. 나는 가방에서 충전기를 꺼내 태블릿 PC에 꽂은 다음, 의자 하나를 가져와 앉았다. 늦여름에서 초가을로 넘어가는 오후, 구름은 하늘을 유유히 떠가고 사방은 무척 조용했다. 그저 창밖 멀리에서 이 계절 마지막 매미의 울음소리만이 들려올 뿐이었다.

나는 무료하게 앉아 있다가 휴대폰을 꺼내 할머니 곁에서 사진을 몇 장 찍었다. 사진을 다 찍은 다음에는 사진첩에서 몇 년 전 할머니와 함께 찍은 사진을 찾아냈다. 할머니는 예전보다 좀 더 늙어 있었고, 내 모습 역시 내가 의식하지 못하는 사이 좀 변해 있었다.

친지들은 내가 할머니 젊었을 때와 무척 닮았다고 이야기했다. 언젠가는 나도 할머니와 같은 모습이 될 것이다. 아니, 어쩌면 그 전에 죽을지도 모르지. 나도 늙는 것이 두렵고 죽는 것이 두렵다. 그날이 오면 나는 내 평생의 유산과 채무를 어떻게 처리해야 할까?

창밖의 매미 울음소리는 더더욱 아득해지고 있었다.

나는 태블릿 PC를 켰다. 흑백의 화면이 나타났다. 나무 아래 한 남자와 한 여자가 있고, 바람이 나무 그늘 사이로 불어오며 바닥에 얼룩덜룩한 반점을 쏟아내고 있었다. 갑자기 그 남자가 여자를 바라보더니 여자에게로 한 걸음 다가갔다. 여자는 고개 숙인 채 아무 말도 하지 않다가 다른 한편으로 살짝 비켜 내디뎠다. 남자가 다시 가까이 다가가자 여자가 다시 물러섰고, 남자는 다시 가까이 다가섰다. 그렇게 세 번 반복한 후, 두 사람은 더는 움직이지 않고 가만히 있다가 고개를 들어 마주 웃기 시작했다.

손끝으로 터치하자 다음 장면이 나왔다. 청년들이 차 항아리와 종이, 붓 등이 널린 탁자에 둘러앉아 학습과 토론을 하고 있었다. 갑자기 군모를 쓴 청년이 다른 청년의 손에 들린 신문을 빼앗더니 거꾸로 세워 다시 그의 손에 꽂아주었다. 모두 와르르 웃기 시작했고, 신문을 읽던 청년도 화를 내지 않고 여전히 아무렇지도 않게 신문을 읽어내려갔다. 그 모습을 보고 모두 더욱 크게 웃었다.

다음은 호숫가 수양버들 아래 젊은 부부가 세 아이와 함께 있는 장면이었다. 하얀 나비 한 마리가 날아가자 가장 어린 여자아이가 나비를 잡겠다고 달려가려 했고 아이 엄마는 다급하게 그런 아이를 잡았다. 다른 두 아이는 그 틈을 타서 티격태격하기 시작했고, 아이 아빠는 어쩔 수 없다는 표정을 지었다. 그제야 나는 이 부부가 첫 사진 속 남녀라는 것을 알아볼 수 있었다. 바로 할아버지와 할머니가 젊었던 시절의 모습이었다.

마침내 어찌 된 일인지 알 수 있었다. 내가 할머니에게 태블릿 PC를 선물했을 때, 그 안에는 무료 프로그램이 여럿 깔려 있었다. 그중 '과거의 풍경'이라는 이미지 보정 프로그램이 있었는데, 사진 속 인물과 풍경을 스캔, 분석하여 간단한 이야기를 무작위로 만든 다음 정지 화면 상태의 사진을 3초에서 5초 사이의 동영상으로 만들어주는 프로그램이었다. 할머니는 분명 태블릿 PC에 내가 넣어준 옛날 사진들을 전부 보정해 동영상으로 만들었음이 분명했다.

지금의 할머니가 하루 내내 바라보고 있는 것은 바로 이 짧지만 영원한 순간들이었다.

나는 얼굴을 파묻고 한참을 울었다. 손가락 사이로 눈물이 끝없이 흘러내렸다. 할머니, 우리 할머니. 나는 속으로 몇 번이고 중얼거렸다. 우리 할머니.

눈물을 닦고 고개를 들었을 때, 할머니는 눈을 뜨고 나를 바라보고 있었다. 할머니의 늙은 얼굴에 웃음이 피어나는 모습은 마치 어린애처럼 천진난만해 보였다.

ALL
YOU NEED
IS LOVE

당신에게 필요한 것은 오직 사랑뿐

你需要的只是爱

최근 그는 젊은 시절을 회상하는 일이 잦아졌다. 아무 까닭 없이도 심장이 두근거리던 그 젊은 시절 말이다. 사실 지금도 그렇게 늙은 것은 아니었다. 수많은 이들의 눈에는 여전히 세상 물정 모르는 젊은이로 보일 그런 나이였으니까. 그러나 그 자신은 흘러간 시절이 다시는 돌아오지 않을 것이라는 사실을 알고 있었다. 출퇴근길 지하철에서 학생들이 헐렁한 교복을 입은 채 이어폰을 끼고 있는 모습을 볼 때면, 그 청소년들이 맥이 풀린 듯 구석에 기대어 서 있건 아니면 함께 모여 큰 소리로 웃으며 이야기를 나누고 있건 항상 질투심을 느꼈다. 그는 그들이 무료하기 짝이 없는 사소한 일에도 흥분할 수 있다는 것을 질투했고, 아무 거리낌 없이 소중한 청춘을 낭비할 수 있다는 것을 질투했으며, 심지어 청춘을 어떤 방식으로 낭비하면 좋을지 깊이 생각할 필요가 없다는 것까지 질투했다. 그에게도 그러했던 때가 있었다. 마치 어제인 것처럼 생생한 기억이었지만, 더 이상은 얻을 수 없을 나날이었다. 그의 지식이 늘어나고 인생의 경험이 쌓이면서, 과거 피를 끓게 하던 사람들이며 일들이 점차 새로움을 잃어갔다. 이제 삶은 나이를 먹은 옛 연인처럼 사랑할 수 없는 존재가 되어버렸고, 그에게 남은 것은 그저 의무에 지나지 않았다.

"결혼을 고려해보는 건 어때?"

이렇게 권하는 친구가 한두 명이 아니었다.

처음에는 터무니없다고 생각했다. 사랑조차 느끼지 못하는데 무슨 결혼을 하란 말인가. 그러나 점차 생각이 바뀌기 시작했다. 매일의 삶이 이렇게 된 이상, 어쩌면 결혼만이 공을 들여 고민할 가치가 있을지도 모른다. 친구들과 웃어른들 모두 적극적으로 여자를 소개해주었고, 그도 기회가 생길 때마다 만남에 임했다. 그렇게 만난 여자들이 꼭 마음에 든다고는 할 수 없었지만, 평소 일면식도 없던 여자들과 함께 앉아 각기 다른 직업이며 생활에 대한 이야기를 듣노라면 어느 정도 신선한 느낌을 받을 수 있었다. 여자들은 마치 각양각색의 아름답고 화려한 문(門)과도 같았다. 어디로 통할지는 알 수 없지만 열어보고 싶은 유혹을 느끼게 하는 문.

그중 유달리 인상에 깊게 남는 여자가 있었다. 청초한 미모에 어린 남자아이처럼 머리를 짧게 자르고 검은 테 안경을 낀 여자였다.

"직업이 어떻게 되지?"

그가 사진을 보며 친구에게 물었을 때 친구는 대답하다 말고 말을 멈췄다.

"그건 직접 만나 듣는 게 좋겠군."

친구의 반응에 그는 더더욱 호기심이 생겼다.

일주일 정도 지난 일요일 오후, 그들은 한 카페에서 만났다. 5월이었지만 흐린 하늘은 금방이라도 비가 내릴 것 같았다. 그들은 악수로 인사를 나누고 명함을 교환했다. 여자의 명함을 받은 그는 자신도 모르게 놀란 표정이 되었다.

"그러니까 직업이… 픽서(FIXer)라고요?"

여자가 살짝 고개를 끄덕였다. 길게 설명을 덧붙이지 않았지만 그렇다고 해서 질문을 굳이 피하는 기색도 아니었다. 아마 이런 질문을 받는 일에 꽤 익숙한 모양이었다.

픽스(FIX, Fascinated In X)는 '어떤 대상에게 매혹당한다'는 의미로 이제 기술을 빌려 쉽게 이룰 수 있는 일이 되어 있었다. 크게 비싸지 않을 뿐 아니라 매우 안전하다고들 하지만, 또 그렇다고 자신이 수술을 받았다고 인정하거나 자신이 무엇에 픽스되었다고 이야기하는 사람은 찾기 어려웠다. 더군다나 자신이 매혹된 대상이 무엇인지 이야기해주는 경우는 없었다. 성형수술이 막 보급되었을 때와 비슷한 상황이라고 할까. 모두 이런 것이 존재한다는 것을 알고 있지만, 그리고 남몰래 찾아가 시도해보기도 하지만 어느 정도는 숨기려 하기 마련이었다.

픽서는 전문적인 훈련을 받아 고객들이 각종 픽스를 이룰 수 있도록 돕는 이들이었다. 보통 사람들에게 이 직업은 아주 신기할 수밖에 없었다. 들은 바에 따르면 'xer'라는 단어에는 원래 '마약 딜러'라는 뜻도 있다고 했다.

"이 일을 시작한 지 얼마나 되셨습니까?"

그가 궁금증을 참지 못하고 물었다.

"2년 반 정도 되었어요."

"어떤 사람들이 그런 수술을 받으러 갑니까?"

"어떤 사람이건, 모두 다."

여자가 대답했다.

"그저 삶에서 새로운 재미를 찾고자 하는 이들도 있죠. 마치 새로운 언어를 배우거나 새로운 악기를 배우고자 하는 것처럼요. 혹은 열정 부족으로 관계를 지속하기 어려워질 것이 두려워 수술의 도움을 받아 자신의 애정을 더욱 견고하게 하려는 경우도 있고요. 어떤 사람들은 취업을 준비하는 과정에서 자신이 입사하려는 회사에 픽스되고 싶어 하기도 해요. 그렇게 되면 일에 더욱 강한 열정과 창의력을 쏟을 수 있고, 취업할 확률도 높아지니까요. 또 열정적인 팬클럽 회원들이 함께 자신들이 좋아하는 아이돌에게 픽스되려 하는 경우도 있고요. 결혼을 앞두고 서로에게 픽스되고자 하기도 하죠. 이렇게 사람들에겐 다양한 욕망이 있답니다. 만약 원하신다면, 아주 보통의… 그리고 생명이 없는 물건에도 픽스될 수 있어요. 예를 들자면 집에 있는 그림 한 점이나 곰 인형 같은 것 말이에요. 픽스된 후로는 그 물건들을 볼 때마다 마음속에 달콤한 고요함이 찾아올 거예요. 아주 아름답게, 그것들이 마치 당신의 모든 것이 된 것처럼 말이죠."

"효과가 좋습니까?"

"대부분 아주 좋아요. 물론 제가 이리 말한다 해도 믿기 어려우시겠죠. 하지만 많은 고객이 직접 찾아와 수술 후의 느낌을 말해주곤 한답니다."

"그건 대체 어떤 감각일까요?"

여자는 잠시 망설이듯 가늘고 하얀 손끝으로 제 입술을 눌렀다. 마치 세심하게 말을 고르듯이.

"아주 다양한 종류의 비유를 들어왔어요. 마른 사막에서 갑자기 끊이지 않는 시원한 샘물이, 하지만 동시에 작열하듯 뜨거운 샘물이 솟아나는 것 같았다는 분도 계셨고, 황량한 섬에서 홀로 여명을 기다리는 것 같다는 분도 계셨어요. 눈이 쌓인 설원에서 푸른빛을 발견한 것 같았다는 분, 약속의 땅에서 젖과 꿀이 흐르는 것을 보았다는 분, 그리고 일장춘몽에서 깨어나 심장이 계속 두근거리며 눈에 보이는 모든 것이 감동적이었다는 분도 계셨죠. 온 세상이 자신을 사랑해주고 있다는 느낌을 계속 받으셨다나요."

"그러니까 마치…."

"그래요, 마치 첫사랑 같은 거죠. 소년 시절 사랑에 눈뜨기 시작했을 때와 같은, 아이가 태어나 처음으로 꽃을 보았을 때와 같은 그런 감정을 느끼는 거예요. 어떤 이들은 수술을 받은 후 바로 밖으로 달려나가 햇살 아래 풀밭에서 뒹굴기도 해요. 혹은 번화가의 분수대로 뛰어들기도 하고요. 물론 우는 사람들도 있고, 지나가는 낯선 이를 끌어안고 입을 맞추기도 하죠. 어떤 이들은 걷잡을 수 없는 감정에 당장 시를 쓰기 시작하기도 한답니다."

"그렇지만, 그런 것은 조금…."

"조금?"

"무어라 말해야 좋을지 모르겠군요…. 기계적이라 해야 할까요? 그렇지 않습니까? 본래 분명 자신이 좋아했던 것이 아닌데 단지 버튼이 눌리면 그 무엇도 상관하지 않고 사랑하게 된다는 것이 말입니다."

"아, 꽤 많은 분이 그런 것을 걱정하죠."

여자는 가볍게 미소 지었다.

"그래서 수술 전에는 엄격한 심리 상담 절차가 있어요. 고객이 완벽하게 스스로 동의하는 상태에서만 개조를 받아들일 수 있도록 말이지요. 실현하기 어려운 대상을 원하는 수도 있고, 또 픽스되려 하는 상대가 심리적 문제를 일으킬 가능성도 있으니까요. 아시겠지만 '사랑'이라는 것은요, 어느 정도 위험할 수밖에 없는 것이랍니다. 우리는 의사의 입장에서 그분들에게 좀 더 합리적인 제안을 하기 위해 최대한 노력하고 있어요."

"혹시 문제가 생긴 적은 없었나요?"

"그런 건 대답해드릴 수 없네요."

여자가 웃는 얼굴로 고개를 저었다.

"그런 경우가 분명 있는 모양이군요."

그는 확신에 가득 차 말했다.

"어째서 그런 식으로 이야기하시죠?"

여자가 살짝 고개를 갸웃하며 물었다.

"설마 누군가에게, 혹은 어떤 물건에라도 픽스되어 보신 적 없나요? 수술을 통하지 않더라도, 자연스럽게 그런 감정이 생겼던 적 없으시냐는 말이에요."

"물론 저도 그런 적 있지요…. 누구인들 그런 경험이 없겠습니까?"

"그런 경험과 사실 큰 차이가 없답니다."

"어떻게 차이가 없을 수 있습니까? 그건 성형수술 같은 겁니다. 기술이 아무리 뛰어나도, 또 아무리 완벽하게 해낸다 해도, 가짜는 결국 가짜인 겁니다."

"그건 좀 다른 이야기죠."

여자는 고개를 저었다.

"사실 픽스를 성공시키는 일은 무슨 마법의 약을 마시는 것처럼 그렇게 간단한 일이 아니에요. 사람들이 상상하는 것처럼 사람의 대뇌를 열고 무슨 버튼을 찾아내 가볍게 누르면 되는 그런 일이 아니라는 말이지요. 전체적인 과정은 훨씬 복잡해요."

"그렇다면 그건 대체 어떻게 하는 겁니까?"

그는 견디지 못하고 추궁하듯 물었다.

여자가 다시 고개를 숙이더니 손끝을 입술에 댄 채 고민하기 시작했다. 그는 문득 그녀의 그런 자세가 무척 귀엽다고 생각했다.

한참 생각한 끝에 여자가 물었다.

"혹시 사람이 무엇 때문에 사랑에 빠지는지 진지하게 생각해본 적이 있나요?"

그는 고개를 저었다.

"혹은 어떤 물건이 어떻게 우리 마음속으로 들어오는지, 어떻게 특별한 의미를 지닌 '대상'이 되는지, 그런 것을 생각해본 적이 있나요?"

그는 여전히 고개를 저었다.

"시각적인 측면에서 말해볼까요? 우리의 눈이 보는 모든 정보는 일단 안구 뒤쪽의 시신경을 통해 후뇌의 일차 시각 피질로 전달되지요."

여자는 손에 잡히는 대로 설탕 봉지를 하나 뜯더니 그 영롱한 알갱이를 손에 쥔 채 비비기 시작했다.

"예를 들자면 당신은 지금 여기 앉아 한 여자를 보고 있어요. 당신의 시각 피질에 존재하는 모든 신경세포가 그 여자에 대한 정보를 조금씩 받아들이고 있는 거예요. 마치 사진의 화소를 하나하나 받아들이는 것처럼 말이지요. 그리고 그 정보들을 조합하여 그 여자의 모습을 그려내는 거죠. 그 여자의 표정, 그 여자가 입은 옷, 그 여자의 코끝에 있는 주근깨, 그 여자의 머리카락이 반사하는 빛…. 그뿐인가요, 그 여자가 말을 하거나 움직일 때 피부 위 빛과 그림자가 어떻게 변화하는지, 그 여자의 손 가까이에 놓여 있는 커피잔은 어떠한지, 심지어 주변의 환경까지 모두 말이에요. 신경세포 하나하나가 받아들이는 정보는 그림 전체의 일부분에 불과해요. 만약 여자의 모습이 변한다면, 이런 신경세포의 상태 역시 따라 변하게 되는 거죠."

여자는 이야기를 늘어놓으며 손바닥 위 설탕을 탁자 위에 조금씩 뿌리기 시작했다. 마치 추상적인 그림을 만드는 것처럼 말이다.

"그다음, 이런 정보들은 대뇌의 해마로 전달되지요. 해마는 기억 기능과 관련이 있답니다. 여기에서 어떤 해마 신경세포는 단지 이 사람에게만 반응하기도 해요. 아, 좀 더 정확하게 말한다면 이 사람과 관련한 '개념'에만 반응한다고 할 수 있겠네요. 혹은 한 시간이 지나 서로 헤어진 후 당신이 혼자가 되었을 때 그 여자를 떠올린다고 생각해봐요. 그 여자의 얼굴을 떠올리거나, 혹은 그저 그 여자의 이름만 떠올려도⋯ 이 신경세포들은 방전되어버릴 수 있어요."

여자는 주머니에서 동전 하나를 꺼내더니, 조심스럽게 설탕으로 그린 그림 위에 올려놓았다.

"이런 특수한 세포 조직 덕에 당신은 그 여자를 기억할 수 있을 거예요. 그 여자의 모습, 그 여자의 목소리, 그 외 그 여자와 관련한 다른 일들을요. 어쩌면 몇 주 후 당신은 이 카페를 찾아와 이 탁자에 다시 앉을 수도 있고요. 아니면 다른 곳에서라도 비슷한 커피잔이나 비슷한 인테리어를 발견할 수도 있어요. 그리고 그런 것들이 당신의 뇌에 있는 그 세포 조직을 흥분하게 만들 테고요. 그렇게 되면 당신은 그 여자를 보지 못한다 해도 여전히 그 여자를 떠올릴 수 있을 거예요."

여자가 말을 이었다.

"문제는 우리가 이런 세포 조직이 그 여자에 대한 모든 정보 사이에서 어떤 방식으로 코딩되어 있는지 알지 못한다는 거죠. 물론 여러 가지 추측이 있어요. 예를 들자면 하나의 서랍처럼 모든 감정과 경험, 기억이 같이 작은 구역에 저장된다면, 기술적인 수단에 의지해 그것의 위치를 측정하고 또 특징을 연구할 수 있을지도 모르죠. 하지만 지금까지의 많은 연구에 따르면, 사실 정보는 일종의 드문드문한 방식으로 분포되어 있을 가능성이 커요. 기억을 저장하고 있는 신경세포들은 다른 세포들과 연결되어 있는데, 그건 마치 경계도 없고 동시에 어떤 틈도 없는 그물 같아 보이죠. 어쩌면 당신은 그 기억과 개념의 사슬을 끝없이 거슬러 올라갈 수 있을지도 몰라요. 결단코 종착역을 찾지 못하면서 말이지요. 그리고 그 사슬에는 그 여자의 이름이 커다란 글자로 새겨져 반짝이고 있을 거고요. 여하튼 그래서 그 여자와 관련된 모든 경험과 감정이 어떤 방식으로 함께 엮여 있는지 더욱 말하기 어렵답니다. 이게 무엇을 의미하는지 아시겠어요?"

"무엇이죠?"

"우리가 보통 '사랑'이라고 부르는 것이라 할 수 있겠지요. 그건 분명 무슨 실체가 있는 존재는 아닐 가능성이 커요. 하지만 대뇌는 '나'와 '사물'이 관계를 맺는 과정에서 자연스럽게 어떤 구조를 만들어내고 동시에 어떤 효과를 만들어내지요. 당신이 어떤 사물을 사랑하게 되면, 이 과정에서 자신이 다른 어떤 물건에게 사랑받는 것도 상상할 수 있게 됩니다. 소위 픽스라 하는 것은 사실 불교에서 이야기하는 '아집(我執)'과 비슷해요. 진정으로 중요한 것은 바로 '나' 자신인 거죠."

"그렇다면 대체…. 대체 무슨 기술로 이 일을 해낼 수 있게 된 겁니까?"

"구체적인 방법은 지금 설명하기에 좀 복잡하네요. 간단한 비유를 들어 말하자면, 그림을 모사하는 것과 비슷하다고 할까요."

"모사?"

"일단 우리는 고객이 과거 픽스되었던 대상을 찾아내요. 그건 사람일 수도 있고, 노래나 영화일 수도 있죠. 그다음 마이크로 탐지기로 그 대상에 의해 활성화된 해마 신경세포들을 관찰하고 기록해요. 그리고 소프트웨어 에뮬레이터를 통해 아주 복잡한 지형도를 그려내지요. 마지막으로 대뇌피질에 미소 전극을 이식한 다음, 신경세포의 설계도를 고객의 고른 새로운 대상 위에 복사하는 거예요. 이 과정을 두어 번 반복하며 강화해주면, 거의 성공이지요."

그렇게 말하면서 여자는 탁자 위 동전을 집어 들더니 뒤집어 다시 내려놓았다.

"그렇게 간단한 겁니까?"

"확실히 어렵지는 않아요."

날이 점차 어두워지고 있었지만, 비는 여전히 내리지 않고 있었다. 그들은 카페를 나와 함께 갈림길의 버스 정류장에서 버스를 기다리기 시작했다.

"오늘 나눈 대화, 정말 재미있었습니다."

그가 말했다.

"그래요? 저도 재미있었답니다."

여자가 웃으며 대답했다.

"만약… 그러니까 그저 만약의 경우입니다만."

그가 문득 말했다.

"만약 우리 두 사람이… 나중에 함께하게 된다면, 그러니까 결혼을 하게 된다면."

그는 다시 잠시 말을 멈췄다.

"저와 함께 수술을 받고 싶으십니까?"

"네?"

여자가 무척 놀란 듯 눈을 크게 떴다.

그는 매우 난처한 기분이 되었다. 무어라도 변명의 말을 하고 싶었지만, 아무리 해도 말이 나오지 않았다. 마침 그때 버스가 도착했다. 버스의 황금빛 헤드라이트가 마치 영화 속 스틸처럼 두 사람을 감쌌다.

그 순간이 너무나 길게만 느껴졌다.

여자가 버스에 올랐다. 두 사람은 유리창을 사이에 두고 서로를 바라보았다. 여자가 살짝 입을 여는 듯했으나, 역시 무슨 말을 해야 할지 모르겠다는 표정이었다. 마침내 버스가 천천히 정류장을 떠나 움직이기 시작했다.

그리고 가느다란 빗줄기가 마침내 내리기 시작했다.

집에 돌아온 그는 여자가 주었던 명함을 꺼냈다. 명함에는 여자의 이름과 직장, 그리고 전화번호가 인쇄되어 있었다.

명함을 뒤집어보니, 텅 빈 면에 작은 글씨가 한 줄 적혀 있는 것이 보였다.

당신에게 필요한 것은 오직 사랑뿐

그는 그 명함을 남겨두었다. 그러나 다시 그 여자에게 전화하는 일은 없었다.

NIGHT JOURNEY OF THE DRAGON-HORSE

용마가 밤길을 걷다

龙马夜行

1

용마(龍馬)*는 달빛 아래 홀로 깨어났다.

얼음처럼 차가운 밤이슬이 한 방울 한 방울 이마로 떨어져 강철 콧대를 따라 흘러내렸다.

쿵.

용마는 있는 힘껏 눈을 떴다. 녹이 슨 눈꺼풀이 속눈썹과 마찰하며 삐걱거리는 소리를 냈다. 거대한 검붉은 동공에 작디작은 은빛이 스쳐 갔다. 처음에는 달빛이라 생각했지만, 자세히 살펴보니 시멘트 틈에 피어난 하얀 꽃이 용마의 코끝에서 떨어져 내린 이슬에 젖어 생기발랄하게 피어나고 있었다.

용마는 꽃내음을 맡으려는 듯 깊이 숨을 들이마셨지만, 아무 향도 맡을 수 없었다. 피와 살로 이루어진 존재가 아니었기에 지금까

* 중국 고대 신화 속에 등장하는 말을 닮은 용

지 어떤 냄새도 맡아본 적 없었다. 대신 공기가 코로 들어와 기계 부품들 사이로 스르륵 소리를 내며 흐르기 시작했다. 용마는 문득 온몸이 간지러운 느낌을 받았다. 모든 비늘이 다른 주파수에 맞춰 진동하는 듯한 느낌이었다. 용마는 자신도 모르게 재채기를 했고, 콧구멍으로 물안개가 두 줄기 뿜어져 나왔다. 작디작은 흰 꽃이 안개 기둥 속에서 흔들리며 거의 투명한 꽃잎에서 이슬이 방울져 떨어져 내렸다.

용마는 다시 천천히 눈꺼풀을 들어 올리고 고개를 들어 바깥세상을 바라보았다.

세상은 이미 황폐해진 지 오래인 듯, 기억 속의 모습과 크게 달라져 있었다. 용마는 등불이 환하던 홀 한가운데 서서 여행객들을 향해 꼬리를 흔들고 찬탄을 자아냈던 것을 기억하고 있었다. 그뿐인가, 밤이 되어 불이 꺼지면 박물관 안 다른 투숙객들이 귓속말을 주고받으며 여러 낯선 언어로 자신의 꿈을 깨우던 기억도 남아 있었다. 그러나 얼마나 잠들어 있었는지는 도무지 기억나지 않았다. 홀은 이미 폐허가 되어 있었다. 벽은 비스듬히 금이 가 있고, 갈라진 틈 사이로 무성하게 자라난 덩굴은 불어오는 바람에 이파리를 바스락거리고 있었다. 유리로 만들어진 천장 여기저기에는 덩굴이 만들어낸 크고 작은 구멍이 많았는데, 그 사이로 이슬이 달빛을 타고 흘러내렸다. 이슬이 떨어지는 소리는 마치 옥쟁반에 구슬이 구르는 소리처럼 들렸다.

박물관의 홀은 이미 쇠락한 정원으로 변해 있었다. 용마는 사방을 둘러보았다. 다른 투숙객들은 모두 어디로 가버린 것일까. 나는 이 무너진 담벼락 위에서 대체 얼마나 오래 꿈을 꾸고 있었던 것일까…. 용마는 천장의 구멍을 통해 밤하늘을 바라보았다. 어둡게 짙푸른 밤하늘에는 마치 은빛 꽃이 피어난 것처럼 별이 반짝이고 있었다. 이게 얼마 만에 보는 풍경이더라⋯. 용마는 고향을 떠올렸다. 고요한 루아 강변에 있던 작은 낭트 성, 별들이 찬란하게 물속에서 반짝이던 그곳. 한 폭의 유화 같던 그곳과 달리 멀리 떨어진 이 대도시의 하늘은 언제나 잿빛이었다. 낮에도 두꺼운 막으로 가로막힌 것 같았고, 밤이 되면 알록달록한 불빛으로 더욱 혼탁해지기 일쑤였다.

그러나 지금 눈에 보이는 하늘이며 달빛은 고향과 닮아 있었다. 고향에 있는 강에는 작은 섬이 하나 있는데, 그 섬에 아주 작은 공방이 하나 있었다. 용마는 바로 그 공방에서 태어났다. 장인들은 머리카락보다 가느다란 펜으로 설계도를 그렸고, 다시 설계도에 맞춰 하나하나 부속을 만들었다. 그리고 광택을 내고 또 칠을 하고 부속들을 조합해 다시 새로운 형태를 만들어냈다. 용마의 거대한 몸은 47톤은 족히 나갔고, 셀 수 없이 많은 부품으로 이루어져 있었다. 강철로 이루어진 비늘과 가죽을 모두 세우면 상당히 무섭게 보였지만, 또한 몸 안의 기어와 릴, 모터와 케이블 등은 서로 정확하게 연결되어 움직이며 용마를 생동감 있어 보이게 해주었다. 씩씩하고 힘찬 네 다리로 경쾌하게 움직이는 모습은 마치 승천하는 용과 같아 보였다. 고개를 살짝 움직이는 짧은 순간에도 용마의 몸 안에 용과 호랑이가 숨어 있는 것처럼 보였지만, 또한 물 위를 노니는 듯 한없이 가볍게 걸을 수도 있었다.

용마는 말의 몸에 용의 머리를 갖고 있었다. 긴 수염과 뿔이 있었으며 유리처럼 검붉은 두 눈이 있었다. 황금빛 비늘로 감싸인 몸에는 '용(龍)', '마(馬)', '시(詩)', '몽(夢)'과 같은 한자들이 각인되어 있었는데, 그 크고 작은 글자들에는 용마를 만들어낸 장인들이 머나먼 나라의 옛 문명에 대해 품었던 낭만적인 환상이 깃들어 있었다. 용마는 아주 오래전 어느 말띠 해에 이곳으로 왔다. 용마정신(龍馬精神)*은 이 지역 사람들이 즐겨 하는 덕담으로, 용마를 창조한 사람들은 이 말에 깊은 영감을 받았다. 그 결과 용마는 지금과 같이 신화에서 빠져나온 듯한 모습을 지니게 되었다.

용마는 광장에서 퍼레이드를 하던 때를 아직 기억하고 있었다. 고개를 치켜세우고 성큼성큼 걸으면 아이들은 호기심 어린 눈빛으로 호들갑을 떨었다. 아이들이 물을 맞으며 흥분해 소리를 지를 때면 아름다운 음악 소리도 함께 메아리쳤다. 음악은 서양의 교향악일 때도 있고 중국의 민속 음악일 때도 있었는데, 용마는 음악의 장단에 맞춰 우아하게 네 발을 움직여 천천히 걸어갔다. 또한 멀리 보이던 거리며 건축물들도 기억하고 있었다. 바둑판처럼 펼쳐져 있던 그 건물들은 광활한 하늘 아래 끝없이 계속 이어지고 있었다. 물론 함께 공연을 펼치던 기계 거미도 잊지 않았다. 로봇 거미의 몸집은 용마와 막상막하일 정도로 컸고, 여덟 개의 긴 다리는 흉악해 보일 정도로 위협적이었다. 그들은 사흘 밤낮을 함께 공연하며 신화 속 이야기를 완벽하게 재현했다. 창세신 여와(女媧)**가 용마를 내려보내 인간 세상을 살피게 하였는데, 용마는 우연히 하늘에서 빠져나와 사방에 악한 일을 하고 다니는 거미를 만나게 되었다. 용마와 거미는 격전을 치렀고, 최후에는 다시 사이좋은 관계로 되돌아갔다. 대지는 평화를 되찾았고, 사방에 상서로운 기운이 가득한 가운데 쾌청한 날씨가 찾아와 풍년을 암시하며 공연은 끝났다.

공연이 끝난 후 거미는 바로 고향으로 돌아갔고, 그 홀로 이 낯

---

* 원기왕성하며 건전하고 활기찬 정신
** 중국 신화 속 여신으로 반고가 세상을 창조한 후 세상에 나타나 인류를 창조하고 멸망을 막았다고 한다.

선 나라에 자리 잡고 남아 있게 되었다.

결국 이곳도 용마의 또 다른 고향인 것이 아닐까? 용마는 두 나라의 우호 관계가 영원할 것을 기원하는 의미에서 창조되었으니, 태어날 때부터 일종의 혼혈이라 할 수도 있었다. 이 땅의 꿈과 신화가 용마를 잉태했다. 오랜 세월 동안 입에서 입으로 전해진 그 이야기들은 낯선 언어와 문자로 바뀌어 바다 건너 이국으로까지 흘러갔고, 강철과 전기의 마력에 힘입어 형태를 갖추게 되었다. 마치 생생하게 살아 움직이는 로봇이나 우주선처럼. 결국 용마는 천 리 밖 이 먼 곳까지 오게 되었고, 새로운 전설이 되어 대대로 그 아름다운 이름을 떨칠 터였다. 전통과 현대, 신화와 과학 기술, 동양과 서양. 대체 이 중 무엇이 용마의 고국이고 무엇이 타향이란 말인가.

용마는 이해할 수 없어 그저 무거운 머리를 천천히 늘어뜨릴 뿐이었다. 너무 오래 잠들어 있었던 모양이었다. 온 세상이 영락한 정원으로 변할 때까지 잠들어 있었다니…. 이 정원에 아직 살아 있는 인류가 있을까? 차갑고 적막한 달빛 아래, 용마는 조심스럽게 앞발을 들어 올렸다. 용마는 바깥세상을 향해 한 걸음 한 걸음 걷기 시작했다. 녹슨 몸에서는 끼익거리는 소리가 났다. 용마는 금이 간 유리 벽에 자신을 비춰보았다. 용마의 몸 역시 이 세상과 같이 쇠락해 있었다. 세월이 세찬 급류처럼 흘러갔으니, 지금 용마의 비늘도 온전히 남아 있지 못해 전쟁터에서 돌아온 노병처럼 남루해 보였다. 오로지 유리로 만들어진 눈동자만이 여전히 희미하게나마 빛을 발하고 있을 뿐이었다.

과거 자동차로 가득하던 대로는 하늘을 찌를 듯 높은 나무들이 울창하게 자라 있었다. 나무가 바람결에 춤을 추며 내는 소리의 파도가 멈췄을 때, 새와 벌레 우는 소리가 들려왔다. 그 울음소리에 천지가 더욱 황량해지는 것만 같았다. 용마는 사방을 살펴보았지만 대체 어디로 가야 할지 알 수 없어 그저 발길 닿는 대로 먼 곳을 향해 걷기 시작했다.

다그닥 다그닥, 말발굽 소리가 길가에 흩어졌다. 달빛이 용마의 외로운 그림자를 길게 늘어뜨리고 있었다.

2

대체 얼마나 걸었을까.

달은 고요하게 하늘을 떠돌고 있었다. 시계가 없었기 때문에 용마는 시간을 감지할 수 없었다.

용마는 일찍이 이 도시에서 가장 유명하던 거리에 도착했다. 거리는 지금 깊은 협곡으로 변해 있었다. 양쪽으로 산이 첩첩이 겹쳐 있었는데, 그 산은 바로 벽돌과 강철, 진흙과 나무들의 혼합체였다. 무기체와 유기체, 쇠락한 것과 새로 태어난 것, 그리고 현실과 꿈. 대도시와 《산해경(山海經)》*이 하나가 되어버린 무엇.

용마의 기억에 따르면 이 부근에 광장이 하나 있었다. 밤에도 불이 훤히 켜져 있어 마치 천 년 동안 깨어나지 않을 긴 꿈과 같아 보이던 곳이었다. 그러나 결국 그 등불도 모두 꺼지고 꿈 역시 사라져

---

* 중국 선진(先秦) 시대에 저술되었다고 알려진 신화집이자 지리서

버렸다. 이 세상에 영원이라는 것은 존재하지 않는 것이다.

과거 광장이었던 산골짜기에서 용마는 더욱 믿기 어려운 풍경과 마주해야만 했다. 바로 수천수만의 강철로 이루어진 잔해가 짐승의 뼈처럼 쌓여 있는 광경이었다. 끝이 보이지 않는 그 잔해들은 바로 각양각색의 크고 작은 자동차였다. 대부분은 이미 녹슬어 뼈대만을 남기고 있었고, 어두운 차창 안에서는 나뭇가지가 마치 무엇인가 움켜쥐려는 듯 하늘을 향해 자라나고 있었다. 눈앞의 풍경에 무어라 표현하기 어려운 공포와 슬픔을 느낄 수밖에 없었다. 용마는 고개를 숙인 채 얼룩덜룩하게 녹슨 앞발을 바라보았다. 나와 이 자동차들이 대체 무엇이 다를까. 나도 이곳에서 함께 긴 잠에 들어야 하는 것은 아닐까?

그 누구도 대답해줄 수 없는 질문이었다.

가슴에서 비늘 하나가 떨어지더니 강철 잔해 사이로 구르며 달빛 속에 침울한 울림으로 남았다. 멀리 들려오는 벌레 소리가 일순 조용해지더니 다시 계속 울기 시작했다. 마치 떨어진 것이 보잘것없는 작은 돌멩이 하나에 지나지 않는다는 것처럼.

용마는 더더욱 두려워졌다. 하는 수 없이 걸음을 재촉해 다시 앞으로 나아가기 시작했다.

그때 폐허 속에서 끼익거리는 소리가 들려왔다. 가냘프면서도 어딘가 처량한 그 소리는, 새나 벌레의 울음소리와는 다르게 들렸다. 용마는 소리를 따라 걸어가 코끝으로 잡초들을 뒤적여보았다. 그러자 동굴의 어두운 그늘 속에서 작디작은 새까만 눈동자가 나타났다.

"거기, 누구?"

용마가 웅웅거리며 물었다. 너무 오랜만에 들어보기 때문일까,

자신의 목소리도 무척 낯설게 느껴졌다.

"나를 모르는 거야?"

가느다란 목소리가 흘러나왔다.

"네가 누군데?"

"나는 박쥐야."

"박쥐라고?"

"반은 짐승이고 반은 새인 존재, 낮에는 숨어 있다가 밤이 되면 밖으로 나가 여명과 꿈 사이를 날아다니지."

용마는 눈앞의 존재를 자세히 살펴보았다. 뾰족한 입과 커다란 귀, 그리고 가느다란 회색 털들로 뒤덮인 몸. 박쥐는 말랑한 몸을 둥글게 말고 있었는데, 몸 양편으로는 얇은 막과 같은 날개가 돋아나 달빛 아래 빛을 발하고 있었다.

"그래, 그런데 너는 누구지?"

박쥐가 여전히 끼익거리는 소리로 물었다.

"내가 누구냐고?"

용마는 박쥐의 질문을 되풀이했다.

"자신이 누구인지도 모르는 거야?"

"아마 알고 있을 거야. 하지만 모를지도 모르지."

용마가 대답했다.

"나는 용마야. 용인 동시에 말인 존재지. 내 기원은 중국 신화에서 찾을 수 있지만 나는 프랑스에서 태어났어. 나는 내가 기계인지 아니면 동물인지 몰라. 그리고 내가 지금 살아 있는지 아니면 이미 죽은 것인지도 모르겠어. 어쩌면 나는 근본적으로 생명이란 것을 가져본 적이 없었는지도 몰라. 그리고 지금 내가 이 달빛 아래를 걷고 있는 것도 현실인지 아니면 그저 꿈에 불과한 것인지도 모르겠어."

"꿈을 말로 삼아 달리는 시인들처럼."*

박쥐가 탄식하듯 말했다.

"누구처럼?"

"아, 아무것도 아니야. 아주 오래전에 읽은 시가 생각났을 뿐이야."

"시라고?"

용마는 시라는 단어를 어렴풋하게는 알고 있었지만, 그 의미를 이해할 수는 없었다.

"그래, 나는 시를 좋아하거든."

박쥐가 고개를 끄덕였다.

"시를 쓰는 사람이 종말을 맞았을 때, 시는 더욱 귀한 무엇이 되었지."

"시인이 종말을 맞았다고?"

용마가 조심스럽게 물었다.

"그건… 더 이상 아무도 시를 쓰지 않는다는 뜻이야?"

"아니, 아직 모르고 있었어? 이 세상에는 이제 사람이 존재하지 않아."

용마는 고개를 들지 않았다. 박쥐의 말이 옳다는 것을 이미 잘 알고 있었다.

"그럼, 이제 우리는 어떻게 해야 하지?"

한참 침묵한 끝에 용마가 물었다.

"뭐든 하고 싶은 대로 하면 되지!"

박쥐가 외치듯 말했다.

"인류는 멸망했지만, 세계는 여전히 존재하니까. 봐봐, 오늘 밤

* 중국 시인 하이쯔(海子)의 〈이몽위마(以夢爲馬)〉의 한 구절

달빛이 얼마나 아름다운지. 노래를 부르고 싶으면 마음대로 한 곡 불러도 좋고, 노래를 부르고 싶지 않으면 조용히 누워 있으면 돼. 네가 노래할 때 이 세상 모두가 조용히 경청할 거야. 네가 고요히 있을 때는 만물이 노래하는 것을 들을 수 있겠지."

"하지만 아무것도 들리지 않는걸."

용마가 온순하게 대답했다.

"폐허 속 풀벌레들의 소리만 들려. 그런데 그 소리를 들으면 어쩐지 무서워지는걸."

"불쌍한 녀석. 아무래도 귀가 나만큼 좋지는 않은 모양이지."

박쥐가 동정하듯 말했다.

"하지만 내 목소리는 들을 수 있다니, 정말 신기한 일인데?"

"신기하다고?"

"보통은 박쥐만이 박쥐의 목소리를 들을 수 있거든. 하지만 세상이 이리 넓으니 언제나 예외란 것이 있겠지."

박쥐가 어깨를 으쓱하고는 다시 물었다.

"그나저나 어디로 가던 중이었어?"

용마는 자신도 모르게 마음속에 담아둔 말을 꺼냈다.

"나도 어디로 가야 할지 모르겠어."

"자기가 어디로 가려 했는지도 모른다고?"

"그냥 발길 닿는 대로 돌아다니고 있었어. 그리고 걷는 것 외에는 다른 할 일이 없으니까."

"나는 내가 어디로 가고 있는지 알고 있어. 다만 도중에 지체하고 있을 뿐이지."

박쥐가 서글픈 목소리로 말했다.

"난 사흘 밤낮을 쉬지 않고 날아왔지만, 방금 또 부엉이에게 쫓겼지. 하마터면 그 녀석에게 날개를 잡힐 뻔했어.”

“다친 거야?”

용마가 다정하게 물었다.

“‘하마터면’이라는 것은 그 일이 일어나지 않았다는 거야. 나는 그렇게 쉽게 잡히는 몸이 아니거든.”

박쥐는 그렇게 말하면서도 갑자기 기침하기 시작했다.

“어디 아픈 거야?”

“목이 말라서 그래. 목에서 연기가 나도록 날아야 했으니까. 물을 마시고 싶은데, 이곳 물은 모두 강철 냄새가 심해서 도저히 마실 수가 없어.”

“물이라면 나에게 좀 있어.”

용마가 대답했다.

“공연할 때 쓰는 물이지만.”

“한 모금만 마시게 해줘. 한 모금이면 충분해.”

박쥐가 말했다.

용마는 고개를 숙였다. 거대한 콧구멍에서 두 줄기 물안개가 천천히 뿜어져 나왔다. 물안개가 박쥐의 작은 몸을 적셨고, 가느다란 털에 물방울이 맺혔다. 박쥐는 날개를 펼치더니 만족스러운 듯 물방울을 핥았다.

“넌 정말 착하구나.”

박쥐가 삐걱거리는 소리로 말했다.

“덕분에 훨씬 상태가 좋아졌어.”

“계속… 그 가려는 곳으로 갈 거야?”

“물론이지. 오늘 밤에 중요한 임무도 있거든.”

박쥐가 대답하고는 다시 물었다.

"너는?"

"모르겠어. 아마 계속 걸어가봐야 할 것 같아."

"그럼 나를 좀 데려다주지 않을래? 사실 아직 피곤해서 좀 쉬고 싶거든. 시간에 맞추지 못할까 걱정되기도 하고."

"하지만 나는 아주 느리게 걷는걸."

용마가 부끄러워하며 말했다.

"내 몸은 그렇게 설계되었어. 그저 한 걸음 한 걸음 천천히만 걸을 수 있게."

"상관없어."

박쥐는 경쾌하게 날개를 퍼덕이며 용마의 오른쪽 귀로 날아올랐다. 그리고 발로 용마의 긴 뿔을 잡더니, 거꾸로 매달렸다.

"봐봐, 이러면 우리는 계속 이야기를 나눌 수 있어. 그냥 걷는 것보다 이야기를 나누며 걷는 것이 좀 더 재미있지 않을까?"

용마가 한숨을 쉬고 조심스럽게 발걸음을 옮기기 시작했다. 박쥐의 몸은 무척 가벼워 존재가 거의 느껴지지 않을 정도였다. 용마는 그저 귓가에 들리는 실낱같은 목소리만으로 박쥐를 느낄 수 있었다.

"대하를 앞에 두고 나는 무한히 참괴하였네. 세월을 헛되이 보내었으니 일신이 피로할 뿐이라…."*

---

* 〈이몽위마(以夢爲馬)〉의 한 구절

3

용마와 박쥐는 음산한 자동차들의 공동묘지를 빠져나왔다. 길은 더욱 울퉁불퉁해졌고, 달은 엷게 깔린 구름 속으로 숨어 주변이 시시때때로 어두워졌다.

용마는 한 걸음 한 걸음 조심스럽게 발걸음을 옮겼다. 혹시라도 넘어져 다리가 부러질까 봐 걱정되었다. 한 걸음 내디딜 때마다 몸에서는 끼익거리는 소리가 났고, 크고 작은 기어와 나사들이 댕그렁 소리를 내며 기와며 벽돌, 황량하게 자란 들풀 사이로 떨어졌다.

"아프지 않아?"

박쥐가 호기심 어린 목소리로 물었다.

"나는 한 번도 고통이란 걸 느낀 적 없어."

용마는 솔직하게 대답했다.

"와, 정말 대단하다! 나였다면 벌써 아파 죽었을 것 같은데!"

"나는 죽음이라는 것이 무엇인지도 몰라."

여기까지 말한 용마는 침묵했다. 무어라 표현하기 어려운 공포와 슬픔이 다시 덮쳐 왔다. 만약 지금 생명이라는 것을 가진 거라면, 대체 이 생명이란 것은 용마의 몸을 이루고 있는 그 수많은 부품에 고루 퍼져 있는 것일까, 아니면 어떤 특별한 무엇에 깃들어 있는 것일까? 용마를 이루는 부품들이 골짜기를 따라 흩어지더라도 생명이라는 것은 여전히 존재할 수 있을까? 그때가 되면 주변의 모든 것을 어떻게 느끼게 될까?

시간은 흘러가고, 그래, 흘러간다. 그리고 이 세상에 영원이라는 것은 존재하지 않는다.

"계속 걷기만 하는 건 재미없잖아. 뭐든 좋으니 이야기를 해봐."

박쥐가 제안했다.

"그렇게 먼 곳에서 태어났으니, 분명 내가 모르는 이야기들을 많이 알고 있겠지."

"이야기? 나는 이야기란 것이 무엇인지 몰라. 그리고 이야기를 할 줄도 모르고."

"아주 간단한걸! 자, 따라 해봐. '옛날 옛적에.'"

"옛날 옛적에….'"

"지금, 무언가 떠오른 생각이 있어? 아니면 뭐든 존재하지 않는 것이 눈앞에 보이거나 하진 않았어?"

용마의 눈앞에 보인 것은… 마치 시간의 바퀴가 눈앞에서 거꾸로 돌아가고 있는 것 같았다. 나무들이 진흙 속으로 파고들더니 마천루들이 솟아오르기 시작했다. 그렇게 솟아오른 빌딩들이 바닷물이 양쪽으로 갈라지듯 갈라지고, 곧게 뻗은 대로가 나타났다.

"옛날 옛적에, 아주 번화한 대도시가 하나 있었어."

"사람이 살고 있었어?"

"아주 많은 사람이 살고 있었지."

"그 사람들의 모습이 보여?"

지금 용마의 눈앞에 펼쳐진 모습은 점점 그림처럼 또렷해져, 사람의 얼굴에 떠오른 표정 하나하나 모두 살아 있는 것처럼 생생했다. 마치 달의 이지러짐과 둥글어짐을 보듯 그들의 기쁨과 슬픔을 볼 수 있었다.

"옛날 옛적에, 아주 번화한 대도시가 하나 있었어. 그리고 그 도시에는 한 아가씨가 살고 있었는데…."

용마는 그들의 이야기를 하기 시작했다.

막 사랑에 눈뜬 학생이 있었어. 여학생은 휴대폰의 채팅앱에서 만난 낯선 사람을 사랑했지. 하지만 상대가 그저 아주 완벽한 데이트 프로그램에 지나지 않는다는 사실을 알게 되었어. 그러나 생각조차 하지 못한 일이 벌어졌지. 바로 그 프로그램이 학생을 사랑하게 된 거야. 그들은 함께 행복한 일생을 보냈고, 그 학생이 세상을 떠난 후 그 학생의 눈짓이며 미소, 일거수일투족이 클라우드로 퍼져나갔지. 그 학생은 수많은 사람과 인공지능들이 공통으로 꿈꾸는 신이 되었어.

아주 경건한 승려가 있었지. 승려는 공장에 가서 계속 고장이 나는 로봇 노동자들을 위해 복을 빌어주고 액막이를 해주었지. 하지만 그 결과 로봇 노동자들의 전자 유령에 시달리게 되었어. 진상이 머지않아 드러났지. 승려는 작은 여관방에서 홀로 급사한 상태로 발견되었고, 벌거벗은 몸은 여자의 피로 물들어 있었어. 부검 결과, 그 승려도 사실은 로봇이라는 것을 모두 알게 되었지.

뛰어난 재능을 지닌 여자 배우가 있었어. 계속 변하는 모습을 보면 누구라도 감탄을 금할 수가 없었지. 파파라치들은 그 배우가 사실은 소프트웨어에 지나지 않을 거라고 의심했어. 그래서 문을 부수고 배우의 으리으리한 저택에 쳐들어갔지. 그리고 그들이 본 것은 호화로운 침대에 누워 있는 차가운 시신이었어. 공포스러웠던 것은, 카메라로 촬영하건 아니면 눈으로 직접 보건 모든 사람과 모든 카메라가 보게 되는 시신의 모습이 각기 달랐다는 거야. 그리고 더더욱 공포스러웠던 것은 수년이 흐른 후에도 배우의 아름다운 모습이 여전히 스크린 위를 떠돌고 있었다는 거였지.

아주 영리한, 하지만 시각장애가 있는 아이가 있었지. 아이는 다섯 살 때부터 로봇을 상대로 바둑을 두었어. 나이가 들수록 아이의 바둑 실력은 점점 더 좋아졌고, 로봇 역시 아이와 대국하며 점점 더 영리해졌어. 수년 후, 아이는 병상에서 필생의 적수와 바둑을 두게 되었지. 당시 아이가 알지 못했던 것은 바둑이 진행되는 동안 자신의 두개골이 열리고 층층이 분리되어 스캐닝되고 결국 전자 모듈이 되었다는 거야. 그리고 마지막 대국은 인간의 능력으로는 이해할 수 없을 정도로 복잡해졌지.

박쥐는 용마의 이야기를 들으며 기쁜 나머지 덩실덩실 춤을 추었다. 그리고 용마의 귀에 대고 자신이 보고 들은 이야기를 들려주기 시작했다.

백 년에 한 번 울리는 종이 있어. 그 종은 잊힌 채 도심 한복판에 있는 미술관의 어두운 지하실에 잠들어 있지. 하지만 기묘한 공진 작용으로 그 종이 울릴 때면 소리가 온 도시를 빙글빙글 돌며 퍼져나갔어. 마치 오르간의 합주처럼, 천지만물이 모두 그 종소리를 위해 숨을 죽였지.

자율주행 비행기 한 대가 매일 아침 푸른 하늘을 날아 시계 방향으로 시내를 천천히 돌며 태양열 에너지를 충전하곤 해. 봄에서 여름으로 넘어가는 때면 아직 날개도 채 다 자라지 않은 어린 새들이 그 비행기를 따라 날갯짓을 연습하는데, 마치 색색의 구름이 모인 것 같은 장관을 이루지.

아주 오래된 도서관이 있어. 그 도서관은 언제나 변치 않고 섭씨 16도로 유지되고 있지. 그리고 그 안에는 이미 오랫동안 아무도 읽지 않은 종이책이 가득 쌓여 있어. 도서관의 마스터 컴퓨터는 동서고금의 모든 시를 외울 수 있지. 만약 운 좋게 그곳으로 향하는 길을 찾게 되면, 불가사의하게 느껴질 정도의 환대를 받게 될 거야.

작곡할 수 있는 분수도 있어. 동전을 투입하면 무작위로 새로운 곡을 만들어내지. 저녁 무렵이면 들고양이들이 폐허에서 주워온 동전을 분수에 던져. 새와 짐승들은 차례대로 평화롭게 물을 마시고 목욕을 하면서, 매일 새로이 만들어지는 아름다운 음악을 감상하지.

"정말이야?"
그들은 한 번 또 한 번 상대방에게 물었다.
"그다음에는 어떻게 되었어?"
달의 그림자는 아름답게 흔들리고 길은 점점 더 멀어져갔다.

졸졸거리는 물소리가 들려왔다. 아무래도 협곡 사이로 시내가 흐르는 모양이었다. 도시가 생겨나기 전 이곳에는 원래 시내가 있었다. 그러나 해가 바뀌며 인류의 생활 방식에 맞춰 시내는 호수와 도랑, 음습한 지하 수로로 변했다. 그리고 지금 시내는 다시 자유를 얻었다. 시내는 땅의 형태를 따라 마음대로 흐르고 노래하며 땅 위의 생물들을 키우고 있었다.

용마는 걸음을 멈췄다. 길은 연못 속으로 끊겨 있었다. 끝이 보이지 않을 정도로 넓은 연못에는 연이 겹겹이 쌓여 하늘 끝까지 뻗어 있었고, 바람이 불어 연잎이 흔들리면 검푸른 파도가 한 번 또 한 번 일어났다. 연잎 사이로는 붉고 흰 연꽃이 피어 있었는데, 마치 달빛이 응결된 듯 속세의 느낌이라고는 전혀 없어 보였다.

"정말 아름다워."

박쥐가 속삭이듯 탄식했다.

"너무 아름다워서 내 마음이 견디기 힘들 정도야."

용마는 속으로 깜짝 놀랐다. 자신도 같은 느낌을 받고 있었기 때문이었다. 비록 자신에게 마음이라는 것이 있는지 확신할 수는 없었지만.

"우리 계속 가야 해?"

용마가 물었다.

"나는 이 호수 위로 날아갈 거야."

박쥐가 대답했다.

"하지만 넌 이제 이 이상 앞으로 갈 수 없어. 너는 강철로 만들어졌잖아. 침수되면 문제가 생길지도 모르니까."

"응, 아마 그렇겠지."

용마는 머뭇거리며 말했다. 어쨌든 지금까지 한 번도 물을 건너

본 적은 없었으니까.

"그러니까, 우리는 여기서 작별해야 해."

박쥐가 날개를 파닥이기 시작했고, 미풍이 용마의 귀를 간지럽혔다.

"가야 하는 거야?"

"응, 시간에 맞춰야 해서."

"무사히 가기를 바라!"

"너도! 몸조심하고. 이야기를 들려줘서 고마웠어!"

"나도 고마웠어!"

용마는 물가에 선 채 박쥐의 작은 몸이 점차 멀어져 밤하늘 속으로 사라질 때까지 기다렸다.

용마는 다시 혼자가 되었다. 휘영청 밝은 달빛이 천지만물을 비추고 있었다.

4

용마는 물에 자신의 모습을 비춰보았다. 출발할 때와 비교하면 한층 처참해 보였다. 비늘은 이제 거의 남아 있지 않았고, 뿔도 한쪽이 떨어져 나간 상태였다. 녹슨 강철 골조 위로 전선이 어지럽게 엉켜 있었다.

이제 나는 어디로 가야 할까? 돌아가야 하는 걸까? 원래 출발했던 곳으로?

아니면 반대 방향으로 계속 걸어갈까? 지구는 둥그니 어디로 향하건 계속 똑바로 가기만 하면 결국은 출발했던 곳으로 되돌아가게 될 것이다.

용마는 한참 전에 방향을 돌려 돌아갔어야 한다고 생각하면서도, 자신도 모르게 앞을 향해 발걸음을 내디뎠다.

얼음처럼 차가운 물결이 앞발을 감쌌다.

연잎이 바스락거리며 뱃가죽을 스치고 있었다. 수없이 많은 구슬이 잎사귀 위에서 반짝이고 있었는데, 일부는 한동안 그 자리에 머물고 일부는 수은처럼 한곳에 모이다가 마침내 물속으로 떨어졌다.

이 세계는 정말로 아름답다. 그리고 나는 죽고 싶지 않다.

문득 떠오른 생각에 용마는 깜짝 놀랐다. 어째서 또 죽음에 대한 일을 생각하고 있는 걸까? 설마 기력이 다하고 있는 것일까?

그러나 용마는 여전히 끝이 보이지 않는 연못에 유혹당하고 있었다. 그래서 계속 앞으로 나아갔다. 한 번도 본 적 없는 피안까지 가고 싶었다.

물이 용마의 네 다리까지, 배와 허리까지, 척추까지, 목까지 차올랐다.

다리가 진흙에 빠져 더는 움직여지지 않았다. 몸이 휘청이며 하마터면 쓰러질 뻔했을 때, 마지막으로 남아 있던 비늘이 소리를 내며 떨어졌다.

검은 물 속으로 떨어진 황금빛 비늘은 마치 연등처럼 물결을 따라 점차 멀어져갔다.

용마는 피곤했다. 온몸의 무게가 모두 사라진 듯한 기분이었다. 눈을 감았다.

물소리 때문일까, 마치 고향으로 돌아간 것 같았다. 용마는잊혔던 오랜 추억들을 보고 있었다. 지금 용마는 거대한 배에 올라타 대양을 건너 중국으로 오는 중이었다. 그동안 보고 들은 수많은 일은 그저 기나긴 여행길의 꿈에 불과한 것 같았다.

가벼운 미풍이 용마의 수염을 소리 없는 탄식처럼 스쳐 갔다.

용마가 두 눈을 뜨자 그의 코끝에 엎드려 있는 박쥐의 작디작은 몸이 보였다.

"돌아온 거야?"

용마는 기쁜 마음으로 물었다.

"임무는 끝냈어?"

"길을 잃었지 뭐야."

박쥐가 한숨을 쉬며 대답했다.

"이 연못은 너무 커. 아무리 날아도 끝에 닿을 수가 없었어."

"안타깝지만 나도 이제 움직일 수가 없어. 너를 좀 더 데려다주고 싶은데."

"불이 있으면 좀 나을 텐데."

"불?"

"불이 있으면 빛이 생기니까. 내가 모두에게 길을 안내할 수 있게 되지!"

"모두? 누구에게 길을 안내하려는 거야?"

"어둠 속에 존재하는 영혼들, 외롭게 떠돌아다니는 귀신들. 자신이 어디로 가야 할지 모르는 모두를, 나는 데려갈 거야."

"불이 필요해?"

"그래. 하지만 이 물 위 어디에서 불을 찾겠어?"

"불, 여기 있어."

용마가 대답했다.

"많지는 않지만. 이걸로 충분하다면 좋을 텐데."

"불이 어디 있다는 거야?"

"잠깐, 비켜봐."

박쥐는 옆의 연잎 위로 날아가 앉았다. 용마가 입을 벌리고 검은 혀를 내밀자 혀 아래 틈에서 순수한 등유가 흘러내리기 시작했다. 혀끝에서 푸른 스파크가 튀어 오르더니 등유에 불이 붙었다. 곧 허공으로 쏟아진 불꽃은 붉은 금빛으로 빛나는 불기둥이 되었다.

"네가 이런 것까지 할 수 있는 줄 몰랐어!"

박쥐가 끼익거리며 칭찬했다.

"대단해! 조금 더 해봐!"

용마는 입을 크게 벌리고 더 많은 화염을 내뿜기 시작했다. 등유는 그렇게 오랫동안 저장되어 있었지만, 활활 잘 타오르고 있었다. 지난번 공연에서 불을 뿜었던 때가 언제였더라… 아마 거미와의 결전 이후로는 한 번도 불을 뿜어본 적이 없는 것 같았다. 그러나 그불은 얼마나 따뜻하고 아름다웠던가. 마치 예측할 수 없이 변화하는 신령 같았는데.

"모두 불을 꺼야 하리. 나 홀로 이 불을 높이 들겠노라."

박쥐의 목소리가 또렷하게 용마의 귀에 들려왔고, 용마의 온몸에 있는 크고 작은 부품들이 함께 공명하기 시작했다.

이 거대한 불은 신성한 조국에서 피었다 지리라
꿈을 말로 삼아 달리는 모든 시인처럼
나는 이 불로 일생의 아득한 밤을 건너가리

용마는 자신이 장작처럼 점차 타오르고 있는 것을 느꼈다. 그러나 고통은 느껴지지 않았다.

사방팔방에서 반딧불들이 모이듯 드문드문 불빛이 모여들었다.

이들은 모두 어떤 신령과 도깨비들일까. 이들은 형형색색의 형태와 재질에, 기기괴괴한 색채와 선들로 이루어져 있었다.

손으로 그린 문신(門神)과 불상, 공장 담벼락에 그려져 있었을 추상적인 낙서, 컴퓨터의 부품으로 만든 엄지손가락 크기만 한 로봇, 트럭의 부품을 재활용해 만든 기계 관우(關羽), 오래된 정원의 문 앞을 지켰을⋯ 그러나 지금은 여기저기 깨진 돌사자, 1층 건물 높이만큼 키가 크고 이야기를 할 수 있는 테디베어, 멍한 표정을 짓고 있는 기계 반려동물, 아기를 달래 재우던 자동유아차⋯.

그들은 모두 용마와 같았다. 전통과 현대, 신화와 과학 기술, 그리고 꿈과 현실을 넘나드는 혼혈아였고, 인류의 손에서 나왔으나 자연스럽게 세상의 일부가 된 이들이었다.

"자, 때가 되었어!"

박쥐가 즐거운 듯 소리쳤다.

"우리와 함께 가자!"

"어디로?"

용마가 물었다.

"어디든 상관없지. 오늘 밤 너는 시와 꿈속에서 자유와 영생을 얻게 될 거야!"

박쥐가 작고 뾰족한 앞발을 내밀어 용마를 잡아끌었다. 용마는 가볍게 허공으로 끌려 올라가 살랑이는 나비로 변했다. 검붉은 눈에 황금빛 두 날개를 가진, 날개 위에 먹으로 한자를 써넣은 그런 나비가. 용마는 아래를 내려다보았다. 원래의 무거운 몸은 여전히 끝없는 연못 속에서 거대한 횃불이 되어 활활 타오르고 있었다.

용마는 동료들을 따라 하늘로 날아올랐다. 첩첩이 기복을 이룬 황폐한 성은 점점 더 멀어져갔다. 귓가에는 여전히 박쥐의 끼익거리는 속삭임이 들려왔다.

천 년 후 내가 조국의 강가에 다시 태어난다면

천 년 후 나는 다시 중국의 논과 주 천자의 설산을 끌어안고 천마를 타고 달리리라 안녕, 안녕히. 용마는 가볍게 탄식했다.

작디작은 불길이 곧 보이지 않게 되었다.

그들은 아주 오랫동안 날아 마침내 세계의 끝에 도착했다.

눈길이 닿는 곳은 모두 어둠뿐이었다. 단 한 줄기 거대한 강물이 빛을 발하며 천지를 가로지르고 있을 뿐이었다.

푸른 강물은 불꽃 같기도 하고 수은처럼 보이기도 했다. 혹은 별처럼 보이기도 하고 보석처럼도 보였다. 찬란하게 반짝이며 어두운 밤하늘로 흘러 들어가는 저 강물이 얼마나 너른지 또 얼마나 길게 뻗어 있는지는 아무도 모를 일이었다.

정령들은 살랑살랑 날갯짓하며 강 건너편을 향해 날아갔다. 빛무리처럼, 혹은 구름처럼, 그도 아니라면 무지개처럼, 아니, 다리처럼. 그들은 그렇게 두 개의 세계를 연결하고 있었다.

"너도 어서 가봐."

박쥐가 용마를 재촉했다.

"너는?"

"나는 해야 할 일이 남아 있어. 여명의 태양이 떠오르면 나는 다시 굴속으로 돌아가 잠을 잘 거야. 다음 밤이 오기를 기다리며."

"그럼, 또 작별해야 하는 거야?"

"그래. 하지만 세상이 이리 크니 언젠가 다시 만날 수 있을 거야."

그들은 작은 날개로 서로를 끌어안았다. 용마는 몸을 돌려 떠나갔고, 박쥐는 뒤에서 시를 읊조리며 용마를 배웅했다.

오천 년의 봉황과 '말'이라는 이름을 가진 용을 타고, 나는 분명 실패할 것이다

그러나 시는 태양이 되어 반드시 승리하리라

용마는 피안을 향해 날아갔다. 얼마나 날았을까, 별들의 강물이 몸 언저리를 흐르며 지나갔다.

이 강가는 용마가 태어난 곳이었다. 낭트라는 이름의 조용한 작은 섬, 기계 괴수들은 그곳에서 이미 몇 년째일지 모를 깊은 잠에 빠져 있었다. 25미터 높이의 아쿠아리움용 회전목마, 50톤에 달하던 거대한 코끼리, 사람을 놀라게 하던 거대한 파충류와 날개가 8미터나 되었던 거대한 왜가리(이 왜가리는 사람도 태울 수 있었다), 그리고 기괴한 형상의 기계 개미와 뿔매미, 그리고 식충식물들이.

용마는 자신의 오랜 파트너였던 거미가 여덟 개의 긴 다리를 모은 채 교교한 달빛 속에 조용히 누워 있는 것을 발견했다. 용마는 하늘에서 내리는 이슬방울처럼 살포시 거미의 이마에 내려앉은 다음 두 날개를 접었다.

네가 노래할 때 이 세상 모두가 조용히 경청할 거야.
네가 고요히 있을 때는 만물이 노래하는 것을 들을 수 있겠지.

밤바람 사이로 무엇인가 부딪치는 소리, 두드리는 소리며 삐걱거리는 금속 마찰음이 들려오기 시작했다. 용마는 엔진오일의 냄새며 녹슨 강철의 냄새, 그리고 전기 스파크 냄새 등을 맡을 수 있었다. 아아, 동료들이 깨어나고 있다. 용마를 맞이하기 위해, 성대한 연회를 열어주기 위해.

그러나 용마는 깊은 잠에 빠지고 말았다.

TONGTONG'S SUMMER

툭툭의 여름

童童的夏天

1

엄마가 퉁퉁에게 말했다. 몇 밤 자고 나면 외할아버지가 우리
집에 오셔서 함께 살 거란다.

외할머니가 세상을 떠난 후 외할아버지는 계속 홀로 지냈다. 엄
마는 할아버지가 평생 혁명 일을 하느라 한가할 틈이 없었고, 나이
가 지긋해진 지금도 매일 진료소에 가서 진료를 본다고 했다. 며칠
전 비가 내려 바닥이 미끄러운 날, 할아버지는 집에 돌아오다 넘어
져 발을 다쳤다.

다행히 바로 병원에 실려 가 깁스를 했고, 며칠 후면 퇴원할 수
있다고 했다.

엄마는 특별히 당부했다.

"퉁퉁, 할아버지는 연세가 많으시고 화를 잘 내시는 성격이란
다. 너도 이제 다 컸으니 철이 들어야지? 할아버지를 화나게 하지
말거라."

퉁퉁은 고개를 끄덕이며 속으로 생각했다. 난 원래 계속 철이 들어 있었는데.

2

할아버지가 앉아 있는 휠체어는 마치 작은 전동차처럼 생겼는데, 손 닿는 곳에 작은 조종용 막대가 달려 있었다. 막대를 가볍게 밀면 휠체어가 앞뒤로 또 좌우로 움직이니 퍽 재미있을 수밖에 없었다.

퉁퉁은 어릴 때부터 할아버지를 조금 무서워했다. 할아버지의 얼굴은 네모났고 새하얀 눈썹이 아주 길 뿐 아니라 뻣뻣한 솔잎처럼 하나하나 위로 뻗쳐 있었다. 퉁퉁은 지금까지 그렇게 긴 눈썹을 가진 사람을 본 적이 없었다.

할아버지의 말도 퉁퉁으로서는 알아듣기 힘들었다. 할아버지는 사투리가 아주 심했기 때문이었다. 저녁을 먹을 때 엄마는 할아버지에게 간병인을 들이자는 이야기를 했다. 할아버지는 마구 고개를 젓더니 연이어 말했다.

"괜찮다아!"

이 말만은 퉁퉁도 알아들을 수 있었다.

외할머니가 편찮으셨을 때는 간병인을 두었다. 농촌에서 올라온 아주머니로 키는 좀 작았지만 힘이 아주 세서 뚱뚱한 할머니를 안아 침대에서 내릴 수도 있었고, 목욕을 시킬 수도 화장실에 데려가거나 옷을 갈아입힐 수도 있었다. 모두 퉁퉁이 직접 본 일이었다. 나중에 할머니가 돌아가신 후로 그 아주머니는 그 이상 오지 않았다.

밥을 먹은 다음 퉁퉁은 비디오 월패드 앞에서 게임을 시작했다. 게임 속 세계는 현실과 너무나 달랐다. 게임 속 사람들은 죽으면 그냥 죽을 뿐, 병이 나거나 휠체어에 앉는 일은 없었다. 엄마와 할아버지는 여전히 곁에서 이야기를 주고받고 있었고, 아빠가 퉁퉁에게 다가와 말했다.

"퉁퉁, 게임 그만해라. 눈 나빠지겠다."

퉁퉁은 할아버지의 모습을 흉내 내 고개를 붕붕 흔들며 말했다.

"괜찮다아!"

아빠와 엄마는 참지 못하고 웃음을 터뜨렸지만, 할아버지는 웃지 않고 얼굴을 어둡게 굳힐 뿐이었다.

3

며칠 후, 아빠가 멍한 표정의 로봇을 데리고 왔다. 동글동글한 머리에 길쭉길쭉한 팔, 새하얀 손 두 개, 그리고 발아래로는 바퀴가 달려 앞뒤로 좌우로 움직이는 로봇이었다. 아빠가 로봇의 뒤통수를 누르자 달걀처럼 매끄러운 얼굴에 푸른빛이 세 번 반짝이더니 곧이어 젊은이의 얼굴이 하나 나타났다. 아주 생생하게 사실적인 얼굴이었다.

퉁퉁이 깜짝 놀라 물었다.

"로봇이니?"

그 얼굴이 웃으며 대답했다.

"안녕? 나는 아푸(阿福)라고 해."

통통이 다시 물었다.

"널 만져봐도 될까?"

아푸가 대답했다.

"물론이지."

통통은 아푸의 얼굴을 만져본 다음, 다시 아푸의 팔과 손을 쓰다듬었다. 아푸의 몸은 말랑말랑한 실리콘으로 덮여 있었는데, 마치 사람의 피부처럼 따뜻했다.

아빠는 아푸가 궈커(果殼) 과학기술회사에서 새로 나온 상품으로 아직 테스트 단계라고 했다. 아푸의 가장 큰 장점은 진짜 사람처럼 영리하고 민첩하다는 것이었다. 아푸는 사과를 깎을 수 있고 차를 우리고 따를 수도 있으며 설거지, 자수는 물론이고 글씨를 쓰거나 피아노를 칠 수도 있었다. 어쨌든 아푸가 집에 있으면 할아버지를 잘 간호할 수 있을 터였다.

할아버지는 여전히 얼굴을 어둡게 굳힌 채 아무 말도 하지 않았다.

4

점심을 먹은 후, 할아버지는 테라스에서 신문을 보다 잠이 들었다. 아푸는 조용히 다가가 할아버지를 안정적으로 안아 올린 다음 침실 침대 위로 옮겼다. 아푸는 할아버지에게 이불을 덮어준 후 커튼을 치고 조용히 방문을 닫고 나왔다.

통통은 계속 아푸를 뚫어지라 쳐다보며 뒤를 졸졸 쫓아다녔다. 아푸가 그런 통통의 작은 머리를 쓰다듬으며 물었다.

"어째서 잠을 자러 가지 않고?"

퉁퉁이 고개를 갸우뚱하며 아푸에게 물었다.

"너 정말 로봇이야?"

아푸가 웃더니 되물었다.

"왜? 로봇 아닌 것 같아?"

퉁퉁은 한참을 열심히 살펴본 후 진지하게 대답했다.

"넌 절대 로봇이 아니야."

"어째서?"

"로봇은 너처럼 웃지 못하니까."

"웃을 줄 아는 로봇을 본 적이 없는 모양이지?"

"로봇이 웃기 시작하면 아주 무서워지는걸. 너는 웃어도 무섭지 않으니까, 그러니까 넌 절대 로봇이 아니야."

아푸는 더욱 크게 웃기 시작했다.

"내 진짜 얼굴을 보고 싶어?"

퉁퉁은 두근거리는 심장을 느끼며 정중하게 고개를 끄덕였다.

아푸는 비디오 월패드 앞으로 다가갔다. 아푸의 머리에서 한 줄기 빛이 나와 월패드에 닿았고, 곧 아주 어지러운 방에 앉아 있는 누군가의 모습이 화면에 나타났다.

화면 속 사람이 퉁퉁에게 손을 흔들자, 동시에 아푸도 똑같은 자세로 손을 흔들었다. 퉁퉁이 자세히 살펴보니, 화면 속 사람은 얇은 회색 외투를 입고 회색 장갑을 끼고 있었다. 남자의 옷이며 장갑에는 아주 작은 등불이 셀 수 없이 달려 빛을 발하고 있었다. 남자는 또한 아주 커다란 안경을 끼고 있었는데, 안경 아래로 보이는 얼굴은 희고 마른 것이 아푸의 얼굴과 완전히 똑같은 모양이었다.

퉁퉁은 그만 멍한 표정이 되었다.

"그…, 아저씨가 원래 진짜 아푸인 거예요?"

남자는 고개를 긁적거리더니 아주 미안하다는 듯 말했다.

"아푸는 우리가 로봇에게 지어준 이름이란다. 나는 왕이라고 해. 그래, 나를 왕 아저씨라 부르려무나."

왕 아저씨는 사실 대학교 4학년에 재학 중인 학생으로, 지금 귀커 과학기술회사의 연구개발팀에서 인턴을 하고 있다고 했다. 아푸는 그들이 만들어낸 로봇이었다.

왕 아저씨는 사회의 노령화 현상이 점점 더 심해지고 있다고 말했다. 많은 노인이 자신의 삶을 스스로 돌볼 수 없고 자식들도 그런 노인들을 돌볼 시간이나 힘이 없는 경우가 많았다. 그렇다고 해서 요양원에 입소하면 외로울 수도 있으니 전문 간병인을 필요로 하는 이들이 점점 더 많아지고 있다는 것이었다. 집에 아푸가 하나 있으면 평소 필요하지 않을 때는 쉬게 하고, 필요할 때 명령을 내리면 간병인이 온라인으로 노인을 위한 서비스를 할 수 있다. 그렇게 되면 간병인이 오가는 데 들이는 시간과 비용을 줄일 수 있고, 효율을 훨씬 더 높일 수 있을 거라고도 했다.

왕 아저씨는 지금의 아푸는 제1세대 테스트 버전으로, 전국에 3천 대가 있다고 했다. 즉 3천 가정에서 테스트 중이라는 이야기였다.

왕 아저씨는 수년 전 할머니가 아파서 입원했던 이야기도 해주었다. 왕 아저씨는 노인을 간병해본 경험이 있기에, 퉁퉁의 할아버지를 간병해보겠노라 자원했다고 했다.

왕 아저씨는 우연하게도 퉁퉁의 할아버지와 반쯤은 같은 고향 사람이라 할 수 있었기에 할아버지의 사투리를 알아들을 수 있었다. 진짜 로봇이었다면 불가능한 일이었을 것이다.

왕 아저씨는 그 외에 아주 많은 전문용어를 이야기했다. 퉁퉁은 그런 말들을 잘 알아들을 수 없었지만, 아주 재미있다는 느낌이 들었다. SF 소설 속 이야기처럼 근사하게 들렸다.

퉁퉁이 물었다.

"그럼 할아버지는 아직 아저씨가 누구인지 모르시나요?"

왕 아저씨가 말했다.

"네 아버지와 어머니는 모두 알고 계시지만, 할아버지는 아직 모르신단다. 일단 할아버지께는 말하지 말아줄래? 며칠 지난 후에 천천히 말씀드릴 생각이거든."

퉁퉁은 믿음직스럽게 외쳤다.

"괜찮다아!"

퉁퉁과 왕 아저씨 모두 웃었다.

5

할아버지는 한가로이 있지 못하는 성격이라 아푸에게 밖을 한 바퀴 돌아달라고 했다. 그러나 한 번 나갔다 온 후로는 날이 덥다는 핑계를 대며 그 이상 나가지 않았다. 아푸는 몰래 퉁퉁에게 할아버지가 휠체어에 앉아 이동하는 것이 익숙하지 않은 데다 길을 가는 사람들이 모두 쳐다본다고 생각하노라 말해주었다.

그러나 퉁퉁은 길을 가던 사람들이 할아버지가 아니라 아푸를 보고 있었으리라 생각했다.

할아버지는 더 이상 외출을 하고 싶지 않다며 홀로 집에서 답답해하기 시작했다. 안색은 더욱더 어두워졌고 하루가 멀다 않고 화를 냈다. 할아버지는 몇 번이나 아빠와 엄마에게 삿대질하며 거친 말을 내뱉었고, 아빠와 엄마는 모두 아무 말 없이 고개 숙인 채 듣기만 했다. 한참 후 퉁퉁이 부엌에 가보니 엄마는 문 뒤에 숨어 몰래 눈물을 훔치고 있었다.

할아버지는 이제 예전의 할아버지 같지 않았다. 할아버지가 길에서 넘어지지 않았다면 얼마나 좋았을까! 퉁퉁은 점점 더 집에 머무는 것을 싫어하게 되었다. 집 안을 가득 채운 공기 때문에 답답해 죽을 것 같았다. 퉁퉁은 매일 아침 일찍 밖으로 나가 놀다가 밥을 먹을 때가 되어서야 비로소 돌아왔다.

그러던 중 아빠가 또 한 가지 신기한 물건을 가져왔다. 역시 궈커 회사에서 만든 물건으로, 바로 안경이었다. 아빠는 퉁퉁에게 안경을 쓰게 한 다음 방에서 걸어보라고 했다. 퉁퉁이 보고 듣는 모든 것이 집에 있는 비디오 월패드를 통해 선명하게 드러나고 있었다.

아빠가 물었다.

"퉁퉁, 할아버지의 눈이 되어줄 수 있겠니?"

물론 퉁퉁은 그러고 싶었다. 퉁퉁은 모든 새로운 것에 대한 호기심으로 가득 차 있었으니까.

6

퉁퉁이 가장 좋아하는 계절은 여름이었다. 여름에는 치마를 입을 수 있고 수박과 아이스바를 먹을 수 있었다. 그뿐인가, 수영하러 갈 수도 있고 풀숲에서 매미 껍질을 주울 수도 있으며 맨발에 샌들을 신고 빗속을 걷거나 비 내린 후의 무지개를 향해 달릴 수도 있었다. 땀을 뻘뻘 흘리며 놀다가 시원한 물로 샤워하고 차갑게 해놓은 매실 주스를 마시고, 또 연못에 가서 올챙이를 잡고…. 포도를 따거나 무화과를 딸 수도 있고 밤이면 마당에서 시원한 바람을 맞으며 별을 보고 손전등을 켜서 귀뚜라미를 잡을 수 있는 계절이 바로 여름이었다. 하여튼 여름에는 모든 것이 참 좋았다.

통통은 안경을 쓴 채 놀러 나갔다. 묵직한 안경은 항상 콧잔등을 타고 흘러내렸고, 통통은 혹시 안경을 잃어버리거나 하지 않을까 걱정스러웠다. 통통의 놀이 친구는 열 명이 넘었는데, 그중에는 남자아이도 있고 여자아이도 있었다. 여름방학이 시작된 후 그들은 모두 함께 모여 놀았다. 아이들은 놀기 시작하면 아무리 놀아도 성이 차지 않는 법이지만, 그래도 늘 하던 놀이에는 싫증을 내기 마련이라 다음 날이면 새로운 놀이를 만들어내곤 했다. 더위에 지치면 개울가로 후다닥 달려가 마치 만두라도 된 것처럼 물속으로 퐁당퐁당 뛰어들었다. 머리 위로는 커다란 태양이 내리쬐는데 개울물은 또 어찌나 그리 시원한지. 아아, 정말로 즐거웠다!

누군가가 나무에 오르겠다고 했다. 그 나무는 개울가에 있었는데, 아주 굵은 회화나무였다. 하늘을 찌를 듯 높이 뻗은 그 나무는 마치 용이 변한 것 같은 모습이었다.

그때 귓가에 할아버지의 다급한 음성이 들려왔다.

"통통! 나무에 올라가지 말거라! 위험하다!"

앗, 안경으로 목소리도 주고받을 수 있었구나! 통통은 쾌활하게 소리쳤다.

"괜찮다아, 할아버지!"

나무에 오르는 것은 퉁퉁의 장기였다. 아빠조차 퉁퉁이 전생에 원숭이였을 거라고 했으니까. 그러나 할아버지는 계속 우물거리며 퉁퉁을 불러대고 있었다. 아휴, 참, 무슨 말인지도 모르겠고 시끄러워 죽겠네. 퉁퉁은 안경을 벗어 풀숲에 던지고 샌들을 벗었다. 한결 가벼워진 느낌이 마치 구름이라도 되어 하늘로 날아갈 것만 같았다.

너무 오르기 쉬운 나무였다. 빽빽한 가지들이 꼭 손을 뻗어 퉁퉁을 잡아끄는 것 같았다. 퉁퉁이 높이 올라갈수록 다른 아이들은 멀리 아래에 뒤처지고 있었다. 마침내 눈앞에 나무 꼭대기가 보였다. 바람이 불어와 무성한 나뭇잎 사이로 황금빛 햇살이 쏟아져 내렸다. 세상은 그렇게나 고요했고, 퉁퉁은 잠시 멈추어 숨을 골랐다. 그때 멀리서 아빠의 고함이 들려왔다.

"퉁퉁! 어서어 내려어 와라아!"

머리를 쏙 내밀어 보니 마치 개미 같은 검은 그림자가 보였다. 정말로 아빠였다.

집으로 돌아가는 길 내내 퉁퉁은 야단을 맞아야 했다.

"너무 위험하잖니! 혼자 그렇게 높이까지 올라가다니! 어째 이리 철이 없어!"

퉁퉁은 할아버지가 아빠에게 이 일을 일러주었다는 사실을 알고 있었다. 아니, 할아버지가 아니면 그럴 수 있는 사람은 없었으니까.

자기가 나무에 오르지 못한다고 남도 나무에 오르지 못하게 하다니. 할아버지는 정말 시시한 사람이야. 친구들 앞에서 그런 창피를 당하게 만들고.

다음 날, 퉁퉁은 여느 때처럼 날이 밝자마자 뛰쳐나갔다. 그러나 안경은 쓰지 않았다.

7

아푸가 말했다.

"할아버지는 너를 걱정하셔서 그러신 거야. 네가 나무에서 떨어져 다리라도 부러졌으면 어쩔 뻔했어? 그럼 너도 할아버지처럼 휠체어에 앉아 있어야만 하잖아?"

퉁퉁은 입술을 비죽거리며 아무 말도 하지 않았다.

아푸는 할아버지가 안경을 통해 퉁퉁이 나무 위로 오르려는 것을 보고는 다급한 나머지 계속 고함을 지르다가 하마터면 곤두박질을 칠 뻔했다고 했다. 퉁퉁은 어쩐지 답답한 기분이 되었다. 대체 왜 그렇게 걱정을 하신담? 아무리 높은 나무라도 오를 수 있는데. 난 한 번도 발을 헛디딘 적 없단 말이야.

안경은 이제 쓰지 않았기 때문에 잘 포장해서 귀커 회사로 돌려보냈다. 할아버지는 다시 홀로 집에서 하릴없이 지내다가, 갑자기 무슨 생각을 했는지 낡은 장기판을 꺼냈다. 그리고 아푸를 잡아끌어 함께 장기를 두기 시작했다.

퉁퉁은 장기 두는 법을 알지 못했기 때문에, 일단 작은 걸상을 끌고 와 곁에 앉아 구경하기 시작했다. 퉁퉁은 아푸의 가늘고 흰 손가락이, 그 손가락이 빛바랜 나무 장기 말을 들어 가볍게 내려놓는 모습이 참 좋았다. 아푸는 생각에 잠길 때면 그 손가락으로 책상 위를 똑똑 두드렸는데, 그 순간 그 손가락이 얼마나 예쁜지 마치 상아로 조각한 것 같았다. 그러나 장기가 몇 판 지나자 퉁퉁조차 아푸가 할아버지의 상대가 되지 않는다는 것을 알아차릴 수 있었다. 장기 말을 몇 번 움직이지도 않았건만 할아버지는 탁 소리가 나도록 아푸의 말을 잡아먹으며 중얼거렸다.

"풋내기로군!"

퉁퉁도 곁에서 함께 외쳤다.

"풋내기로군!"

할아버지는 다시 한마디 덧붙였다.

"차라리 로봇이 낫겠어."

할아버지는 이미 사람이 아푸를 조종하고 있다는 사실을 알고 있었다.

할아버지는 장기를 몇 판 이기더니 의외로 의기양양한 표정으로 얼굴까지 붉게 빛내고 있었다. 심지어 고개를 흔들며 콧노래까지 불렀고, 그런 모습을 지켜보던 퉁퉁도 덩달아 기분이 좋아져 그전까지 있었던 불쾌한 일들이 전부 구름 밖으로 날아가버린 것 같았다. 그저 아푸만이 울상을 짓고 있었다.

아푸가 말했다.

"제가 다른 상대를 찾아드릴게요."

8

집에 돌아온 퉁퉁은 깜짝 놀랐다. 할아버지가 괴상한 모습으로 변해 있었으니까!

할아버지도 얇은 회색 옷을 입고 회색 장갑을 끼고 있었는데, 옷이며 장갑에서는 불빛이 반짝거렸다. 할아버지는 얼굴에도 커다란 안경을 쓰고, 두 손으로 허공에 대고 손짓하고 있었다.

월패드에 누군가의 모습이 보였다. 그러나 왕 아저씨가 아니라 머리가 온통 하얗게 변한 낯선 할아버지였다. 월패드 속 할아버지는 안경을 쓰지 않고, 대신 앞에 장기판을 벌여두고 있었다.

할아버지가 말했다.

"퉁퉁, 자오(趙) 할아버지란다."

자오 할아버지는 할아버지의 옛 전우였다고 했다. 얼마 전 심장에 스텐트를 삽입하는 수술을 받아 홀로 집에서 무료한 시간을 보내는 중으로, 자오 할아버지네 집에도 아푸가 있었다.

자오 할아버지도 장기 두기를 좋아했고, 하루 내내 아푸가 서투르다고 성을 내고 있었다. 왕 아저씨는 기지를 발휘해 할아버지에게 아푸를 조종할 수 있는 감지 장비를 한 세트 보냈다. 그리고 집에 있는 아푸로 하여금 할아버지에게 장비 사용법을 가르치게 했다. 며칠 지나지 않아 할아버지는 자오 할아버지 집에 있는 아푸를 조종해 함께 장기를 둘 수 있었다.

장기를 둘 수 있을 뿐 아니라 고향 말로 이야기도 나눌 수 있으니 할아버지는 퍽 기운이 난 모양이었다. 지금 할아버지의 흥분한 모습은 꼭 어린아이 같아 보였다.

할아버지가 말했다.

"퉁퉁, 잘 보려무나."

할아버지가 공중에서 무엇인가를 잡는 듯한 동작을 하자, 화면 속 새하얀 손이 힘 하나 들이지 않고 장기판을 들어 올리더니 한 바퀴 돌린 다음 원래의 자리에 내려놓았다.

퉁퉁은 눈을 크게 뜨고 멍하니 바라보았다. 저 두 손이 설마 할아버지의 손인 걸까. 정말이지 마술보다 더 신기한데!

퉁퉁이 물었다.

"저도 해봐도 되나요?"

할아버지가 장갑을 벗어 퉁퉁의 손에 씌워주었다. 장갑은 신축성이 있는 재질이라 퉁퉁의 작은 손에도 전혀 헐렁해 보이지 않았다. 퉁퉁이 손가락을 살짝 움직이자 화면 속 아푸의 손도 똑같이 움직였다.

할아버지가 말했다.

"퉁퉁, 자오 할아버지와 악수를 하거라."

자오 할아버지가 싱긋 웃으며 손을 내밀었고, 퉁퉁도 손을 내밀었다. 퉁퉁은 장갑 속 미묘한 압력의 변화를 느낄 수 있었다. 마치 정말로 누군가의 손이 자신의 손을 감싼 듯한 느낌으로, 심지어 따뜻하기까지 했다. 이거, 진짜 재미있잖아!

퉁퉁은 장갑을 통해 아푸 앞에 놓인 장기판이며 장기 말을 만져보고, 모락모락 김이 피어오르는 찻잔에도 손가락을 대어보았다. 손끝으로 뜨거운 기운이 전해져왔고 퉁퉁은 놀라 펄쩍 뛰었다. 손이 미끄러지며 찻잔은 바닥으로 떨어져 산산조각이 났고, 장기판도 떨어지며 장기 말이 바닥에 와르르 쏟아졌다.

"아이고, 이 녀석!"

"괜찮아, 괜찮고말고."

자오 할아버지가 연신 손을 내저었다. 자오 할아버지가 빗자루를 가져와 바닥을 청소하려 하는 것을 보고 할아버지가 말리며 말했다.

"자오, 자네는 그냥 있게. 내가 할 테니."

할아버지는 장갑을 끼더니 아푸에게 장기 말을 줍게 하고, 더러워진 바닥도 깨끗하게 치우게 했다.

할아버지가 화를 내지 않아 다행이었다. 퉁퉁이 저지른 사고를 아빠에게 이를 것 같지도 않았다.

"애가 조심성이 없어."

할아버지는 웃으며 자오 할아버지에게 말했고, 자오 할아버지도 너털웃음을 터뜨렸다.

퉁퉁은 어쩐지 조금 억울한 마음이 들었다.

9

아빠와 엄마는 또다시 할아버지와 다투고 있었다.

그러나 다투는 내용이 예전과는 달랐다. 할아버지는 계속 같은 말만 반복하고 있었다.

"괜찮다아."

엄마의 목소리가 점점 날카로워졌다. 대체 무엇 때문에 싸우는 것인지, 퉁퉁은 들으면 들을수록 혼란스럽기만 했다. 다만 자오 할아버지의 심장 스텐트와 관련이 있는 것 같다는 짐작은 할 수 있었다.

마지막으로 엄마가 말했다.

"괜찮긴, 뭐가요! 무슨 일이라도 생기면 어쩌려 그러세요! 다시는 그런 이상한 말씀 마세요!"

할아버지는 화가 난 나머지 문을 닫고 들어가 식사도 하려 하지 않았다.

아빠와 엄마는 다시 왕 아저씨에게 영상 통화를 걸었고, 이번에는 퉁퉁도 대강 어찌 된 일인지 알게 되었다.

자오 할아버지는 할아버지와 장기를 두고 또 두다가 너무 흥분한 나머지 심장병이 재발했다고 했다. 스텐트가 안정적으로 고정되어 있지 않았던 까닭이었다. 당시 자오 할아버지의 집에는 아무도 없었고, 할아버지가 아푸를 지휘해 자오 할아버지에게 응급 처치를 한 다음 구급차를 부르게 했다.

응급 처치를 통해 자오 할아버지는 위험에서 벗어날 수 있었다.

그리고 예상 밖의 일이 벌어졌다. 할아버지가 병원에 가서 자오 할아버지를 간병하겠다고 나선 것이었다.

물론 직접 병원에 가겠다는 뜻이 아니라 아푸를 보내고 할아버지는 집에서 아푸를 지휘하겠다는 의미였다.

하지만 할아버지 자신도 누군가의 간병이 필요한 사람이 아닌가. 그럼 누가 할아버지를 간병하러 오지?

할아버지는 자오 할아버지가 퇴원하면 자오 할아버지에게 감지 장비 사용법을 가르치겠다고 말했다. 그렇게 되면 두 할아버지가 서로를 돌볼 수 있을 테니 다른 간병인이 필요 없을 거라면서.

뜻밖에도 자오 할아버지는 단숨에 응낙했다. 그러나 두 집안의 딸들은 모두 황당하다는 표정이었다. 왕 아저씨조차 순간적으로 무슨 말을 해야 할지 모르겠다는 듯, 한참을 고민하다가 겨우 입을 열었다.

"그런 것은… 일단 팀의 상사들에게 보고를 올려야겠습니다."

퉁퉁은 생각했다. 아푸를 통해 장기를 두는 것은 쉬운 일이다. 하지만 서로를 돌보는 것도 그러할까? 생각하면 생각할수록 머리가 복잡해졌다. 왕 아저씨가 골치를 앓는 것도 이상한 일이 아니었다.

아휴, 할아버지도 꼭 어린애 같단 말이야. 어른 말이라고는 전혀 안 듣고.

10

할아버지는 늘 집 안에만 있고 밖에 나가지 않았다. 퉁퉁도 처음에는 할아버지가 여전히 화가 나 있는 모양이라 생각했다. 그러나 곧 자신이 모르는 사이 일이 점점 커지고 있다는 것을 알게 되었다.

가장 큰 변화는 역시 할아버지가 바빠졌다는 것이었다. 할아버지는 예전처럼 매일 환자들을 진료하기 시작했다. 그러나 진료소에 가서 환자들이 오기를 기다리는 것이 아니라, 감지 장비를 통해 다른 이의 집에 있는 아푸를 조종하는 방식을 택했다. 할아버지는 각자의 집에 있는 노인에게 문진하고 맥을 짚은 다음 약을 처방해주었다. 할아버지는 아푸가 환자들에게 추나 요법으로 치료하고 또 침을 놓아줄 수 있기를 바랐다. 할아버지는 아푸에게 이 기술을 가르치려고 일부러 아푸로 하여금 자기에게 침을 놓도록 하기도 했다!

왕 아저씨는 할아버지의 이 아이디어가 의료 시스템 전체에 천지개벽과도 같은 영향을 끼칠 것이라고 했다. 미래의 사람들은 어쩌면 더 이상 병원에 가서 번호표를 받거나 줄을 길게 설 필요가 없을지도 모른다. 의사들이 집집마다 찾아가 의료 서비스를 제공하게 될 수도 있고, 혹은 동네마다 설치된 보건소에 아푸를 한 대씩 두어 편리하게 진료할 수도 있을 것이다.

왕 아저씨는 궈커 회사의 연구개발부에 이미 의료용 아푸의 개선 방안을 전문적으로 연구하는 팀을 구성했다고도 했다. 그 팀에서는 할아버지를 고문으로 초빙했고, 할아버지는 더욱 바빠졌다.

할아버지는 아직 다리가 불편한 상태였기 때문에, 당분간은 왕 아저씨가 계속 할아버지를 간호하게 되었다. 그러나 왕 아저씨는 회사에서 지금 인터넷 시스템을 구축하려 하고 있다고 말했다. 시간적 여유와 봉사 정신이 있는 사람이라면 누구나 아이디를 만들고, 멀리서 전국 각지의 아푸에 등록하여 노인과 아이, 병자와 반려동물을 돌보며 사회에 도움이 되는 여러 가지 활동을 할 수 있게 될 것이다. 이것 역시 변화의 일부분이었다.

만약 이 계획이 성공한다면, 고서에 나오는 대동사회(大同社會)*가 정말로 이루어질지도 모른다.

"사람이 자신의 부모만을 부모로 섬기지 않고 자신의 자식만을 자식으로 대하지 않는다. 노인에게는 그 생애를 편히 마치게 해주고 성인들은 충분한 일자리를 제공받으며 어린이들은 마음껏 자랄 수 있다. 과부와 고아, 장애인도 모두 부양받을 수 있다."***

물론, 각종 폐단과 위험이 있을 수도 있었다. 예를 들자면 사이버 보안에 문제가 생기거나 각종 범죄가 생길 수도 있고, 조작 실수로 사고가 생길 수도 있었다. 그러나 변화가 시작된 이상, 그러한 위험을 직면하지 않을 수 없었다.

그 외에 더욱 예상치 못했던 변화도 있었다.

왕 아저씨는 퉁퉁에게 동영상을 여럿 보여주었다. 아푸들은 각양각색의 일을 하고 있었다. 채소를 볶아 밥을 짓고 아이들을 돌보고, 수도와 전기를 수리하고 땅을 일구어 꽃에 물을 주고…. 그 외에도 운전이라거나 테니스 같은 활동도 했고, 아이들에게 장기 두는 법이나 글씨 쓰는 법, 이호(二胡)***를 연주하는 법이나 도장을 파는 법을 가르치기도 했다.

* 공자가 이상으로 제시한 인륜이 실현된 사회
** 대동사회를 설명하는 《예기(禮記)》의 일부분
*** 현이 두 개인 중국의 전통 악기

이 아푸들을 조종하는 이들은 모두 원래 다른 이들의 보살핌을 필요로 하던 노인들이었다. 어떤 노인은 다리가 불편하지만, 여전히 눈과 귀가 밝았다. 또 어떤 노인은 기억력이 감퇴한 상태였지만 젊은 시절 단련한 기본적인 기능은 여전히 잊지 않고 있었다. 또 많은 수의 사람들이 몸에는 별다른 큰 병이 없이 활기를 잃고 우울해하곤 했다. 그러나 지금은 모두 제각기 자신의 솜씨를 선보이고 있었다.

아푸에게 이렇게 많은 가능성이 있을 줄은 그 누구도 생각하지 못했던 바였다. 이미 고희를 넘어선 노인들에게 이러한 상상력과 창조적 재능이 숨어 있을 줄이야!

그중에서도 가장 인상이 깊은 것은 역시 열 대도 넘는 아푸로 이루어진 악대였다. 아푸들은 공원의 연못가에 모여 흥겹게 악기를 연주하고 노래를 불렀다. 왕 아저씨는 이 악대가 인터넷에서 이미 유명세를 타기 시작했다고 말했다. 이 악대를 지휘하는 이들은 모두 시력을 잃은 노인들이었기 때문에, 이 악대는 '늙은 맹인 밴드'라 불렸다.

왕 아저씨는 마지막으로 감개무량한 듯 말했다.

"퉁퉁, 네 할아버지는 혁명을 일으키고 계셔."

퉁퉁은 엄마가 예전에 할아버지를 혁명가라고 부르던 것을 기억해냈다. 엄마는 '평생 혁명을 하셨잖아요, 이 나이가 되셨으면 이제 쉬실 때도 되었어요.'라고 말하곤 했지. 할아버지는 의사인데, 대체 언제 '혁명'이라는 것을 한 것일까? '혁명'은 대체 무엇이지? 어째서 평생에 걸쳐 해야 하는 일인 걸까?

퉁퉁은 도무지 이해할 수 없었지만, 어쨌든 혁명이라는 것이 꽤 근사하다는 생각이 들었다. 할아버지는 다시 예전의 할아버지와 닮아 보였다.

11

할아버지는 매일 원기가 왕성한 모습으로, 틈이 날 때마다 목청을 돋우어 노래를 불렀다.

군영 문밖 대포 소리 우레처럼 들려오니

천파부를 나와 나라를 지키련다

황금 투구로 희어진 머리를 감추고

다시 한번 몸에 철갑을 두르니

장수기의 커다란 목(穆)자 위풍당당하기도 하구나

목계영이 오십삼 세에 다시 출정을 나서누나*

퉁퉁이 생글거리며 말했다.

"할아버지, 할아버지는 여든세 살이신걸요."

할아버지는 화를 내지 않고 칼을 비껴들고 말을 달리는 자세를 흉내 냈다. 할아버지의 얼굴은 더욱더 붉게 빛나고 있었다.

며칠 후면 할아버지의 여든네 번째 생신날이었다.

* 목계영은 명나라 때 소설인《북송지전(北宋志傳)》,《양가부연의(楊家府演義)》등에 등장하는 허구의 인물로, 걸출한 여성 장수이다. 번이화, 화목란, 양홍옥과 함께 4대 여성 영웅으로 이야기된다. 여기 노래는 허난성 지방극인 예극(豫劇)〈목계영괘수(穆桂英掛帥)〉의 일부분을 변형한 것이다.

12

퉁퉁은 집에서 혼자 멍하니 게임을 하고 있었다.

냉장고 안에는 이미 식사가 준비되어 있었고, 퉁퉁은 직접 음식을 꺼내 데워 먹었다. 저녁 무렵 날이 어두워지자 습한 공기는 더욱더 답답하게 느껴졌고, 매미는 끊임없이 울어댔다.

일기예보에 따르면 저녁에 폭우가 쏟아질 예정이었다.

구석진 벽에서 푸른빛이 세 번 반짝이더니, 누군가가 소리 없이 다가왔다. 아푸였다.

퉁퉁이 아푸에게 말했다.

"아빠랑 엄마는 할아버지를 병원으로 모시고 가서 아직 안 돌아왔어."

아푸가 대답했다.

"그리고 엄마가 너에게 비가 올 테니 잊지 말고 창을 닫으라고 전해달라 하셨어."

그들은 함께 모든 창문을 닫았다. 비가 억수같이 쏟아지기 시작하더니 유리창을 때리며 북소리를 냈다. 검은 구름은 희끗희끗한 번개에 갈기갈기 찢어지고, 우레가 치자 굉음과 함께 천지가 흔들렸다.

아푸가 물었다.

"천둥이 무섭지 않아?"

퉁퉁이 대답했다.

"무섭지 않아. 너는?"

아푸가 말했다.

"어릴 때는 무서워했지. 지금은 무섭지 않아."

퉁퉁은 갑자기 아주 신비로운 의문을 떠올렸다.

"아푸, 사람은 모두 꼭 자라야만 하는 거야?"

"물론이지."

"다 자란 다음에는?"

"다 자란 다음에는 늙게 되지."

"늙으면, 그다음에는?"

아푸는 대답하지 않았다.

그들은 비디오 월패드를 켜고 만화영화를 보기 시작했다. 퉁퉁이 가장 좋아하는 〈무지개 곰마을〉이었다. 밖에 아무리 비가 오건, 마을에 사는 작은 곰들은 영원히 행복하고 즐거울 것이다. 어쩌면 모든 것이 허상이고 저 곰들의 세계만이 유일한 진짜일지도 모를 일이다.

만화영화를 보고 또 보노라니 어느새 눈꺼풀이 내려오기 시작했다. 거친 빗소리는 마치 최면을 거는 것 같았다. 퉁퉁은 머리를 아푸에게 기댔고, 아푸는 퉁퉁을 안아 올려 침실의 작은 침대로 옮겨주었다. 이불을 덮어주고 커튼을 쳐주는 아푸의 손은 진짜 사람의 그것인 양 따뜻했다.

퉁퉁이 중얼거렸다.

"할아버지는… 왜… 안 와…."

잠꼬대처럼도 들리는 목소리였다.

귓가에 속삭임이 들려왔다.

"잘 자, 퉁퉁. 잠에서 깨어나면 할아버지가 돌아와 계실 거야."

13

할아버지는 돌아오지 않았다.

아빠와 엄마는 모두 돌아왔지만, 안색이 좋지 않았다. 피로가 극에 달한 듯한 모습이었다.

아빠와 엄마는 더욱 바빠진 듯 종일 밖에 나가 있었고, 퉁퉁은 혼자 집 안에서 게임을 하거나 만화영화를 보았다. 종종 아푸가 퉁퉁에게 밥을 차려주었다.

며칠 후, 엄마가 퉁퉁을 부르러 왔다.

엄마는 퉁퉁에게 할아버지의 머리에 종양이 하나 자라고 있노라 말해주었다. 지난번에 길에서 넘어진 것도 종양이 신경을 압박했기 때문이라고도 했다. 병원에서는 검사를 끝낸 후 최대한 빨리 수술을 해야 한다고 권했다. 할아버지는 이미 연세가 꽤 있었기에 수술을 할 경우 위험도가 높았지만, 또 수술하지 않고 버티면 더 위험했다. 아빠와 엄마는 여러 대형 병원을 돌아다니며 자문을 구하고 밤새 의논하고 또 의논한 결과, 결국 수술을 감행하기로 결심했다.

할아버지에게는 진실을 알리지 않았다. 아빠와 엄마는 병원과 몰래 연락하여, 할아버지에게 그저 뇌혈관과 관련된 작은 수술이라고만 이야기하게 했다.

수술은 하루 내내 진행되었고, 마침내 성공했다. 할아버지의 뇌에서 잘라낸 종양은 비둘기 알만큼 크다고 했다.

그러나 수술이 끝난 후에도 할아버지는 계속 혼수상태로 지금까지도 깨어나지 못하고 있었다.

여기까지 이야기한 엄마는 갑자기 퉁퉁을 끌어안고 통곡하기 시작했다. 온몸을 마치 물고기처럼 파닥이면서.

퉁퉁은 엄마를 끌어안았다. 엄마의 정수리에 희끗희끗 흰 머리가 보였다. 눈앞의 모든 것이 현실이 아닌 것만 같았다.

14

퉁퉁은 엄마와 함께 병원에 갔다.

정말 더운 날이었다. 커다란 태양은 눈을 찌를 듯 빛났고, 퉁퉁은 엄마와 양산을 받쳐 든 채 길을 걸었다. 엄마의 손에는 막 냉장고에서 꺼내온 붉은 주스가 한 캔 들려 있었다.

가는 길 내내 사람은 보이지 않았다. 그저 매미 우는 소리만이 끊임없이 들려올 뿐이었다. 올여름도 곧 지나가버릴 것이다.

병원 안은 아주 서늘했다. 퉁퉁이 엄마와 함께 복도에서 잠시 기다리고 있노라니 간호사가 다가와 할아버지가 깨어났다고 말해주었다. 엄마는 퉁퉁을 먼저 들어가게 했다.

할아버지는 아주 낯설어 보였다. 백발은 짧게 깎은 상태였고, 얼굴도 조금 부어 있었다. 한쪽 눈은 가제 붕대에 감겼고, 다른 한쪽 눈은 감고 있었다. 퉁퉁은 할아버지의 손을 잡았다. 당황스럽기 이를 데 없었다. 할머니가 떠올랐다. 주변은 온통 무슨 링거 줄이니 기계니 하는 것들로 가득 차 있었고, 똑딱거리는 소리가 끊임없이 들렸다.

간호사가 할아버지의 이름을 불렀다.

"눈을 뜨세요. 손녀가 왔어요."

할아버지는 감겨 있던 눈을 뜨더니 퉁퉁을 물끄러미 바라보았다. 퉁퉁이 움직이면 할아버지의 눈도 움직였다. 그러나 할아버지는 말을 할 수도 움직일 수도 없었다.

간호사가 속삭였다.

"할아버지께 말을 걸어보렴. 들으실 수는 있으니까."

하지만 대체 무슨 말을 할 수 있을까? 퉁퉁은 힘주어 할아버지의 손을 잡았고, 할아버지도 자신의 손을 잡고 있다는 것을 느낄 수 있었다. 퉁퉁은 속으로 중얼거렸다. 할아버지, 나를 알아보고 계신 거죠? 할아버지의 눈은 계속 퉁퉁을 따라 움직였고, 퉁퉁은 마침내 소리쳤다.

"할아버지!"

새하얀 이불 위로 눈물이 떨어졌고, 간호사가 다급하게 달래기 시작했다.

"울지마, 울면 안 돼. 할아버지께서 얼마나 마음이 안 좋으시겠니."

퉁퉁은 병실 밖으로 끌려 나왔고, 복도에서 와앙, 큰 소리로 울음을 터뜨렸다.

15

아푸가 떠나야 할 때였다. 아빠는 아푸를 포장해 궈커 회사로 돌려보낼 예정이었다.

왕 아저씨는 직접 퉁퉁네 집에 와서 작별 인사를 하고 싶지만, 너무 먼 곳에 살고 있어 어려울 것 같다고 말했다. 다행히도 지금은 통신 기술이 발달했기 때문에 앞으로 언제든지 편리하게 영상 통화로 이야기를 나눌 수 있을 것이다.

퉁퉁은 방 안에서 혼자 그림을 그리고 있었다. 아푸가 조용히 안으로 들어왔다. 퉁퉁의 도화지는 크레파스로 칠해진 온갖 빛깔의 작은 곰들로 가득 차 있었다. 퉁퉁의 그림을 잠시 들여다보던 아푸는 그중 무지개처럼 알록달록하게 칠해진 가장 커다란 곰을 발견했다. 그 곰은 검은 안대로 한쪽 눈을 가리고 나머지 한쪽 눈만을 드러내고 있었다.

아푸가 물었다.

"이 곰은 누구야?"

퉁퉁은 대답하지 않았다. 대신 크레파스를 고쳐 잡고 열심히 모든 색깔을 곰의 몸에 입혀놓았다.

아푸가 등 뒤에서 퉁퉁을 끌어안았다. 아푸의 몸이 살짝 떨리고 있었고, 퉁퉁은 아푸가 울고 있다는 사실을 알아차렸다.

16

왕 아저씨가 퉁퉁에게 영상을 하나 보냈다.

"퉁퉁, 내가 너에게 보낸 소포는 받았니?"

소포 안에는 털이 복슬복슬한 작은 곰이 들어 있었다. 무지개처럼 알록달록한, 검은 안대로 한쪽 눈을 가린, 그리하여 한쪽 눈만을 드러낸. 퉁퉁의 그림과 똑같은 모습의 작은 곰 인형이.

왕 아저씨는 곰 인형 안에 병원의 기계와 연결된 감지 장비가 들어 있다고 했다. 할아버지의 심장 박동, 호흡, 맥박, 체온을 모두 감지할 수 있는 장비였다. 곰 인형이 눈을 감고 있으면 할아버지가 잠을 자는 것이고, 할아버지가 깨어나면 곰 인형도 눈을 뜰 것이다.

왕 아저씨는 곰 인형이 보고 듣는 모든 것이 병원의 천장에 나타나게 될 것이라고 말했다. 할아버지께 말을 걸어보렴. 할아버지께 이야기를 해드려. 노래를 불러드리고. 할아버지는 모든 것을 보고 들으실 수 있으니까.

그리고 왕 아저씨는 또 말했다. 할아버지는 분명히 볼 수 있노라고. 네 할아버지는 비록 몸을 움직일 수 없지만, 마음속은 분명 깨어 계실 거야. 그러니까 네가 곰돌이에게 자주 말을 걸고 자주 같이 놀면, 그렇게 곰돌이에게 네 웃음소리를 좀 더 많이 들려주면… 네 할아버지도 결코 외롭지 않으실 게다.

퉁퉁은 귀를 곰 인형의 가슴에 가져다 댔다. 과연 쿵쿵거리는 심장 소리가 들려왔다. 아주 느리고, 또 아주 낮게 가라앉은 심장 소리였다. 곰 인형의 가슴은 따뜻했고 호흡을 따라 살짝 올라왔다 내려갔다 하고 있었다. 아무래도 단잠에 빠져 있는 모양이었다.

퉁퉁도 잠을 잘 시간이었다. 퉁퉁은 곰 인형을 침대 머리맡에 눕히고 이불을 덮어주었다. 퉁퉁은 생각했다. 내일 할아버지가 깨어나시면 내가 곰 인형을 데리고 밖에 나가 햇볕을 쬐어주어야지. 나무에 올라갈 거야. 공원에서 할아버지와 할머니들이 노래 부르는 것도 들을 테야…. 여름은 아직 다 지나가지 않았으니까. 재미있는 일은 아직 많이 남아 있는걸.

"괜찮다아, 할아버지."

퉁퉁은 중얼거렸다. 할아버지가 깨어나시면 모든 것이 다 좋아질 거라고.

옮긴이 **이소정**

중국 책을 번역하고 중국에 대한 글을 쓰고 있다. 옮긴 책으로는《당신이 도달할 수 없는 시간》,
《후빙하시대 연대기》,《장상사》,《제왕연》,《증허락》,《특공황비 초교전》,《고양이 관장님의 옛날
이야기》 등이 있고 지은 책으로는《청두, 혼자에게 다정한 봄빛의 도시에서》가 있다.

THE BEST OF
XIA JIA
夏笳
베스트 오브 샤쟈

초판 1쇄 발행	2024년 4월 10일
지은이	샤쟈
옮긴이	이소정
펴낸이	박은주
디자인	김선예, 이수정
마케팅	박동준
발행처	(주) 아작
등록	2015년 9월 9일 (제2023-000057호)
주소	07236 서울특별시 영등포구 의사당대로 38 102동 1309호
전화	02.324.3945-6 **팩스** 02.324.3947
이메일	arzaklivres@gmail.com
홈페이지	www.arzak.co.kr
ISBN	979-11-6668-778-5 03820